時計泥棒と悪人たち

夕木春央

Haruo Yuki

講談社

Kodansha

加右衛門氏の美術館

一

陽の暮れかかる頃に、私は世田谷《せたがや》の外れに蓮野《はすの》を訪ねた。

葉の落ち始めた林や桑畑を見回す乾いた土道に、十一月のくすんだ橙《だいだい》色の夕影が満ちている。伸び切った自分の影を追いかけるようにしてそこを歩く。目指すのは、すすきが茂った空き地の中にポツンと建った小豆《あずき》色の洋館である。

明治の終わり頃、どこかの宣教師が建てて、結局住まなかった家だと聞く。振り向くと一番近い家まで半町は離れている。来るのは三度目で、辺りの景色にはまだ慣れない。

玄関を叩くと、返事もなく戸が開いた。

「あれ？　井口《いぐち》君か。なんだ」

家主は顔を覗かすなり言った。どういう訳か、フロックコートの下に、縦縞《たてじま》のズボンと高襟《たかえり》のシャツ、さらにネクタイをきちんと締めた外出着である。

「なんだってことがあるか？　電報を打ったろう。今夕行くと言ったじゃないか」

「もっと遅いかと思ったよ。随分半端な時に来たね。夕食に出ようかと思ってた所だった」

蓮野は戸を押し開いて私を中に通した。

広い家ではない。彼に従って、応接間とも書斎ともつかない使い方をしている四坪ばかりの部屋に入ると、草臥《くたび》れた安楽椅子《あんらくいす》を勧められた。彼はコートを脱いでから、石油ランプを持って部屋を出ると、やがて紅茶を載せた盆を持って来た。

「君、食事は済ませたのか？」

「済ませた。ちょっと大事な相談でね、酔ってちゃ出来ないんで、暗くならないうちから来ちゃったんだがね。迷惑か？　食事はどうする？」

「いや、いい。食べても食べなくても良いような気分だった」

彼はテーブルにランプを置いて、私の向かいの回転椅子に長身を屈めて座る。

蓮野は、帝大の法科を卒業し、銀行に五ヵ月勤めたのち、泥棒になった。

その理由が変わっている。銀行員から泥棒になるのだから変わっているに決まっているが、自身が銀行勤めにまるで向いていないことを発見した為で、さらには銀行に限らず会社勤めに適性がなくて、もっと言うなら、そもそも人間社会に暮らすのが楽しくないのだという。

「ここは慣れたかね？　不便じゃないか。店屋までだって大分遠いだろう。どこに行く気だったんだ？」

「五町くらい先の蕎麦《そば》屋だよ。隣が遠いのは落ち着くから良い」

「僕にはちょっと困るね」

彼は、やけに実際的な話ばっかりするね、と言いつつ煙草に火をつけた。

普段は、蓮野を相手にこういう無駄な挨拶はしない。挨拶を省いて、それに輪を掛けた無駄話をいきなり切り出すのが常である。

私の職業に纏《まつ》わる無駄話が多い。私は油絵を描く。

同業者に喋ると喧嘩になるようなことを蓮野に話す。彼自身は興味があるのかないのか、見る限り芸術とは無関係の人生を送っていて、私の話が議論に発展することは殆どない。だからやや手応えがないが、安心して言いたい放題のことが言えるし、時たま妙な示唆をくれることもある。もっとも、私が描いたものについては、何を見せても決して貶《けな》さずいい加減に褒めるから信用ならない。

　蓮野と私は同年で、互いが十二歳の頃から知っているが、その頃は、彼があまり友人を持たないことは分かっていたけれども、取り立てて人間嫌いのような印象は持たなかった。

　何がその性格をつくったのだか、きちんと訳を聞いたことはない。

　実際彼は、神経質さを感じさせることはあるが、人当たりも良く会話にもそつがなく、交渉ごとなどは私よりもよほど巧くこなすし、彼の厭人癖《えんじんへき》は滅多にひとに理解されない。

　しかし、出来ることと好むことは全く別らしくて、彼は銀行勤めの五月目にしてついに我慢が持たなくなったのだという。

　それで勤めを辞めたが、彼に合った職がなかなかない。

　蓮野こそ芸術家にでもなれば良かったのに、と思う。高めの鼻だとか、引き締まった口許だとか、整った形の頭だとか、繊細そうな目つきだとかの風貌は芸術家にふさわしいのだけれども、しかし絵を描かせたら幼児と大して変わらない。文章を書かせても、彼自身諧謔《かいぎゃく》精神の無い人物では決してないのだが、何故かそれは全く無味乾燥なのである。

　それで、独りでこなせる仕事、というのがとうとう泥棒以外に見つからなかったのだという。

蓮野が泥棒に転職したのを知ったのは、彼が捕まってからである。

金満家《きんまん》の家を主に、およそ一年の間に数十件の仕事をしたらしい。そして、品川《しながわ》の貿易商の邸《やしき》で、彼は予期せず帰宅した長男に通報され、逮捕された。

私は弁護士の手配やらに世話を焼いた。彼の父母はその二年前に揃って他界していたし、兄弟姉妹はなく、親類は冷淡だった。

裁判が進行して、彼がその長身と端整な顔立ちを以って、豪邸の塀にへばり付いたり、天窓から室内に押し入るべくジタバタしたり、玄関や金庫の解錠術を熱心に研究したことを知るに及んで私は失笑した。同時に彼の孤独症がかなりの重症であることも悟られた。

蓮野は今年の六月に出獄してきた。

元々赤坂《あかさか》になかなか立派な邸宅を両親から相続して持っていたが、手放さねばならなくなって、今の家に住み替えた。唯《ただ》でさえ多くなかった友人を大幅に減らして、しかし彼はずっと厭《いと》っていた真っ当さと縁が切れた、というような、清々したような風情であった。それから、この家に女中も雇わず暮らして居る。

「君の暮らしぶりは、何か、動物的に心配になるからな。飼育容器のネズミが元気か確かめに来るような気分だ。

どうも、この家は泥棒が住むのにふさわしすぎる気がするな。やっぱり、もうちょっと綺麗で便のいいところにしたらよかったんじゃないか？」

「ここでいいさ。赤坂の家よりいい」

多分、強がりではない。当初、彼は奥多摩の山中の廃寺に住もうとしていて、私がそれを必死で止めたくらいである。

「仕事はいいのか。退屈じゃないかい？」

「いいさ。楽すぎて申し訳ないくらいだな。まあ退屈といえば退屈だが、ちょうどいい具合に退屈だ」

前科がついてから蓮野の仕事はますます見つからなくなった。私は、また泥棒に戻るといけないと思って、論文の翻訳を見つけてきてやらせている。今の所無事にこなしているようだけれども、しかしこの仕事はいつ無くなるか判《わか》らない。

「それで何の相談だい？」

蓮野はティーカップと私の顔を見比べるようにして、話が本題に入るのを待っている。

私はそれを切り出しあぐねていた。いつもは、私が一方的に世話を焼いていて、蓮野に相談をするのは久しぶりだった。

その上、これから彼に持ち掛けようというのは、一種の泥棒の相談なのである。

「それがね、ちょっと面倒なことを頼むのだと思ってくれ。実を言うと、何を頼んでいいのか、僕も分かっちゃいないんだ。だからまあ、とにかく相談したいのだがね」

私は、持ってきた手提げ鞄《かばん》をあさりながら説明を始めた。

「浦川《うらかわ》加《か》右衛《え》門《もん》という実業家を知っているかい？」

「聞いたことはあるな。しかし実業家かい？　陶芸家か何かじゃなかったかな」

「君は詳しく知ってても良さそうなんだがな。造酒をやって得た金で相場をやって、それでまた別の事業を始めたりを繰り返してしこたま儲けた人だ。市《いち》ケ谷《や》になかなかの邸宅を持っていたけども、今は埼玉《さいたま》の皆野《みなの》に隠居しててね、歳が七十五か、六かな。身近な人まで信用しないせいで身辺の警護は却って手薄らしい」

私は、加右衛門氏の話の載った月刊雑誌を二冊鞄から出して、蓮野に渡した。

「何で僕が詳しくなくちゃいけないんだ？　警護の手薄な金持ちだからか？　泥棒に行くにしても埼玉は遠いよ。で、どういう縁だ？　君はその加右衛門御老人と知り合いなのかね？」

「知り合いといえばそうだね。僕は一度顔を合わせただけで、そもそもは父と親交があったんだ。それと、一月くらい前だが、加右衛門氏は僕の絵を買っているんだ」

「へえ」

別に私の画名は高くないのだけども、四年前に文部省主催の展覧会に入選した油絵が晴海《はるみ》商事という商社の社長の目に留まって、以来その後援を受けている。それまで日本画の片手間のように洋画をやっていたのが、そちらに集中しても良いことになった。

半年前に京都、一月前に東京で洋画ばかりの個展を開いた。その時、晴海氏が、観に来ないかと加右衛門氏に声を掛けたのだという。

東京の個展に氏が訪れて、四点から成る連作を買い上げて行ったのである。ちょうど私が会場を留守にしていた間のことであった。

「氏はもともと美術収集家としては有名なんだがね。自分で焼き物を造ったりもするらしい。君はそんな話を何かで読んで憶えてたんじゃないか？　収集家としては、洋画が主な所で、多分八割くらいまでがそうなんじゃないかな。西洋画を扱う画商なんてなかなかいないし、よくまあそれだけ手に入れたものだな、という評判だ。後は、浮世絵とか書画の類だ。陶器は造る専門で、多分集めてはいないね」

　これは雑誌の記事の受け売りである。そう彼に断って、話を続けた。

「その加右衛門氏、近頃は病を得て寝込んでいるそうで、噂だと癌なんだそうだ。で、だからかどうかは知らないんだがね、私設の美術館を造ることを思いついたらしい。

　まあ人生最後の記念ということなんだろう。埼玉の自宅の脇に、立派なのを建てようとしているそうだ」

「待ってくれ。君、埼玉の皆野と言ったろう？　あの辺は田舎じゃないか？　そんなところに建てるのか。見物なんか全然来ないだろう」

「来ないだろうね。加右衛門氏が寝ついていて、動けないんじゃないかな？　そもそも氏の満足のための美術館だろうからね。で、不便だろうが氏自身が観られないことにはしょうがない、と、そんな訳なんだろう」

「そんなのじゃ氏が亡くなったらどうせ保たないだろう？　適地だって、きっと他にいくらでも持ってるのだろうに。上野《うえの》の君の家の近くにでも造ればいいじゃないか。

死に際に思い立つ位だから、名前を残したいんだろう？　そういう損得は考えないのかな」

「さあ、僕は一度会っただけだしな。どんなことを思いつく人なんだかは知らない。

で、その加右衛門氏と僕の父との関わりなんだけどもね、七年前に、父が氏に和蘭陀《オランダ》王族に所縁《ゆかり》の置時計を売ったんだ」

どうして井口家に和蘭陀《オランダ》王族の置時計なんていう不似合いなものがあったかというと、それは私の祖父が手に入れた時計なのである。

祖父は明治の頃に英吉利《イギリス》で骨董《こっとう》屋をやって成功を収めた。帰朝してからは、上野に大きな家を建てて、多くの骨董品を抱え込んでいた。が、父の代に入って、玩具《おもちゃ》工場をやったり米相場をやったりして悉《ことごと》く失敗し、それらを小出しに売って足しにするようになったのである。

祖父は絵画にも造詣《ぞうけい》が深く、存命の頃には加右衛門氏と付き合いがあったらしい。絵画以外には興味の薄い加右衛門氏も、その置時計には関心を示したのだそうで、父が、三千円位の金額で譲渡したのである。

「時計自体が結構有名なものでね。祖父がそれを和蘭陀《オランダ》の貴族から買った時、小さい記事が新聞に出たくらいだ。

親父がそれを売った頃には、画集とか画材を景気よく買って貰った憶えがある。で、前に話したがね、僕の親父も心臓に何かあるとかで、殆ど死にかかってるんだけども――」

私は口籠《くちごも》った。蓮野は俯《うつむ》いて雑誌を眺めている。

「その親父がとんでもないことを言い出した。祖父が時計を買った和蘭陀《オランダ》の伯爵は、用心深かったらしくて、贋物《にせもの》を用意していたんだそうでね。譲り受けた時は、贋物だけ残しておいても仕方がないというので、両方一緒に頂いてきたんだ。

で、加右衛門氏に売りつけたのは、贋物の方なんだそうだ。親父は間違えたのだと言っているが、そんなことあるだろうかね？」

俯いたまま、ふうん、と蓮野はうなり声をあげた。

「贋物はかなり精巧でね、ちょっと見たくらいではどっちがどっちだかまず区別がつかないそうだ。本物の方が少し汚いと言ってたかな。

使っている材料も、本物の方が上等なんだが、専門の者がきちんと検査をしない限りはなかなか判らないのだそうでね、それを売っちゃったんだよ」

私は、父に魔が差したのだと思っている。父は見分け方をはっきり知っていた筈なのだ。

「で、加右衛門氏が美術館を造りだしたんで、父は慌てたんだよ。僕に、おいどうしたらいい、ありゃ贋物だ、衆目に触れれば大恥を晒しかねんぞ、と、今はもう寝たきりだから譫言《うわごと》みたいに言う。それはもう、意識があれば四六時中言っている。落ち着かないと体に障るんだがね。僕もどうしたものかと考えあぐねてね――」

「正直に言うべきだね」

蓮野はあっさりと言った。彼は顔を上げた。

「そして、せいぜい謝るんだね。なるべく早い方がいいだろうな。本物をその加右衛門さんのところに持って行ってね。君の親父さんが直接謝るのは難しいが、息子の君が行くなら筋が通るだろう？

君は礼儀正しくして、ただし取り違えは君の親父さんの故意ではなく間違いだということにする。向こうがそこに疑いを持つなら、それもごもっとも、と申し訳なさそうにして、あるいは君自身、親父さんの誠実を少々疑ってるけども身内ゆえに口には出しかねる、という感じにする。君の親父さんも長くなさそうなんだから、向こうも君に同情するんじゃないか？　黙って交換に応じてくれるんじゃないかな？　まあ加右衛門氏は、君の親父さんとの間にしこりを残したまま死に別れちゃうことにはなるけれどね。

気を使うけども、上手にやれば問題ないよ。贋物に気づかなかったというのは、向こうにだって名誉なことではないんだから、表沙汰にされることもそうそうないと思うね。謝るのが一番の上策だ」

「泥棒のくせに恐ろしくもっともなことを言うね。それは全くなんだが——、この際は、そうはいかないかもしれないんだ。何しろ加右衛門氏がそれはもう大変な偏屈者らしいのでね。というか、一種の人間不信を起こしているみたいなんだ。

人伝てに聞いたんだが、死にかけてから、美術館を造るというので、じゃあと言って絵を持ち込んだ美術商が何人かいて、それが散々な追い返され方をしたのだそうだ」

「死にかけてるのを種に商売をされたら腹を立ててもおかしくないだろう？」

「いや、それがね、その美術商の中には僕が知っているのもいるんだけど、彼の売り込みも全然悪質なものではなくて、むしろ僕の場合みたいな、亡くなる前に過去の不義理を清算させていただきたい、というようなものだったらしいんだ。

散々お世話になりましたし、前からお探しだった作品をできる限りお安くお譲りします、ただちょっと展覧会に、お持ちの絵を貸していただけませんか、美術館の宣伝にもなるでしょう、みたいな話で、別に怒るようなことじゃあるまい？　だが、熱いままの湯呑みを投げつけられたと言っていた。

　その他にも、商機と思って売り込みに行って、手酷く追い返された人が何人かいるそうだ。そんなことだから、僕がどれだけ誠意を示しても伝わるものか怪しいと思ってね」

「なるほどね」

　ため息みたいな返事である。

「実際、重大な問題でね。親父だけでなく僕にとってもなんだが」

　画業で身を立てようとしているだけに、私にとってことは深刻である。絵と時計ではまるでものが違うけれども、贋物に関わったというのは外聞が悪い。

「だから、なるべく早く行動を起こさねばならないんだ。加右衛門氏、今の所は話も出来るらしいが、いつ悪くなるとも分からないだろ？　危篤に陥ってからでは話なんぞ持ち掛けるわけにはいかなくなるからね。

　とにかく、時計は交換しなくちゃいけない。君の言うように正直が一番だろうが、でも、この通りの事情だから――」

　私は後を言い淀んだ。蓮野は、つまりね、と引き取った。

「交渉はうまくいくかどうか分からないから、場合によってはちょっと法律を無視して、加右衛門氏の邸だか美術館だかに侵入して、本物の時計を残して贋物を回収してくるような強硬手段も止むを得ないのじゃないか。それを僕に手伝え、と、そういうことかい？」

そういうことである。

蓮野はしばし考え込んだ。

「時に君、加右衛門氏に面談を申し込んだら会ってもらえるのかな。うまい口実を持っているかい？　いきなり時計の話を持ち出して、会って欲しいという訳にはいかないだろ？」

加右衛門氏の機嫌が分からないから、氏に譲った時計が贋物であることは不用意に教えたくない。だから、面会の約束を取り付けるにも、別のことを持ち出さなくてはいけない。

「えっと、口実はあるんだがな。僕の絵を買ったというのだし、親父との付き合いもある。だから、親父に代わってお見舞いに、ついでに僕からもお礼を、とか言えばまあ筋は立つね。会って貰えるかは何とも分からないかな」

「分かった。それから君、加右衛門氏がニセの時計をどこに置いているのかは分かっているのか？自宅かい？」

「ああ、そうだ、それも問題だ。おそらく、埼玉か市ケ谷の屋敷だと思う。それか、もう美術館に飾られてるのかな。会社にはわざわざ持っていかない気がする。それなら噂が立っててもよさそうだしなあ。

でも、どうにかして確かめないといけないな。忍び込んでみて無かったんじゃ困る」

知人に加右衛門氏の会社に勤めているのがいる。彼に訊くという手はある。

蓮野は雑誌を閉じてテーブルに置いた。

「事情は分かったよ。まあ、なんだって協力するけども、ひとまず交渉をできる限り穏便に成功させる方法を考えよう。泥棒の真似なんかしないで済むに越したことはないだろう」

全くもってその通りだな、と私は答えた。

窓の外を覗くともう薄明も終わっていて、はるか遠くに馬車の明かりが見える。

そろそろ辞することにした。私は、加右衛門氏の宅に連絡を取って都合を窺い、蓮野を伴《ともな》って埼玉に行くことにしようと決めた。

蓮野は加右衛門氏の身辺のことをなるべく詳しく知りたいという。連絡を取る際に探れることは探っておくと約束して、持ってきた雑誌は彼に預けた。

二

「思ったよりかかるね。間に合うかね？」

「うん、多分ね」

ハンドルを握っているのは蓮野である。私は運転が出来ない。土埃《つちぼこり》の巻き上がる田舎道を進んでゆく。

どの辺りまで来ているのか、私には見当がつかない。目につくのは畑と林と疎らな民家ばかりで、さすがにもう埼玉県には入っていると思う。秋の空気が冷たい。

それにしてもよく揺れる。運転の所為か、自動車の所為かは分からない。後部座席に積んだ時計が傷まないか、少し不安になる。

「今日で済むとは限らないが、この自動車はまた借りられるのかい？」

「大丈夫さ。多分大して使っちゃいないんだ」

自動車は私の妻の親類から借りたのである。亜墨利加《アメリカ》製の、幌《ほろ》付きの小さな自動車だった。

上天気である。蓮野と相談してから四日目だった。加右衛門氏との面談の約束は意外なほど簡単に取り付けられた。だが、無事時計の交換を済ませられるものかどうか、状勢はまるで分からない。

「加右衛門氏の加減はどうなんだ？　何か聞いたかい」

「はっきりとは聞かなかったが、良くはないらしい。だが、少しくらい話をするには差し支えはない、という口ぶりだったね」

三日前に、父が持っていた加右衛門氏の名刺の番号に電話をした。市ヶ谷の屋敷の番号である。出たのは浦川幹二《かんじ》という人で、氏の甥《おい》と名乗った。加右衛門氏が病を得てからは、彼は埼玉の家と東京を行ったり来たりして、氏の公私の雑事を請け負っているのだという。私は姓名を名乗って、父と加右衛門氏の繋がり、さらに氏が私の絵を購入したことまでを話したのだが、幹二氏は私や父の名に聞き憶えがないようだった。加右衛門氏は話さなかったらしい。

意が通じなそうで怯みつつも、とにかくお礼やら何やら、一度挨拶に上がりたい、と伝えたのだが——

——ああそれならどうぞお越しください。しかし遠いでしょう？　わざわざ来ていただくのも気がひけるが、いらっしゃるのは結構ですよ。ただ、伯父も、まあちょっと気まぐれですので、もしかすると失礼をしてしまうかもしれません。それでも来ていただけるので？　そういうことなら、ええ、もちろんお断りはしません。伯父にしたって、無論そんな方とはなるべく会っておくべきでしょうからね。どうもつむじ曲りなもので。

今日なら幹二氏も埼玉に帰っていて、面会が出来るという。詳しく加右衛門氏のことを問い質す前に電話は切れた。

愛想はいいのだが、少々いい加減である。それに、これを聞く限り、甥の幹二氏はあまり加右衛門氏の意向を尊重しないように思える。

車は川越《かわごえ》を抜け、いくつかの町を通り過ぎ、川沿いの道を進んでいた。

「後二十分ばかりだと思うね」

蓮野は地図を確認しない。憶えてきたらしい。

橋を慎重に渡り、山道に入った。杉林を抜けると視界が開けた。あるのはやはり疎《まば》らな民家と、それから畑である。

「おい、あれじゃないか」

私は進路の左側を指差した。山際に、他の民家から並外れて大きい建物がある。

こちらの方が標高が上だから、全体がおおよそ俯瞰《ふかん》出来る。周りを造りかけの塀が囲んでいて、どうやらあれが加右衛門氏の美術館である。

「奇妙な建築だね」

近づくにつれ、細部が見定められるようになってきた美術館を前に、蓮野が呟いた。

確かに、常識外れの建物である。

外観は、一応洋風の建築なのだが、茅葺《かやぶ》きの屋根が架かった寄り付きが入り口に繋がっている。そこから先に木造の建物が続いているが、それは廊下を格子状に縦横に並べたようになっていて、それもきちんと直角に組み合わさっているのではなく、蹴飛ばして壊れた障子みたいに所々ぐにゃりと曲がっているのである。外壁は塗装が済んでいない。

「どういうつもりでこんな造りにするんだろう？　悪趣味じゃないけれども、美術館にしては野蛮な見た目じゃないか？」

「あれは加右衛門氏の意向なんだろうね？」

「そりゃまあそうだろう。施主以外の意思であんなものは建たないだろうぜ。建てるのも手間だろうなあ。いくらぐらいかかるんだろうかね？」

話す間にも美術館はみるみる近付いてくる。

「この構造では、誰も美術館だとは思わないだろうな。外壁が塗られれば違って見えるのかな？」

「まあ違うだろう。いや、しかし僕は面白いと思うね。公営じゃあんなものは造らないだろうし、余程の金持ちだけができることだろ？　そう悪い意匠じゃないと思うけどもね」

私が褒めると、蓮野はちらりとこちらを見た。

品定めする眼付きである。が、私の見解に彼は何も意見しなかった。

「あの美術館に侵入しなきゃいけなくなるかもしれないなら、中を見せて貰っておいた方がいいな。館内の様子が分からないことには忍び込む算段がつかない。出来れば、幹二さんと先に会って、加右衛門氏に会う前だと一番いいな。加右衛門氏を怒らせたりして、その後で美術館を見たいとは言い出せないだろう？」

確かにそうである。

結局、我々は交渉にあたって、これといった方策を用意していない。加右衛門氏の身辺をまるで探らないうちに面談が決まってしまったからで、行き当たりばったりで臨むしかない。

「もう少し慎重にするべきだったろうかね？」

「でも、急いだ方がいいのも確かだろう。ああ、あと一町くらいだな――」

美術館の脇に古そうな瓦屋根の屋敷がある。こちらは純和式の建築で、多分加右衛門氏が隠居している家である。

邸内、あるいは美術館内において、時計の所在の手がかりになりそうなもの、そうでなくとも後々必要になりそうな事物には注意を払うよう蓮野に促された。四日前の口振りの割に、侵入する気は大いにあるらしい。

邸の前に自動車を停めた。玄関を叩き、御免下さいと声を上げた。すぐに返事があって扉が開いた。

「ああ井口さんで。ええどうも初めまして。電話でお話しした浦川幹二です」

幹二氏の風貌は私の想像とそう遠くなかった。四十を過ぎたくらいで、頬がやや厚くて口髭《くちひげ》を生やしている。私と蓮野を取り違えたらしく、彼を向いて話をしているので、私は慌てて挨拶を返した。

「ええ、僕が井口です。どうも初めまして――、急に押しかけて大変失礼をします。それから、僕の友人で、蓮野と言います。僕は運転ができませんから頼んだのです」

蓮野も、私に続いて頭を下げた。

座敷に通されると、座布団を勧められた。

奥から人の気配が落ち着かなげに漂って来る。加右衛門氏が屋敷のどこかにいる筈なのだ。

「先のお電話の後で思い出しました。伯父の集めた絵の中に、井口朔太《さくた》作というのが確かにありましたね。裸の女の人が子犬とか孔雀《くじゃく》とかを抱えてる連作でしょう？」

私の絵だ。

「どうも、昨日から伯父はあまり機嫌が宜しくないのです。いや、お会いしないわけじゃないのですよ。実を言うと、ちょっと怒らせてしまったのです。どうやら美術館の工事の段取りが気に入らないようで」

「はあ」

よくない雲行きである。

「今は、医者を待っているのです。午前の内に来診のある予定だったんだが、急患が入ったそうで。ですから、ちょっとお待ちいただきたいのですが——、伯父に会うのは、医者を待って、機嫌を窺ってからということで宜しいでしょうか？　遠方からなのに申し訳ないですが」

それは構わない。

蓮野が目線をくれるので、私が切り出した。

「あの、ずいぶん面白いものを建築なさってますね」

「ああ、あれねえ」

幹二氏は美術館の方角を顧《かえり》みた。

「せっかくこれだけ財を成したのですからね。ああいう他に例のないものを遺しておくのも、まあいいんでしょうね。しかしあまり評判は良くないかな。近所にも伯父の知人にもね。井口さんなんかどう思います？」

「ええ、なかなか興味深いのですがね。僕はそう悪いものじゃないと思いますが。芸術にまつわるものは、時間が経つと評価も変わるでしょう？　何年かしたら名所になってるかもしれませんよ。——いや、絵を描いてるとどうも、ああいうものを見るのに偉そうになっていけませんね。とにかく、ちらりと外見を拝見しただけですからね」

「ああ、そうですか。まあねえ。維持も容易じゃなさそうだけども」

幹二氏は美術館を多分に迷惑としているようである。

「時に、あれ、中は拝見できませんですかね？　図々しくて恐縮ですけども、ああいう変わったものは後学の為に見ておきたいのですよ。いけませんか」

「いやしかし、内装が済んでいないですから、見苦しいですよ。ちょっと気が引けますが――」躊躇《ためら》ってから、まあ構わないでしょう、どうせお待たせしてしまいますからね、と幹二氏は立ち上がった。

彼に続いて、家を出た。すぐ隣の美術館へ向かう。

柱と冠木《かぶき》だけで、まだ扉の入っていない門をくぐると、数人の職人が作業をしている。美術館の右手の古い蔵を解体しているようである。別の職人たちは、敷地をぐるりと囲む煉瓦《れんが》の塀を建てている。

幹二氏は、左腕で、山側に大きく円を描いて見せた。

「元々ね、この辺までは林でした。今、蔵を壊してるでしょう？　あの辺りまでが庭だったんですよ。で、山も伯父の所有ですから、それを切り拓いて土地を作ったんですね」

「ほう。大変だったでしょう」

「それはもう大変でした。あちこちから人手をかき集めましたよ。木を切っても平らじゃないから均《なら》さなくちゃいけなくてね。それに、ところどころ岩が埋まっててね、あまりに大きくて動かせなくて、結局それを躱《かわ》して建てたのです。東京に建てる方がよほど安くつくでしょうね」

それで、建物が歪んでいるのか。

美術館の南東側に、石炭小屋があった。

「あれは館内の暖房用です。元々はずっと奥に建てる予定だったんですが、ちょっと前になって、伯父が、あれはもっと手前に造れ、それも早く造れ、そう言いだしたんですよ。なるべく思う通りにしようと思いますがね、たまにとんでもない無茶を言いだして、宥めるのに困ります」

　どうも、家の体面を繕《つくろ》う気が幹二氏には全くないのか、或いはそういうことに疲れてしまったような感じがする。

　茅葺きの寄り付きを通って、美術館の入り口まで来た。氏は扉を真鍮《しんちゅう》製の大きな鍵で開いた。入ると、石張りのポーチから段が付いていて、黒色の木の床板が張ってある。靴をスリッパに替えるよう求められた。

　玄関から、回廊の奥が見通せる。外見の通り、殆ど廊下だけで構成されているような建物である。

　やはり普請は済んでいなかった。所々の壁や床板が張られていないままだった。

　なのだが、奇妙である。

　内装が完成していないにもかかわらず、既に絵が飾られている。

　誰の作かは分からないが、回廊の壁に掛かっているのは額縁である。

「もともとね、伯父の収集品はここだとか東京だとか、あちこちに置いていたんです。ほら、あの蔵にも仕舞っていたんですよ。ですが、一応建物の体裁が出来てから、伯父がそれをみな飾れと言うのです。まだ出来上がってないのにそんなことするべきではないでしょうがねえ。全部ここに集めてきました」

　幹二氏は奥に進み始めた。それまで、入り口脇の窓を注視していた蓮野も私の後から続いた。

「ああ！　これでしょう？　井口さんの絵です」

幹二氏は立ち止まった。入り口から、一番手前に見えていた額縁を指差している。

確かに、私の絵だった。四点の連作で、それぞれ十五号の額縁に入っている。丸窓を背景にソファに掛けた裸婦がそれぞれ孔雀、子犬、やまあらし、イグアナを抱えている、というものである。

なのだが——

「やまあらしが無いな。どこか別に置いているのですか？」

三点しか無いのである。

「え？　これだけではないのですか」

私は、連作に、本来はもう一点あるべきことを説明した。

あのやまあらしの絵はちょっと特殊で、支持体が銅板なのである。

十六世紀頃などには、しばしば銅板に油彩画を描くことがあって、確かレンブラントもやっている。四作はそれぞれ朝、昼、夕方、夜で、夕方の絵に、思いつきで銅板を用いたのであった。銅板の質感が巧く効いて出来には満足しているが、実に描きづらかったので二度とやらないつもりでいる。

「ええ？　そうか——、いや、見憶えがありませんね。どうしたんだろうな。妙ですね」

「この展示順は加右衛門さんが決めたのですか？」

床や柱の造りを注視していた蓮野は、出し抜けに訊いた。

「そうです。私と使用人を駆り出して、あれはそっちそれはこっちと、大変な騒ぎでした。まあ、後で伯父に訊いてみますよ。実はね、私もここが美術館の格好になってから、二度くらいしか中に入っていないのです」

私たちは、建物を奥に向かった。

それにしても、まるで意図の分からない陳列である。銘が無いし、一枚ごとにじっくり見分している時間も無いが、どうやら、必ずしも作者別に纏《まと》めてあるのではないらしい。時代から画派から、まるで統一感が無い。

「伯父はやることがどうも出鱈目《でたらめ》でしてね。建物が概ね出来てしまったところで、おい塀を造れ、早くしろ、無用心だろう、そう言いだしたのです。で、工務店に無理を言って今やってもらってるんだけども、そんなことなら最初っから蔵に仕舞っておいて、全部出来てから運んでくればいいんですけどね。

私は芸術はよくわからないんですが、これは収集としてはどんなものです？」

私だって、画商でも、鑑定の専門家でもないから、自信のあることは言えない。とにかく、規模だけなら洋画の収集としては日本で有数のものでしょう、と誰にでも分かるようなことしか答えられなかった。

注意して見ると、数点、キャンバスでなく銅板に描かれたらしい絵が見つかった。四十号を超える大きなものばかりで、これ程の銅板油画は珍しい。

そぞろに回廊の左右を眺めながら、私達はそろそろ美術館の最奥までやって来ていた。

「あれ、これは僕でも知っているな。黒田清輝《くろだせいき》じゃないか？　違うかい？」

蓮野の言うとおり、そこに掛かっていたのは確かに黒田清輝の作である。さらに数歩進むと、そのあたりから先にあるのは、多くが近代の画家の作品であるのに気がついた。私と面識のある人の絵もいくつかある。しかし、陳列法はやはり一貫されていない。

蓮野は懐中時計を見ると、幹二氏に向き直って、肝心な話を切り出した。

「そういえば、何年か昔に井口の父が、加右衛門さんに、和蘭陀《オランダ》王族にゆかりの立派な時計を譲ったというのですよ。ご存知でしょうか？　僕は一度実物を見たいと思っていたのですが」

幹二氏は、しばし廊下の隅を見つめて考えた。

「時計？　時計ねえ。ああ、ええっと、結構大きいものでしょう？　腰ぐらいの高さがある？　振り子がついていて、希臘《ギリシア》数字の文字盤の、ルビーの嵌《はま》っている？」

それです、と私は答えた。

「ありましたよ。見たことがあります。だけども、どうしたのだったかな？　多分誰かが蔵から出して、――何しろものが多いですからね、私も全部ちゃんと把握しているわけではなくてですね。

ええと――」

急に、入り口の方から女中らしい声がした。

「幹二さん、加右衛門さまがお呼びですけれど」

「ああいけません。戻りませんと。慌ただしくしてすみませんね」

幹二氏が入り口の方に急ぐので、蓮野と顔を見合わせつつ、我々も従った。

屋敷に戻ると、再び座敷に通された。私達を待たせて幹二氏は縁側を奥に急いで行った。

「ずいぶん立派な塀を造ってたね。監獄みたいだ」

二人だけになると、蓮野にそう耳打ちされた。

造られていたのは、確かに美術館には異例の分厚くて高い煉瓦塀だった。

暫《しばら》くして、奥から話し声が聞こえ、診察鞄を持った医者が玄関の方に歩いていくのが障子越しに分かった。我々が美術館にいるうちに来診がされていたらしい。

やがて障子が開かれ、幹二氏が顔を覗かせた。

「お待たせしました。どうも、私が家のことを一切やらないといけませんものでね。どうぞ、伯父のところにご案内します。少し声が聞きづらくて話がしにくいかもしれませんがね。井口さんのお父上のことは憶えてましたよ」

氏について、屋敷の奥に向かった。

縁側から、庭に小さな焼き窯が見える。近くに真新しい灰の山があるから、加右衛門氏はまだ陶芸をやっているのかもしれない。

突き当たりが、加右衛門氏の居室だった。

私たちは、氏と座卓を挟んで向かい合った。彼は座椅子に掛けていた。痩せて骨ばった顔は雑誌の写真の印象と同じなのだが、私が思い描いていたよりも小柄で、頭も綺麗に白髪になっていた。部屋には手元簞笥《だんす》とか、焼き物が数点あるくらいで、病人らしいものはない。しかし、座卓がやけに部屋の端に寄っていることから、少し前までそこに布団を敷いて臥せっていたのだろうと想像が働いた。

私と蓮野が挨拶をすると、加右衛門氏は、扉が軋《きし》むみたいな唸り声で返事をした。

「どうも、僕の絵を買っていただいたそうで、その時ご挨拶が出来れば良かったのですけど――、ああ、それから父が――」

私が喋り始めた最初こそ、加右衛門氏はこちらを睨《にら》みつけていたのだが、段々と視線が泳いで、ついには座卓の脚に目を向けている。

どう見ても不機嫌である。偏屈と聞いてはいたけれども、私の絵を買ってくれたくらいなのだから、もう少し歓迎されるのではないかと考えていた。

加右衛門氏が反応を見せないから、私も何を言って良いか分からなくなる。しどろもどろに話を続けた。

「父が、病気をしていましてね。浦川さんにいろいろお世話になったのに、お礼もしないままではいけないと、――それで僕が代理で参りました」

「わざわざ東京から自動車でいらしたのですよ。殆ど一日がかりでしょう？」

幹二氏は見かねた風に口を出した。

「そうかね」

それしか応えない。取りつく島がない。

「ああそう、伯父さん、井口さんの絵で、女の人がやまあらしを抱えてるのがある筈なんですけども、知りませんか」

加右衛門氏はほんの少し首を動かして、庭を見た。

「知らん」

自分で買った絵である。もう少し気に掛けて欲しい。

「絵を動かすのはお前に任せたじゃないか。お前が知らんのか」

いや私は見ませんよ、と幹二氏は言った。

「揃っていないのは収まりが悪いだろう。無ければ君、もう一度描けるか」

無茶なことを言う。

それから、父との関わりを思い起こしつつ当たり障りのないお追従《ついしょう》を言ってみるのだが、一向に効果がない。

お世辞を並べ立てたのち、私は訳も分からぬまま、ついに加右衛門氏を怒らせてしまった。

「浦川さんの収集ですけどもね、大変なものですね。ちょっと拝見しましたけど——、確かにあれには美術館が必要でしょうね」

「二人に美術館を見てもらいましたよ。なかなか気に入ってもらいましてね。面白い造りだって——」

私と幹二氏がこう言う間に、加右衛門氏の表情が強張っていくのが分かった。

「お前、美術館を見せたのか」

かすれ声で言う。幹二氏も私も、氏の変貌に驚いて黙った。

「何故そんなことをする！」

加右衛門氏は座卓をつかんで揺すり始めた。

「そんなことを——、勝手なことをするな！　私のものだ！　あれは——」

幹二氏は宥めるが、加右衛門氏は唸り続ける。扱いかねて、幹二氏は女中を呼びに行った。

三

蓮野邸の書斎兼応接間である。

「画家が美術館を見たがるのに、何故そんなことをするってことはないよな」

「そうだね」

私のぼやきに、蓮野はおざなりに答える。彼はテーブルに新聞紙を広げ、シャツの袖を捲って鑢《やすり》を動かし、布で拭いたり水で流したり、まるで余念がない。

やがて、手を休めた彼は言う。

「どういう訳だろうね？　あの狂乱ぶりは。たいした理不尽だ。幹二さんも堪ったものじゃないだろう」

「老人ってのは得てしてそういうものさ。僕の爺さんだって、隠居してからは地蔵にゾウガメが取り憑いたみたいに大人しかったが、僕が朝起きてすぐ部屋のカーテンを開けないと何故か怒り狂ったぜ？　日を浴びないと体が腐るぞって」

ふうんと蓮野は曖昧な返事をする。

「どうして、美術館が出来上がってないのに絵を飾っちゃうんだろうな」

「さあねえ。先が長くないんだから、一刻も早く美術館の体裁を作りたかったんじゃないか」

「そういうことか？　まあなあ」

あれから我々は碌《ろく》に挨拶もしないまま、背中を押されるようにして埼玉の屋敷を辞してきた。ほとぼりを冷ますつもりで数日間を置いて、今日の午前、市ヶ谷の浦川邸に電話を掛けた。幹二氏に繋がって、しきりに非礼を詫びるのだが、詫びるだけ詫びて、いきさつも何も話さないまま切られてしまった。

時計は無断で交換するよりなさそうである。あの様子では、昔お譲りした時計は贋物なのです、などと切り出しては加右衛門氏は憤死しかねない。もはや、黙って本物とすり替えてくる方が道義に適っているのではないかという気すらする。

いよいよ、如何にして美術館に侵入するかを検討する段になった。

蓮野は鍵屋に行って、捻締《ねじしま》り錠を買ってきていた。美術館の窓に使われていたのと同型の品で、彼は来訪の際、ものが何だか憶えてきたのだそうである。

普通の泥棒と違って、この場合、侵入した痕跡を残すわけにはいかない。窓を割るのは論外だし、蓮野の見立てでは、入り口の錠は痕跡を残さず開くのは困難だという。

何か工夫が要るのだが、蓮野は、侵入に先立って、玄関を入って直ぐの窓の捩《ね》じ込みをすり替えておくことにするつもりらしい。

捩じ込みの、ネジの山を削ってしまう。その上全体を少し細くしておく。それを、元々の捩じ込みを外して、代わりに挿しておく。見た目には施錠されているように見えるし、事実、そのまま横に引いてみても窓は開かない。

しかし、ネジ山が削られているから、外側からコツコツと叩いたり、窓を揺すったりすることで捩じ込みは抜け、窓が開く。

館内の窓はみな閉め切られているようであった。寒くなりつつあるし、そうしばしば開閉はしないだろう。多分誤魔化すことができる。

昼間のうちに館内に隠れて夜を待つとか、屋敷に保管されているであろう入り口の鍵を拝借するだとかの方法も検討したが、危険が大きく、不採用と決まった。

それで蓮野は今、熱心に錠を加工しているのである。

「君、仕事はいいのか？　あと奥さんは。そう幾度も埼玉まで出張っていく暇があるのかい？」

「いや、それは別にいいんだけども――」

今、私は全然別の懸案を抱えている。今日の午前に急に持ち上がったのである。

「贋の時計が本当に、美術館の中にあるのかどうかという問題なんだけどもね」

見ることができたのは、結局美術館の四分の一ばかりであった。時計がどこにあるかは確認出来なかった。

だが、一度は、時計はまず美術館の内にあるものと見て良いだろうと結論が出たのである。

女中の邪魔が入って、時計が何処にあるのだか幹二氏の口からははっきりした返事は聞きそびれた。しかし、氏はそれを即座に思い出せない様子だったのである。すると、幹二氏が寝起きして一切を管理している屋敷に置いていないことは確かと思われる。そこに時計があるなら、氏は場所を明確に記憶している筈なのだ。

　そして、そもそも時計は庭の蔵にしまってあったと言っていた。ならば、まずあの美術館の中に置かれたものと考えていいだろう。はるか東京まで持ち出してくる理由は見当たらない。そんなことをしたのならやはり幹二氏の記憶に残っているのが自然である。——蓮野にこう言われて、私も納得した。

　なのだが、念を入れておこうと思って、加右衛門氏の会社に勤める知人に、そういう時計を氏の会社だか東京の邸宅だか、何処かで見たことがないかと、それとなく訊いてみたのである。

「その知人が言うのにはね、なんでも彼の同僚から、お使いで加右衛門氏の妾宅《しょうたく》に行った時に、立派な置時計があるのを見た、という話を聞いたことがあるんだそうだ」

「うん？　それが君の親父さんが渡した贋物なのか？」

「それが、はっきりしないんだよ。おそらくは違うと思う。でも、気がかりなんだよ。妾宅っていうのは、希少な時計だとかを置いとくのにふさわしい気がしないか？」

「その妾《めかけ》って人は今どうしてるんだい？」

「今もその妾宅にいる。目黒《めぐろ》だと言ってたな」

「加右衛門氏は重病だろ？　なんでまだ妾なんか囲ってるんだ。今からでも元気になるつもりなのかな？」

「そういう訳じゃないと思う。でもね、加右衛門氏、一月くらい前までは東京にも出てきたりしてたのでね、その妾の所にも行ってたそうだぜ？　癌だってのに大したものだがね。で、今は、いよいよ縁が切れそうだ、というところだそうだ。なんでも、その妾が、手切れ金か何か、名目は知らないが金を要求して、騒ぎを演じたことがあったと言ってたな」

「縁が切れそうな妾のところに置時計なんか持って行くか？　もっと手軽な装身具とか現金とかならありそうだけども」

「それはそうだが、無いとも言えないだろう？」

蓮野は、鑢を動かす手を止めてううんと唸った。

「どうかね」

「さっきも言ったがね、多分違うとは思うんだよ。君が言うのはもっともさ。だけども、確かめておくに越したことはないだろ？」

「確かめるねえ。君の知人の同僚っていうのは、どんな時計だったかそれ以上憶えていないのか」

「彼は今亜墨利加《アメリカ》に出向していると言ってた」

ああ、と蓮野は気の抜けた返事をした。

「妾宅ねえ。あの爺さんの」

「そうだ」

「行きたくないなあ」

彼は削った捩じ込みを摘み上げて窓にすかす。

「それに、こういう時計をお持ちじゃないですか、と訪ねて行って、その話が浦川邸の方に伝わったりすると宜しくないだろう？　そうでなくても、妾宅を訪ねて行くというだけでも不審だし警戒される。大丈夫かね？」

「それは大丈夫じゃないかなあ。加右衛門氏とあんまりすっきり別れてはいないようだし、口止めして帰って来られれば問題ないと思うね」

「まあねえ。見られるものなら見てきた方がいいか。しかし、それならまた、訪ねる口実が要るよ。どうするんだ？　新聞屋のフリでもする気か」

「いや、新聞屋の肩書で時計を見せてくださいなんていうのは難しいだろう。僕はいくらかこちらの手の内を明かしてしまっても大丈夫なんじゃないかと思ってるんだ。偽名なんか名乗る必要は多分ないね。

だから、例えば、知人から、大変お美しい方と聞き及んでいて、ことによってはモデルをお願いしようかと思って、それでお訪ねしたとか――」

「下衆だなあ。君、そんなこと言って本当に描くのか。もうちょっと誠実なのは無いのかな」

泥棒のくせに謹直である。

「井口君、どうせなら、例のやまあらしと裸婦の絵の消息を探しているということにしたまえ。実際、何かを知っている可能性もあるよ。加右衛門氏が最後にその妾宅に行ったのが一月くらい前で、君の絵を買ったのもその頃なんだろう？

それなら嘘を吐く必要もない。君だって気になることだからな」

そういえばそうだ。失念していた。

話が決まった。蓮野は捩じ込みの加工を再開した。家の数ヵ所の窓で実験をしては何度も研磨を加え、三時間余りの後、満足いく錠を完成させたようだった。

四

家を見つけるのには、半日近くかかった。

妾宅の場所を加右衛門氏の会社の知人を通して確かめてもらうのは、藪蛇《やぶへび》の恐れがあると考えて止したのである。夏見《なつみ》響子《きょうこ》という名前と、院線の目黒駅から歩いて十分ばかりの距離ということは分かっていて、ならば近所でそれとなく聞けば所在は判明するだろうと思ったのだが、蓮野と二人して、いくら尋ね回っても見つからない。

やっと、夏見響子を知るという布団屋の主人に教えて貰って行ってみれば、そこには夏見、浦川、どちらの表札も出ていなかった。

小綺麗な和洋折衷の赤屋根の家である。呼び鈴を鳴らすと、丸顔の、二十に届かないくらいの女中が出た。

「あ——、どちら様？」

「ああ、ええっと、夏見さんはいらっしゃるかな？　少しお聞きしたいことがあるんだが」

「はあ、ええ、どなた？」

言葉に詰まっていると、横から蓮野が口を利いた。

「彼は画家で井口といいます。僕は蓮野です。彼に困ったことが持ち上がっていて、夏見さんに訊きたいことが出来たのですよ。実は浦川さんに少し関わりがあります。夏見さんにしたらどうだっていいような問題なんですが、我々には少々重大です。

夏見さんはいらっしゃいますか？　お忙しいなら出直すしかないが、出来れば今お話をしたい。取り次いでもらえませんか」

女中はまごつきながらも、宅の中に入っていった。奥に四十くらいの女性が立っている。よくよく眺める前に、突然に申し訳ありません、と蓮野が頭を下げるので、私も倣《なら》った。

話し声が聞こえて、再び女中が戸を開けた。束髪にして、派手な銘仙を着ている。美人である。

「あなた新聞で見た気がするわねえ？　俳優さん？　違うわよね」

違いますねと蓮野は微笑した。

いかにも彼は新聞に載ったことがあるのだけれども、写真は粗かったし、記事も小さかったし、あれを見て憶えている人はいないと思う。

「井口さん？　悪いけれど知らないわね。何を描くの？　ああ、それで何のお話かしら」

知らなくたって悪いことはないが、何となく気を呑まれる。

「井口の絵を、浦川さんが買い上げられたのですがね」

「あら、そうなの」

「今埼玉にいらっしゃるでしょう？　挨拶に行ったのですが、怒らせてしまいました」

「ああ、そうね」

何だか分からないが、何かを了解したような口ぶりである。響子は家の奥を振り返った。

「ええと、上がる？　――わたし、お客ってどうするのかよく分からないのよねえ」

食堂に通された。蓮野の家と違って掃除は行き届いている。

「ええ、浦川は、どんな様子だったかしら？　どうやって怒らせたの？」

「美術館に入ったのがお気に召さなかったみたいです。幹二さんが僕と井口を案内してくれたのですが」

「へえ？　そう。病気してからねえ、ものすごく疑り深くなったのよ。泥棒かもしれないと思われたんじゃない？」

そうだとしたら、大した眼力である。

私は、知人に、加右衛門氏に譲った自分の絵をどうしても見せろという人がいて、その相談に行ったのだという方便を、蓮野と響子、両方の顔を窺いながら語った。

「それに応じて貰えそうにないってこと？　そう。こう言っちゃなんですけどね、浦川の逝くのを静かに待ってたらどうかしらね？　急ぐの？　美術館が先に開くかしらね。わたしはねえ、浦川と話をするのはもう諦めたわ。この家はくれるらしいんだけどねえ。幹二さんなら多分話になるわよ」

「そうでしょうね。しかし、実は、浦川さんに売った井口の絵の一点が、どういう訳か行方知れずになっているのです。それを見つけたくて訪ね廻っているのですよ」

私は連作と、その内のやまあらしの絵の詳細を説明した。

「見たことないわねえ。一月前でしょう？　話にも聞かないわ。でも、ちょっと珍しいわね。浦川はあんまり近頃の画家なんか興味なかったのじゃないかしら？」

「でも、黒田清輝のはお持ちでしたよ」

「ああ、そう？　最近の人？　わたしはその人知らないけれど。浦川はね、そう、なんていうのかしらね？　権威主義？　保守主義？　評判の決まった人のにしか手を出さないのよ。あなた、まあきっと素敵なのを描くんでしょうけど、でもまだ名だたる大芸術家だってことはないでしょう？」

　全くないです、と私と蓮野は同時に答えた。

「だから珍しいのよね。よっぽど上手だったのかしらね？　浦川にね、どれだけ芸術を見る目があったのだか分からないのよ。わたしだって見る目なんて無いのよねえ」

「時に、もう諦めたとおっしゃるのは、浦川さんとのお話は全く決着がついたということですか」

　煙草を勧められた。私は断り、蓮野は受け取った。

　響子は表情を曇らせる。

「ああ、噂になってるわよねえ？　そういえばあなた達、誰から聞いてきたのかしら？」

「井口の知人に、浦川さんのところに勧めているのがいます」

「ああそう。なんて言ってたかしら？」

「大したことは聞きませんでしたね。噂は、まあ有るのでしょうけれども、我々はよく知りません」

「へえ？　知らないってことはないんじゃあないかしら？　わたしが浦川によくないもの食べさせて病気にしたとか、わたしだけ浦川家の貸金庫を全部開けられるとか、財産全部持って行こうとしてるとか、そんなのよ。――いくらなんだって財産全部は要らないわよ？　そこまでは言わないわ」

「そんな噂の立つことは分かりますがね。僕はもとより、夏見さんと浦川さんと、どちらの言い分に筋が通っているかに関心はありません。しかし、浦川さんの様子を見た限りでは、どうも夏見さんに同情した方がいいような気がしています」

「ふうん？　わたしがねえ、ちょっとお金のことでごねたものですからね。先の長くない人にお金をよこしなさいっていうのは、やっぱり悪いことかしらねえ？

でも、死んじゃうなら、同情できるように死んじゃってくれないとこっちだって困るでしょう？　あんなに偏屈になられたんじゃあねえ」

「ひどい人間不信になったと聞きましたが」

「人間不信。そういうことなのかしらねえ。ええっと、死ぬってことが分かったせいかしら？　とにかく、いろんな人を疑うようになっちゃったのよ。疑うと言ってもね、誰かが毒を盛ろうとしているとか、騙そうとしているとか、決まった思い込みがあるわけじゃないらしいのよね。

いや、そう疑るのかしら？　それか全部ね。みんなが、思いつく限りの悪いことを自分にしようとしているように思うのでしょうね。

歳を取るとそうなっちゃうのかしら？　それにあんまり色々持ってるしねえ。

きっと、ああも色々溜め込んじゃって、何が大切かわかってないと、死ぬ時に整理がつかなくて大変なのよ。だからやることが支離滅裂になるのよきっと」

私も蓮野も黙って聞いている。

「知ってるかしら？　あの人ねえ、爵位が欲しくて必死だったのよ。いろんなところに寄付して回ったりねえ。寄付する先が信じられなくなったりして、もらえそうにもないから諦めたみたいですけどね。

それで、自分が死んだあとの評判が気になって仕方ないのよ。爵位もまあ、だから欲しかったんでしょうけどね。その上、六十過ぎてから寝る前にイモリの黒焼きをとるようになって、恥ずかしいからわたしに買わせて、それを浦川が死んでからもくれぐれも公言するなって言うのよね。あ、黙ってて頂戴ね。言わないって言ったから」

蓮野は煙草を灰皿に落とした。

「言いやしませんけれど、死後に後ろ指を差されるのをそんなに恐れていますか」

「それはもうよ。わたし他にも色々口止めされているのよ。言わないって約束したけど、わたし全部喋っちゃうんじゃないかしらね。浦川が死んだら。

人生の全部を、後々まで立派に語り継がれるように過ごしたのなら素晴らしいでしょうし、自分の死んだあとのことなんか知らないって言って生きるのも潔《いさぎよ》いんでしょうけど、そろそろ死にそうってなってから気にするのはみっともないわよ。

そういう覚悟が決まらないでいることだから、出来るのがせいぜいあんな醜悪な美術館なんでしょう？」

やっぱり、彼女の目にもあれは醜悪なのか。

「わたしもそうなっちゃうかしらねえ？　わたしだってそんな覚悟ないわね。だいたい、今まで十分に楽しいつもりでいたのが、こうなっちゃうとなるべくたくさんお金をもらわないと収まらない気分になっちゃうんだから、浦川と一緒でしょうね」

響子はため息をつくと、女中を呼んでお茶を用意させた。

「時に、浦川さんに理不尽に追い返された美術商が何人か居るんでしょう？　どんな人だかご存じですか」

蓮野は意図のわからないことを訊く。そもそもの本題である、置時計の件に彼がなかなか立ち入ろうとしないのに私は気を揉んでいる。

「ああ！　少しだけど知ってるわ。小崎《こざき》っていう人でね、昔、確かゴーギャンだか、ゴッホだか、忘れちゃったけど、なかなか大層な人の絵を、浦川が欲しがってるのを無理して探してあげたんですって。

で、その小崎さんが今ちょっと困ってて、そういう縁があったから、浦川に相談に行ったのよ。手持ちの絵を幾つか買ってもらえませんかって。美術館にも映えるでしょうってねえ。

浦川ね、ちょっと考えて、断っちゃったのよ。そんな大した額でもなかったらしいし、浦川くらいの金満家のすることじゃないと思うわね。それこそ評判を落とすでしょうよ。

あと、西本《にしもと》っていう人がいて、もっとひどかったらしいわね。元々から、昔この人から買ったシスレーって人のが、相場より高すぎると思ってたらしくて、それがのこのこやってきたって怒って、灰皿を投げつけて追い返したらしいわ」

絵の相場なんていうのはいつだっていい加減なものだし、高い気がしたって腹を立てるべきものでもない。

「井口さんなんか、軽蔑するのじゃないの？　そうでもない？　やっぱり、本当の芸術愛好家じゃないんでしょうね。一旦お金にしてみないと価値がわからなかったのじゃないかしら。

芸術って、きっと見栄と表裏みたいになってるでしょう？　どっちもすごく似ているけど違うのよ。その違いがわかってなきゃいけないのよ。区別ができてないと芸術家にも愛好家にもなれないのよ。浦川みたいなのは、自分が分かってるのかどうかも分かってないんでしょうね。

大金持ちで、芸術に関心がないっていうと、人間的に冷たいような、そんな感じがするから、一種の強迫観念で集めてたのかしらね？　壺も造ったりね。でも芸術なんてみんな強迫観念みたいなものでしょうしね。——こう言っちゃ失礼かしら？　井口さんも絵を売って暮らしてるのよね？」

そうかもしれない。私はそうでないつもりだけれども。

知人の画家には見栄っ張りも多いが、見栄だけで絵が描けないのも確かである。

「浦川さん、絵画の他は何か集めていましたか？」

「他？　ああ、指輪をくれたことはあるわね。あと、古いコインとか？　それと、何だったかしら？　和蘭陀《オランダ》の貴人にゆかりの時計を持ってるとか言ってたわ。わたし見たことはないけれどもね」

「時計？」

「ええ、立派な置時計ですって。わたしにも置時計くれたけれどね、亜墨利加《アメリカ》製かしら？　壊れちやったわ」

やはり、それは別物だった。ならば、贋の時計があるのは美術館だろうか。

響子はその後も加右衛門氏の話を続けた。時計のことがはっきりして以降は、私は集中を切らしていて、蓮野の受け答えをボンヤリ聞き流していた。

夕方前になって我々は夏見宅を辞し帰路に就いた。

「話が通じやすかったのは助かったね」

「そうだね」

我々は、響子が愚痴の捌け口を必要としているところに、実に好都合な話題を持って現れたということらしかった。

「君、ずいぶん楽しそうに話してたじゃないか」

「全然楽しくないね。嘘も吐かなきゃならない。まあ、時計の不安は一応片がついたな」

「そうだよ。決行はいつだ？　やっぱり早い方がいいよな」

「数日美術館を見張ってみることにする。工事の進捗とか、警戒の様子が分かってないと危険だ。なるべく急ぐようにはするが」

それは確かに必要なのだろう。こういうことは玄人《くろうと》に任せるに限る。

しかし、蓮野の顔つきはどうも他に懸念があるみたいである。問いただそうかと思ったが、はっきりした返事はもらえそうにないので、やめた。

五

蓮野から連絡があったのはそれから三日後の朝である。十一月の二十二日になる。

彼は、時計のすり替えは一人でも出来るというのだが、私は同行することにした。責任を持たないのは気が引けるし、置時計は重いから一人で運ぶのは容易ではない。

今夜決行するので夕方前には現場に来いと言われた。私は列車で皆野駅までやって来て、そこからはなるべく人目につかないように気遣いながら、田舎道をとぼとぼと、美術館の北西側の山道の、彼が自動車を隠しているところまでやってきた。

「大丈夫か？　予定通りか？」

「ちょっと不安なことはあるね」

彼は助手席に置いていた本や筆記具をどかし、私を車内に招じ入れた。

蓮野は妾宅に行った翌日に、私の妻の親戚の自動車を借り出して、それからずっと美術館を見張っていたのである。

「捩じ込みは？　すり替えられたのか？」

「ついさっきやってきた。まあ気づかれなかったと思うね。代わってくれるか？」

双眼鏡を渡された。念のため、捩じ込みをすり替えた窓を見張っていろというのである。

蓮野が美術館の侵入に使ったのは、中々大胆な手であった。今行われている外塀の工事の他に、館の窓に鉄格子を嵌める作業が始まったのだそうで、これをやっているのは別の業者だったのである。お互いに顔を知らないものだから、彼も作業着を用意して、なるべく人目のない時を狙って、正面から入り口を通り、無事捩じ込みを交換してきたのであった。

双眼鏡を両眼に当てがう私に、蓮野は言う。

「鉄格子の取り付けは、館の奥の窓から順にやってるから、入り口脇の窓に嵌められるまで二日くらいはかかりそうだな。だから大丈夫だとは思うが、しかし窓に関わる作業だからね。何かの拍子に例の窓を確認しないとも限らないのが少し怖いね」

蓮野は、少し寝させてくれ、と後部座席に移った。

双眼鏡を振って、工事の様子を眺めた。数人の大工が館の窓の中と外に立って鉄格子を嵌めている。外の塀は一部を除いて、殆ど完成している。

五時を回って、大工は作業を終えどこかに引き上げて行った。蓮野も同時に起き出してきて、私にジャムのついたパンとゆで卵を勧めた。

「何かあったかい」

「いや、ないね。窓も、誰も触らなかったんじゃないかな」

そうか、と彼は頭を掻《か》いた。

安心した風でもない。依然何かを気にかけているようである。

「どうかしたかね？　何が問題だ」

「いや、問題というのでもないな。とにかく予定通りにするよ。もう入り口は閉められたのかい？」

蓮野がそう言った時、女中が屋敷から現れて、館内に入った。一通り点検をした様子で、入り口を施錠していった。

暗くなりつつある。蓮野は自動車を山道の奥に移動させた。明かりが万一目につくとまずい。

「夜の見回りはどんなものだね」

「無用心だと言っていいかな。何時間かに一度の割で、女中が懐中電燈を照らして辺りを回るくらいだ。君の言ってたように、氏が周りの人を信用しないせいで、却って手薄になってるのか、それか――、うん」

蓮野は黙った。

私は今朝発生した新たな問題を話すことにした。

「実はね、偶然なんだろうが、この間僕の個展をやってくれた晴海さんが、今朝電報をくれた。来週に、浦川加右衛門氏の美術館に行くんだが一緒に来ないかと誘われたんだ。

びっくりしてね。電話で訳を訊いたら、社長が美術館の噂を聞いて、どんなものだか見せてくれと加右衛門氏に言ったそうで、よく考えたら別にそれほど不思議なことでもないんだがね。で、晴海さんが世話を焼いてる画家を数人連れて行きたいとかで、僕にも声が掛かったんだ。

加右衛門氏は渋ったらしいんだけど、結局承諾したそうだ。晴海商事の社長だから、氏でも断るのは難しかったのかな」

事情を話すにつれ、蓮野は次第に難しい顔つきになった。

「君、それ、晴海さんには何て返事をしたんだ？」

「せっかくですけどと言って断ったよ。あんな風に追い返されておいて、今度は晴海さんと一緒になって訪ねて行ったりしたら、気まずくてどうなるか分からない」

「そりゃそうだな」

「で、一緒に行く画家の中に、宮田《みやた》という僕の友人がいて、彼がね、時計に詳しいんだ。だから、美術館の贋物を見て『おや、これはどうも、本物ですかね？　ううん、疑わしいな』とか言いださないか、不安でしょうがなくてだね――」

ああ、と蓮野は厄介そうに言った。

「とにかく、それまでになんとしても交換はしておかないとまずいって話だろ？　それはいいさ。今日うまくいくよ。でもなあ――、まあ考えても仕方がないな」

彼はランプを点けて、膝の上に辞書や紙束を広げ、やりかけらしい独逸《ドイツ》の航空機に関する論文の翻訳を始めた。私は、今日の新聞で、調布《ちょうふ》の空き家で若い女性八人の屍体が見つかった記事を見たこととか、物騒な世間話をしていたが、やがて眠気に襲われ、蓮野に替わって寝ることにした。

そろそろ行こう、と揺り起こされた。

十時を過ぎている。蓮野はいつもの英国紳士式の格好に着替えていた。私は迂闊にも和装だったので、蓮野が手に入れてきた作業着を、袖と裾を折り返して着た。二人で時計を担ぐと、蓮野は懐中電燈を器用に持ってゆっくり山道を下りた。

時計は一旦山道の木陰に隠して、辺りを見回しつつ、未完成の煉瓦塀の隙間から美術館の敷地に入った。入り口脇の窓まで静かに歩く。

蓮野は、指先でそっと窓を叩いた。音は案外大きく、時間も掛かってしまった。錠の捩じ込みが向こう側に落ちた音がコオンと響いて、私は身を竦めた。辺りを見回したが、隣の屋敷には聞こえなかったようである。ともあれ窓は開いた。

山道まで引き返して、急いで時計を窓辺まで運んだ。蓮野が先に館内に入り、私が時計を担ぎ上げ、受け渡す。

館内に運び込むのには手こずった。時計を床に寝かせ、私も館内に入り、窓を閉めてしまうとようやく一息ついた。

館内は空気が冷たく沈滞していた。葉擦れや虫の音も遠くなり、薄闇が造りの粗を隠しているのもあって、以前入った時よりも美術館らしい重い静けさを感じる。

贋物を探さねばならない。

「窓を照らさないように気をつけてくれ」

蓮野は二つ目の懐中電燈をポケットから出した。私はそれを受け取って、入り口正面から奥に続く回廊を照らしてみた。私の三点の絵は依然、入ってすぐのところに掛かっている。足音を確かめながら、ゆっくり奥に歩き始めた。

「この分じゃ、決行が今日でよかったよ。新聞の予報じゃ明日は雨だそうだぜ？　そんな中あの時計を運んでくるのは至難だったろうね」

「何？　明日は雨か」

蓮野は新聞を見る機会がなかったのである。

彼は立ち止まって、壁面の絵をなぞるように懐中電燈を振った。

「前と少し配置が変わっていないか？」

「ああ、確かに――、そんな気もするね。何が変わったんだろうな？」

何かが違うと思うけれども、思い出せない。

館内をしらみつぶしに歩き回った。

「お？　これだ、これがゴーギャンだね。響子さんが言ってたやつだ」

入り口から三分の二くらいまで奥に来て、隣の回廊に入ってみたときである。果物と食器の静物画で、有名なものだから私も画集で見たことがある。

ああこれがかい、と蓮野は数秒それを眺めた。懐中電燈の明かりだから、色合いは曖昧であまり名画らしくは見えない。

さらに奥に来た。

「この辺はね、どうも割に近年の画家が多いんだよ。黒田清輝もここだろ？」

「何？」

どうしたのか？　蓮野は口元に手を当てて、考え込んでしまった。

落ち着かなげに歩き回って、近くの絵を一枚一枚照らして見ている。

「しかし、急いだ方がいいんだがな――」

とにかく時計を探そう、と再び彼は歩き始めた。

最奥まで行ったのち、違う回廊を手前の方に戻ってきた。

結局、時計があったのは、館の南東側、入り口の近くであった。しかし、通路は複雑に通じていて、ここまではかなり遠回りが必要なのである。なかなか立派な木製の台座に据えてあった。

いよいよ本物を持ってこよう、と入り口の方に戻りかけた時に、蓮野は声をあげた。

「これじゃないか？　ほら、移動した絵だよ」

一番南東の壁に掛かった絵を蓮野は照らした。

言われてみると、そこに掛かっている数枚には見憶えがある。作者は知らないが、前に訪れた際には、入り口から正面に延びる回廊にあったものだ。どれもなかなか大きい。

「うん？　これは――」

私は検分するべく絵に歩み寄った。妙な共通点を見つけたのである。

「おい、これはね、みな銅板に描かれた絵だぜ」

「ええ？　そうなのか」

「そうさ。暗いけども、照らしてよく見てみたまえ。キャンバスでないのが分かるから」

私に従って、蓮野は絵を検《あらた》めた。

やがて、彼は困惑した表情で私に言った。

「ねえ、君、シスレーの絵がどこにあるか分かるかい？」

「まさか。分からないよ」

「探せないか」

それは無茶だ。点数も定かでないくらい絵があるのだし、私もまさかシスレーの絵を全部知っているのではない。それに、暗い。

「探すのは入り口寄りのあたりだけでいい。画風や記名で分からないか？　すぐ見つからなければ諦めていい」

ただごとではない様子である。

「分かったよ、見てみる」

そして、それは意外なほど簡単に見つかった。

確かに、入り口の近くにあった。玄関正面から一つ右隣の回廊で、手前から二番目である。川岸を描いた風景画で、見たことのない物だがシスレーなのは分かった。

そう蓮野に教えると——

下を向いて、迷っているらしかったが、やがて彼は言った。

「逃げよう」

「何？」

蓮野はもう入り口に歩を進めていた。足音に気を遣いながらも、殆ど走っている。

「おい、時計はどうするんだ？　交換は？」

「そんな勿体無いことしなくていいよ。そんなことはどうでもよくなる。ああ——、そうだ」

入り口の近くで、急に彼は立ち止まった。

「これを持って行かないとな」

そう言って私の絵を壁から下ろし始めた。

「いいのか？　どういうことだ？　頼むから説明してくれ」

「説明はするが、急ぐんだよ。これを外してくれ」

訳が分からないが――、とにかく私は従った。三枚の絵の額縁からキャンバスを外し、慎重に重ねて持った。

先を行く蓮野を追いかけて窓際まで来ると、彼はすでに建物の外に出ていた。キャンバスを渡すと、彼はそれを持って小走りに塀の外に出て行った。絵を木陰に置いて、彼は戻って来た。

「それから時計だな。君、そっちから持ち上げられるか――」

焦って取り落としそうになりつつも、なんとか時計を外に出した。蓮野はあたりを偵察した後、今なら行けると私を急かした。

山道まで来たところで、既に私は息が切れていた。荷物を下ろして蹲《しゃが》み込んだが、蓮野はもっと上まで登った方がいいという。時計があるから、ここでは見つかった時に身動きが取れない。三枚のキャンバスも有るのである。時計を二人で右腕に抱えて、私は左腕にそれを持つ。上り坂だったから、十一月の気候にもかかわらず、全身に汗が噴き出した。

まだ自動車まではたどり着かないが、私がもう限界だと音を上げたので、蓮野は足を止めて時計を下ろした。

「ここなら見つかるってこともないね。少し休もう」

それはありがたいが。

「説明してくれ」

「うん」

蓮野は山道脇の石に腰をかけ、煙草に火をつけた。

「僕らは、本物の時計を加右衛門氏に穏便に返却することを目指していた。しかし氏の猜疑《さいぎ》心は強く、過去に譲った時計が実は贋物だったと切り出すことは出来なかった。だから、こっそり美術館に忍び込むような真似をしないとならなくなった訳だ。

だが、考えてみると妙なことが多すぎる。まず、加右衛門氏の態度だ。死にかかった人が、急に、この世への置き土産のつもりで大きな事業を思い立つ。で、その出来が傍目にはあんまり宜しくないってことは、まあよくあるんだろうと思うけれどね――」

そうかもしれない。

「しかし、それにしても、ここに美術館を建てるのは不思議だ。後世に名を残したいなら、東京に浦川美術館を造るべきだろう。田舎にあんな半端なものを造っても、加右衛門氏が世を去ってから、誰も管理をせずに寂《さび》れていくのが目に見えている。氏は商売人なんだし、それくらいの理屈は承知していていいだろう？」

「まあ、確かになあ」

「そして、加右衛門氏は死を目前にして酷い人間不信に陥っているわけだね。古い付き合いのある画商を無下に追い返したりね。

これはおかしいよ。美術館を建てようというんだろう？　しかし、そこに飾る絵を持ってきた人間には不信を抱いている。だとするとね、その不信が、その人間が持ってきた絵画にまで及んでいない筈はないと思う。氏自身に、絵を見る目はなさそうなんだろう？　それでいて、その作品を自身の美術館の収蔵品としてもてなそうとしている。どういう心理だろうね」

そう言われれば、妙といえば妙である。

蓮野は、燻らせる煙草の火を手で庇いながら、坂の下に遠くなった美術館をじっと見下ろしている。

「すると、こういうことが考えられる。加右衛門氏はきっと、自分の収集が、実は贋物ではないか、という疑惑にかられているんだろう。そうでなきゃ色々なことに説明がつかない。

前に訪ねた時、君と僕が美術館に入ったと知って、加右衛門氏は大いに怒っただろう？　それに、絵を借りたいと言ってきた、なかなか信用のある画商をこっぴどいやり方で追い払っている。人間不信のせいという見方も出来るが、その割に、鉄格子が入る前に美術館に絵を飾っちゃうし、大工が出入りしても平気なんだ。人を信用しないなら、もっと盗まれることを警戒するべきだよ。

だから、加右衛門氏が恐れているのは、君とかその画商みたいな、相応の知識を持った人が氏の収集を見て、それが贋物だと露見するんじゃないかということなんだと思う。まあ、君は真贋の鑑定までは出来ないんだが、氏はそう思わなかったんだろうな」

「なるほど」

「なのに美術館を建てる。収集が贋物かもしれないと不安なのにだ。これはどういうわけか。僕はどうにも、あの美術館が、後世に名を残す為でなくて、汚名を残さない為のものじゃないかと思えてきた」

「どういうことだ？」

「だからね、自分の審美眼の無さを後人に晒してしまうことを避けるべく、死ぬ前にそれらを纏めて処分してしまうためだよ。氏の収集はいろんなところに散らばっていて、ものすごい量がある。貴重と考えられているものなのだし、氏は病気なのだし、当たり前の方法では始末できない」

「それで、美術館を建てるっていうのを口実にして、一ヵ所に作品を集めたってことか？　でも、処分？　なんで美術館に集めたら処分が出来るんだ」

「あの入り口前の寄り付きは、長くて、茅葺きで、そう思って見ると導火線にしか見えない」

導火線？　火を放つのか！

「それじゃあ、あの分厚い煉瓦塀は？」

「そりゃ、あれだけの塀を作っとかないと、危なくて火なんか点けられないだろう。隣は和式建築だしね。燃え移ったらことだ」

そういえば、加右衛門氏は、内装より塀をさっさと作れと、大工をせっついたらしいのだ。

「響子さんの話を聞いてから、そんな気がしだした。何も証拠はないし、どうしたものか迷ったんだよ。間違っているなら是非に時計の交換はしてこないといけないんだしね。

で、今日になって、ともかく侵入してはみたんだが、条件が揃い過ぎているな。

僕に絵は分からないから、館内の展示は全く出鱈目なんだろうと思ってたんだよ。でも、君の言うことを聞いてみると、そうでもないらしい。

　シスレーが手前にあって、ゴーギャンや、存命の人を含む近年の画家は奥に固まってるんだろう？　これは――」

　分かった。

「信用順か」

「そう。僻地だから消火が捗るとは思えないが、あの大きさの建物だからね。入り口から火を付けたら、奥に行くほど消火が間に合う可能性は高い。複数箇所に火を点けると、放火の証拠が残るから、後の面倒が多くなるしな。だから、一応疑わしいものほど手前に配置してあるんだろう。持ってきた画商への信頼の度合いとか、年代とかだ」

　近年の、それも存命の画家の贋作などそうはない。

「それから、あの銅板に描かれている絵だね。紛失している君のやまあらしの絵なんだけれども、多分、加右衛門氏、銅板に描かれた絵の焼却実験をするために買ったんじゃないか？　美術館にあったのはみんな大きかったろう？　きっと窯に入らなかったんだよ」

　焼却実験！　絵自体には何の関心もなかったのか。

「銅板は燃え残るだろうが、絵自体は跡形もなくなってくれなきゃ困るんだろう。ただのキャンバスに描かれたのよりは焼けにくそうだしね。で、今日見たら、みんな南東の壁に移動してあったろ？　あそこは石炭小屋の裏だよ。燃料の多いところにしといた方がいいと思い直したんだろう」

蓮野は立ち上がった。私はまだしゃがんでいる。

「こうなってくると、いよいよ火を放つのだとしか思われない。しかも、明日は雨が降るんだろう？　そして、来週の晴海氏の来訪を加右衛門氏は承諾した。するとと、火を点けるにはもう、今日しか機会がないんじゃないか？　塀もあらかた完成したことだしね。しかし、君の親父さんの時計、随分玄関の近くにあったたね」

蓮野は美術館を凝視している。私も大きく息を吸って、キャンバスを抱えたまま立ち上がった。証拠は無い。憶測である。そんな無茶なことが本当にあるのか？

落ち着かないまま十分ばかりが過ぎた。私も蓮野も黙っている。

何か口をきこうと思いかけた時——

ちらちらと、橙色の炎が、茅葺きの端に上がった。

「何で僕の絵は入り口近くに掛かってたんだ？　僕の個展で買ったんだから、どう間違ったって本物じゃないか」

「さあ、ああいう配置は全部思い通りにはいかないものだろう。量が量だし、君の絵はつい一月前に買ったのだそうだし。空いてるところに掛けておけばいいと思ったんじゃないか？」

蓮野は、私の抱えるキャンバスを見た。

「僕はそれ、傑作だと思うがね。理由は説明できないが」

「やめてくれ。自信を無くす」

彼は苦笑し、顔をそらした。

炎ははやい。音は届かず、静寂の中を燃え盛っている。艶やかな闇が背景で、実に鮮やかである。やがて緩やかに風が吹いて、見る間に館に燃え移った。

悪人一家の密室

一

蓑田《みのだ》邸は横浜山手《よこはまやまて》にある。海抜四十米《メートル》ばかりの高台で、港を見下ろす立地である。敷地は七百坪に近い。石塀で囲われていて、右隣は女学校の校長、左隣は瑞典《スウェーデン》人の牧師の邸である。裏手は針葉樹の林になっている。

傾《かし》いだ地勢に建つ家だが、庭は綺麗に平坦にされ、常緑の芝を敷かれて、季節柄雑草は殆どない。ニシキギやツツジなどの灌木《かんぼく》が石塀に沿って数本植えられている。

灰色の、尖塔を持った建物が二棟、敷地の奥寄りに建っていて、蓑田家の家人は北棟、南棟と呼ぶ。玄関は北棟にある。

二棟は壁のある渡り廊下で繋がれている。その渡り廊下から、さらにもう一本廊下が分岐して庭の方に延び、離れに至る。離れは赤く塗装されていて、造りが本棟とまるで違い、後から建て増されたのが一目でわかる。

本棟は数十年前に外国人が建てたものである。それを、当代の蓑田明良《あきよし》が購《あがな》った。蓑田は士族である。

明良は今、日本にいない。現在、邸に住む家族は五人である。

一人を除いて明良の子女である。一番上が四十七、下が二十で、三十近く離れている。無論母親は違う。

菱田邸概略図

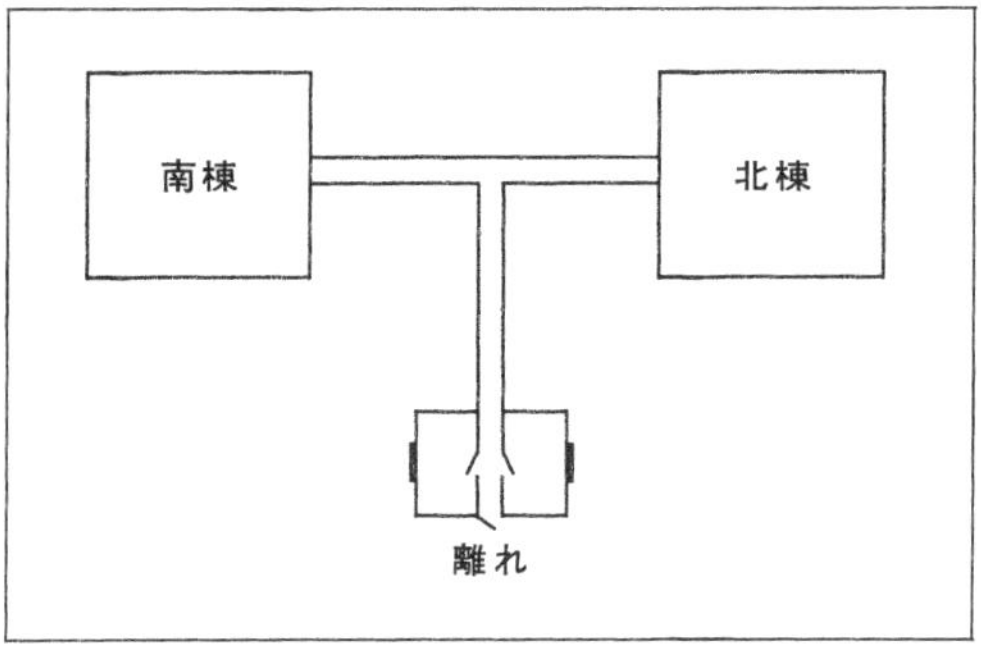

長男は幸正《ゆきまさ》で、父親と十五しか違わない。妻は居ない。妾が三人居る。

長女は美知江《みちえ》、四十になる。二度結婚した。どちらも家格が下の家である。我儘《わがまま》の限りを尽くして、一度目は一年、二度目は半年で相手の我慢を限界にして追い出されてきた。

次男は明正《あきまさ》で、齢は三十七、保険会社に勤めている。

それから、昭彦《あきひこ》というのがいて、これは明良の従兄弟なのだが、年は三十二である。妻はなく、妾もいないが、代わりに週四度は娼館に通う。

末男が篤良《あつよし》で、二十歳の不良青年で既に二人子供がどこかにいる。

この家に使用人は一人だけである。女中の亜津子《あつこ》で、もう二十年ばかりも勤めている。

元々は夫と二人して住み込みで働いていたが、連れ合いは昨年心不全を起こして死んだ。代わりを見つけることもせず、庭仕事なども亜津子がやるようになった。他を雇おうとしても、すぐに辞める。

亜津子の仕事ぶりは、家人のだらしなさと不道徳さに全く不似合いで、誠実で真面目だった。

そういう教育を受けたのである。言われれば言われた通りにこなすし、言われずともやるべきとみたことはやる。不快なことがあっても態度に出さない。普通の女中には必要なさそうな、どちらかというと西洋の執事のような心構えで勤めに当たっていた。

なのだが、不徳義者の中に長く暮らして、女中はついに一つだけ悪習を覚えた。

盗み聞きである。人の話に聞き耳をたてる癖がついた。

聞くのは自分が関わる話に限らない。どこかで話し声がしていると耳を澄ましてしまう。

それも、ただ聞こえてくるのを聞くというのでもなく、戸口などから話し声が漏れていると、わざわざ近寄って行って、耳を欹《そばだ》てる。

夫が死んでからである。それまでは節度を保っていた。

一人になってから、生活が酷く不安になった。それまで立ち入らずに済ませていた邸の中の悪意が恐ろしくなった。

辞めてもいいのである。だが給料はいいし、二十年来の、義理だか惰性だか分からないものが亜津子を縛っている。

それで、家人のことを、なんでも知らずにはいられなくなった。

家人に限らず、来客の会話も聞くようになった。さらには、藪入りに里帰りをすると、そこでもこの悪癖が出るのに気づいた。

悪癖だと自覚がある。恥ずべきだと思う。だが止められない。大体、蓑田家の住人にはしばしば常識が通用せず、その意思や、交遊を知らずにいることは危険でもあった。殊に、ここ二ヵ月ほどの間に、この家の住人は意地の悪さを増した気がしていた。

だから、家長の明良が帰朝することを亜津子が知ったのは、北棟の応接室で盗み聞いた、幸正と昭彦の会話に依る。十一月の某日の午前であった。

——親父が帰ってくる。面倒臭い。
——ううん。なんで帰ってくるんだろう？
——日本人なんだから日本に帰ってくるんだろうが。
——ううん。帰ってきてどうするのかな？
——知らん。でもここに住むのだ。分からんか。
——ええ？　そうかあ。ここにかあ。

長男の幸正宛に明良から手紙が来たのである。これは、手紙を前にして、彼が昭彦と始めた会話だった。

明良が英吉利《イギリス》から日本に帰ってくるという、それだけの話を幸正はなぜか叱りつけるみたいにする。

午後になって、幸正は亜津子にその手紙を突きつけて見せた。

「おい、親父が年末に帰るそうだからそのつもりでいろ」

こういう時に、動揺せずに済ませられるのが盗み聞きの功用である。

そこに昭彦が通りかかって、亜津子、大変になるなあ、と、グフグフと、口の中で目一杯咀嚼《そしゃく》したみたいな笑いを漏らして行った。それを見た幸正が、あいつ一向に品格が身につかない、とかなんとか言う。

幸正は、誰に何を話すにもこの調子である。殊に昭彦を相手にする時が一番酷い。彼が、男の甲斐性なるものを誇っていて、昭彦の娼館通いを動物的だとして軽蔑しているのである。

彼は小太りで、背は普通程度で、口ひげを生やして、普段から背広を着て、どう見ても妾を囲っていそうである。

幸正が普段から背広を着るのは、そうする必要がないからであった。彼はどこにも勤めていない。それでいて、甲斐性というのを主張しようとすると、一端《いっぱし》の実業家風の格好をしておく必要がある。そうして、銀行に利息を確認しに行くくらいのことを仕事と心得ている。

もっとも、子々孫々のことを考えないなら働く必要がないのも確かなことで、蓑田家の資産は潤沢である。

彼の主張する甲斐性というのは、亜津子の見る所、要するに金の使い方のことである。酒場か、待合か、亜津子はどこだか知らないが、あんまり思うようにならなそうな美人を見つけてきて、その目の前に金を見せたり隠したり、使ったり使わなかったりして、最後にその美人に言うことを聞かせるのを甲斐性と呼んでいるようである。

昭彦の方は、こちらは小太りでなく明確に太っていて、上等の洋服をだらしなく着る。顔が弛んでいて、眉や頬骨のあたりが皺《ひだ》みたいになっている。口を半開きにすることが多い。仕事をしないのは幸正と同様である。

何を考えているのだか、二十年に亘って眺めてみても亜津子にはさっぱり分からない。庭に入ってきた野良猫を、石を投げて虐めていて、亜津子が諫《いさ》めるとヘラヘラしながらそれを止めて、目を離すと再び虐めを再開しているような男である。それでも、よくよく話を聞くと別に頭が悪いのでもないらしいのがわかる。

彼は金を幸正より直接的な肉欲の満足に使う。幸正はそれを馬鹿にする。だが、亜津子の見る限り、気味の悪さでは昭彦が勝るものの、品性において二人は同格である。

明良帰朝の知らせは、長女の美知江と末男の篤良にも軽い恐慌を起こさしめた。

亜津子に、一番肉体的な負担をかけるのが美知江だった。

我儘である。それも、まるで筋の通らない、人に言うことを聞かせること自体を目的にした我儘である。

亜津子に、朝食は美知江の自室まで運ぶよう命じ、従うと料理の出来に文句をつけ、改めて持って行くとそれは食べたくないのだと言って、三度目に行くと自室に居ない。食堂に降りている。日が昇って気温が上がった以上ここで朝食をとるのは当然で、だからこの時間になれば当然食堂にいるものと気を利かせなければならないのであり、そもそも亜津子の準備が遅いせいでわざわざここまで降りてこなければならなくなったのだという。

こういう、破綻した我儘を生まれてから飽きもせず延々と続けている。

亜津子は、美知江が、自室で幸正と話すのを聞いた。

——親父が来月帰ってくる。

——え？　嫌！

——何が嫌だ。親父に言うぞ。

——何よ。兄さんだって嬉しいわけないくせに。

——もっと行儀良くできないのか。

美知江は、声だけ聞くと二十前の少女がヒステリーを起こしているみたいで、しかし顔はしっかりと四十歳の顔だからグロテスクである。

篤良は、ややエラが張って目尻が垂れているものの、一応美男子の範疇に入れて良く、これは蓑田家には異例のことであった。

彼は、大胆にも街娼とか、或いはどこかの女学生らしいのを時折邸に連れ込んでくる。

父が帰ることは亜津子が伝えた。手紙の来た日の夕方、篤良が帰宅した時である。

「なんか落ち着かねえなあ。どうしたんだよ？」

「あの、明良さまが来月にお帰りだそうで、皆さんちょっと慌ててらっしゃるみたいで」

篤良はまるで引きつけを起こしたみたいになった。

彼は、多分その父に数えるほどしか会っていない。それでも、その性格や、逸話は重々承知の筈である。

明良は、蓑田家の長にふさわしい不道徳家だった。代々持っていた武家らしいしきたりや美徳は彼の代で破壊し尽くして、今や蓑田家にその名残は全くない。金貸しを生業にして、その悪辣さや、唯一先祖から受け継いだ横柄さを活かして驚くほど稼いだ。この家族をして恐れしむるだけのことがある。

家族ではあるが、殆ど家族扱いはしていない。他の家族にしても、互いを家族と看做しているか怪しいのだが、明良は別格である。

亜津子が知るのは美知江が最初の結婚をした頃からである。それは全く、祝うどころではなかった。

相手は由緒のある宿屋の長男であった。先方は何より家柄に惹かれたらしくて、美知江とその周辺の実態を見落としていたらしい。

祝いの席で、明良は婿と婚家を痛罵した。

理由がよく分からないのである。亜津子は、明良が先方の用意した料理や会場に文句をつけるのを漏れ聞いているが、別に失礼にあたるような、まして面と向かって相手を罵倒するに値するようなものではなかった。

それを、祝辞の最中に、明良はいきり立って席を蹴り、到底大の大人のものではない罵声を浴びせたのである。

――なんだこれは。おい、いつまでこんなことをさせる！　足が痛くなる。何、間抜け面をしていやがる。宿屋だろうが、お前らは。こういうもてなしをして平気でいるのか？　帰る。くたばってしまえ。

どうしてこういう罵詈雑言が出たものか。彼が婚姻に対する不満や不服を抱えていて、それが噴出した、という訳ではないのだろうと亜津子は思っていた。

明良はそもそも美知江の結婚に無関心だったのである。相手など誰でもいい、というか、結婚しようがしまいがどうでもいい、というか、そもそも自分の子供がどうでもいい、という人物である。

そうではなくて、何か少しでも気に入らないことがあれば、思うさま喚《わめ》き散らしてぶち壊しにして構わないと考えているのだ。

幼児と変わらない。しかし、そこに自分の損得を考え合わせる計算高さを持っている。

あの場で、家格が下の婚家に打つ手はなく、結局何ごともなかったみたいに婚姻は成立したのであった。何ごともなかったみたいに、というのは亜津子にも意外だったが、何かあったにしても別に明良は困らなかった筈である。それにまあ、どうせ一年後に美知江が自分の手でぶち壊しにする結婚ではあった。

明良は家族を顧みず傍若無人の限りを尽くした。

亜津子が勤め始める以前のことだが、彼の面前間近でくしゃみをしたと言って、美知江を一晩庭の樹に縛りつけたことがあるという。六年前、彼がこの邸にいた時には、夜中に、別に彼が隣にいて迷惑をするのでもないのに、昭彦がしばしば部屋で机を揺すってカタカタ音を立てるのが気に入らないと言って、昭彦を燭台《しょくだい》で殴って、その机を積載物ごと破壊した。

こういうのにも妻になる人がいるものである。篤良が生まれたのは美知江の一度目の結婚と同じ頃で、子供は、サザエを食べていたら砂利粒《じゃりつぶ》が出てきたものくらいに扱っていたが、少なくとも妻には愛情を持ち合わせているように見えた。

もっとも、妻もしょっちゅう取り替えている。飽きっぽいのか何なのか、四、五年経つと訳の分からない理由をつけて追い出してしまう。そんな時に逆らえないような、おとなしい人を探してくるのである。

亜津子は明良帰朝の知らせを聞いて、ははあ、と思った。どうやら現地で女性と縁が切れたのではないか。

それまでも明良は海外に長期の渡航をすることがあって、五年前からは英吉利《イギリス》に行きっぱなしであった。そこで誰かと夫婦同然になっていたことまでは聞いているから、その女性と別れて、それを潮にして帰ってくるのだろう、そう想像したのである。なのだが、手紙に続き、英吉利《イギリス》から、木箱に入った奇妙な大荷物が陸続と届くに及んで、亜津子はこの想像が実際と違っているらしいことを知った。

中身が、まずは調度の類であった。花瓶、絵画、絨毯《じゅうたん》、ランプ、寝具、それから文房具の入った箱。

続いて、椅子、丸机、ワードローブ、ソファ、ベッドサイドテーブル、さらに寝台。木箱に入らないものは別に梱包されて届いた。

それから、電燈、ドアノブ、蝶番《ちょうつがい》、閂《かんぬき》、さらには鉄格子までが送られてきた。

これらは、要するに、洋館の個室にあるうち、取り外せるものの一切である。ただし、扉を送ることは断念したらしく、付随する金物だけが届いている。品物はどれも新品ではなく、むしろその多くは相当に古いのだろうと思われた。

それが二部屋分ある。荷物には、指示書が添付されていた。

明良は、それらをみな、彼の帰宅までに離れの空室に備えつけろというのである。簡単な図面と、色の標本や、部屋の細部を写した数十枚の写真が同封されていた。

写真はどうやら明良が暮らしていた部屋である。それを全く再現しろという。これを見て亜津子も改めて思い当たった。

二部屋なのだ。多分、明良は、妻と、英吉利《イギリス》の地で死に別れたのである。

明良にとって、妻に飽きる前に死なれてしまうのは初めてのことだった筈である。

それで、感傷が湧いたのだろう。その思い出を日本に移植して余生を暮らそうとか、そんなことを思いついたのだろう。

大いにありそうだと思った。彼は幼稚なのである。あれだけ迷惑な人だから、そういう別離がどんなことだか知らなくて、今頃になってようやくそんな経験をし、自分が大いなる悲劇の中にいると錯覚して、それでまた人に迷惑をかけるのである。

多分そうだと勝手に決めて、夫が死んだときのことを思い出しながら、亜津子は心の中で明良への軽蔑を新たにした。

ともあれ、工事の手配をしなければならなくなった。荷物が届いたのは十一月の中旬に入った頃、明良が帰ってくるのは年末だから、二月足らずで完成させなければならない。

段取りは、亜津子と、次男の明正が相談して決めた。

明正は、蓑田家における唯一の常識人であった。彼は他の四人の、性格破綻者と呼びたくなるような家族の間を器用に取り持って、その均衡をかろうじて保っていた。

財産も、明良が不在の間は一部幸正の分を除いて明正が管理していた。工事費用はそこから出すことになる。

「きっと安くはないでしょう。詳しくはないが、細々していて面倒な工事の筈ですよ」

「ええ、それで、間に合いますの――？」

「訊いてみなければわかりません。まあ、頼んでみましょう」

「はあ、それじゃあ。それから、北棟の三階ですけど、雨漏りがしますから、あれも一緒に直していただいたら？」

「そうでしたね。大工が、暇があるというのならやってもらいましょう」

明正は、六尺に近い背丈の、筋骨隆々とした男で、唯一の勤め人である。

亜津子がいくら辛抱強いにしたって、彼がいないことには到底女中仕事は続かなかっただろうと思う。多忙にもかかわらず、亜津子に分からないような金銭の問題から、普通の男なら気にかけないような台所の些事に至るまで気を回して管理をしていた。

話が決まって、工事は早々に始められた。

明良の指示は詳細を極めていて、煉瓦造は無理だから壁に薄く切った煉瓦を張れとか、扉をややこしい色に塗装しろとか、面倒なことばかりであった。

それでも、大工は間に合わせると請け負ってくれた。

二

十二月に入った日の午後のことであった。離れは工事の真っ只中である。

本棟の渡り廊下から分岐した廊下を進み、離れに入ると、左右に一つずつ扉がある。それぞれが十坪くらいの部屋に繋がっていて、廊下を挟んで北と南に各一つ部屋があることになる。これが離れの全部で、廊下の突き当たりには庭に出る扉がある。明良は、十年前にこれを建てたはいいが、結局使わず、調度も置かれていなかった。南北それぞれの部屋の、扉と向かい合った壁に大きな窓があって、そこに、送られてきた鉄格子を嵌めることになる。

届いた写真は、明良の部屋と、亡妻の部屋のふた揃いで、調度品は異なるが、電燈や、扉の金物などの、大工工事に関わるものは同一である。

亜津子は、急須や茶菓子の載った盆を持って、大工を労いに離れにやって来た。

大工は、扉の枠を検分しているところだった。亜津子の持って来た茶菓子を摘むと、床に転がった真鍮製の金具類を顎で示した。

「こりゃちょっと大変だよ。やって出来ないことはないが」

「はあ、きっとそうでしょうねえ、うまく出来ますでしょうか」

「だから出来ないことはないんだよ。でもなあ。建てる時に言ってくれりゃずっと楽なんだがな。それも万が一にも失敗できねえんだろう？　困るなあ」

「はあ、そうでしょうねえ」

大工が問題にしているのは、金物類の取り付けである。

電燈の位置には厳密な指定があって、天井に穴を開け配線をやり直さなければならない。鉄格子は、窓の大きさと合致していて面倒はないからいいとして、一番難しいのは扉であった。

蝶番をつけるのに、扉を一旦外して側面を削らなければならない。ドアノブにも同様の細工がいる。また、扉の厚さがドアノブと一致しておらず、使えるようにするには、扉の外側に板を足す必要があった。

それから内鍵である。扉の室内側に取り付けるコの字型の金具と、そこに嵌める閂だが、それらは普通の品物ではなかった。

金具は、元は帽子掛けか何かの部品だろうと思われた。多分、愛着があって捨てがたく、金具だけでもと保管しておいたものを、後から内鍵に使おうと思いついたのだろう。真鍮製で、鋳造でとても丈夫である。

閂の方は、真鍮板を角棒に巻きつけて形を作り、溶接して、表面に薔薇の模様の細工を施したものである。二つあるが装飾はどちらも同じであった。他の使い道も見当たらないから、これは内鍵をつけようと思い立ってから造らせたらしかった。

金具を、扉に二つ、壁に一つ、計三つ取り付ける。そこにこの閂を挿せば内鍵の用を為す。確かに、わざわざ造らせたであろうだけあって普通の閂よりは洒落ている。

だが、施工は面倒であった。大工は明良の送ってきた写真を睨みつけている。遊びの無い金具を、壁と扉に一直線に取り付けるのにも気を使うし、その位置も写真と同一でなければならないのである。

何より、真鍮の閂自体が問題であった。輸送中に歪んでしまったものか、そもそもまるで余裕のない作りであったのか、試してみると金具に嵌らないのである。二つのどちらも上手くいかない。

大工は閂を少し叩いて形を整えなければならないという。古い真鍮だから、加減を誤ると簡単に壊れてしまうので、それに頭を悩ませているのだと言った。

「まあなんとかする。ほんの少しでいいんだ。それで嵌るようになる」

「ええ、それは、お手数をおかけしますねえ」

こんな会話でも多少は息休めになる。

亜津子にとっては、外の人間が邸に出入りするのは歓迎すべきことである。正常な応答が出来る人と話す機会が亜津子には少ないし、我儘を言う美知江から遠ざかる口実も出来る。だから、大工にも必要以上に心遣いをする。

彼女は本棟に下がると、北棟で雨漏りを直している別の大工に、茶と菓子を出しに行った。

三

十二月の十一日である。平日だが、蓑田家の全員が在宅であった。

珍しいことである。美知江と昭彦は、昼間なら大抵家にいるけれども、幸正は、週に四、五日は妾宅を渡り歩いているし、篤良もいつもはどこかで遊んでいる。明正は勤めがある。たまたま休みが重なったのであった。亜津子には嬉しくない。

彼女が床を掃除していると、玄関ホールの電話が鳴った。先方は、井口と名乗った。訪問の予告であった。

「あの、明正さん、井口さんとおっしゃる方からお電話で、明後日にお連れさんといらっしゃるというのですけど」

電話口を塞いで、ちょうど玄関ホールを通りかかった明正にそう告げた。

「井口？　誰です」

「晴海さんの知り合いだと伝えるよう聞きましたけれど」

「そうですか。用件はなんです」

「お仕事のことで、明正さんに会って直接お話しするって――」

「分かりました。来るよう言ってください」

明正は、植木鉢を庭から南棟の部屋に運んでいるところであった。床にも置きかねるから、亜津子が明正に代わって応対をした。

忙しい日であった。大掃除を始めた時でもあったし、北棟の工事を手伝わされもした。離れの工事は大工の都合で休んでいたが、こちらは案外に捗っていて、南北どちらの部屋も金物の取り付けは終わっている。門は昨日、大工がなんとか金具に嵌るまで形を直したという。北側の部屋は電燈の取り付けも済んでいる。多少の工程を残して、後は調度の類を配置するばかりである。

亜津子は昼食の用意をして、それから庭の枯れ葉を集めることにしていた。

蓑田家において、食事の準備は普通の家庭の数倍面倒である。家人は自分の食べたいものしか食べないから、亜津子はシチューを煮ながらサンマを焼いたりしなければならない。

その上、みな後で食べるとか部屋で食べるとか勝手を言うので、全員が在宅だと、支度から片付けまでどんなに早くとも三時間はかかる。

美知江が亜津子を部屋に呼びつけ、サラダのドレッシングソースが気に入らないと言って、そこをとっかかりにして亜津子の食べ物の管理が杜撰《ずさん》だと詰り出した。それを両手を振り回してやったので、右手をシチューの器にぶつけて、絨毯の上にひっくり返した。

美知江が絨毯を取り替えろというので、寝台や机を動かしたり、一時間あまりを余計に使った。三時を過ぎて、庭の掃除を始めた。寒風で近所の樹々の落葉が芝生に溜まっている。広いから大変である。熊手を持って駆けずり回った。

ふと気づくと、北棟玄関のあたりから話し声がする。いつもの癖で、北棟の外壁に手を突いて耳を澄ました。

――邪魔だなあ。なんだよ？　こんなところに置いて行きやがって。

――お父さんのだよ。ついさっき届いた。

篤良と、明正の声である。

二時間ばかり前に、遅れていた残りの明良の荷物が届いたのである。料理中であったために、ひとまず玄関に置いたままにしていた。中身は確認していないが、図面に記載されている電燈が幾つか足りなかったので、多分それらである。

――亜津子は何してるんだよ？　いい加減だな。

――馬鹿に忙しいのだよ。朝から働きっぱなしだ。大工にまで使われて梯子《はしご》を押さえたりしていたんだよ。

――それで忘れてやがるのか。なんだもう。今日が忙しいのなんか昨日っから分かってるじゃないか。

――篤良、これ離れまで運んでおきたまえよ。

――ええ？　分かったよ。詰まらんことさせるなあ。

出て行こうか迷ったが、篤良が木箱を動かす音が聞こえ始めたので、そのまま知らぬ振りをしていることに決めた。

篤良は他の誰にどんな簡単な用を頼まれても、意地でも抵抗するのだが、明正にはあまり楯突くことをしない。

電燈は肉厚で重量がある。亜津子が運ぶ時にも一苦労であった。篤良はひ弱だから容易ではないだろう。そう考えているうちに、離れでドンと乱暴に箱を下ろした音がして、亜津子はビクリとした。

まあ、かなり頑丈な品物だから、それしきのことで壊れはしないだろうと思った。

庭掃除を済ませて、北棟三階の窓磨きを終わらせないうちに、夕食の支度の時間になってしまった。亜津子は厨房に降りて行った。

入ると美知江がいる。冷蔵箱や食品棚を漁っている。亜津子の足音に振り向いた。

「あ！　ちょっと、食事どうしたのよ」

「はあ、今から作りますけど、あの、急ぎますけど」

「何よ、お昼もちゃんと出さないで放っておいて。何をのんきにしてるのよ」

ちゃんと出さないも何も、美知江はシチューをひっくり返したのち、逆上したままもう昼食はいらないと宣言したのである。

「早くしなさいよ。何でそういっつも手際が悪いのよ」

その時幸正が入ってきた。

「おい、美知江、もう少し淑《しと》やかにしないか。何でお前はいつもそうくだらないことで怒っているのだ。何でそうムキになる」

そんなことを注意するのになぜか気取っている。これは別に助け舟で言っているのではないのであって、亜津子としては、余計なことを言って話をややこしくしないで欲しいのである。

「何で私が食べ物なんかのことで怒るのよ。そうじゃあなくて、亜津子がグズでいい加減だから怒ってるんじゃないのよ。ねえ？　早くしてよ」

「だから、もっと淑やかにしないか。亜津子も何をボンヤリしている。手際よくしろ」

幸正の小言は、小言を言うのが目的だから、別に内容はない。

声が届いたか、そこに明正が現れて亜津子は解放された。

「兄さんたちもういいでしょう。亜津子さんは言われずともちゃんとやりますよ。――亜津子さん、明後日来る人、井口という名前で間違いないですか」

そうだと答えた。

幸正と美知江は厨房を出て行く。戸口の明正は労わる口調で言った。

「色々と負担をかけますね。亜津子さんがいないことには到底立ち行かないでしょう」

それはそうだろう。亜津子がいかに謙虚になろうが、彼女無しに家の雑事をこなしていくことが出来ないのは疑いようがない。

「彼らだってそういうことは分かってます。あまり気にしないで下さい」

これは亜津子の求める労いではない。気にするなと済まされても困る。

明正も去り、亜津子は夕食を作った。

手洗いに立った時、篤良とすれ違った。亜津子は、木箱の始末を怠ったことについて篤良が嫌味を言うものと予期していたが、意外にも、彼は軽く睨みを利かせただけであった。

明正が、食事は部屋まで運んで欲しいという。部屋に籠《こも》って仕事をするのだそうである。

部屋は南棟にある。戸を叩いて中に入ると明正は数枚の書類を熱心に見比べていた。

「そこに置いてください。ご苦労でした」

亜津子が、机に向かう明正の下《もと》に盆を運ぼうとすると、彼は背を向けたまま、入り口近くの椅子を後ろ手に指差した。言われるままにして、食堂まで戻った。

篤良をはじめに他の四人も入れ替わり立ち替わり食堂に現れ食事をした。片付けをすっかり終え、一息ついたのは八時過ぎである。

家族はどうやら全員自室に引き上げたので、亜津子は厨房で自分の紅茶を淹れた。

ほお、と安心しかけた瞬間、ふと、庭の離れの脇に、昼間に使った熊手を放り出していることを思い出した。

片付けるべきか否か、迷った。

外は寒い。広い庭だから距離もある。億劫《おっくう》である。一晩出しておいたところで、盗まれるものでもない。

だが、他の家人が問題なのである。

彼らは夜遅くに外出することが多い。幸正は妾宅へ、昭彦は黄金町《こがねちょう》の色街へ、篤良は他の不良青年とつるみに行ったりする。美知江だって、彼らのそういう趣味を軽蔑しているが、亜津子の知らないどこかへ夜になって出かけて行って、朝に酔いつぶれて帰ってくることがある。

今晩も誰かが出かけるだろう。全員だということもあり得る。そもそも、もう誰かが出かけたかもしれない。

そういう彼らに熊手の不始末を見られると、文句を言う口実を与えることになる。やはり片付けておこうと決めた。

玄関を出ると、風が吹いていた。室内着で出てきたから酷く寒い。気温は氷点下かもしれない。小走りに離れまで向かった。妙に遠く感じる。

離れまで三間あまりの処まで近づいて、ふと、北側の部屋の窓が薄ら明るいのに気づいた。不審である。電燈の灯りだろうが、今点いているべき事情はない。近寄って鉄格子越しに窓を覗いた。

点いているのは天井に取り付けられた四つの電燈のうちの一つで、薄暗い。それでも室内の異常な有様は容易に見て取れた。

窓から見て部屋の一番奥、扉のすぐ前である。天井の電燈から、ロープか、あるいは敷布を結んだものが下がっていて、男が首を括《くく》っている。顔ははっきりしないが、体格を見れば明正であるのは明白だった。

体勢が妙である。体をくの字に曲げて、左足を内鍵の上に載せて、右足は空に垂らしている。閂の真鍮が鈍く光っていて、扉が閉ざされているのがはっきりわかった。

亜津子は息を呑んだ。悲鳴は出なかった。足を縺《もつ》れさせながら北棟の玄関に戻った。

家族の私室は南棟にある。混乱しながらも、彼女は幸正の部屋の扉を叩いた。返事がある前に叫んだ。

「大変です、大変です！　明正さんが――」

「なんだ！　うるさい！　静かにしろ！」

そう言いつつ幸正は戸を開けたが、亜津子の様子を見て黙った。

「明正さんが、離れで、首を括って――」

「何？」

亜津子が階段を降りて離れへの廊下に向かうのに、幸正も小走りに付いて来た。

彼女が肩を使って扉に体当たりを始めるのを見て、ようやく彼は亜津子の言うことを本気にし始めたようだった。

「おい！　おい、どういうことだ。鍵は無いのか」

「閂が掛かってるんです！」

廊下に椅子が放り出してあった。幸正はそれに立って、欄間《らんま》の嵌め殺しのガラスから室内を覗いた。

括られた首くらいはそこからでも覗ける筈である。幸正は事情を察した。

二人して扉に体当たりを始めた頃、亜津子の大声を聞いたらしい家族の全員が、離れまで集まってきた。

二人が扉の突破を試みる後ろから、みなは代わる代わる椅子に立って室内を覗いた。

ぶつかり続けた末、ついに手応えがあった。

開いた扉は一旦、天井から吊り下がった屍体にぶつかった。両足とも空に垂れていて、内鍵にかけていた左足は体当たりするうちにずり落ちたのだろうと亜津子は思った。それを慎重に押し開いて、亜津子や他のみなも部屋に入った。

屍体の足元に、捻じ曲がった真鍮の閂が落ちている。衝撃で弾け飛んだと見える。中程がひし形にひしゃげていて、折れ目がついて、ちょっと動かすと断裂してしまいそうである。

この閂は、昨日の午後、大工が何とか用を成すように整形して隣の部屋に置いていたものである。壁と扉の金具は傷んではいないようだが、それらを打ち付けた釘が飛び出して、あらぬ方を向いて曲がっている。

部屋には、やはり輸送中に傷んで修繕の途中であるワードローブ、それから、それに用いる長短大小様々の工具の類が散らばっている。

それで、屍体を見上げると――、紛れもなく明正なのだが――、背中の、心臓のあたりに、深々とナイフが突き刺さっていた。

庭を向いた窓や、欄間からは、死角になって見えなかったのである。自殺ではない。

有り得ないことだった。亜津子は向かいの窓を見る。そこには鉄格子が嵌っているし、扉には内側から閂が掛かっていたのを、彼女は庭から確かめた。室内に、他に出入り口は無い。

つまり、明正を殺した誰かは、この部屋から出ることは出来なかった筈なのである。

しかし、犯人の姿は部屋のどこにも無い。不可能としか思えないことが起こっている。

四

事件から二日経った午後。意外にも、井口という男とその連れは、予告通りにやってきたのであった。

門の側の警官と問答をする二人連れが、南棟の二階から見えた。話がついたか、やがて玄関の方に歩き始めたので、亜津子は慌てて北棟に戻った。

渡り廊下で呼び鈴を聞いた。急いで玄関を開けた。

一人は、やや平均より身長の低い、和装にインバネスの、目に隈と無精髭の目立つ勤め人ではなさそうな男、もう一人は、艶のある黒いズボンにフロックコートで、長身のために亜津子は遠目には西洋人かと思った。向き合ってみれば、何人とも分からない無国籍の顔で、しかし日本人だった。美青年である。

無精髭の方が口を開いた。

「ああ、こんにちは、井口といいます、お電話をしましたが――」

亜津子は、はあ、とだけ返事をする。井口がその先の言葉に迷っているのを見て取って、洋装の方が後を継いだ。

「新聞を見ただけなのですが、大変なことがあったようですね。ご迷惑は承知しています。僕は蓮野といいます」

彼は戸口に小さく立つ亜津子を真っ直ぐ見据えた。

忙しいのは確かである。一昨日の晩からてんてこ舞いをしている。

「明正さんと面談の約束をしていたことはご承知ですか？　実を言うと、僕も井口も明正さんと面識はないのです。ただ、井口が明正さんの商売相手と知り合いで、その人物から相談を受けて、それでお話をさせて頂こうと思っていたのです。

明正さんはお亡くなりで、相応しい時ではないのかもしれませんが、しかしあまり時間を空けてしまうと話が分からなくなってしまうこともあり得るのです。それで」

蓮野は、人の気配のする南棟の方に注意を向けた。

「明正さんの家族のどなたかとお話をさせて頂きたいのです。本当なら、お葬式もすまないうちからするべきお話ではないのですから、非常識かもしれません。ご都合が悪ければふさわしい時期に改めて来ます」

「はあ、ええと――」

都合は良くない。だが、改めて来て貰えば解決しているということでもない。

蓑田家は、普通の喪中ではない。悲しみは無いでもないのだけれども、混乱がそれを完全に覆い隠している。家族の全員が、こんな折だというのにいつも通りの異常ぶりをまるで遠慮せずに発揮しているのである。

屍体発見の後、亜津子が警察に電話をし、捜査が始められたのであるが、それは一向に要領を得なかった。取り調べに対して、みな普段のままの、幸正は偉ぶった、美知江はヒステリックな、昭彦はヘラヘラした、篤良は嫌味な態度で応じた。

　明正の死に動じていないとか、犯人が見つかろうが見つかるまいが知ったことかと思っているとか、そういうことではないのだと思う。亜津子に限らず、彼がいないと誰しも困るのである。

　なのだが、彼らは他に取るべき態度を知らないのだ。捜査に当たった刑事を何度も激昂させて、結局、事情の説明は亜津子がした。

　一昨日の晩から今日の午前にかけて現場検証と事情の聴取が続けられていた。大したことは判っていないようである。今は、見張りの警官を一人残して警察は引き上げている。

　処置に困るが、亜津子はとりあえず応接室に客を上げてしまうことにした。

　とにかくお待ちください、とソファに二人を座らせて、部屋を出て扉を閉じた。そして、暫《しば》しその場に立ち尽くして思案した。

　どうしたものか？　明正が死んだ以上、誰と話をさせたらいいのか。

　誰も明正の仕事のことなど知りはしないだろう。亜津子が一番詳しいくらいだと思う。だが、そんな事情をすんなり納得させられるものでもない。

　とりあえず、年長の幸正を呼んでくるのが順当だろうか。そう思っていると、応接室の中から客の話し声が聞こえ始めた。

——随分なところに連れてくるね。

——でも、思ったより警察は少ないじゃないか。蓮野、どうしたものかね？　誰か何か知ってるだろうかね？　どう話をする気だ。

——どういうこともないな。そのまま話すだけだよ。他の手はないし、こうなっちゃった以上晴海さんだってそれだけやれば納得してくれるだろう？

——まあそうかな。賠償とかはどうなるのかな？

——知らない。そういうことを考えるなら、もしかしたら相続のことをはっきりさせてからの方がいいのかもしれないが、でも、晴海さんは金のことは問題にしてないんだろう？　事情がはっきりすればそれでいいということなんじゃないかな。

——そうだと思うね。

——なら早く話をするしかないな。事件に関係あるのかもしれないしね。書類だとかの証拠を始末されちゃったらどうにもならない。


何の話かは分からないが、思ったよりも唯ならない事情のようである。亜津子は南棟に幸正を呼びに行った。

戸を叩いて、ドアノブが廻ると同時に怒鳴られた。

「うるさい！　疲れているのが分からんのか。何のつもりだ」

浴衣を着崩していて、両眼が眠たげである。横になっていたらしい。

「あの、お客様なんです」

「客だ？　こんな時に客に来るやつがあるか。追いかえせ」

「でも、前々から明正さんとお約束があって、大事な御用らしいのですけど」

立ち聞きした限り大事な用に違いない。幸正は顔を顰めた。

「待たせておけ。後で行く」

戸が閉じられた。

亜津子は厨房で紅茶を淹れ、応接室に運んだ。

「あの、家のものですけれど、ちょっと立て込んでいますから、お待ちいただきたいのですけれど」

盆をサイドテーブルに置きながらそう言った。

「ええ、お待ちします。どうも恐縮です。それで――」

井口は躊躇いがちに訊く。

「明正さんですけども、随分妙な状況で亡くなったのでしょう？　いや、変な好奇心を出して申し訳ないんですけども、でも、出入り出来ない筈の部屋で見つかった、とか、新聞にあったものですから――」

そうなのだ。

明正が見つかった離れの部屋は、窓には鉄格子が嵌っていたし、扉には閂が掛かっていたのである。他に出入り口はない。犯人は絶対に部屋から出られなかった筈である。

そして、なぜ明正なのか？　亜津子には、これが、部屋が密閉されていたこと以上に不思議だった。どうして彼が殺されなければならないのか。

彼が死ねばみな困るのだ。明正以外の他の四人なら、誰が誰を殺したって大して驚きはしないのだが——

そう、亜津子は、忙殺されてこの点は思考が停止しているのだけれども、犯人はあの四人の中にいるに決まっている。

「警察は何と言っていますか？　そういう奇妙な点について」

蓮野が言った。

「はあ、ええと、とにかく犯人を見つけるのが先だろうと」

警察は、屍体発見時の不可解な状況を一旦無視して、さっさと自白を取ろうという方針らしかった。他の容疑者が怪しさで大きく上回っていたために、亜津子の取り調べは苛烈ではなかったが、警察は蓑田家の四人の事情聴取に厳しい態度で当たった。

検死もまだ済んでいないようで、とにかく、死んだのが一昨日の夕方から夜にかけてだとか、兇器のナイフと首を吊るしていたロープは家の納戸にあったものだとか、死因は刺殺だとか、当たり前のことしか明確になっていない。

殺害場所についても、後ろからナイフを刺すだけだからどこだって有り得るが、運ぶのが大変だから、離れの部屋か、その近くに誘い出したのち殺したというのが自然だろうと見られている。

アリバイは誰にも無い。家族みな、食事の後は自室にいて、互いを見ていないという。犯人を特定するには至らず、検死のこともあって、見張りを置いて一旦警察は引き上げたのである。

「すると、何もはっきりしていないんですね」

そうだ。

その時、扉が乱暴に開いた。

「ちょっと！　亜津子、あんた何してるのよ！　油売ってんじゃあないわよ」

美知江である。

怒鳴りつけてから、彼女は来客に気づいた。

井口たちを軽く睨んでから、美知江は亜津子の腕を摑んで室外に連れ出した。扉は閉じたが、応接室に届く声量で罵倒を続けた。

「何で要らないことばっかりして、私のしてほしいことをしないのよ！　ねえ、昭彦が——、昭彦が、私に変なちょっかいかけるのよ。さっき勝手に部屋に入ってきて——」

そんなの、亜津子にどうしろというのか。立ち入りたくない話である。

そう思ったところに、当の昭彦が廊下を渡ってやってきた。

「ああ、美知江だ、なんか変な勘違いしてるなあ——、ちょっと話を聞いてくれっていうんじゃないか」

グフグフと笑う。

この件に関しては、多分美知江の主張は正当であると思った。過去に、篤良が連れ込んできた女に昭彦がちょっかいをかけようとして、衝突を起こしたことが数度ある。その時は、明正が間に入ってことを収め、亜津子は無表情の知らぬふりで通した。

「ねえ何とかしてよ！　気味が悪いわ」

どうしたものか。

「あの、お納戸に、大きな南京錠と鎖がありますから、それで何か工夫をして、戸締りをしたら――」

そんなことを言ってしまった。

「納戸のどこよ？　取ってきてよ！　――いい！　私が行くわ」

美知江は立ち去った。

「南京錠？　ひどいなあ亜津子も」

昭彦も、薄ら笑いを浮かべてどこかに消えた。

恐る恐る応接室の扉に近寄って聞き耳を立ててみた。

――ここの女中は大変だな。よっぽど給料貰わなければ割に合わないね。

――貰ったって引き合わないと思うけどな。僕なら二日で辞める。長く続けてるなら、あれは一種の聖人だろう。

扉を開いて二人に顔を合わせるのは気後れした。彼らの方でも、ああいう騒ぎの直後に亜津子が再び顔を覗かせるとは予期していないようだった。亜津子はすうと息を吸って、厨房に向かった。

扉を少し開けておいた。束の間の休憩である。寝るつもりはなかったが、椅子にかけると二日分の疲労に襲われ、亜津子はうつらうつらした。

どこかで怒鳴り合う声がしている。しかし、事情を確かめに行く気力が無い。

足音がするので目を開けると、応接室に向かう幸正の姿が扉の隙間から見えた。時計を見ると、知らぬ間に、彼に声を掛けてから二時間近くが経っている。

さすがに客を待たせ過ぎた。少し間を空け、後を追い、応接室の扉に耳を寄せた。

――ええと、どうも突然にすみません。

――なんだ君たちは！　どういう場合だと思っている！

――ええもっともです。我々も、今するべき話なのかどうか確信がないんです。しかし、我々の都合だけでなくて、蓑田さんの方でも知っておかれた方がいいかもしれないのです。明正さんが、保険会社以外にも、いろいろ副業を持っていらしたことをご存知ですか？

――知らん！　分からん！

――そうですか、実はですね、我々は、明正さんとの取引で問題を起こしたという人から相談を受けてきたのです。

――分からんと言っているだろう！　分からんことで私を悩ますな！

――ええ、しかし、あの――

予期していたより酷い成り行きである。幸正が部屋を出ようとする気配がしたので、亜津子は慌てて廊下を曲がり、死角に隠れた。彼が去るのを待って部屋の前に戻った。

――怒鳴りつけるんなら、二時間も待たせないで来てすぐにして欲しいよな。

――まあね。

亜津子は戸を叩くと、応接室に入った。

「どうも、あの、なんだか、大変失礼をしてしまったみたいですけど」

蓮野は姿勢を正した。

「いや、気にして頂くべきではありません。我々の方が先に非礼を働いていますからね。それにしても、明正さんは、ご家族に仕事の話をなさらなかったみたいですね」

それは確かである。幸正が無知なのはそれが理由というのでもないが。

「どうでしょう？　我々は一度おいとました方がいいかもしれませんが、あなたは何かご存知ですか？」

亜津子は戸惑った。使用人であることが身についているので、主人向けの質問に答えるのには慣れていない。

彼女は、蟹みたいにゆっくり安楽椅子の前に移動して、蓮野たちの向かいに腰を掛けた。

「明正さんの仕事についてお訊きしたいのです。保険会社以外のことをやってらしたのを聞いていますか？」

「はあ、ええと――」

知らない。初耳である。

「あの、よろしかったら、事情を聞かせて頂けませんでしょうか。私、何も存じないんですけれど、お話を聞いたら何かお返事できるかもしれませんし」

蓮野はしばし亜津子の顔を見つめた。何かを推し量られていると思った。

「そうですね。お話しします。故人の名誉に関わることですので、どう申し上げるか迷っていました」

最初から亜津子が聞けばよかったのである。

「これはまず間違い無いと思われていることです。実は、明正さんは、一種の詐欺を働いていたらしいのです」

「詐欺、ですか？」

考えてみれば、盗み聞いた二人の会話から思い当たってもよかった。それでも、亜津子にとってこれは予想外であった。

亜津子は衝撃を受け止めかねて黙っている。蓮野は話を続けた。

「井口が、晴海商事という商社の社長から相談を受けたのです。実は、被害に遭ったのが晴海氏が面倒をみている男なのですよ。

彼は製鉄会社を任されていて、それ程の大会社ではないんですが、大戦の以後はその経営が思わしくない。そこに資金繰りの話を持ちかけたのが、どうも明正さんと繋がった人だったらしいのです。彼は、晴海氏に頼めば融通して貰える資金を、自分で調達せねばならないと思い込んでいたようで、頼んだ相手は手形詐欺師でした。そいつに、預けた手形を持ち去られてしまった」

明正は、第三者を装って製鉄会社の社長に手形を回収できるかもしれないと持ちかけた。同時に明正は晴海氏にも少々胡散臭い話を持ちかけていて、氏は疑いを持った。

井口に話が行ったのは、蓮野が銀行の事情に詳しかったからである。何か判ることはないかと晴海氏は井口に相談をした。晴海氏は井口の恩人で、蓮野も間接的な恩がある。

蓮野は方々から得た証言で、手形を拐《さら》っていった男と明正が会っていたことを突き止めた。だから、明正の詐欺への加担は間違いなさそうだが、決定的な証拠は無く、今日は探りを入れるというつもりでいたのだという。すると、明正が殺されてしまったのだ。

話を聞きながらも、亜津子は、蓮野に顔色を注意深く窺われているようで緊張した。

ずっと頼ってきた明正は、実は手形詐欺師だったのだという。この事実は、殺人騒ぎに疲れて麻痺した亜津子の心を鈍く打ち付けた。

「晴海氏も、こうなってしまった以上、被害の賠償を求めることはしないと思います。ですが、経緯ははっきりさせておきたいと、そういう意向でお伺いしたのです。それに、この殺人事件と詐欺が繋がっていても問題ですからね。どうです。何か関わりのありそうなことをご存知ですか？」

蓮野が嘘をついているようには見えなかった。話の細部には理解できない点もあったが、多分信用していいのだろうと思った。

明正の様子をいろいろ思い返してみるが、思い当たる節はない。

だが、彼の徹底した慇懃《いんぎん》さと如才の無さ、隙を見せない様子は実に詐欺師的だったと、そういう風にも考えられることに気づいた。

「あの、私やっぱり分かりません。申し訳ございませんけど。でも、蓮野さんのおっしゃる通りのような気もいたします」

「そうですか。時に、明正さんの御遺品の整理はどうなさるのですか？　まだ葬式もお済みじゃないのでしょうが、考えをお持ちですか」

実は、先夜のうちからそれは懸案事項になっていた。

取り調べの合間のことである。篤良が、おい、金はどうなるんだ？　と心配を漏らし、美知江を始め家族がそれに同調した。

そこで、金庫の中身の確認を試みたのだが、一つ問題があった。

「実は、明正さんが、金庫の鍵をどこに保管していたものか、どうしても見つけられなかったのです。家族みな、早くそれを確認したいと思っていたのですけど――」

蓑田家の資産に関わる一切が入っている金庫である。明正が自室に据えていたもので、よほどややこしい隠し方をしたのか、その鍵の行方が未だ知れない。

警察は、明正に後ろ暗いことがあった事実をまだ知らないので、解錠できない金庫の中身を気にしてはいないようである。

この話を聞くと、井口は蓮野を横目に、何やら投げやりな口調で言った。

「おい、これは君の仕事だぜ」

蓮野は今までの襟を正した態度を崩した。表情を緩めて、反り返るようにして井口の方を見た。

「うん？　いや、どうかな。そうまでするべきだろうかな」

それから改めて亜津子に向き直った。

「その金庫ですが、家族の方は是非に早く解錠したいということですか」

「ええ」

「それに、或いは我々が探している証拠も入っているかもしれないということですね」

「はい」

「金庫は、以後使用不能になってしまっても構いませんか」

「はあ」

仕方ないだろう。蓮野はううんと唸った。

「それでは、金庫ですが、どこの会社のものです？　お分かりですか」

いろはのダイヤルと鍵穴が付いたものである。製造会社は知らないが、確か八咫烏《やたがらす》の紋章が付いている。そう言った。

「実は、僕はそういったものを解錠するのに少々心得がありますから、もしご家族が同意なさるなら、その金庫を診させて頂きます。家族の方全員に立ち会って頂く必要があるでしょうね。それから、工具をお借りできますか？」

意外な申し出である。好都合過ぎる。普通なら不審に思うべきところだが、蓮野の態度に怪しむべきところはない。それに、本当に金庫が開くなら何より有難い。

とにかく、家族に訊いてみると言って部屋を出た。

南棟に行ってみると、篤良と昭彦が喧嘩をしていた。誰も止めないまましばらく続いていたらしく、二人の洋服は所々破れている。

「あ！　おい亜津子、この、昭彦、俺の財布から金取りやがったよ。ふざけやがって、いくつだよもう——」

「そうじゃ、そうじゃない。部屋には入ったよ。でもそれだけで、別に——」

話が分からない。二人は亜津子を無視して喧嘩を再開しにかかった。彼女は無理やり割り込んで、なんとか話を聞かせた。

「それで、そのお客様が金庫を開けてくださるとおっしゃるんです。だから、立ち会っていただく必要があるって——」

亜津子は弁が立たないが、ここ二日は疲労でそれが更に酷くなっている。

事情は理解させたが、二人とも訝《いぶか》っている。仕事で訪ねてきた人が、急に金庫を開けられると言い出すのだから当然である。

だが、反対はしなかった。何しろ、金が無いのだ。今までは明正から配給を受けていたのだが、彼が死ぬとどうしていいのか分からないのである。

幸正、美知江も、話の成り行きを不審がった。しかし、金庫が開くのならともかく立ち会う、と返事をした。

応接室に戻って蓮野にそう伝えた。工具がいるというので、彼と井口を伴って納戸に行き、工具箱を持って明正の部屋に向かった。すでに他の家人は揃っていた。

「どうも、初めてお目にかかります。明正さんは大変お気の毒でした。僕は蓮野と言います。これは井口です」

蓮野は、亜津子に対した時よりも硬い調子で挨拶をした。家族の四人を油断なく観察している様子である。幸正の言動や、昭彦と篤良のなりから蓑田家の異常ぶりはすでに彼にも察せられている筈で、亜津子は奇妙な恥ずかしさを感じた。

蓮野は仕事にかかった。井口は傍《そば》で黙って見ている。やがて、家族は小声で罵り合いを始めたが、二人とも背後のそれに見向きもしない。亜津子は小声で諫めようとしたが、誰も聞きはしない。見放されたような、酷く心細い気分になる。

篤良は、蓮野に声をかけた。

「あんたなんでそんなこと出来るんだよ？」

蓮野は静かに手を止めて、振り返った。

「僕が金とか貴重品に関わる仕事をしていたからだね。銀行員とか色々ね。こういうものを抉《こ》じ開けなきゃいけないことが幾度かあって、ついに憶えてしまった。まあ、そんなのは僕ぐらいでしょうね」

そんなことがあるだろうか？　そう思ったが、堂々と答えるから、納得するよりない。

結局、破壊する必要はなかったらしい。ダイヤルを弄《いじく》ったり、針金を使ったりしていたと思うと、三十分少々で蓮野は金庫を開けた。

扉が緩むと同時に、蓮野と井口は身を引いて、家族に中を確かめるよう促した。幸正と篤良が近寄って、扉を全開にし、中身を次々取り出して机の上に置いた。札束が僅少《きんしょう》。それから帳簿。通帳、印鑑、領収証。何だか分からないノートが数冊。

「おい、なんだ？　これは」

幸正が言うので、亜津子は黒いノートを受け取って、中を眺めた。

蓮野の話を聞いていたから、何であるか直ぐに分かった。人名、奪取額、手口、几帳面に全て記録してあるのである。それは詐欺の仕事録であった。

亜津子は黙ってノートを蓮野に渡した。彼はそれを一瞥したのち、自分の手帳を取り出して素早く内容を書き留めた。ノートを亜津子に返す時、蓮野は囁いた。

「申し上げるまでもないですけど、保管を宜しくお願いします。他の被害者からも、申し立てがあるかもしれません」

「おい、何なのだ？　それは」

幸正に問われ、亜津子はどう答えたものか迷う。蓮野が代わりに説明をしかかった時、他の三人が騒めきだした。

「ええ？　ねえ、これは――、おかしいだろ？　こんなに少ない訳ないだろう」

三つある通帳を次々検めながら篤良は嘆く。

さらに美知江が茶色い革表紙のノートを捲りながら喚き立てる。

「ねえ、怪しい数字が沢山書いてあるんだけど。なんで？　なんでよ？」

賭博《とばく》の記録らしかった。サイコロやら花札やらでいくら負けたものだか、馬鹿馬鹿しいような生真面目さで記してある。

　明正が、蓑田家の資産の大部分を無益な遊びに空費していたことはもはや明白だった。

五

　夕食には、二人の客も同席した。

　亜津子がそう勧めた。午後の六時で、食事を出さねば失礼にあたる時間でもあった。

　明日の午後には、警察が再び捜査に訪れると聞いている。亜津子は、出来ればそれまで二人を引き止めたいと思っていた。

怖いのである。今日の午前までは警察がいたから、麻痺していた恐怖である。その上、新たに明らかになった事実が、蓑田家の空気を一層狂的にしている。どうしても正常人の同宿者が欲しい。見張りの警官は、門と玄関をうろうろしているくらいで頼りない。

　食事はいつにない簡素さだったが、誰も文句をつけなかった。

　来客のせいもある。この家に客が来ることは、篤良が女を連れ込んでくる他、多くはない。食事を勧めることなど極めて珍しい。それで勝手が違うのである。

全員が揃って食事をすることも異例である。そんなことは、明良がこの家に居た時に幾度かあったくらいで、ここ数年来初めてではないかと亜津子は思った。明正の部屋での一件が、みなの食事の時間を揃えてしまった。

文句を垂れる気力をなからしめたのは何よりその一件である。生活能力のない彼らが今後どう生きるのか？　その上、あと二週間もすれば明良が帰ってくる。

食事の間に、蓮野は明正の詐欺の件を全員に説明した。

淡々とした無感情な説明で、みな大人しく聞いた。幸正が少し質問を挟んだくらいである。

「それで、その、詐欺の被害者が、金を返せと言ってくるというのか」

「さあ、分かりません。他の被害者がどんな人だか、僕は知りません」

蓑田家のものが気にしているのはこの点である。蓮野は、彼らが、明正の遺した書類をまとめて始末するような無茶をやりかねないと見て取ったか、あまり細々説明を加えたくないようであった。

静かに食事は済んだ。亜津子は応接室に戻ろうとする客二人に声を掛けた。

「ええと、東京までお帰りでしょうか？　あの、お泊まり頂いてもよろしいのですけど」

人が死んだばかりの家だから、泊まっていけというのも妙ではある。二人は顔を見合わせた。

「しかし、いや、それには及びませんよ――」

「いや井口君、泊めてもらおう。電話を借りられますか？　井口が奥さんに連絡をします」

蓮野は、絣《かすり》の着物の腿の辺りに両手を当てて小さくなっている亜津子を観察する目つきである。

内心の不安を見透かされているらしいと思った。

北棟の二階に来客用の部屋があった。しばらく使っていない部屋だが、亜津子は几帳面に掃除をしていたから、いきなり客を案内しても大丈夫である。

一番北寄りの部屋は、三階からの雨漏りが浸みていて、腐った梁《はり》を修繕しているところである。その隣に続く二部屋を使うよう言った。

亜津子は厨房に戻って皿を洗った。済むと、再び二階の客室の前に行ってみた。声は聞こえないが、扉越しに物音がする。例によって立ち止まって、張り付くようにして聞き耳を立てた。客たちは何をしているのか――

「どうしました？　井口が何かしましたか」

背後、それもすぐ近くで突然に声がした。ビクリとして振り返ると、蓮野が立っている。どこをどう見ても、亜津子は盗み聞きの体勢であった。言い逃れは出来ない。彼女は失語して立ち尽くした。

「ああ、あの――」

「ちょっとお手洗をお借りしました。後でもう少しお聞きしたいことがあります。よろしいですか？　明日でも構いませんが。やはり明正さんについてです」

「はあ、ええ、それは――、あの、大変失礼いたしました、本当に――」

いやいいのです、と蓮野は笑って隣の部屋に入っていった。亜津子は息を落ち着けて、ようやく体を動かした。

助かった。それにしても、ばかに静かに歩く人だと思った。

階下に降りると、食堂から話し声がしている。食事の済んだ四人が未だ居残っているらしい。

亜津子は一瞬、それを不思議に思った。いつもなら、あの四人がわざわざ顔を合わせて話し合いをするようなことはない。

なのだが、漏れ聞こえる言葉を聞いて訳が分かった。


「死んでよかったんだから――」「誰が――」「いつまで――」「警察が――」「誰が知ってた？」「知らねえよ誰も――」「じゃあなんで殺したんだよ――」


彼らは犯人探しをしているのだ。当然といえば当然のことであった。今まで警察に監視されて、その隙がなかったのである。そこに明正の詐欺という新事実が持ち上がったのだから、それを基にした犯人の検討が始まったのだ。

なるべく四人には関わりたくない心境である。それに、ついさっき盗み聞きで冷や汗をかいたばかりだ。

だから、さっさと食堂の前を離れようと思ったのだが、そうするより先にその声は聞こえてしまった。

――案外亜津子じゃあねえのか。あいつ俺が女連れてくると盗み聞きしやがるんだ。旦那が死んで欲求不満でおかしくなってるんじゃないのか。

——私のことも時々盗み聞きするわよ。バレてないと思ってんのよ。陰気な顔してうろついて、多分恨んでんのよ私を。


うっかり自分の陰口を聞くことは過去にも多くあったが、亜津子は、それらがどれも不当なものだと信じることができたのである。陰口を叩く方の良識のなさが言わせているもので、亜津子が気に病むべきでないことを疑わなかった。

今度のは、自分で非を認めている、後ろめたさを覚えていることだけに不意打ちだった。盗み聞きを気付かれていないと思っていた自分の間抜けさが呪わしくもあった。


——でも、亜津子、明正に何でもかんでも相談してたじゃないか。殺しちゃったら困るんじゃあないか。金だってどうせ亜津子のものじゃないんだ。

——おい、いい加減に名乗り出ないか。警察が出入りして鬱陶しくて仕方ない。

——だから、名乗り出ないわよそんなの。

——だって、あんなに金を使い込んで、もうすぐ無くなる所だったんだから、殺してよかったんじゃあないか。だから、名乗り出てくれればいいじゃないか。

——そんな訳ないでしょうよ！　明正があんなに金使い込んでたって知ってたのは誰よ！

——俺は知らん！　俺は自分の金は自分で持っとるんだ。

——何が自分の金よ！　一旦明正からもらってきて、自分の口座に移しとくだけじゃないのよ！　あんただって金が無くなったら困るんでしょう！　誰が知ってたのよ！

——誰も知らないよお。みんな安心して任せ切ってた。みんな自分じゃ何もできないんだから。

——でも誰か知ってたんだろ。じゃなきゃなんで殺すんだよ。

　やがて、物を投げたり、拳を使い始めたらしい音も聞こえ出したが、亜津子は放心していた。吐きそうな気分でその場を離れた。

　亜津子の部屋は三階である。二階から踊り場まで上がったところで、蓮野に声を掛けられた。

「ああ、お手隙ですか？　ちょっとお話をしたいと思っているのですが。大丈夫ですか？　お疲れですか。非常に顔色が悪いですね」

　少し救われた気分になった。大丈夫です、と言って蓮野に付いていった。

　彼の部屋に井口もいて、窓際に座っている。

「井口と話していたのですけれどね」

　椅子に掛けるなり蓮野は切り出した。

「明正さんの行状について、知れるものならなるべく多くを知りたいと思ったのです。だから、ご家族の誰だかが少しでも何かをご存知なら、話を聞きたいのですが、蓑田ご一家の方は、どうもみなさん変わっていますね」

「はあ、まあ、変わっているといいますか、全く——」

「新聞には、はっきりとは書かれていませんでしたが、あの四人のうちの誰かでしょう？　犯人は」

それはそうだ。分かりきっている。

「警察はどうしているのです？　それから検死は」

「警察は、見張りの方がいらっしゃいますけど、あまり熱心ではないみたいで。明日にはまた大勢でいらっしゃるというのですけど」

「僕と井口は、それまでにはお暇します。ただ、井口なんかは親切ですから、あなたのことを随分心配していますのでね。犯人と一つ屋根の下なのですからね。もちろん自身の安全も心配していますが。

そうでなくても、あなたは過労気味ではないかとお見受けします。三人分くらい働いてやしませんか」

「いえ、私はよろしいのですけど、どうも、お引き留めしてしまったみたいで、申し訳ございません」

「それは構わないのです。勧めて頂いて、我々がそれをお受けすると決めたのです。ですけれども、お互いの都合がありますから、教えて頂けることなら教えて頂こうかと思ったのですよ」

「あの、結局、明正さんの詐欺や使い込みのことは、家族の誰かは知っていたのですかね？」

井口はせっつくように言った。

亜津子にも分からない。犯人がそれを知っていたなら、そのことは必死で隠すだろうから、簡単にはボロは出さないかもしれない。

「その他に、明正さんが殺害される心当たりはありますか」

考えるが、思い当たらない。

明正の態度は、蓑田家の中で立ち回るに当たって殆ど完璧であった。妬み恨みを買わない細心の注意を払っていたと思う。この態度が、裏でやっている悪事に注意を向けさせないために必要だったのが、今となればよく分かる。

やはり彼の悪事を家の誰かが嗅ぎつけて、殺害したのではないか？　そう思うが、しかし亜津子に心当たりはない。

「それと、明正さんの死んでいた部屋が密閉されていたというのはどういう訳だ？　どうやったのかも分からないが、なんでそんなことしたんだろう？」

「面倒でなければ、最初から全部お話し願えますか。我々は精確なことを知らないのです」

蓮野に請われて、亜津子は、明良の命令で離れの改装が始まった経緯まで遡《さかのぼ》って話をした。取り調べを受けたから、頭の中に要点は纏まっている。しどろもどろながらも、筋の通った話が出来た。

「――それと、私には、本当にお恥ずかしい癖があるのです」

亜津子は、自身の、盗み聞きの悪癖の話までしてしまった。

蓮野に現場を目撃されていたし、ついさっきの階下でのこともあったから、懺悔をしてしまいたい気分であった。それに説明が簡単になる。二人は神妙に聞いた。

ひとまず、亜津子が屍体を発見して、警察に通報するまでを話し終えた。

屍体を見つけた時、亜津子は同時に、扉の閂がかかっていることを確かめた。

井口は首を捻る。

「その閂は、糸を使って、扉の隙間か鍵穴から操作することは出来ないのかな」

「いえ、それは――」

それは不可能だと思う。

戸当たりがあるから、扉に隙間はない。鍵穴からなら糸を通せるが、しかし、動かす相手が普通の閂ではなかったのである。

届いた時、あの閂は歪んでいた。それを大工が細心の注意を払って整形し、何とか真鍮の金具に嵌るようにしたのであった。

糸で引っ張っても動かせないだろう。両手でしっかり押し込む必要がある。壊すのが怖いと、大工はそれ以上手を加えることを断念した。それが、事件のあったつい前日のことである。

「前日ですか」

「ええ、離れの、南側のお部屋ですけれど、大工さんが、そこでずっとそのお仕事をなさってたんです。その日の午後は、ほとんどかかりきりでそれをなさってて、夕方に、ようやく出来たと言って、それを床に放り出して、こめかみを押さえてお帰りになったくらいで――」

そうでなくとも、表面に彫り物がされているから、引っかかってしまって、糸を使って金具の上を滑らすことは出来そうにない。

「じゃあ、鉄格子が外れるようなことは無いんでしょうね？　それから、扉を破った時、部屋に誰もいなかったのは確かですかね？」

「いえ、鉄格子はしっかり付いていましたし、そうでなくても、窓にも鍵がかかっていましたから。それで、私が部屋に入った時、家のみなが扉の前に集まっていましたので」

誰も室内にいた筈はない。

井口はううんと考え込んだ。

今度は蓮野が言う。

「屍体を発見した時、部屋にあったものをみんな教えて頂けますか」

ワードローブがあった。それから塗料の類である。部屋の電燈は取り付けが済んでいた。絨毯や、調度品はまだ運び込まれていない。

「あと、いろいろ工具が。お頼みしている大工さんがあまり几帳面な方じゃなくて、それが床にいくつも転がっていたりとか」

「それから閂ですね。折れ曲がって、床に転がっていたのですよね」

「ええ――」

真鍮ですからね、と言って、蓮野は口を噤《つぐ》んだ。

「おい、何かわかったのか？　どうやって密閉されたんだ？」

「それはまあ、明るくなってから見てみないとな。時に今、離れはどうなってます？　中には入れるのですか」

「いえ、警察の方に立ち入らぬよう言われて。でも、窓から覗くくらいなら出来ますけれど」

「そうですか。明正さんの死因は、警察は何か言っていましたか」

「さあ、とにかく、なんでも、ナイフを刺されたのが最初で、亡くなってから、首を、ええ、そういう順番だそうで」

「まあそうでしょうねえ。そういうことは精密な検死をせずとも分かるのでしょうね。屍体は、妙な姿勢をしていたとおっしゃいましたね？」

「ええ、左足を門の上に載せていて。どうしてだか分かりませんけれど」

「最初は、首を括ったと思われたのでしたか？」

「ええ、そのように見えましたから、それで私、慌てて――」

「離れの工事は目下不在の明良さんの希望なのですね？　明良さんも随分変わった方のようですね」

「ええ、それはもう」

彼の不行跡と家族のそれに対する畏怖を、改めて語った。蓮野にも井口にも興味深い話だったようで、二人はここの家族の乱脈ぶりに納得が行った、という風であった。

「ちょっと差し出がましい心配をしますが、亜津子さんの部屋は、戸締まりに問題はありませんか？」

「はあ、あの、私も少し不安ですから、昨日はつっかい棒をして休みました」

「まあ、くれぐれも用心してください。別に何もないと思うのですけどね。後は明日にしましょう。お疲れでしょう」

蓮野に、事件に関して明確な考えがあるのは間違いなかった。それを語るのは、明日、離れの様子を確かめてからにするという。

亜津子は、歯切れの悪い礼を言って部屋を辞した。

急に、今までになかった激しい恐怖を感じて、駆け上がるようにして三階の部屋に戻った。箪笥で扉を塞いで、寝台に横になった。疲労の割に寝付きは悪かった。

六

翌朝。夜は何ごともなく明けた。

昨夕に引き続き、家族全員の朝食の時間が揃ったのは不思議であった。今朝の亜津子は、落ち着いた無表情で給仕をこなすことができた。

犯人探しの議論を続けてやろう、という考えをみなが何となく持っていたのかもしれない。亜津子が昨日盗み聞いたような騒ぎを、彼らは客の前でも遠慮なしに繰り広げた。

亜津子は、明正が死んで以来、この家族が如何に仲が悪いか、彼がどれ程うまく仲を取り持っていたのかをまざまざ実感していた。いずれ殺し合いにでもなりそうである。

ついには、美知江が、門にいた警官に昭彦を告発し、逮捕するよう迫った。警官は、とにかく邸で待っていろと申し渡したが、すると今度は彼女は警察に悪口雑言を吐き、怒り狂った警官が美知江を署に連れていく、という騒動になった。

蓮野は、朝食の後、庭に出て窓から離れを覗き込んでいた。屍体はないが、発見時と大して変わっていない筈である。

十時を過ぎた。美知江が連行されるに至ってしらけた容疑者三人は、議論を中止して各々の部屋に戻っていた。

蓮野と井口も部屋にいた。紅茶を載せた盆を持って二階に上がった。図々しいかと思いつつ、自分の分のカップも用意していった。

蓮野は窓際に、昨日と同じに掛けて、煙草を吸っている。

亜津子が現れるなり、彼は訊いた。

「あの離れですが、廊下の突き当たりに、庭に通じる出入り口がありますね。あそこはいつも閉め切ってあるのでしょうね」

「ええ、昼でしたら、大工さんが出入りすることがあるのですけど、でも夜の前に、内から鍵を掛けることにしていますから」

「明正さんを発見した時、そこから入ろうとはしなかったのですよね」

「ええ、閉まっていると思っていましたから」

「多分閉まっていたでしょうね。それで、北棟から渡り廊下を一旦南棟に通って、幸正さんを伴って、離れに向かったのでしたね。扉を破ろうとする前に、その出入り口の戸締りを見ましたか」

「いえ、それは。夢中でしたから」

「それはそうでしょうね」

亜津子は紅茶を注いだ。彼女の仕事が済むのを待って、蓮野はそれまで微笑していたのを、真顔に変えた。

「ちょっとご面倒ですけどね、もしよろしければ、今から僕が言うことを、亜津子さんの思いつきとして警察に話して頂けますか」

「はあ」

何だろうか？

「余計なことをするべきじゃないんですが。どうせ警察がやりますしね。でも、亜津子さん、大変にお疲れでしょうし、それに危険ですし、出来るだけのことをした方がいいかなと思ったのです。お願いできますか。まあ、亜津子さんが必要と判断した場合に限り話して下さればいいでしょう。よろしいですか」

「あの、必要ならなんでも致しますけど、どういう――」

「明正さんが、何故殺されたのかという問題なんですが」

突然、蓮野が事件の核心を語り始めたので、亜津子は黙った。

「亜津子さんも、彼の使い込みと賭博癖に気がつかなかったのですよね？　家族の方々も、あの喧嘩の様子を見ると、どうも、その事実を知らなかったということは確かに思えます。明正さんは、発覚しないように細心の注意を払っていたのでしょうね。

だとすると、明正さんは、彼の悪事を知った誰かに殺されたのではなくて、誰もそれを知らなかったから殺されたのではないか、という気がしてきました」

「え？　どういうことだ？」

井口は問い返す。亜津子も意味が分からなかった。

「その前に、どうやって離れの部屋を密閉したか、という問題なんですが」

話が飛んだ。

「用いられたのはこんなトリックでしょう。亜津子さんが屍体を発見した時、犯人は室内にいたのですよ。そうでなければ閂が掛けられません。

ワードローブの陰でしょうね。そこに隠れて、誰かが屍体を発見するのを待っていたのです」

「いや、だって、亜津子さんが扉を破った時、全員がそこにいたんだろ？」

井口が言う。その通りである。

「うん、だからね、こういうことだ。熊手を片付けようとした亜津子さんが、庭で、離れの屍体を発見するだろう？　亜津子さんは、離れに入るため北棟の玄関に向かう。それを確かめたら、室内に隠れていた犯人は閂を外す。そして、歪んでいて、外からでは操作できない閂の代わりに、何かちょうどいい工具、僕が見た限りではノミかな。頑丈そうだったし、太さもちょうどいいんじゃないかな。これを、鍵穴から糸を使って閂の代わりに嵌める。

閂は南の部屋のと北のと、二つあるのでしたね？　壊れた閂を、あらかじめ床に転がしておく。壊れてない閂は南の部屋に戻す。

多分、そんなに時間はかからない。練習をしておいて、糸は鍵穴に予め通しておくとかして、うまくやれば三十秒も要らないんじゃないかな。ただし、離れから廊下を直接本棟の方に戻ると、さすがに鉢合わせの危険があるから、庭に出る扉を使っただろう。

あの、発見時の屍体の妙な姿勢についてだが、これは幾つか理由がある。

閂に足をかけさせたのは、発見者に、内鍵が確かに掛かっていたことを印象付けたかったんだろう。これがかなり重要だ」

確かに、屍体の足の下に閂が鈍く光っていた光景が亜津子の頭に焼き付いている。

「それから、閂を外す時に、足は下ろしてしまう訳だけれども、すると屍体が天井から真っ直ぐぶら下がるだろう？　すると、それが目隠しになって閂が他のものに替わっていることが、窓側から見えなくなる。

扉を破ろうという時に、誰かが、窓から屍体がどうなっているのだか確認しよう、とか言いだしたら困るだろう？　だからそういう処置が必要だったんだ。元々が不安定な姿勢だから、足が閂から落ちていても、ちょっとした弾みのことだとしか思われない。

そして、扉のすぐ前に吊るしてあるんだから、それを開くのに障害になる。

破ってすぐ扉が全開してしまうのは宜しくない。弾け飛ぶのが、閂ではなくて別の工具なのに気づかれたくないからね。床にはもともと大工が散らかした工具が転がっていたから、閂代わりのノミは、それに紛れてしまう。

薄暗いし、慌ててるし、屍体の方に注意が向いてるし、一度閂が掛かっているのを見ているから先入観があるし、気づかなかったでしょうね」

いかにも、亜津子はそんな可能性を考えもしなかった。

「こうして、犯人は、犯行現場に誰も出入りできなかった筈だという奇妙な状況を作り上げた訳です。

そして、発見時に部屋に犯人が居た、という点が重要なのです。これはつまり、犯人は自分で屍体の発見者の役をやることが出来ないということですよ。ならば、誰かに見つけてもらわなければいけない。

亜津子さんは、たまたま熊手を仕舞い忘れたのを思い出して、それで庭に出たのでしたね？　亜津子さんが屍体を見つけたのは偶然だった。

では、本来屍体を発見するかもしれなかったのは誰か？　それは日が暮れてからも、外出する可能性のあった人物です。

それは誰か。夜に、娼館だとか、如何わしい所に外出することが有り得たのは、明正さん以外の四人だったのでしょう？」

「ええ、そうです――」

幸正、昭彦、美知江、篤良の四人。彼らが外出する時に、熊手が片付いていないのを見つかってはいけないと思って、あの晩亜津子は庭に出たのである。

「この四人の方々は、道徳的ではない。その上非常に仲が宜しくないようですね。ですから、この四人の誰かを被害者にした場合、発見者に、勝手に死んでいろと思われて、捨て置かれる可能性があったんですよ。

死んでいるのは、発見者にとって死なれては困る人でなければならなかったんです。でないと、犯人はいつまでも離れの部屋に居ることになって、屍体も固まってしまう。

　そこで選ばれたのが明正さんです。完璧な態度で、実務的なことから、争いの調停みたいなことまでこなしていたんでしょう？　扉を破らねばならない、という大騒ぎをしてもらうには彼を屍体にするしかなかった」

「ちょっと待ってくれ。どういうことだ？　結局、犯人は何がしたいんだ？　それじゃあ、部屋を密閉する為に殺人をしたみたいなものじゃないか」

　井口の言う通りだった。犯人のやっていることは支離滅裂である。それなら、何のために、明正を殺したというのか？

「そうだね。普通の場合ならそんなことをする理由は見当たらない。ただ、この蓑田家では事情が違った。あの部屋は、破られるために密閉されたんだろう。

　亜津子さん。屍体の発見時には、真鍮の閂が壊れて床に落ちていたのでしたね？」

　そうだ。扉を破る時に壊れたものだと思っていたのだが、蓮野の話によると、そうではなかったらしいのだ。

「この閂は、明良さんが英吉利《イギリス》から送ってきた、大事な品だそうですね。そして、あまり頑丈なものではない。大工が細心の注意を払う必要があったくらいです。そして、明良さんという方は、家族相手にも気に入らないことがあると、無茶な仕打ちをなさるそうですね」

　それも、その通りだ。家族相手にも、というより、端から家族扱いしないような――

「例えば、慣れつけないのに、電燈の入った木箱のような、重いものを運ばされた人が、足を縺れさすかして、床に放り出してあった真鍮の閂の上にそれを落としてしまったらどうなります？　大きな音を立てていることだし、そのままでは真っ先に疑われることになる。なんとかして、自分が壊したことを誤魔化さなければならない。
どうしたら誤魔化せるのか？　真鍮の閂は、屍体を密閉した扉を破る時に壊れたものと思わせるしかない。そう犯人が考えたとしたら――」

カタンと扉の向こうで物音がした。続いて早足で去るような音。

あ、と蓮野が小さく声を上げ、扉に走った。亜津子も思わず後に続いた。

廊下に出た蓮野の向こうに、階下に駆けてゆく男の姿が見えた。

篤良である。

盗み聞きしていたのか。

蓮野は後を追おうとしたが、思い直したか、急いで隣の普請中の部屋に入っていった。

戻ってくると、右手に木桶を持っている。

何のつもりだろうか？　なぜそんなのを持ち出してくるのか。

亜津子が蓮野に近寄る間に、彼は鞄から数枚の新聞紙を取り出した。

「窓を開けてくれ」

井口に命じ、蓮野は、新聞の真ん中にヘラで液状の膠《にかわ》を盛り付けて、四方から包んで上を捻った。

「これ、あといくつか作ってくれ」

「あ？　——ああ」

井口が蓮野から紙を受け取った時、篤良が眼下に現れた。玄関を通ってきたのだ。逃亡を試みている。

蓮野は篤良に、膠の爆弾を思いきり投げつけた。

外れた。足元を掠《かす》めた。驚いた篤良がこちらを振り返り、それから門の方に急ぐ——

井口がすかさず二発目を渡す。間髪入れず蓮野が投げる。見事に背中に命中した。

門までは近くない。篤良も慌てたか、足が縺れている。

彼が視界から消えるまでに、蓮野は六発を投げて、三発を当てた。その内一つは見事に頭頂部に命中させた。

　窓から振り返って、紙で手を拭きつつ蓮野は言った。

「井口君、悪いんだが、警察に電話して、全身膠まみれの危ない奴がいて、人でも殺してそうだからさっさと捕まえろって言ってきてくれ」

「あ、ああ、分かった。分かったが、君はどうするんだ」

「僕は庭を掃除してくる」

井口はそう言う蓮野をじいっと見ていたが、やがて、電話をお借りしますよ、と亜津子に断って小走りに部屋を出て行った。

　蓮野は壁からフロックコートを下ろす。

「あの、掃除でしたら、私が」

「いや僕がやりますよ。迷惑でなければ」

庭に向かう蓮野に、お手伝いします、と小さい声で言って、亜津子は後に従った。

「明正さんは、私にはとても親切で、悪いことをしてるなんて思いもしませんでした」

庭で、円匙《えんぴ》を使って膠をすくい取りながら、亜津子は独り言のように言った。蓮野は隣にしゃがみ込んで、手際よく作業を続けている。

「犯罪者というのは、見た目ではなかなかわかりませんね」

そう答える蓮野は、穏やかな笑みを浮かべていた。

「ええ、でも、あんな犯罪をしてて、それで殺されてしまったのですね。私は、もちろん何も恨みはありませんけど、因果応報ということでしょうか」

そう言ってはみたが、だったら蓑田家はとっくにみな殺しになっていなければならない気もする。

蓮野は、天を仰いで、何かを考える格好をした。

因果応報ねえ、と彼は唸った。

「僕も、悪いことはしないほうがいいと思うんですが、しかし、亜津子さん。もしかしたら——いいいいいいいいいいいいいい、もしも盗み聞きをしてなかったら、亜津子さんは殺されてましたよ。蓑田家に熱心にお勤めをさせてたみたいで、亜津子さん無しで家のことは回らなかったのでしょう？　それに、明正さんはなかなかの大男だったそうですね。こう言っちゃなんですが、亜津子さんの方が殺すのはずっと楽ですからね。

ですから、もしそういう癖がなかったら、どうなっていたでしょう？

——この世は訳が分かりませんね」

亜津子は身震いをした。彼女に笑いかけて、蓮野は黙々と掃除を続けた。

誘拐と大雪　誘拐の章

一

六時を過ぎて、ようやく呼び鈴が鳴った。

束の間、緊張が解けた。紗江子《さえこ》はふうと息を吐き出した。その姉夫妻も体の力を緩めたように見えた。それから、互いに顔を見合わせて再び緊張した。

誰も客を迎えようとしないので、私が立った。居間から廊下を急いで玄関に向かう。

静かに扉を開けると、蓮野が立っている。加右衛門氏の美術館に行った時の作業着に、同じ色の丸天帽を目深に被っている。門の外に、彼が引っ張ってきた大八車が見える。

蓮野は無言でこちらにそれらしく浅い礼をして見せた。私も黙ったまま彼を邸に入れた。

「遅かったかな」

扉を閉めると、彼は囁《ささや》き声で言った。

「いや、そもそも来ないかもしれないと思ったからな」

「そうか」

二時間ばかり前に、知り合いの自動車商会を頼って、言伝と一緒に蓮野の家に迎えを送ったのである。自動車商会の者に事情は話せないので、変事があったから、古物屋を装って義兄の家に来て欲しいとだけ伝えてある。あれこれ支度が必要だったのだから、世田谷の蓮野の家から神田《かんだ》のここまで二時間なら、むしろかなり早い。

居間に急ぐ私に、蓮野は歩幅を広げて付いてきた。

私が玄関に出ている間、義兄たちは身じろぎもしなかったらしい。最前のまま押し黙ってテーブルを囲み、椅子に掛けている。それでも蓮野が現れた時には、揃って視線をそちらに向けた。

「ほら、ええと、妻だ」

私は紗江子を示した。蓮野は帽子を取りながら答えた。

「ああ、井口君には散々世話になってますよ」

「はあ、どうも」

紗江子は、ほんの少し頭を下げた。

それから義兄夫婦、矢苗《やなえ》昭夫《あきお》と春枝《はるえ》を紹介した。

彼らは憔悴が激しい。蓮野に声をかけられても、ノロノロ視線を向けたのち、はあ、とか、ああ、とか声を出して、二人して俯いた。普段なら、客を前にしてこんな鈍付くな態度は取らない。

テーブルの上には、封を開いた手紙が放り出してある。宛名に、矢苗峯子《みねこ》御家族様とだけあって、切手は貼られていない。

それらを見て蓮野は言った。

「誘拐か」

そうなのだ。変事が何であるか、蓮野はおおよそ察している。

峯子は矢苗家の一人娘である。昨年女学校を卒業し、以来家にいて生け花や裁縫を習っていた。

私は、妻と結婚して以来数度会っただけである。

「見てもいいか？」

私に断って、蓮野は封筒を手に取った。

貴下御息女を御預かり致しましたことをお知らせ致します。ついては相應《さうおう》の金品と交換致したく存じます。金額は敢へて定めませぬが、一錢でも多い程御息女の無事は約束されるものとお考へ頂きたく存じます。現金を一番に希望致しますが、貴金屬《ききんぞく》他、目方の輕《かる》く價値《かち》の大きいものも包含されるやうお願ひ致します。受け渡しの日時は明日零時、箱崎町《はこざきちやう》の金井《かなゐ》工場倉庫正面入口近邊《きんべん》にて指示書をお探し下さい。交換品の梱包には貴家御家人の愛用される麻柄の風呂敷を用ひ、固く一つ結びにしたる上、御家族の御一人にお持ち願ひます。その他に、杖、鞄、一切の餘計《よけい》な物を持つ可《べか》らざること、受け渡しの現場に警察を配置する可らざることは當然《たうぜん》として、そもそも警察に相談することの無きやう、呉々《くれぐれ》も御忠告致します。以上の條件《でうけん》を無視《むし》するに於いては、如何なる事情も斟《しん》酌《しやく》されざることを御覺悟《おかくご》頂きたく存じます。
尚々　お越しに於いては雙眼鏡《さうがんきやう》を忘れずお持ち頂くやうお願ひ致します。

彼は手紙をテーブルに置くと、封筒の下敷きになっていた髪留めを手に取った。

便箋と一緒に入っていたものである。紫陽花《あじさい》の飾りがついている。峯子の物に間違いないと、紗江子と義姉は断言した。

今日の午後三時半頃。紗江子が郵便受けにこの封筒を発見した。

気温が四度までしか上がらない、酷く寒い日である。空には濃い灰色の雲が終日立ち込めている。東京でも、山の方に行くと、大雪が降るらしい。

峯子は代々木《よよぎ》に裁縫を習いに行っていた。先方の近所の商店に電話を掛けて、彼女は裁縫の先生の宅を一時過ぎに出て、それきり失踪したことがはっきりした。

「この手紙の本意は間違いないのだね」

封筒を示して蓮野は訊いた。みなは一斉に頷く。

矢苗家のみなや紗江子の頭に、狂言誘拐の可能性は端から掠めもしなかったらしい。私は一応それを口にしてみたが、絶対に無いと一口に否定された。

数度会っただけの私は峯子をよく知っているのではないが、こういう無弁別なことをやりそうな娘ではないのは確かだった。

近頃、峯子と父母との間では幾度か喧嘩があったという。それでも彼らは、そんなやり口で峯子が抗議をしようとする筈はないと断言した。

「警察は？　どうしたんだ？」

通報はしていない。

正月の私は、父や来客の相手やら、頼まれた雑誌の表紙絵やらに忙しく、年賀の挨拶はいい加減だったので、昨日から、改めて妻と一緒にこの家を訪ねたのである。

義兄夫婦に峯子、それから義父が住んでいる。一夜泊まって、本当ならもう辞して帰宅している筈であった。

そこにこの誘拐事件が起きた。通報するべきか否か、うろたえるばかりで、如何にことを解決するか、碌な考えが浮かばなかった。

義姉は半狂乱である。義兄は殆ど喋らない。紗江子も普段ならあれこれ口を出すところを、ただ落ち着かないという感じで黙っている。義父はとにかく金を集めるのだと言って即座に家を飛び出した。どこへ行ったのだか分からないが、多分知人の宅を回っている。

私も、要求に逆らって警察を呼ぶべきなのか、或いはそれが後々遺恨を残すことになるのか、自分の子供でもあればまだしも、ひとの娘の命の懸かったところに是非こうしろと勧める勇気は無かった。

膠着《こうちゃく》したまま時間が過ぎて、ついに私は蓮野に助けを乞うことを提案した。警察を呼ぶなとは言われているが、泥棒を呼ぶのは犯人の要求に逆らわない。

みなはそれに賛成したというか、ただ、誰も強く反対しなかった。

彼が逮捕された後、付き合いの長い友人には、僕には泥棒の友達がいるのだと大いに自慢をしたが、妻の家族を相手にはそういう訳にもいかず、古い友人が不始末を起こして弁護士が必要になったのだと、ごく簡単に説明をしただけである。

だから彼らは、蓮野と聞いて、色付き眼鏡とか、ほっかむりとか髭面とか唐草の風呂敷とかを想像していた筈で、実際の彼の姿はそれを大きく裏切ったらしい。

「通報するべきかな」

「僕も、どうしろと忠告は出来ないね。決めて貰わないといけない」

誰にもその決断が出来ないのである。

「それで、僕はどうすればいい？　何をして欲しいんだ」

「ええと――」

解決して欲しいのだ、と、私は妻達を見た。彼らも、縋《すが》るような面持ちで蓮野に視線を向けた。

みな戸惑っている。彼が何をしてくれるのだか分からない。とにかく警察ではなくて、我々よりは有用な筈の人物を呼んだのである。こんな際、泥棒の肩書きはむしろ心強い。

蓮野は顔を顰めた。

「まあ、どうするか考えてみようか。起こったことを全部話してくれ」

私は、みなを代表して、まず峯子の足取りを説明した。


峯子が家を出たのは、今朝の八時前である。水道橋駅まで歩き、院線列車に乗り、代々木駅で降りる。駅から先生の宅までは四町くらいだそうである。昼食はいつも裁縫の先生の宅で頂いて来る。

「ここから水道橋駅までは店だの家だのばかりだな。峯子さんは、犯人に、親父さんが危篤だとか、家が火事だとか、子猫をくれるとか言われて、簡単に付いていく程うかつなのかね？」

蓮野が来る前にもそれは問題になった。そんな筈はない、と妻は請け合った。

「僕は駅前の運送屋で大八車を借りてから市電沿いに歩いてきたが、峯子さんも駅までそう行くのだろうね」

紗江子は頷く。

「その途中で攫《さら》っていくのは無理だろう？　攫ったのは代々木だろうな」

「そうだね」

「裁縫の先生の宅はそんなに寂しいところにあるのか？　人攫いをする隙があるのかい」

私は知らない。義姉は答える気配がない。紗江子が返事をした。

「大通りを一本裏手に入って、人気の少ないところを通ります。昼間だから平気と思っていたのですけれど」

「そこでなら、人目につかず峯子さんを捕えて、自動車にでも乗せて行くことが可能だったろうと？」

「そうだろうと思います。機会さえ間違えなければ」

「峯子さんが今日裁縫の先生のところを訪ねるのは決まっていたのですか？」

「はい。いつも決まっていた通りでした。その先生、八重さんと言って、私のお友達なんです」

「そうですか。まあ、いずれにせよ、この脅迫状はおかしいな」

テーブルの上を睨みながら蓮野は言う。床を見つめていた義兄夫妻も、蓮野が問題にしている手紙に視線を移した。

「まず、犯人がどうして峯子さんに目を付けたか考えてみる。とりあえず誰でもいいから娘を攫ってみて、それからその家族を調べて金品を要求しようとか、そんないい加減な誘拐はありそうにないでしょう？　峯子さんが前々から狙われていたことは確実だ。失踪するのとそう間を空けず、要求状が届いている。すごく手際がいいですよ」

「そうだな」

みな話は聞いているものの、返事が出来ないようで、私が相槌を挟んだ。

「以前から尾行もされていたのでしょうね。普段どこにいくのだか把握されて、しかも家も見張られていたことになりますね。峯子さんの代々木行きにきちんと都合を合わせて犯行を決行しています。『愛用される麻柄の風呂敷』とか書いてありますが、これは本当なんでしょうね?」

本当である。義姉は買い物に行くと、その風呂敷をぶら下げて帰ってくるそうである。犯人はそれを知っていたのだ。

「そこまでしておいて、この半端で妙な要求は何だろうね。あまりに急だ。明日零時ではね。紗江子さんが郵便受けを検めたのは、午後三時を過ぎていたのでしょう? すると、銀行は閉まっている訳ですからね」

「そうだね。言われてみれば確かに変だ」

金を要求されても、銀行から預金を引き出すことは出来ないのである。

とにかく、犯人の要求に従う用意はして置いた方がいいだろうとは考えた。だから、みなで金庫の中を検め、簞笥や畳の裏に隠してあるヘソクリを取り出して、ざっと額を確かめてみた。

金庫の中は株券が主で、現金は殆ど置いていなかった。ヘソクリも精々数十円である。

他の、財布の中とか、義兄が仕事先から受け取って来て封筒に入れたままのだとかを合わせても、いずれ合計は二百円に満たないらしい。

「金品とありますが、現金の他に、何か貴重なものをお持ちですか」

無い。一番高価なのは玄関脇にある大きな鉢だが、それも三百円かそこらであるし、大きすぎて身の代には不向きである。

「あと五時間ばかりで、どれだけのものが用意できます？　一銭でも多いほどに、と犯人は言いますけどね。どういうつもりで明日零時なんだろうかな。一日猶予があればまるで事情が違う。銀行にも行ける。人から借りるのにだって時間が要るだろう？」

「確かになあ。それなら、急に計画を変更したのか？　犯人は、大金をせしめるつもりだったのが、突然急がなければならない事情が出来て、取れる分だけ取っておこうと思ったとか――」

「どんな事情だろうな。あるか？　そんなこと。もともと危険な計画だ。犯人も一人ではないだろう。尾行して攫って要求状を投函するんだから、三人くらいは要るんじゃないかな。自動車だって必要だろう？　そこまでやって、そればかりの金では到底割に合わない」

その時、玄関で物音がした。

義父、源次《げんじ》の帰宅であった。廊下を踏み鳴らす音がして、居間の扉が開いた。

背は高いが、痩せている。六十七か八の筈で、それでも矍鑠《かくしゃく》としている。

手紙を見て一番まともを保っていたのは義父だった。彼は誘拐の事実を知るなり、金を集めてくると言って家を飛び出したのであった。

着物の上にとんびを着ている。それを脱がないまま、テーブルの脅迫状を見て言った。

「百三十円だけだ。三浦《みうら》と朝山《あさやま》のところは駄目だった」

借金先の話である。ろくに事情は話さず、突然金が必要になったから、とにかく貸せるだけ貸して欲しいと頼み込んだのだろうし、それもその場で出せというのだ。大した額が集まる筈がない。

彼は、金を置いていそうな知人の宅を片端から回ると言っている。一旦帰宅して来たものらしくて、どうやら、これからまた別の方面に頭を下げに行くつもりである。

「そうでしたか」

義姉はか細い声で言った。

義父はこちらに顔を向けた。私は友人を紹介しようとしたが、その前に、義父はそれが誰だかを覚った。

「君か。蓮野か」

「初めまして」

義父は蓮野を睨んでいる。蓮野はほんの少し笑みを作った。

「大ごとだ」

「無論大変なことです」

義父は眉根を寄せる。

「余計なことをしてくれるなよ。儂《わし》は必死だ」

「勿論ですよ。邪魔はしません。そう、邪魔をしたくありませんから、どうするつもりか教えて頂けますか。お金を集めて、犯人の指示に従うのが良いとお考えですか？　さしあたり警察には知らせないと決めたのですか」

義父は黙った。

方策を定めている訳でも、決心をつけている訳でもないのだ。とにかく、犯人は出来る限りの高額を要求しているのであり、だから急がねばならないと、義父はそれだけ考えていた筈である。

彼は鞄を握り直して、せわしなく足を床に打ちつけた。

「君、何が出来るのだ」

「まだ分かりません。ですが、確かめるべきことはあります。他のご知人に会って回るおつもりですか？　お急ぎなのでしょうね」

「当たり前だ！」

「分かっています。勿論それとて必要かもしれないことです。ですが、ほんの少しだけ僕の話に付き合って頂きたいのです。――井口君」

私を呼ばわったのだが、蓮野は部屋のみなを見回している。

「何だ？」

「さっきの話の続きになるがね、要求状に、最低限いくらとか、はっきり金額を記さないのは異例じゃないか？」

「我々がいくら用意できるのか見当がつかなかったんじゃないのか」

「それにしてはあまりに計画的だ。さっき言った手際の良さにしてもそうだがね。それに、要求手段が手紙だからな。ここ、電話は引いてないんだろう？」

「まさか。ないね」

「訊くのを忘れていたが、手紙を発見したのは紗江子さんでしたね。誘拐から殆ど間を空けず犯人の要求を知ることになった訳ですけれども、郵便受けを夕方前に開けるのは日頃の習慣ですか」

「ええ、いつもは私は居ませんから、姉さんが行くのですけど。でも、だいたいその頃までには郵便が届きますから」

「だったら、それは犯人に好都合だったということになるのかな。いや、そんなに重要なことではないか。とにかく、そういう習慣を犯人は家を見張って知っていたらしい。

　少しの差で、ここにいるみなが、峯子さんの失踪を誘拐の事実より先に知ってしまったら、当然、八方あれこれ連絡が行って、大騒ぎになって犯人にはやり辛くなる。それに、家の人が郵便受けを検めた後に要求状を入れたりしたら、気づかれずそのまま放って置かれるかもしれない。家族が失踪したからといって、郵便受けを検めようと思うかは分からない。まあそれなら電報か何か来たかもしれないんだが――

　とにかく、狙い澄ましている感じがするんだよ。それも、犯人に都合の悪いように、わざと狙い澄ましている。

　例えば、もう一時間早ければ、銀行に行けたかもしれない訳だ。峯子さんの失踪が午後一時過ぎなら、それくらいの余裕はありそうじゃないか。証拠の髪留めを郵便受けに投函する必要はあるんだが、それを二時までに済ませれば、銀行に間に合ったかもしれないだろう？」

「郵便受けを確かめるのがいつになるかは分からないがね」

「まあね。それなら、目印に風船でも括った手紙を庭に投げ込んでおいてもいい。ちょっと外を見た隙に気づくから、早く要求を伝えたいならこっちだろう。なぜか犯人はそうはしなかった。あるいは、もう一日猶予をくれてもよかった筈だ」

蓮野は、要求状を再び手にとった。

「それから、手紙には風呂敷と書いてある。トランクでも大鞄でもない。最初っから、山ほど札束をせしめようという気はないようにも見える。百円札で揃えばいいが、急に都合をするならそうはいかない。

あと、井口君の、計画が狂って、取れるだけでも取ろうと思ったという説だがね。これは僕の一意見だが、三百円かそこらのためなら、今からでも泥棒に鞍替《くらが》えした方がいい。誘拐は難しいよ。手間も多い」

「分かったよ。で、それは結局どういうことなんだ？」

「この誘拐は、金目当てじゃないのじゃないかと思ったんだよ。別の目的がありそうだ」

「何だ？　別の目的というのは」

「可能性はいろいろある。とにかくね、僕が今考えているのは——、井口君、身代金の用意はしたのか？」

金額を確かめただけである。

「金はもう纏めてしまったかい？」

「いや、まだ纏めてないよ」

「それは良かった。——実はですね、身代金を、一度全部検めさせて欲しいのです。現金と、宝飾

「ああ、そうでしたか。じゃあ、これは後でいいや。外国のはよく分からないしな」

義父はそう答えた。

「半年くらい前だ」

両替が面倒で仕舞い込んでいた外国紙幣である。

「十円札か。これ、金庫にしまったのは最近かい？　このドル札とかポンド札とかも」

何枚かの十円札と、幾らかの外国紙幣を彼の眼前に置いた。置くなり彼は訊いた。

蓮野はすでに財布の中を検め終えていた。

私と紗江子と義兄が席を立った。私は開けてあった金庫の中身を両手で摑んで居間に戻った。

「家にある現金を全部持ってきてくれるか？　井口君。くれぐれも、どれをどこにしまっていたのか分かるように持ってきてくれ」

蓮野は、空いていた椅子に掛けた。義父から受け取った財布から札を取り出しつつ言う。

唐突な話に、義父に限らずみなが戸惑っている。それでも蓮野に急かされて、義父はとんびのポケットから財布を出した。

「財布をお持ちですか？　見せて頂きたい」

「何を分からん話をしているのだ。儂は、急ぐと言ったろう。もう行く」

義父である。落ち着かないそぶりで話を聞いていた。

「おい、何だ」

品とかがあるならそれもですね」

彼は私が置いた金をテーブルの脇によけて、残りの金が届くのを待った。

紗江子と義兄は、同時に部屋に戻ってきた。

紗江子は財布、義兄は封筒を持っていた。封筒は、彼が仕事先から受け取ってきたものらしい。

「これら、どこで得てきたものなのだか、はっきりしていますか」

紗江子が答えた。

「封筒入りのははっきりしていますけど。お財布の中はちょっと分かりませんでしょう」

「そうですか。じゃあ、封筒のからかな」

蓮野はポケットから手袋を出して嵌めた。封筒の現金を次々パラパラと指で捲《めく》っていく。紙幣の端だけを注意深く触っている。

二つ目の茶封筒であった。百円札が一枚だけ入っていた。蓮野は突然手を止めた。

「これだ」

「何だ？」

みなは身を乗り出して蓮野の手許を見た。出かけると言った義父も、とんびのボタンを嵌めながら、結局まだ居間に残っている。

「贋札だよ」

蓮野は百円札を、右手で端を摘んで、電燈に透かした。それから、義父が借り出してきた百円札と並べて見せた。

「僅《わず》かだが、印刷が掠《かす》れている。それにね、井口君ならよく分かるだろ？　藤原鎌足《ふじわらのかまたり》がちょっと違う。ほら、——目つきだな」

私も、よくよく見比べて、図案が全く同一でないことを認めた。みなはテーブルに前のめりになったまま、息を呑んだ。

封筒に入っていた百円札は、贋札に違いなかった。

「蓮野、君が言うのはこれか？　犯人は、何らかの理由でこれを取り返したがっているということか？」

この誘拐は、矢苗家に紛れ込んだ贋札を取り戻すために行われたというのか。

「どうやらね。事情はまだ分からないが、一銭でも多いほどに、という要求は、この家にある現金を根こそぎ攫って、確実に、かつそれと知られないように贋札を取り返すためなんだろうね。それなら、確かにこれ以外手段は無いかもしれないな。銀行から金をおろしてくる暇を与えてしまうと、こういう金は端数みたいなものだし、わざわざ身代金に加えないかもしれないだろう？　それにこの家、盗みに入るのは結構難しいですよ。きちんと戸締りをされたら、押し入るのも容易ではない。隣近所に人目も多いしね。見知らぬ人が訪ねてきて、両替を頼むのも不審だ。断られたらそれまでだしな」

蓮野は椅子を引いて立ち上がった。

「この金、誰がどこから受け取ってきたものです」

「これは、私だ。入江《いりえ》という男からだ」

義兄である。

彼は、知人を通して、入江という古物商に借金の相談を受けていたのだという。そこに貸していた百円なのだそうである。

義兄は、金策を頼まれることがしばしばあって、返ってきた金を毎月末に仕事の報酬金と合わせて記帳して、それから纏めて銀行に持っていくことにしている。

「入江という人のことを知っている限り教えてもらえますか」

「知人から突然紹介を受けたのだ。半年くらい前に初めて会って、商売がうまくないのだと懇願された。間に知人が入っていたし、きちんと証文を取った上のことだ。だから、まあいいだろうと思って貸した」

最初は二月で返す約束だったが、返済は遅れた。義兄は何度か入江の店まで出向いて催促をしたという。

「ようやくそれを受け取ったのが十日前だ」

「入江という男は古物商と言いましたね？　もう少し詳しく教えて下さい」

「ああ、目つきの良くない、客商売に向かないような陰気な男で、なるべく私には隠そうとするのだが、法律に引っかかる土地の取引なんかをやっていたらしい」

義兄は税務代弁人をやっている。催促に行った時に、商売がどういかんのだ、とあれこれ問い質したのだという。それと入江を紹介した知人から聞いた話とを合わせて事情が分かったそうである。

「入江の店、どうも胡散臭かったな。古物屋の店構えで、それが住居を兼ねているのだが、造作が全く良くないのに、不似合いに高価なものを置いていた」

「これを受け取った時のことを話してもらえますか」

贋札を示して蓮野は訊く。

十日前、入江の店に出向いた義兄は、これ以上は待てない、一部でもいいから返済の意思を示してほしいと彼に告げた。入江は黙りこくってしまった。はあ、と渋ったのち、店の金銭登録機の方に行って、この封筒を持ってきたのであった。

「入江の商売のことを思いつくだけ聞きたいのですがね。どんなものを扱っていましたか。うまくないということですが、客がいないということですか？」

「客など殆どなかったらしいのだが、ああ、でもそういえば、入江、客の相手をするのに一度中座したな。最後に会った時だ。帰るときに見たら、店先の、瑞西《スイス》製の置時計が無くなっていた。入江に訊いたら、数百個しか造られなかった貴重品らしい」

そんなものを、しみったれた古物商が扱っているのはどうも怪しい。

義父は倒れこむみたいに、椅子に座った。彼は咳き込んで、贋札を忌々しげに睨んだ。

「どうしたらいい？　だからなんだ？　これを返せば峯子は帰ってくるのか？」

「その入江という人が、犯人と関わりがありそうだということだろう？　君、何か考えはあるのか」

蓮野は、すぐには答えない。

「入江という人の家はどこです」

「埼玉の、川口町《かわぐちまち》だ」

「近くはないな。行くにしても結構な時間がかかる。取り敢えず、新聞を調べてみるか。贋札に関わっているあたりからして、何かの犯罪組織だろう？　関係のあることが載っていないとも限らない。


新聞はどうしていますか？　捨てちゃっていますか」

「とってあるでしょう？　半年分くらい溜まってる筈だ。納戸かな？」

矢苗家のみなに訊くと、彼らはばらばらに頷いた。

「それは良かった。お借りしましょう。井口君、どこだ？」

私は先に立って、玄関の脇にある納戸に向かった。

部屋を出る間際に蓮野は、警察を呼ぶというのも手ですよ、と声を掛けた。

贋札が出てきた以上、警察なら、そこから犯人を手繰《たぐ》ることが出来るかもしれない。呼ぶなら早い方がいいのは確実である。もう一度お考えください、と、峯子を案じる四人に言った。

二

埃《ほこり》の散った部屋である。持ち手の曲がった洋燈とか、縁の欠けた甕《かめ》とかを置いている。蓮野は、新聞を纏めた麻紐を解いて床に並べた。

彼は、新しいものから順番に、次々それを捲ってゆく。

スクラップをやる義父が保管しているのだが、しばらくサボっていて、手付かずのまま溜まっている。もっとも、荷造りなどに使ってしまって、欠けている号も結構ある。

蓮野は昨日の朝刊を滑らせて寄越した。念の為、私も目を通せという。

「君、ここひと月は何をしていたのだね」

「何もしてないさ。家にいた」

十二月に晴海氏の頼みで横浜に行ってから、蓮野とは音信が無かった。税務署の督促状みたいな、そっけない年賀状の返事が来ただけである。

よくあることだった。こちらから何も言わなければ、彼は何ヵ月でも黙っている。

「君が人嫌いで助かったね。家に籠っててくれなきゃ、我々は全くお手上げだった」

蓮野は新聞に目を落としたまま答えた。

「井口君は何かにつけて僕を人嫌い扱いするが、それは誤解だよ。大抵の人は好きだね。会ったことのない人は全員好きだ。会うと嫌いになる。だからなるべく会わない」

「それは知らなかったな。しかしまあ、それでも僕は君を人嫌いと呼ぶよ。どうなんだ？　どうするのが一番いいんだろう？　やっぱり警察か？　君、考えがあるんなら言ってくれ」

「悪いが、何も無いね。今考えている」

「警察を呼ぶ方がいいと思ってるのか？　さっき君が言ったのはそういうことかね？」

「それもね、本当に分からないんだよ。責任を持ちうる人に決めてもらうしかない」

犯人の目的は贋札らしいのだし、それさえ渡せばあっさり峯子を返してくれそうな気もする。身代金だって、大金である必要は無さそうなのである。

ただし根拠は弱い。贋札という、捜査に有用そうな証拠が見つかった以上、警察を頼むのが一番安全かもしれない。

「さっきのは、警察を呼ぶことも出来るのを忘れているならまずいと思って、念のため言っただけだよ。僕は別に警察は好きじゃないしな。そんなに信用を置いてもいない」

「それはまあ分かるがね。警察より君の方が役に立つと思うか？」

「そんな訳が無いだろう。犯人の要求は警察を介入させないことで、要するに僕は警察じゃないせいでこんなことをしている訳だろ？　それは仕方がないから、出来る限りはするよ」

喋りながらも、彼は新聞を漁る手際を崩さない。

「入江という人は、結局犯人側の人間なんだろうかね？」

「少なくとも犯人と深く関わってはいるんだろう。そうでなきゃ犯人は、贋札が何処に行ったのだか辿れなかった筈だ。だから――、うん？　おい」

広げていた新聞を折り返して、三面の下の方を私に示して見せた。

「殺されてるよ」

大膽《だいたん》なる通《とほ》り魔《ま》殺人《さつじん》

昨日深夜《さくじつしんや》、埼玉縣川口町内《さいたまけんかはぐちまちない》の慶賀《けいが》の名殘《なごり》の消《き》え切《き》らぬ家竝《いへな》みにて一件《けん》の殺人《さつじん》が行《おこな》はれた。被害者《ひがいしや》

入江龍憲《いりえりゆうけん》は喉元《のどもと》をジャック・ナイフの一突《つ》きの許《もと》に、斷末魔《だんまつま》の遑《いとま》もなく絶命《ぜつめい》したる由《よし》。財布時計《さいふとけい》の貴重品《きちやうひん》が持《も》ち去《さ》られた上《うへ》、排水溝《はいすいこう》に押《お》し込《こ》まれた屍體《したい》は早曉《さうぎやう》の牛乳屋《ぎうにうや》に發見《はつけん》されたり。警察《けいさつ》は時《とき》を移《うつ》さず捜査《そうさ》を開始《かいし》したるも手掛《てが》かりに乏《とぼ》しく——

八日前の記事である。殺されたのは、義兄が最後に入江に会った、すぐ翌日であった。

一面は、飛驒《ひだ》山脈で、或る子爵家の長男が遭難死した事故に充てられていて、この記事は小さく、私は見落としていた。読んでいたところで、どうせ忘れていたであろう記事でもある。義兄も、このニュースには気づかなかったらしい。

「知らなかったな」

蓮野は新聞を読まない。

続報は、もしかしたら欠けている新聞に載っているのかもしれないが、少なくとも犯人はまだ捕まっていないようである。

「どうなってるんだ？　入江は犯人側なのか？」

「分からないよ。関係があるのだろうとしか言えない。あと、峯子さんは危険だ」

蓮野は再び新聞を確かめにかかった。

私は急に冷汗をかいた。誘拐犯は、ことによっては殺人も辞さないと考えるべきなのか。

「この上さらに新聞を見て何か分かるのか？」

「さっきも言ったが、組織犯罪であろうことはほぼ間違いない。一人や二人で贋札を作るのは大変だし、誘拐にも人手がいるんだからね。で、その上、関係者らしい人物が殺されてるんだから、その前兆みたいな事件が新聞に出ている可能性は低くはないよ。君も、もう一度直近の新聞に何かが出ていないか確かめてくれ」

私は、畳んだそれらを再び広げた。

続報はやはり見つからず、これと言って関わりのありそうな記事も見当たらない。

やがて蓮野が、うん、と声を上げた。

「どうした？」

「去年の暮れ、二十七日の記事だが、南千住《みなみせんじゅ》の印刷工場地下に隠れていた強盗団が、警察に捕まりかかって、すんでの処で逃亡している」

「え？　ああ！」

忘れていたが、その記事を私は読んでいる。雑司《ぞうし》が谷《や》の空き家で、六人の若い女性の屍体が見つかった記事が出た日と同日で、大事件が続いて印象深かったのである。

蓮野が読み終わった新聞を受け取り、私はそれを再読した。

警視《けいし》廰《ちやう》失態《しつたい》

本年《ほんねん》發生《はつせい》せし三軒《けん》の銀行《ぎんかう》と一軒《けん》の時計店《とけいてん》の強盗事件《がうたうじけん》は同一犯《どういつはん》と覺《おぼ》しいとされていたが、警視廰《けいしちやう》が極祕《ごくひ》の捜査《さうさ》を續《つづ》け遂《つひ》に犯人《はんにん》の潜伏場所《せんぷくばしよ》を突《つ》き止《と》めたるも、漁網《ぎよまう》の口《くち》を絞《しぼ》り損《そこ》ねるが如《ごと》き不覺《ふかく》を喫《きつ》した。大膽《だいたん》なる強盜團《がうたうだん》は南千住《みなみせんぢゆ》の印刷工場《いんさつこうぢやう》を根城《ねじろ》としており、警察《けいさつ》が捜索《さうさく》の果《は》てにつひにたどり着《つ》くも、突入《とつにふ》の下調《したしら》べを試《こころ》み顧客《こきやく》を装《よそほ》い工場《こうぢやう》を訪《たづ》ねた刑事《けいじ》の態度《たいど》を訝《いぶか》つた犯人《はんにん》に逃走《たうさう》の機會《きくわい》を與《あた》へた。斥候刑事《せきこうけいじ》の報告《ほうこく》を受《う》け警視廳《けいしちやう》より使命《しめい》されたる警部《けいぶ》が部下刑事《ぶかけいじ》十四名《めい》を率《ひき》いて工場《こうぢやう》に向《む》かふも時《とき》まさに強盜團《がうたうだん》の二臺《だい》の自動車《じどうしや》に分乘《ぶんじよう》しいづこかへ逃走《たうそう》しようといふ場面《ばめん》に突《つ》き當《あ》たり、捕《ほ》縛《ばく》はおろか車兩番號《しやりやうばんがう》の確認《かくにん》すら遣《や》り損《そこ》なう失態《しつたい》であつた——

「印刷工場か」

小さい工場らしい。従業員らは潜伏しているのが強盗団だと知らなかったか、或いは工場ぐるみだったのかもしれない。詳しいことは書かれていないが、正に贋札作りの潜伏するべき場所で、偶然として看過出来ない暗合ではある。

「でも、これだけでは分からないな。確かに、贋札を作れる場所なんてそうそう無いし、無視は出来ないだろうが、でも、入江がこれとどう繫がる？　証拠は無いだろう？」

「決定的なのは無いね。しかし、確か、十一月だな」

そう言って、二月くらい前の分を漁り始めた。

「これだ。一面だな」

蓮野が抜き出したのは昨年十一月二十六日の朝刊である。時計店の強盗の記事が載っている。印刷工場に潜伏していたのと同一と目されている強盗団の犯行である。彼らはこの時店員二人を殺害している。

「さっきの十二月二十七日の記事によると、強盗は全部で四件あったんだろう？　僕が読んだ覚えがあるのはこれだけだけれどもね。それで――」

記事の半ばの一文を蓮野が指差した。

賊《ぞく》は、店内《てんない》の現金《げんきん》といふ現金《げんきん》と共《とも》に、瑞西《スイス》の時計《とけい》會社《ぐわいしや》が二百に個數《こすう》を限定《げんてい》して製造《せいぞう》せし置時計《おきどけい》を持《も》ち去《さ》つており――

「入江の店に、ここに書いてあるような時計があったそうじゃないか」

「なるほど」

犯人は、入江にその処分を任せたのか。贋札の件と考え合わせれば、入江と強盗団の繋がりは高い確率で有ると見ていい。他に手掛かりとするべきものもないから、この可能性に縋ってみるしかない。

「強盗団のことが分かったのはいいが、次はどうする？」

「さあ、どうしようか。ひとつ問題がある。僕はあまり長居できないんだよ」

彼は古物屋を装って来ているのである。これは、犯人がどこからかこの家を見張っていないとも限らないからで、古物屋のふりをしておけば、金を集めるのに必死で、家財を少しでも現金に換える為に呼んだものと見えるから不審ではない。

しかし、入ったまま出ていかないのではおかしいし、あまり長居しすぎるのも疑惑を起こさせる。そろそろ潮時ではある。

「とりあえず、君の家族に話をしよう。また事情が変わったからね。警察を呼ぶのかどうか、それに身代金の受け渡しをどうするのか、考えて貰わなきゃいけない」

三部の新聞を右手に持って居間に戻っていく蓮野に、私も続いた。

時刻はもう、七時を回っていた。

テーブルを囲んで、四人が座っている。義姉などは、紗江子が要求状を広げてから四時間近く、首を上下させた他、殆ど身動きしていないのではないかと思われた。

義父は結局借銭に出かけるのを止したらしい。納戸にも、四人して話をしている気配は届いていた。陰鬱な話し合いで、それが無為であったのはみなの表情で分かる。

蓮野は新聞記事を示し、強盗団が誘拐に関わっているらしいことを静かに説明した。

義姉は泣き出した。他の三人も表情を険しくする。義父は言った。

「どうしたらいいのだ。君、どうするのが一番いいのだ？　この、強盗で人殺しをする奴らが犯人か。どうすれば無事に峯子が帰る？」

「一番いい方法は僕にも分かりません。ですが、もしもみなさんが、警察には通報をしないことにして、代わりに僕に何かをしろと言うのなら、その時どうするつもりかをお話しします」

蓮野は、テーブルに載せた新聞を引き寄せた。

「ひとまず、これから僕は南千住の印刷工場を見に行ってきます。何か分からないとも限らない。

それから、強盗団の情報をなるべく集めます。受け渡しの時間まで五時間しか無いですから、大したことは調べられなそうですが。

で、身代金の受け渡しですが、要求に従うとして、誰が行くのですか？」

義父が、家族の顔を見回すと、みなは頷き返した。

「儂が行く」

要求状には、ご家族の何れかとある。私が行くのでは指示に逆らうことになるかもしれない。家族で一番まともな判断が出来そうなのは義父である。

「分かりました。犯人がどう受け渡しをするつもりなのかまだ読めませんが、僕がそれを可能な限り追いかけます。

要するに僕に出来るのは、そういうことから犯人の様子を探って、峯子さんの監禁場所を探り出すという、成功するとは約束しかねることだけなのです。犯人の追跡はかなり難しい筈で、やってみないことには何も分からないですね。

犯人が峯子さんを無事に帰すようなら、僕がすることはありません」

「君、そいつらは峯子を本当に帰すと思うか。それで君は、見つけられると思っているのか。約束出来ないでは困る。そんな――」

「見つけるということなら、警察の方がうまくやる筈です。人数がいますし、我々が知り得ない強盗の情報も色々持っているのでしょうからね。ですが、この通りですからね」

新聞を右手で示して言った。印刷工場における警察の失敗の記事である。

「当然、犯人は警察の存在には神経質でしょう。誘拐犯なんかみんなそうに決まっていますが、彼らは一度危うい思いをしていますから尚更ですね」

義父は唾を飲み込んだ。

「あとは、入江の家に行くという手があります。彼のところから犯人に繋がる何かが見付かる可能性は高い。

何をするにせよ、峯子さんの身の安全が守られると思う方法をとるようにします。何より優先しますよ。

どうしますか。警察を呼ぶのなら、僕はその邪魔をしないつもりですが、呼ばないのなら、そしてそう望まれるのなら、今言ったことをやります」

矢苗一家は悲壮に肯き合って、やがて決断した。

義父は、君、頼むと言った。義姉は、小声で、お願いします、と付け加えた。

「分かりました。――井口君。多分君に一緒に来てもらった方がいい」

「え？　そうか」

私が付いて行っても邪魔になりそうである。一切蓮野に任せきりの気分になっていた。

「人手が要らないとも限らない。それに、自動車を借りなきゃいけないからな。僕がいきなり行って貸してくれるか？」

多分貸してくれない。借りるのは矢苗家の親類からで、去年の十一月以来になる。

「そうだな。じゃあ、僕も行くが、しかし、ほら、どうやって出る？」

懸念しているのは、犯人に家を見張られている可能性である。疑惑を抱かせかねないことは出来ない。

蓮野はこれから、家の中の適当なガラクタを持ち出して、取引があったように見せかける予定である。しかし私が正面から出て行けば、そして長時間にわたって帰宅しなければ、犯人は不審がる。

「長持はあるかい？　それに君を入れて出て行くしかないね」

それしかないのか。

「長持はございますけど、あの、夫が入るかどうか分かりませんけど」

紗江子は、とにかく持って来ますから、と奥の八畳に向かった。

何分か経って、遅いと思って見に行った。

紗江子は部屋中に着物を散らかして、押入れを掻き回している。上半身を上段に突っ込んで、長持を引き摺り出すのを私も手伝った。

「蓮野さん、あんなに立派な方ならそう言って下さればいいじゃないですか」

紗江子は長持を畳に下ろし、中の古い着物を掻き出す。

「立派なのかどうか僕は知らないよ。それに、尊敬に足る泥棒さんだよ、とかなんとか言ったってお前どうせ信じないだろう」

「でも、蓮野さんのこと、ナマコみたいな人格だとか、散々におっしゃったじゃないですか」

「そんな風に言ったか？　別にそれ、貶しちゃいないだろう」

「貶してます。私が今までに会わされたあなたのどのお友達よりもちゃんとしてますよ。大月《おおつき》さんとか、あんな人しか連れてこないじゃないですか」

「いや、他にちゃんとしたのもいるんだよ」

「知りませんけど。——ああ、ほら」

長持は空になった。

「あなた入りますか」

紗江子は私の襟首を摑んで、長持に押し込んだ。幅が狭くて、横向きにならねば入れない。肩がぶつかるので、紗江子は思い切り蓋を押さえつけた。

「入るじゃありませんか。良かったですね」

「そうだな」

這い出した私は肩をさする。

蓋を畳の上に立てて、積もっていた埃を手で払いながら紗江子は言った。

「峯子、最近は裁縫のお稽古を嫌がってたんですよ」

「そうらしいね」

「だから姉さんは、峯子が嫌がってるのを無理に行かせたからって、もう気が狂いそうになっているんです」

「ああ、そうだったか」

紗江子は、畳に散らばった着物の幾つかを、峯子が縫ったものだと指差した。

彼女に裁縫の先生を紹介したのは紗江子である。そこへ行った帰りに峯子が攫われたことを紗江子も気に病んでいるらしかった。

二人で長持を担ぎ、居間に戻った。蓮野は、汚れた花瓶とか、ちょっと大きすぎた椅子だとか、半端な家財を並べていた。

「君、ちゃんと長持に収まったか？」

「収まったよ。あんなのに入るのは小学生の頃以来だ。もう行くのか？」

「行く。君、洋服はあるか？　着替えてきた方がいいな」

義兄のを借りることにした。私には大きく、袖や裾が余るが着られないでもない。

「それから、双眼鏡をお持ちですか。出来ることなら、二つあると望ましい」

理由は分からないが、犯人は身代金の運搬時に双眼鏡を持つことを要求している。それとは別に、蓮野も双眼鏡を使いたいというのである。

都合よく、観劇用のが二つあった。義姉が夫の書斎へ行き、おじおじしながら持って来た。

着替え終えると、帽子や手袋など、私は必要なものを揃えた。懐中電燈も借りた。それから、傘である。外は、雨か雪が降り出してもおかしくない天気だった。

いよいよ玄関を出ようという時。蓮野は義父に言った。

「言うまでもないですが、くれぐれも身の安全に気を付けて頂きたいのですよ。普通の誘拐と違って、金目当てでなく、贋札を取り返したがっているようですからね。すると犯人は、源次さんを船に乗せて贋札ごと沈めるとか、とんでもない無茶をするかもしれません」

義父は、口元を硬くし、頷いた。

私は長持に押し込まれた。蓮野は、それを一人で担ぎ上げたらしかった。

三

無闇に長く感じた。蓮野が引っ張る大八車は、大通りを真っ直ぐ駅前に向かったのではないらしかった。

長持には身動きする隙間が無く、車輪の振動をそのまま受け止めるしかない。全身で脳震盪《のうしんとう》を起こしているような気分になる。その上、恐ろしく寒い。

ようやく蓋が開かれた。私は右手で長持の縁を摑んで起き上がろうとしたが、力が入らず、蓮野に引っ張り出された。

「ああ――、どこだ？　ここは」

「砲兵工廠《ほうへいこうしょう》の近くだよ」

見回すと、人気のない路地裏に居る。

尾行を警戒したのだという。あちこち歩き回って、誰もついて来ていないとようやく確信を持ったのだそうで、私は二十分ばかりも転がされていたのであった。

蓮野は繋ぎを脱いだ。下に、いつものシャツにチョッキに黒いネクタイ、絹地のズボンを着ていた。彼の洋服は、その殆どが私の祖父の遺品である。長軀であった祖父は洋行中に種々様々の上等な洋服を仕立てていたが、それが偶然蓮野にピッタリ合った。祖父の死後、他の当てもないので纏めて彼に譲った。以後蓮野は殆ど何をするにもそれらを着て、泥棒であった頃にも西洋式の礼装を以って仕事着としていたというから笑う。

彼は大八車の紙袋からフロックコートを出して羽織り、もう一つオーバーコートを脇に抱えた。大八車を近くの商店の裏に隠すと、蓮野は寒さに震える私を引っ張るようにして路地裏を出た。駅の方へ向かった。まずは親類のところへ行かなければならない。

八時過ぎ。身代金の受け渡しまでは残り四時間。抜き差しならない事態が起こっていると説明し、無事、自動車を親類から借り出した。

「どこに行くんだ？　まず印刷工場か？」

「そうだね。大したものは無さそうだが」

二十分ほど掛かった。それらしい二階建の瓦屋根が見えた辺りで、蓮野は自動車を停めた。窓に明かりはない。

「誰か居るか？」

「居なそうだな。しかし、井口君は待っていたまえ」

一先ず蓮野が様子を見てくるという。

既に警察に踏み込まれている以上可能性は低いが、犯人が周辺にいることは有り得る。

私は矢苗家に出入りがあったから、そこを犯人が見張っていたなら顔を見られている。しかし、義兄が贋札を受け取って来たのが十日ばかり前のことだから、一月余りも家に籠って碌に連絡も取らずにいた蓮野の顔を犯人はまず知らない。さっき矢苗家に出入りした時にはもう暗かったし、変装もしていた。先に危険を冒すなら彼である。懐中電燈を持って蓮野は出て行った。

自動車の中で五分ばかり待つと、蓮野が戻って来た。

「大丈夫だから一緒に来たまえ」

隅田川が近く、隣には町工場が何軒か連なっている。人気は無い。

印刷工場は二階建で、工場としてはかなり小さい。民家と変わらないくらいである。蓮野は一階と、さらに二階の窓も塀の上から覗いてみたそうで、どうやら留守なのは間違いない。

「何もなさそうだな」

「そうだね」

蓮野は侵入の前に辺りを見回した。扉には南京錠が取り付けてあったが、蓮野は針金を使って、手慣れた様子でそれを解錠した。

彼は把手《とって》を静かに回す。

狭い室内は、まさしく夜逃げの後の静けさだった。

警察が捜査をして以来、工場は閉業していたようである。少し埃が積もっているし、流し場を見ると、普通なら置いておくような湯のみなどが無い。警察が持ち去ったのかもしれない。

印刷機はそのまま置いてあった。蓮野はしばしそれを調べた。

「警察はここで犯人らが贋札を造っていたことに感づいたのかもな。印刷機の中まで徹底的に捜査した跡があるよ。で、どうやらその事実は伏せている」

犯人が油断して贋札を使うのを待っているのだろうか。

「大掛かりだね。どれくらい刷ったのかな？」

「さあね」

「ここに潜伏していたなら、どう考えたって工場主もグルだよな。狭すぎるから、強盗団がこっそり隠れていたっていうのは無理がある」

「そうだね」

蓮野は相槌を打つと、印刷機から離れた。

他には、大して見るようなものはない。ガランとしている。

西の隅の床に、地下に通じる上げ蓋があった。蓮野はそれを引き上げた。

覗くと、階下に梯子が続いている。思いの外、天井の高い地下室らしい。蓮野は跪いて顔を突っ込んだ。

「やはり何にもないな」

梯子を下りて行く彼に私も続いた。

そこは十畳くらいだった。全くの空室で、煙草の吸い殻が転がっているくらいである。

「この建物に強盗団が潜んでいたとして、多くて全部で十人くらいかな？　それ以上だと窮屈すぎるし、出入りが目立って危ないと思うんだけどな。そいつら、ここに潜んでいたので全部なのかな？　他の場所に仲間がいるんだろうかね」

「それは分からないが、僕も十人くらいだろうと思う。過去の新聞記事を確かめたらはっきりするかもしれないが。でも、それ以上多いと統率が取れなくなりそうだ」

「この誘拐にもそれくらいの人数が関わっているかもしれないということか？　なら、見張りなんかも徹底しているかもしれないな」

「そうだね。全員が関わっているとは限らないが。それにしても」

蓮野は壁を照らして廻っている。

「これまで僕らが考えたことが正しいとして、なんでまた贋札なんか造ろうと思いついたんだろうな？　四件も犯行を繰り返して、強盗はそろそろ難しくなってきたのかもしれないが。しかし、さっきも言ったが、金が要るなら泥棒になった方がいいよ。よほど割が良い筈だがな」

「印刷工場に潜伏したのは、贋札が造りたかったからなのか？　それともたまたま都合のいい隠れ家が印刷工場で、せっかくだから贋札を造ろうとか思いついたのかな？」

「分からないね。設備だけじゃなくて原版を造れる奴だとかの人手がいるから、そういい加減な考えで始められた筈は無いんだが、まあ経緯は推測のしようがない」

ここに、役に立ちうる手掛かりは何も無いと蓮野は決めて、私たちは外に出た。

それから、自動車で、私の友人の画家のところに向かった。

彼は新聞を集めている。矢苗家には半年分しかなかったので、それより昔の記事から、強盗団の情報を探したいのだ。

友人の下宿から借り出した新聞の束を担いで、自動車まで戻った。一旦、エンジンをかけないまま座席に収まった。

運転台の蓮野は、前方を睨みながら何か考えている。

「おい、どうするんだ？　何処に行く？」

「やはり、川口町の入江の家まで行ってみようかと思う。が、それが最善かは自信が無い。そう、犯人の潜伏場所をどう突き止めるかということなんだが」

蓮野は、私が膝の上に置いていた新聞の束に視線をやった。

「それには、犯人が何故贋札を取り返したがっているか、という問題を考えるべきだと思う。この贋札の存在が公になると、彼らに不都合がある訳だろう？　何が不都合なのか。例えば、あれに指紋が付いていて、それが警察に渡ると入江殺しの証拠になるとかか？」

「そんなことあるか？」

「それは、多分無い。彼らはそもそも罪人だ。時計店に押し入った時に二人殺している。今更一つ二つ罪状が増えたとして、その証拠をこうまでして取り返さなきゃならないかな。大体、指紋なら、放って置いても、それが贋札だと発覚するまでの間に擦《こす》れて消えてしまう公算も高い。危険を冒して取り戻すことはないよ。そういうことではないんだ。

しかし、じっとしている訳にもいかないな。ともかく移動することにしようか」

蓮野は自動車を発進させた。

大通りに出ると、彼は、話しかけた推理を続けた。

「――では、何故彼らが贋札を取り返したがるかというとだね、どうやら警察は強盗団が贋札を造っていたことは突き止めたらしいだろう？　彼らは殆ど紙一重の所で逃げ出したそうじゃないか。それなら原版なんかを全部綺麗に回収していく暇はなさそうだ。あの工場も、警察は徹底して調べて行ったらしかった。だから、警察は、あの贋札を見れば、それが強盗団達の手に成るものだと分かる訳だね」

「ああ、そうだろうな」

「すると、何が問題なのかというのに、あれが警察の手に渡ったら、強盗団が、入江という男と繋がりがあると分かってしまうということだろう。あの贋札は上出来とは言えない。それに、百円札はそうたくさんは出回ってないし、出所が分からなくなる前に、贋札だってことがバレてしまう可能性は高い」

警察は、強盗団が贋札を造っていたことを把握している。入江の所にそれがあったことが判明してしまえば、強盗団と入江との繋がりが警察に発覚する。

「そして、繋がっていることが分かると何が問題なのか？　奴らは既に入江を殺している。入江との関係がバレたって、彼の口から何かが漏れる心配はない。にもかかわらず、こんな手間暇を掛けて贋札を隠そうというのだからね。余程のことだ」

蓮野はスピードを上げた。

「では、強盗団が絶対に知られてはならないことは何か。それは、彼らがどこにいるのかだ。

そして、さっきの昭夫さんの話だと、入江は土地を扱っていたんだろう？　強盗団は今、アジトを追われてどこに隠れているんだ？　人数も少なくない。隠れ場所はそう簡単には見つからない」

「ああ！　そうか、強盗団は、入江が扱った物件のどれかに潜んでいるということか？　入江との繋がりが警察に知れると、その潜伏場所が発覚してしまうから、贋札を回収しなければならないと？」

「そうではないかと思う。だとすると、僕らは何より入江の関わった物件の所在を知らなければならない」

だから、入江の家に向かうのか。

「しかし大丈夫か？　入江の遺族に話をするということなんだよな。その人物が強盗団と繋がっている可能性はないのか？」

「その可能性は低いと思う。深い関わりがあったなら家族だって殺されていそうなものだしな。でもゼロでは無いね。僕もまだ、どうしても家族に話をするとは決めていない。放っておけば無事に峯子さんが帰ってくるものを、余計なことをしてぶち壊しにするかもしれない。しかし、他に監禁場所を探るいい方法は思いつかないし、身代金の受け渡しに間に合うように入江家を訪ねるなら、今向かうしかない」

「だが、そんなに上手くいくか？　いきなり訪ねて行って、容易に聞きだせることじゃないだろう」

「そうだね。それは何とかするしかない。留守なら別の手も無いでもないしな」

「それは嫌だな。忍び込むんだろ？」

「僕も嫌だよ。準備がないしね」

「その、潜伏場所の物件というのだって、候補が一つとは限らないだろ？　四つや五つあってもおかしくない。絞れるのかな？　どこに峯子が連れて行かれたか分かるのか？」

　蓮野は目を細めた。

「分からないよ。しかし、あまり遠くではないと思うね。それに、受け渡しの時に、犯人の姿とか、乗っている自動車とかの手掛かりがあれば、後を追う手はあるかもしれない。

　井口君、記事を読んでくれないか。時間が無さそうだ」

　借りて来た新聞である。自分で読む暇がないから私に読み上げろというのである。

　懐中電燈を点けた。強盗の記事を探して、膝の上に重ね直した。

　彼らが活動を始めたのは去年の四月の初めである。十人の覆面を被った男が写った、酷く暈《ぼ》けた写真が載っている。そこは麻布《あざぶ》の銀行であった。それから三度に亘り東京市内に出没している。被害は数十万円に及ぶらしい。

　犯人の中に、身元が割れているのが数人いる。

「前科のあるやつは、もう親兄弟まで明らかだぜ」

「まあ、そこから居場所が辿れるなら、いくら何でも警察が捕まえてるだろうな」

　それはそうだろう。

　三度目に銀行に押し入った時、彼らはうっかり指紋を残していた。それが照合されて、前科持ちの奴は指名手配されている。

　萬田蔵市《まんだくらいち》という男がいる。主犯格らしい。

鮮明な写真が載っている。右頬から鼻にかけて目立つ傷があって、全身に刺青が入っているという。四十三歳である。

五度の婦女暴行と恐喝で投獄されていた男であった。六月の記事に書かれている。

これを読んで蓮野と私は暗然とした。勿論、峯子が誘拐に遭った以上、想像の及ばないことではなかったが、判明した犯人の凶悪さはそれを超えていた。

こうなったら、犯人が峯子を無事に帰すことを期待してはいられない。多少の危険を承知の上で、入江の遺族から物件の所在を聞き出すことは何としてもやらねばなるまいと決まった。

身元が分かっている中に、もう一人、秋山《あきやま》治郎《じろう》という男がいた。三度詐欺に関わって捕まっている。三十五歳で、結構な大漢らしい。

「しかしこいつら、数十万円も奪ってるんだぜ？　やっぱり妙だよ。何で贋札なんか造ったんだ？　全部使っちゃったのか？」

「さあね。そうかもね。いずれ迷惑な話だ」

蓮野は片手で煙草に火をつけた。

埼玉の目的地まで、印刷工場から四十分ほど掛かった。迷わなかったのは幸いである。目立たないように自動車を停めて、蓮野は車内で身なりを整えた。

入江家は商店街の軒を並べた一番端に、隣の乾物屋から少し離れて建っていた。

二階に明かりが灯っている。留守か否かで、泥棒になるか詐欺師になるかが決まる所だったのだが、今回はどうやら詐欺師である。入江の家族が強盗団と繋がっている可能性は低そうだと思われるが、それでも一応、顔の割れていない蓮野だけが訪ねることにした。

古道具屋の看板が掛かっているが、鎧戸が閉まっていて、店の前にも塵が散らかっている。入江が殺されて以降は店仕舞いをしてしまったらしかった。

鎧戸の脇の塀を回り込むと通用口があった。蓮野は扉を叩いた。私はそのさらに奥に、目につかない暗がりを探して隠れた。

応えがあるまで時間が掛かった。奥から物音がして、電燈が点いた。返事はされないまま、扉の向こうの誰かは覗き穴を覗いたらしい。それからいきなり扉が開く。

——何ですか。

姿は見えない。入江の妻らしい。不機嫌な声である。

——妙な時分に失礼します。あなたは入江龍憲さんの奥様でしょうね。

——あなたは誰です。

——入れて頂けますか。至急のご相談です。ご主人に関わることです。

——何です。用件を仰いなさい。

蓮野はいつになく威圧的な喋りようである。話しながらも、彼は屋内ににじり寄って行った。扉は閉まらないが、蓮野の姿は見えなくなった。

——龍憲さんの殺害犯は捕まりませんでしょうね。奥様は、龍憲さんの交友をどれくらいご存知です？　それから、お仕事のことを。

——ですから、あなたは誰です。身の証しをなさい。

——してもいいが、意味が無いのですよ。龍憲さんが商売において、後ろ暗いことをなさっていたのはご承知ですか？　僕は、ご承知だったと思っています。僕も龍憲さんの仕事の全てに通じているのではありませんが、あの事件はその後ろ暗い付き合いが原因したらしいのですよ。

——夫は、通り魔に殺されたのです。憶測でそんなことを仰るのはおやめ下さい。

——警察はそう思っているのかもしれませんね。しかし、ただの通り魔ではありません。どうやら、非常に危険な集団によって殺害されました。

どうあれ、僕は警察でも検事でも弁護士でもありませんから、名乗っても仕方がないのです。名前は蓮野と言いますが、奥様には全く意味のないことです。

いつもはゆっくりと喋る彼が、随分早口である。入江の妻は口籠って、言葉を探しているらしかった。

——それで、何ですか。何をしに来たのです。何だってこんな時に。

――家族を亡くされた方の家を不躾な作法でもって夜分に訪ねるべからざることは僕も承知しています。相応の事情があるのですよ。説明が困難な事情です。

僕が何をお願いしたいのかと言うと、龍憲さんの遺品を見させて頂いて、それから奥様の知っていることを教えて頂きたいのです。それで僕は追い払えますよ。

――それは、いえ、いけません。どうしても。

――ほう。龍憲さんがそう戒めたのでしょうね。くれぐれも余人の目に、多分警察にも見せないよう、しかしうっかり処分はするなとか言われた書類でもあるのではないですか？

どうやらこれは図星であった。入江の妻はしばらく返事をしなかった。

――龍憲さんは、おそらくは、ご本人が思っていた以上に危険な人物と取引をしていました。住所録とか、そういったものをお持ちの筈ですが、扱いを間違うと身を危うくします。あるのでしょう？

――書類はある筈ですけれど、夫がそれをどこにしまっていたか、私は知らないのです。

入江の妻は怯えていた。彼女自身、罪の呵責を覚えていることが、その声音に明らかだった。

――知らない？　では、心当たりは。

――心当たりは、ございます。でも、本当にそこにあるか分かりません。それに、そこは、私には開けられない場所なのです。

――なるほど。しかし僕には開けられるかもしれませんね。それはどこです？

――奥の間の床下に、夫は隠し金庫を埋め込んでいました。開け方が、私には分からないのです。

――そうですか。それは是非見せていただきたい。僕が奥様に迷惑をかけることは絶対しないとお約束します。どうしても必要です。

――でも、そんなことをしていいのか。

――詳しくお話は出来ないのです。僕が言うことをお疑いですか？　しかし、従って頂かないと、余計な後悔をずっと先まで背負いこむことになります。奥様はお優しい方のようですから尚更です。

――それは、どういう？

――ですから、お話は出来ないのです。見せていただければ良いのです。本当に急いでいるのですよ。

蓮野の言葉に、普段は絶対見せない苛立ちが聞き取れる。彼のささやかな演技である。

床の軋る音がして、二人が家の奥に歩いていくのが分かった。私も、気配を追って家の周囲を回り込んだ。

奥の間に入ったらしいので、その窓の外の、すぐ下にしゃがんだ。

畳を持ち上げる音がした。私は床下を覗いていたが、すると、そこに蓮野が降りてくるのが見えた。彼は室内側からこちらに笑いかけると、地面に屈み込んだ。彼がそこに嵌め込まれた鉄の扉を弄る様子が、床下に照らす天井の灯でよく分かった。

やがて蓮野は、例の泥棒の技巧で扉を解錠した。そこから書類を摑み出すと、ヒョイと床下から畳の上へ飛び上がった。

——住所録があるか、奥様も一緒に確かめて下さい。

パラパラと何かをめくる音がした。

三分ばかり経った。

——おお、住所録ですね。

——はい、それです。夫は、その、後ろ暗いことのある人に、そういう場所を仲介したりしていたのです。

——そのようです。それで奥様、「後ろ暗いこと」というのが、どんなことだったかはご承知ですか？

入江の妻は口籠った。

――なんでも、あまり公に出来ない品物を保管しておくための場所だとか聞きました。

――そうですか。しかし、実際にはそれよりずっと過激な目的で使われていたと思われますね。時に、龍憲さんが亡くなってから、物件の仲介を受けた人が訪ねてきたことはありませんか？

――はい。数日前、亡くなった夫に焼香だと言って、訪ねてきた人がいます。その人は、私に慰めを仰いましたけど、自分が物件の仲介を受けたことを秘密にして欲しくて、口止めをしにきたようでした。そのことは内密に、と私に何度もいいましたから。

――その人は、もしかすると、去年から東京を騒がせている強盗団の一員ですね。

彼女が息を呑む音が、窓の外の私まで聞こえた。

――そんな人に、夫は隠れ家を紹介していたと？

――おそらく、龍憲さんは知らなかったのでしょうがね。奥様、その人が使っているのが、ここに載っているどの住所だかは分かりますか？

――いえ。そこまでは私には分かりません。

――結構です。僕は急ぎますからそろそろお暇します。大変失礼しました。別にお詫びは出来ませんが、もしかすると龍憲さんを殺した犯人は数日中に捕まるかもしれません。このことはくれぐれも内密にして頂けますか。後日御説明に上がります。

分かりました、と小さい声で返事があった。蓮野が通用口に急ぐ足音がしたので、私もそちらに引き返す。

通用口を出た彼は私に視線をくれて、早足で自動車の方に向かう。私は小走りで追いついた。

彼は私に手帳を差し出す。

「一番後ろを開きたまえ」

番地が十個、書き留めてある。私がそれを読む間に、蓮野は自動車を発進させた。

「これで全部か？　随分あちこち飛んでるな」

千葉のものが三つ、東京市内が三つ、神奈川が一つ、埼玉が二つ、それから奥多摩のが一つある。

「このうちのどれかが、強盗団の隠れ場所ってことか」

「取り敢えずはそう思うよりないね」

「どれだと思う？」

「分からない。千葉はちょっと遠すぎる気がするがね」

午後十時を過ぎている。これから、指定された身代金受け渡しの現場を確かめに行く。

「しかしまあ、うまくやったな。随分あっさり住所録を確認できたじゃないか」

「うまくやってないよ。慌ててうっかり本名を名乗ってしまった」

惚けている。蓮野は、泥棒だったくせに、嘘を吐くのを妙に嫌がる。

「強盗団は、この住所録が警察に渡ってしまうのを防ぐために、贋札を取り返そうとしているのか？　どうも釈然としないな。そんな回りくどいことをせずに、この住所録の方を回収しようとはしなかったのか？　入江がなんで殺されたのかは分からないが、ここに隠れ家が載っているなら、それこそ押さえておくべきだろう？」

「その通りだが、しかし、強盗団は入江が住所録をどこに保管していたかは知らなかったんだろう。あの奥さんを殺して住所録を持ち去ろうとしても、見つからなかったら却ってことが面倒になる。実際、仕舞われていたのは床下の隠し金庫だったしね。

だから、奥さんを口止めしに来たんだ。そうしておけば、秘密が警察に漏れることはないと考えたんだろう。

入江や奥さんは、取引相手が強盗団だとは知らなかったんだろうな。せいぜい、密造酒でも扱っているくらいに思っていた様子だった。入江の方にも引目があるから、警察に知らせることはなかった。

しかし、あの贋札はまずい。あれが警察に渡って、隠れ家を使っているのが強盗団だと疑いが持ち上がったら、流石に入江も警察に協力するだろう。入江は、取引相手がそこまでの悪人とは思っていなかったんだ。

だから、贋札は回収しなければならなかった。分かっている情報と、さっきの入江の奥さんの様子からすると、そう考えられる」

「なるほど」

筋は通っているようである。他の手立てもないから、それを頼りに峯子を探すよりない。

「でも、入江は盗品も扱ってたんだろう？　あまり見当たらない瑞西《スイス》の時計が店にあったと言ってたぜ。入江の方で、持ち込んだ奴が強盗団かもしれないと感づかなかったのか」

「しかしね、逆に言えば根拠はそれだけだろう？　入江が一月半前の新聞記事を憶えてなきゃ大丈夫なんだし、憶えてたって決定的な証拠でもない。

でもまあ、それまではもうちょっと慎重だったんだろう。急に切羽詰まったのか、とにかく金が要るってことになったんだろうな。入江に盗品を流してしまった」

「そう言えば、その時計は売られちゃったんだろう？　そこから足はつかなかったのか」

「ついてないみたいだね。というか――」

「なんだ？」

「これまで考えたことが正しいとして、幾つか疑問がある。入江の手になぜ贋札が渡ったのか。そして、強盗団は、どうやって贋札が入江から昭夫さんの手に渡ったことを突き止めたのか、という問題だ。

入江がどうして殺されたかがはっきりしていないから、大分想像が混じるが、こんなことかな。

考えてみるとだね、君の言った通り、盗んだ時計を入江の手に渡してしまったのはやはり失策だ。ことによっては足がつく。そこで、やっぱりまずいと思い直して、入江から買い戻したんだろう。で、買い戻すのに、よりによって贋札を使ってしまった」

「随分間抜けじゃないか。取り乱してるな。慌てすぎじゃないか？」

証拠を回収するために、別の証拠を渡してしまったことになる。

「そもそも時計を入江に渡しちゃったことからして慌ててるんだよ。奴らも追い詰められて、あんまり統制が取れていないんだろう。で、今度は贋札を取り返さなければならなくなった。昭夫さんのことは、殺した時に聞き出したのかな。そして、贋の百円札が借金の返済に使われてしまったことを知った。

もし昭夫さんが贋札を手放してしまっていたら、僕らにとっても犯人にとっても厄介なことになっていたね。まあ、これはまだ想像だ。犯人を追いかけてみないと本当のことは分からない」

道中、屋台が開いているのを見て、蓮野は自動車を停めた。彼は中華饅頭《まんじゅう》を二十個ばかりも買い込んで戻ってきた。

「なんだ？　そんなに要るのか？」

「もしかしたらね」

四

再び自動車を走らせた。

そろそろ、指定の身代金受け渡し場所に近づきつつある。

そこは、煉瓦工場の倉庫であった。大川を左手に見て川岸を下流に進み、明治座《めいじざ》を四町くらい過ぎたところである。

近寄り過ぎるのは危ない。既に犯人が待機している恐れもある。

怪しまれないくらいに速度を落として、その周囲を走った。倉庫の立ち並ぶ地帯である。見た所、周囲に人影は無い。

範囲を広げて走り、土地鑑を養っておくことにした。

上流側に新大橋《しんおおはし》、下流側に永代橋《えいたいばし》がある。橋のこちらとあちら、周囲数粁《キロ》を、時々自動車を降りて、人目につかないことを心がけながら見て回った。

十一時半まで周囲を探った。その間に、追跡の手筈を決めた。

かなり難しい仕事である。誘拐犯も、警察の監視を警戒している筈で、うっかり見咎められるのはまずい。自動車の中や、暗がりから気づかれないよう受け渡しの様子を眺めるよりない。

それに、蓮野はともかく、私はおそらく顔を憶えられている。

彼の帽子を借りた。夜だが、寒いから被っていてもそれほど不審ではない。暗いし、幸い私の顔はごく平凡である。多分これで大丈夫と思った。

倉庫は、その西にある工場の屋上を勝手に借りて監視することにした。くれぐれも犯人に見つかる訳にはいかないから、程よく離れた建物を選んだ。周囲を慎重に確認してから、外壁の梯子を伝って屋上に出た。蓮野が双眼鏡を覗く。

十一時四十五分頃。倉庫の前に、人影が現れた。

コートを着て、帽子を被りマスクをつけている。入り口の、石塀の隙間に、紙片か何かを差し込んだらしかった。北の方角に歩いて、家陰に入って見えなくなった。

追いかけることはしない。そのまま待つ。

十一時五十八分、蓮野が南側の道から門前に向かって歩く人影に気づいた。

義父だった。水道橋からこの倉庫まで数粁《キロ》はある。多分、離れた処で貸自動車を降りたのである。

指定の時間通り、一秒たりとも狂わせたくないというつもりであったらしい。義父は腕時計を見つめ、十二時きっかりに倉庫の入り口に近づいて行った。懐中電燈を持っていて、携えた風呂敷包みが遠目にも何とか判る。

義父は入り口から倉庫を見て、銘板を確かめ、それから周囲を見回した。一分ばかり後、ようやく石塀の隙間に挿された紙片を見つけ出した。

何度かそれを読み返して、再び周囲に注意を向けた。そして、倉庫の脇の細い道を川岸の方向に歩いて行く。

「おい」

「うん。多分川だ」

急いで梯子を下りた。

犯人が義父に川を渡らせる可能性は高そうだと予測を立てていた。川岸には、渡しのボートが舫ってある。そこに向かうのならボートを探すのだと考えて良さそうなのである。

蓮野が上流側、私が下流側に回り込み、通行人を装いつつ川沿いの道を見張って義父を待ち受ける。義父が川を渡らず、西か東に回り込むなら、私か蓮野のどちらかに突き当たる筈で、それを見つけた方がそれとなく追跡する――

杜撰な計画である。止むを得ない。

蓮野と別れて、義父が通り得る路地に急いだ。義父には、あまり早足にならないよう頼んである。急げば見落とす気遣いはない。

酔っ払いのような仕草を心がけながら歩いた。見張るに良いところまで来て、電柱に嘔吐する振りをした。しばらく辺りを窺う。路地裏で人影は無く、辺りは暗い。しかし、少し先の花街の空気が、微かに漂ってくるような気がする。

体内時計が信用ならないので、私は時計の確認をくれぐれも忘れないよう肝に銘じていた。既に一分が経っている。義父がここを通るならもう姿が見えていなければならない。来ない。行き先はこちらではない。

くれぐれも判断を遅滞させるなと蓮野に言われている。こういう場合には、倉庫から北に行った製材工場の敷地に止めた自動車まで向かうよう決めてある。不自然でない動きを意識しながらそちらに向かった。

着くと、まさに自動車のヘッドライトが点灯した所だった。

「ああ良かった。置いて行く所だった」

私に向けてドアを開きながら蓮野は言った。

「どっちに行った？」

「川だ。やっぱり」

蓮野は私に双眼鏡を持たせて、自動車を発進させた。私は被っていた帽子を脱いだ。

対岸に向かう。橋は少し遠い。

「源次さんは舟漕ぎに熟達しちゃいないだろうね？　ボートを出すのにも手間取っていたみたいだが」

そうだろうと思う。あまり手際が良いと見失うかもしれないが、その心配はしなくとも大丈夫である。

速度を落として永代橋を渡る。この間に、私は双眼鏡を覗いて、義父がどこにボートを留めるか見極めなければならない。

暗いが眼は慣らしてある。義父がゆっくりボートを漕ぐ姿が双眼鏡の視界に入った。

やがて、ボートは対岸へ到達した。私は、それが留められた近くに掘割《ほりわり》があるのを見極めた。

この先の追跡が一番の問題であった。一先ずは掘割を目指すが、そこからは義父の行き先をやみくもに探すしかないのである。義父がどこに行かされるか目星はつかなかったし、周囲の道が複雑で、どう動いても見失う恐れがある。

それに、義父がボートを留めた場所は予期したよりも遠かった。追いつくのは難しいかもしれない。

倉庫脇にて、多分私は犯人に姿を見られずに済んだろうと思っている。見られたにしても遠方からである。この周辺をうろついていても、対岸にいたのと同一人物で、何やら様子を探っているらしいと犯人に疑いを起こさせる恐れは少ない。

それでも、念の為、寒いのを我慢してコートを脱いだ。蓮野から別の帽子を借りて被った。酔っ払いの振りも止す。これで夜目には別人に見える。

蓮野も、オーバーコートを着たり、変装とも言われないくらいの変装をしたが、彼は背が高い。目立つので彼は辺りを自動車で走って義父を探し、必要があればそれを降りることにしてある。

「もし源次さんが見つからないようならね、見通しのいい所を探してみてくれ」

「何故だ？」

「犯人は、双眼鏡を持って来いと言っているだろう？　何に使うか知らないが、源次さんはそんな場所に行かされる可能性が高い」

そうだ。忘れていた。

義父の降り立った地点を見つけて、私は周囲を慎重に歩いた。

幾度か人とすれ違った。義父かと思って緊張するがみな見知らぬ人である。職人らしい格好のとか、酔っ払いが多い。

もしや犯人か。マスクはしていない。ただ、夜のことだし、犯人が顔を隠しているとは限らない。私は、心臓が跳ね上がる思いをするのを表に出さないのに必死である。

焦る。義父は見つからない。遠方に歩き去ったか？　それほどの時間は無かったと思うが。そういえば時計の確認を忘れていた――

或いは近くの建物に入ったのか？　出入りに注意するべきか。

不自然に早足になりそうなのを必死に抑えて、何気無い素振りで周囲を見回した。油や穀物の倉庫や工場が多く、民家もある。見通しのいい所——、川岸か？　開けたところに出るのは怖い。見咎められる恐れがある。

或いは高所？　上目遣いで建物の屋上を見た。死角が多いから、義父が居ても気づかないかもしれない。

気がはやるのを抑えて、あちらこちらを眺める。

寺の脇の路地に差し掛かった。その向かい、川の側を見たとき、妙なものが目に入った。

銭湯の煙突である。それに付いた梯子の半ばあたりに、人がよじ登っている。

明かりはとうに落ちていて、銭湯は無人らしい。顔は分からないが、義父に違いない。他に、こんな時間に煙突に登る人はいない。私は周囲を窺った。

都合よく、蓮野の自動車が路地の反対を通るのが見えた。

彼の方でも私に気づいたらしい。蓮野の勘なら、私が身動きせず煙突の方を見つめている様子で、何かを発見したのは伝わるだろう。

電柱の脇に収まって、義父の様子を観察する。

隣の二階建の商店の屋根の高さまで義父は登っている。右手で鉄棒をしっかり摑み、左手には双眼鏡らしいものを持っている。目に当ててはいない。

どうしたのか？　おそらく合図を待っている。川の下流の方を見つめている。

多分、明かりが灯ったら双眼鏡で確かな位置を見定めろ、そういう指示である。彼は視線を切らさない。寒さの中で身じろぎもせず、歳を考えればかなりの苦行の筈だった。

どうする？　こうなれば、私が見張るべきなのは義父ではなく、彼の見つめる先か。きっと、合図の場所に向かえ、ということになるのだろうから、私と蓮野がそれを見逃すのはまずい。しかし、すぐに下流が見渡せるところには行けない。それに双眼鏡は蓮野が持っている。

決めかねていると、背後で物音がした。

驚いたが、近寄って来た姿を見定めると蓮野である。どこかに自動車を停めてきたらしい。私は無言で煙突を指差した。

「おい、どうする？　急がないと――」

「そうだな」

小声で言って、蓮野は双眼鏡を取り出して目に当てた。

「おい、身代金はどうした？」

「ああ！」

慌てて気付かずにいたが、義父は風呂敷包みを持っていない。

よくよく考えたら、包みを持ったまま煙突に登れる筈はない。煙突の梯子は、八尺くらいの高さから始まっていて、台に乗って飛びつかなければならない。それに、片手は双眼鏡を使うために空けておかねばならないのである。

蓮野は双眼鏡の視野をゆっくり下ろして行った。

「地面に置いたみたいだな」

風呂敷の結び目だけが、双眼鏡で辛うじて確認出来るらしい。

蓮野は顔を険しくした。

「まずい。もうすり替えたかな」

「すり替えた？　どういうことだ？」

「妙だったろう？　わざわざ愛用の風呂敷包みを一つ結びにしろだとか、容れ物を指定してくるのがね。身代金は、この隙に回収するつもりだったんだ」

一度に合点がいった。

多分、私の想像通り、義父は犯人に煙突で合図を待つよう指示されている。

登る際には、包みを地面に置かなければならない。義父は、それを手放すのは気が気でないだろうが、合図は絶対に見逃せない。彼は視線を切らずに遠くを見つめ続けることになる。

この隙に、犯人は地面に置かれた風呂敷包みをすり替えるのである。種類は定めてあるし、重さも、入れるのが現金、あとはちょっとした貴重品くらいとなれば凡そあたりがつく。

これから義父は合図を受けて、すり替えられた風呂敷包みを持ってそこに向かわせられるのだろう。もしかしたら、そこからさらに引き回されて、別の方法で包みの受け渡しをさせられることになる。

義父は本当に受け渡しのあった場所を誤認する。尾行者を欺くことも出来る。後の捜査をややこしくする筈である。

風呂敷包みの交換はもう済んでしまったのか？　時間は十分すぎる程経っている。

その時、義父が双眼鏡を目に当てた。

合図があったのだ。義父は煙突を今にも降りるだろう。ならばもうすり替えは済んでいる——犯人は何処へ行ったのか？　私は下流側から歩いてきた。すれ違った中に風呂敷包みや、それが入るくらいの鞄を持っていたのはいなかった。

蓮野も、とにかく上流側を探してみようと言った。おそらく犯人は自動車を持っているだろう。

路地を走った。足元が暗い。一度私は転んだ。

向かいに倉庫が見えた。私たちは塀を伝って屋根の上に登った。跳躍する必要があって、私は肝が冷えた。屋上に腹這いになり、遠くを窺う。

見下ろすと北に三つ先の通り、深川《ふかがわ》親睦園《しんぼくえん》の近くに自動車が停まっている。

蓮野は目を凝らし、その少し手前を指差す。鞄を持った人影が、自動車に近づいてゆく。

「中は見えるか？」

「なんとか見える。ちょっと静かにしてくれ」

人影は車内に入った。裸眼では性別も分からない。

車内に明かりが灯った。三十秒ほど車は動かなかった。やがてエンジンがかかり、自動車は上流の方へ走る。それはすぐに視界から消えた。

蓮野は顔から双眼鏡を離し、こちらを向いた。

「おい、どうだ？　何かわかったか？」

「あれに間違いないね。鞄の中から風呂敷らしいのを出していた。多分中を検めたね。贋札を確認したんだろう」

「それで、どうなんだ？　奴らがどこに隠れているか、追跡できるのか？　行ってしまったが、追いかけなくていいのか？」

「追いかけるのは駄目だ。追跡していることに気づかれる訳にはいかない。しかしね、潜伏場所は分かりそうだ」

「分かる？　どうやって？」

蓮野は帽子を取って、悴《かじか》んだ耳の裏を掻いた。

「奴ら、札を確認するのに明かりを点けたろう？　その時、はっきり見えた。あいつら、自動車に濡れたタイヤチェーンを積んでいた」

彼がそう言った時、私の首筋に冷たいものが落ちた。

ハッとして空を見上げると、東京市内にも雪が降り始めたところだった。

誘拐と大雪　大雪の章

一

そこは、古びた木造建築の二階だった。饐《す》えた臭いが立ち込めている。

どこかは分からない。

酷く寒い。

寒いのは当然である。一月なのだ。しかし、それにしてもあまりに寒い。

体中が痛い。特に、後ろ手に縛られた肩と足、丸めた腰が軋むように痛い。猿轡《さるぐつわ》が、化学薬品のような、でも少し腐敗しているような、嫌な味がする。

立とうと思えば立てる。しかし歩くことは出来ず、両足を揃えて飛び跳ねるような具合になる。辺りに農機具が散らばっていて、転ぶのが怖く、自由には動き回れない。

体の重心を確かめて、物音を立てぬよう気をつければ、ゆっくりと、膝を尺取り虫みたいにして壁際まで寄ることは出来る。

窓は板で塞がれている。しかし、隙間があって外が覗ける。

雪が降っている。珍しいくらいの大降りである。

見渡すとなだらかな雪原が広がっていて、奥手には木柵がある。農場のようで、しかし建物は酷く傷んでいるし、木柵も所々破れ、打ち捨てられたようである。

風があって建物が軋る。階下から、聞き取れるか否かの微《かす》かな話し声が聞こえてくる。

峯子が攫われたのは、代々木の裁縫の先生の家を出て、細い路地を歩き、最初に道を曲がった時であった。

男が三人立っていた。みな手袋をして、大きなマスクをつけ、ソフト帽を被っていた。目深に被っているので目立たないが、色眼鏡を掛けているのが分かった。二人はこちらを向いていて、一人は、背後を見張っているらしかった。

峯子は、彼らが害意を持っていることを即座に覚《さと》ったが、逃げる間も声を上げる間も無く、一番手前の、カーキ色のコートの男が襲いかかってきた。

最初に口を押さえられた。腹を左腕で抱えられた。峯子は右手に持っていた鞄を落とした。

彼らのすぐ後ろに、ドアが開いた自動車が停まっているのに気づいていた。そのまま、引き摺られるようにして自動車に運ばれた。

暴れたが、ただ地面を蹴っただけであった。気づくと、もう一人の大男がピストルを自分に向けていた。体の力が抜けて、抵抗を止した。

さらに一人、少し離れて立っていた焦茶色のコートの男、彼を峯子は路地に入る前に見ている。五間程先を歩いていた。彼が曲がったのに続いて彼女も路地を折れたのである。先行する振りをして峯子と周囲の様子を窺い、共犯者に決行を促したのであった。

後部座席に押し込まれた。反対側のドアが開いて、左右から二人掛かりで拘束された。猿轡を嚙まされた。頭を押さえつけられ屈まされて、後ろ手に縛られる。

縄を扱うのに不便だからか、男らは手袋を外している。最初に峯子に襲い掛かった、カーキ色のコートの男の手の甲に、龍の絵柄の刺青が入っているのが見えた。

それから体を起こされて、帯で目隠しをされようという時、頭を押さえていた男の力が不意に緩んだことと、それに抗おうとしていた力が重なって、顔が刺青の男の方を向いた。

油断していたのか、男はすでにマスクを外していた。鼻から右頬に掛けて大きな傷があるのがはっきりと見えた。

しまったと思った。助かりたいのなら絶対に顔を見るべきではない。

素顔を晒した男は、焦る様子は見せなかった。そのまま目隠しをされ、髪留めを毟《むし》られた。

刺青の男が峯子の左、背の高い男が右、もう一人がハンドルを握った。自動車は動き出した。

途中、二度停車した。一度は極く短時間、二度目は少し長かった。二度目の停車の時には、男ら全員が車外に出たらしく、峯子はしばらく座席に取り残された。

道のりは長かった。視界を奪われ、恐怖に縛られた峯子には実際以上に長く感じられた筈だが、それを差し引いてみても、一時間半から二時間は掛かっていると思われた。

ゆくにつれ冷気が強まる。道は上り坂が多い。かなり急峻な斜面のようで、時折自動車は減速した。

一際急で長い坂をしばらく登って、ようやく目的地に到着した。エンジンが止まる音がして、左のドアが開いたのが分かった。腕を摑まれ、車外に引き摺り出された。

地に足をつけ、ぞくりとした。柔らかくて冷たい。

雪が積もっている。それも深い。峯子の踝を超えている。

顔にはらはらと冷たいものが当たる。雪は降り続いているのであった。

峯子は首筋を摑まれ、後頭部の目隠しの結び目を触られた。

——下だけを見ていろ。他は絶対に向くな。

こう言われ、目隠しを外された。

視界は真っ白であった。所々に転がる石と、前を行く男の足だけが見える。

雪で足元がひどく滑る。男らが、目隠しを外して峯子に自ら歩かせたのはこのためらしかった。

道が平坦ではないし、三人掛かりでも、峯子が暴れれば抱えて歩くのは危ない。

刺青の、カーキ色のコートの男が後ろ手に縛った峯子の手首の縄目を握っている。その更に後ろに、背の高い男の気配がする。ピッタリくっ付いて歩いている。

十数歩、緩やかに登って平らなところに出た。下を向いたまま出来る限りの上目遣いで前方に視線を向けると、先を行く男が視界に入った。それから瓦屋根の建物。

見えたのはほんの僅かな隙だったが、男は覆面を被っているらしかった。街中では、目立たぬよう帽子と色眼鏡とマスクで顔を隠していたが、車内で交換したようである。

瓦屋根の建物に入った。頭を押さえる力が緩んだので、顔を上げても良いのだろうと思って、ゆっくり前方を向いた。

前にいた男はやはり覆面を被っている。横を向くと、峯子の隣の男も覆面である。
どこかで話し声がしている。四、五人分くらいの声である。
それから、どこかから廊下を近づいてくる足音がした。

——戻ったか。
——ああ、おい！　顔を見られるなよ。目隠しをしてないんだ。

先行していた、焦茶のコートの男が大声で言った。

——なんだ、そんなのしておけよ。
——すぐに二階に連れて行くから、お前は引っ込んでろ。あんまり余計なことを大声で喋るなよ。

これは、峯子を拘束する、顔に傷のある刺青の男が言った。

——ああ、分かりましたよ。
——それから、お前ら手を出すなよ。俺が先だ。夜中俺が帰ってくるまでだ。
——分かってますよもう。好きにしてください。

廊下を曲がった先から喋っているらしく、建物の奥の未知の男の姿は峯子には見えなかった。

再び首筋を掴まれたので、神妙に下を向き、歩かされるままに歩いた。階段を登って直ぐの部屋に入れられると、足を縛られ、扉は閉じられた。鍵を掛ける音がした。

――酷く骨が折れるな。全然楽じゃあねえや。おい、俺らは少し休む。邪魔するなよ。

扉の向こう、多分階段を少し降りたあたりから声がした。これも刺青の男の声。どこかで扉を開閉する音がして、それきり静かになった。

峯子は銘仙の合わせ上に道中着を着て、足は靴履きという姿だった。家族に、和洋折衷はみっともないと言われながらも、女学校時代からの習慣で、気軽な外出は靴で済ませてしまう癖があった。

あまりに寒い。冷気は部屋をゆっくりと漂っている。手袋はつけたままだが、それでも指が悴む。足先、それから襟巻きをしていない首下の冷たさが堪え難い。逃げる為でもなく、ただ爪先を摩りたいが為に、縛られた両手を、何とかして尻をくぐらせて正面に廻そうと必死でもがいた。どうしても上手くいかないので、靴の上から息を吹きかけた。ほんの微かに暖かくなる。

やがて耐えられなくなり、動かせる所を動かせるだけ動かして、胸と膝や、腕と背中を擦り合わせた。靴の中で指の屈伸を繰り返した。

縛られたまま、ゆっくりと転がり廻った。疲れると休んで、寒くなるとまた転がった。

窓は塞がれているが、造りの良くない建物で、方々に隙間がある。そこから差し込む明かりが徐々に弱まるのに気づいて、心細さを増した。

それでも、時間が経つにつれだんだん頭が働くようになった。落ち着きを増すにつれてジリジリと恐怖が込み上げてきた。これから自分の身に起こりうることに想像が及んだ。そして、今朝、母に頭が痛いと言って裁縫を休みにして貰おうとしたことを思い出して、酷く悲しくなった。

——そんなに痛いの？　あまり簡単にお休みするものじゃありませんよ。続けようと思っていないと怠け癖がつきますよ。ねえ、やっておけばご縁につながるものですよ。

頭が痛かったのは本当である。しかし、これで裁縫を休めると思って喜んだのも本当で、こう言われてやはり行かねばならない気になった。頭痛もじきに治まった。

何時だろうか？　きっともう食事の時間は終わっている。峯子の父母が、あまり心の芯が強くないことは何となく分かっていて、自分の身に起こったことを彼らが知ったときの、その様子は想像に耐えなかった。

喋り声がした。考えを止めた。

少し前からしていたのかもしれない。不意にそれに気づいたのである。一階からで、強風で建物が軋むので聞き取りづらい。

必死で耳を澄ました。誘拐犯の目的を出来る限り知っておいた方がいい。何が命を救うか分からない。

――とんだ面倒をしやがる。

――なんだ、別に全然悪くないじゃないか。随分美人らしいんだろうが。

――どうせ萬田が散々遊んだ後だろ。俺はもう嫌だよ。だから、逃げりゃよかったんじゃあないか。もう面倒くせえよ。さっさと大陸にでも行っちまえばよ。こんな所、どうせそうそう長く居られるものか。入江のことが無くたっていずれ見つかってたに決まってるんだ。工場に踏み込まれた時にもう運は尽きてんだよ。

――俺は大陸なんか行きたくねえよ。

――そういう問題じゃねえんだよ。大体なんで贋札なんて造りやがるんだ、大して儲かりもしないじゃねえか。そのせいで、こんな大事になったじゃねえか。巫山戯《ふざけ》やがって。

――俺らなんもしないじゃねえか。ただ娘攫ってきて貰って得したばっかりだぜ。

――だから、あいつらがしくじったら危ないんじゃないか。ややこしい計画らしいぜ？　それに、この仕事がなきゃ川崎にでも居られたんじゃねえのか？

――そうかもな。よりによってこんな天気の時にな。あいつら運転は大丈夫なのか？

――秋山なら大丈夫だろう。雪道も慣れてる。

妙だと思った。話を聞くと、秋山というのは、あの背の高い男を指しているらしいのである。彼ら雪道も慣れているというのだが、実際に運転をしたのは秋山ではなかった。

——萬田の奴も良くやる気になったな。さっさと強盗だ強盗だってずっと言ってたじゃねえか。

——だから、娘だったからやる気になったんだろ。そうじゃなきゃ、こんな面倒なことをするかよ。

峯子は彼らの不真面目で人間味のない口ぶりに恐怖した。誘拐犯たちは、間違いなく彼女が今までの人生で遭遇したことのない極悪人だった。思わず床に転がったままもがいて、縛られた手足に力を入れた。

それは全く無為だった。不意に左足が、転がっていた一斗罐を蹴って、鋭い音を立てた。峯子はピタリと暴れるのを止した。

音は風に紛れたらしい。冷静になれぬまま再び話に耳を向けた。

酔っ払いの声である。みな、よく喋る。

——でも、それにしちゃ妙だぜ。今日になって突然言い出したんだからよ。

——突然言い出すのはよくあることじゃねえか。

——いや、でもちょっとおかしいぜ？　あのな——

　萬田というのは、例の、顔に傷のある刺青の男らしい。峯子にも、徐々に、階下で話をする男らがもともと彼の手下であったということが分かってきた。一方、誘拐に関わっているのは、主に秋山という男とその手下なのだという。

　彼らがおかしいというのは、もともと萬田という男は誘拐に参加する気が無かったのを、今日の午前に突然手伝うことにしたらしい。

　この廃農場には、他に彼らが物置に使っている建物があるらしく、今朝、秋山と手下が、誘拐の準備が要ると言ってそこに行ったのだという。それから萬田が、あいつらなんかおかしいな、と訝りながら、彼らを追っていった。

　しばらく後、萬田と秋山、それからその手下らが連れ立ってそこを出てきた。そして、萬田は玄関から、彼らに誘拐を手伝ってくると宣言して、一緒に東京市内まで出て行ったのであった。

――いや、ほら、秋山達を見張っておきたいんだろう。近頃あいつら怪しいってしょっちゅう言ってるぜ？　俺らに隠して金を持ってるんじゃないかってな。だから、あんまりあいつらだけで外出させたくないんだよ。

――血迷って贋札造るくらいだぜ？　金なんか持ってるものかよ。

――だが、安心しきってもいられないだろう？　もしかしたら俺ら売られるぜ？

――もう少し声を落とした方がいいんじゃねえのか。どこに娘をやったんだ？

――二階だろ？　大丈夫だろ。あいつら真面目くさって顔を隠してるが、本当に帰す気があるのか？　面倒だぜ？　ここならどうにでもなるじゃねえか。

峯子は話を聞き続けることが辛かった。巫山戯た口調で語られるそれを理解するにつれ、彼らが峯子に齎《もたら》そうという運命の輪郭がはっきりしていく。聞こえてくるのは、具体性を伴った、彼らの共通の経験を種にした猥談であった。それは峯子の想像を嫌でも刺激して、彼らが何を如何に行うつもりか、峯子は明瞭に脳裏に思い浮かべなければならなかった。

嫌悪と恐怖が全身を迫り上がって、暴れ出したくなる。峯子はその衝動を、理性と、助かる道を自分で塞いでしまう恐怖で抑えつけた。

彼らはしばしば中断しながらも、ひたすら雑話を続けていた。それを必死に整理して、峯子にもようやく自分が誘拐されるに至った背景が見えてきた。

二

階下で駄弁《だべ》っている男らは、そもそも萬田と組んでスリや恐喝をやっていたらしい。去年の初めに、それが秋山が束ねていた詐欺師の一団と合流して、強盗団に発展したのであった。

峯子も強盗団のことは知っている。随分世間を騒がせたのである。手口は破れかぶれ且つ残虐であり、それでいて不思議と尻尾をつかませず、数ヵ月に亘って逃げ果せていた。

印刷工場の地下に潜伏していたのである。秋山の手下が持っていた工場であった。

潜むだけでなく、本当に操業して仕事を受けていたらしい。それが目眩《めくらま》しになった。

秋山が、どこからか原版を造れる男を見つけてきて、贋札を造ろうと言い出した。

もともと萬田を頭目にしていた一団は、これに乗り気ではなかった。強盗の方がよほど効率が良いと考えていた。それだから、贋札造りを手伝うことをしなかった。

彼らが致命的な失敗をしたのは時計店での強盗仕事の後だが、それまでにもいくつか大きなしくじりをやっている。

特に痛手だったのが、時計店の前の、銀行でのことである。彼らは指紋のついた鞄を一つ現場に残してしまった。それを元に、秋山と萬田の二人は身元が判明し、手配された。

それまで、彼らは時々覆面を脱いで遊郭などで豪遊したのだが、控えねばならなくなった。彼らの印刷工場での生活は窮屈であった。

国外への高飛びを考えるようになった。その十分な資金を作るべく襲ったのが時計店で、これは成功した。警察の警戒は銀行に集中していて、その不意を打った。

銀座《ぎんざ》の阿川《あがわ》という店であったが、彼らの想定以上の金額を金庫に仕舞っていた。ついでにと思って店の棚からなるべく高価らしい品物を攫ってきた。

いよいよ高飛びの手筈を整える段になった。

現金を、一旦宝飾品に換えなければならないと考えた。嵩張《かさば》るし、どこに持って行っても価値の通用するものにしなければならない。

そこで、秋山が取引の相手を見つけてきた。

亜墨利加《アメリカ》人の宝石屋である。品行は悪い。割りが良ければ取り引き相手が強盗団であることも気にしない、そういう人物を見つけたのである。

この宝石屋に、彼らは騙された。

秋山は、取引の場に鑑定士を呼んでいた。異人の鑑定士で、真贋《しんがん》を保証してもらおうとしたのである。この鑑定士を、秋山は全く無関係なところから探してきたつもりでいたが、彼は宝石屋と繋がっていた。

鑑定士は贋物を本物と断定した。彼らは秋山らが強盗団であることまでは知らなかったらしいが、犯罪に関わっていること、それゆえ日本人相手の取り引きが出来ないこと、また騙されてもそれを司法に訴え出られないことを見抜いていた。

彼らは資金の大部分を失った。

それと前後して、警察が印刷工場の周辺に捜査の目を向け始めた。これは萬田の失策である。顔を出している所を通行人に目撃された。

出入りの際の、人目を憚《はばか》る様子が却って目についた。ついに印刷工場に疑いが向いた。

彼らはすんでの処でその手を逃れたのであった。

逃れた先は、この奥多摩の廃農場である。入江という男に紹介されて押さえてあった物件だという。彼らは十日あまりここに潜んでいるらしい。寒い、つまらん、不便――、峯子は彼らの愚痴を多く聞いた。

入江は萬田の手下が見つけてきた男である。萬田と秋山は彼に顔を合わせていない。だから、二人が手配されて以後も強盗団であることを隠して、こっそりと取引は続いていた。

彼を殺したのは、早とちりと勇み足、拙速な判断の結果らしい。

警察に踏み込まれる一週間ばかり前のことである。印刷工場に潜む彼らの間で、金のないままに高飛びしてしまうか、それとも踏ん張ってもう一仕事成功させ、それから悠々と逃げるか、意見が割れていた。

金を無くした今、大陸かどこかに逃げたところで何の贅沢もできない。只の出稼ぎと変わらない。

一方、このままでは捕まるのも時間の問題と思われた。何人かは、金なぞ無くてもいいから早く逃げようと主張した。

秋山と萬田はまだ日本に居残るつもりであった。金が無いのなら逃げても仕方ないと考えていた。頭目格の二人がそう言うので、とにかく逃げを打たないことにはなった。

彼らの手下の内、前科のあるのが他に二人いたが、他は牢屋に入ったことがない。だから無闇に捕まるのを怖がっているのだと秋山と萬田は彼らを叱りつけた。もっとも、これまでと違って今度は何人か殺しているから、捕まれば無事では済まない。

だがさっぱり金が足りない、どうしたらいいか——、彼らは瑞西《スイス》の時計を入江に流してしまった。少しでも金を増やして置いたほうがいいと考えた。

時計が強盗団と結びつけられる恐れはあった。しかし、決定的な証拠でもない。

それに、そこから警察が犯人を追うにしても、辿り着けるのは入江に仲介された土地までである。いずれ、日本に長居する気は無いのだ。この時彼らはすでに警察に目をつけられていたのだが、それに気づいていなかった。そこを不意に踏み込まれた。

印刷工場を追われると、隠れる場所は入江の物件しかなかった。

事情が変わってから時計のことを思い出して、やはり取り返さなくてはまずいということになった。取引相手が強盗団だと知ったら、おそらく入江は彼らを通報する。

取り返しに行ったのは萬田の手下である。この男は、試作の贋札数枚を封筒に入れてあったのを、それと知らずに持ち出して、時計の支払いに充ててしまった。

全く迂闊《うかつ》であった。贋札は時計より問題である。簡単に足が付く。

これはもういけないと、秋山が、手下の道永《みちなが》という男を連れて入江の所に出向いた。時計を買い戻したすぐ次の日である。

顔の割れた秋山が入江に近づく訳にはいかない。そこで、ちょうどどこかから帰ってきたらしい彼に、路上で道永が声を掛けた。

最初は両替を頼んだ。十円札を百円に替えて欲しいと言った。入江は、百円札の手持ちは無い、財布にもないし店の中にもない、そう答えた。

道永は慌てた。い、いや、どうしても替えて欲しいんだ、本当にないのか、昨日まではあったんじゃないのか、狼狽を剝き出しにして問い詰めた。

不審である。入江が眉根を顰めて、ああ、そりゃ金はあったりなかったりですよ、確かに昨日手にしましたが、すぐに使っちゃったんですよ、こう返事をした。

誰だ、どこにやった、いつだ、そいつはどこにいる？　これは不審を超えて恐喝に近い。吃驚《びっくり》した入江は言った。

——なんです、どうしたんです、なんで百円に拘るんです。

——なんだっていい、どこにやったんだ。

——百円なら銀行に行きゃいいじゃないですか。なんです？　あんた、あの時計の人と何かあるんですか？

図星だった。入江は勘が良かった。

これを聞いて、道永はナイフを出した。

まだ、最終的な手段を持ち出すには及ばない場面である。が、逆上した彼は、左腕で入江の肩を摑み、その背を塀に押し付けた。

おい言え、誰にやったんだ？　入江は矢苗昭夫の名を口にした。

入江を殺す必要があったかは怪しい。しかし、素顔を晒してここまでやってしまった以上、道永は彼を殺すほか道はないと思いつめていた。

秋山は止めるべきと思った。しかし動く前に道永がナイフを出してしまった。後は成り行きに任せるよりなかった。屍体を排水溝に押し込み、通り魔殺人に見せかけるのだけ手伝って帰ってきた。

いよいよ追い詰められた。贋札を取り返すため、誘拐をするしかないと秋山は主張した。手下は、入江の妻を訪ねて口止めをしたが、しかし贋札が警察に渡れば、それを辿って彼らの隠れ家が発覚するのは避けられない。

再び進退に関する議論が起こった。何人かは、こうなったらもう大陸に行くしかないだろうといい、何人かは秋山に同調した。

この時、萬田は別の主張をした。誘拐など面倒なことをせず、急いでもう一件強盗を成功させて、さっさと逃げてしまおうというのである。

はっきり結論が出された訳ではないが、数では秋山派が一番多かった。それで、グズグズしながらも、誘拐の準備が始められたのである。

峯子はもう一つ、自分の運命に覚束なさを感じている。

階下で男らがしているのは、峯子が聞いていい話ではない。それを構わず喋っている。一方で、今は別の部屋で休んでいるらしい誘拐の実行犯たちは、峯子に顔だとか、所在だとかを教えない注意を払っていたのである。彼らの間で意思が定まっていないのか、階下の男らが迂闊なのか。しかし、彼らが喋ったことが、峯子に聞こえていると分かったら自分はどうなるのか——

三

階下が騒がしくなった。峯子は身を固くした。七時か、八時くらいだろうか？　体を起こして外を見ると、夜が来ても、雪は依然激しく降り続いている。

誘拐の実行犯らが起き出してきたらしい。

――行くんですか。

――もうすぐだ。おい、余計な真似をしなかったろうな。

――しませんよ。

――娘は？　静かすぎないか？

――さっきまでガタガタ音をさせてましたよ。

応答しているのは萬田らしい声である。

階段を上がる数人分の足音がした。扉と反対の壁まで移動していた峯子は、急いで元の場所に戻り、なるべく押し込められた時と同じ姿勢を作った。

扉が開いた。峯子は眠っていた振りをしようとした。ビクリとして、急いで扉の方を振り返って見せた。

三人の男が立っている。みな覆面を被っている。

「おい、下を向いていろ」

恫喝《どうかつ》された。

部屋は真っ暗である。廊下は少し明るい。逆光ではっきりしなかったが、一瞬見えた姿は、代々木の路地で峯子を待ち受けていた奴らだった。

それで、手前の男――、峯子にも、この男が誰だかはもう分かっている。

鼻から右頬にかけての傷、それから刺青、彼が萬田蔵市に間違いない。今は覆面を被っているが、その胴間声《どうまごえ》と、はっきり見えないが手の甲の刺青で、萬田で有ることは明らかだった。

それから、後ろにいる二人――、男らの話からして、背の高い男が秋山である。

天井のランプが点いた。薄暗い明かりである。男らは扉を閉めた。

「あいつら随分くっちゃべりやがった。聞こえてねえだろうな？」

「分からない。聞こえてたかもな。どうする？」

「後で考えよう。とりあえず耳を塞いどこうぜ。あいつら黙らせるのは難しそうだ」

耳に何かを押し込まれる。

「おい、大分暴れたんじゃないのか？　緩んでるじゃねえか」

耳を塞がれる間際、縛った縄目を見て、こう言うのが聞こえた。萬田の声だ。

峯子は壁を背にして両足を床につけて座っていた。怖いので頭は上げないが、誰かが足を縛り直している。

壁を向いて座らされた。誰かの手が両肩を押さえている。後ろ手に縛られた腕を後方に引っ張られた。

もともと両腕は自動車の中で無理な体勢で縛られたので、それほどきつくなかったのである。今度は満身の力を込めて結ばれた。着物の上からでも、痛い。両腕を掴んでいた力が抜けた。それから、手袋を嵌めた両手を掴んで左右に引っ張られた。結び目の具合を確かめたのだろうと思った。数分に亘って、男らは峯子の両手を弄っていた。

手が峯子の腕から離れた。そのままの姿勢で固まっていると、少しして、扉を開閉する振動がした。男らは出ていった。

今度は全く静かである。耳栓をされている。

立ち上がれないのに気づいた。両手首が持ち上がらない。ロープでどこかに括られたらしい。

なぜだろうか？　身代金を受け取りに行くようである。留守にするから念を入れておこうと思ったのか？　留守居の奴らが信用ならないのか。

それまでに数倍して辛かった。膝を屈伸することしか出来ない。

耳を塞がれたのがさらに苦しい。時間が沈滞しているように感じる。

血の巡りが悪いせいか、頭がぼやけてくる。

手足の先の痛みが酷くなる。瞼《まぶた》を閉じたまま、涙が流れた。

いつのまにか眠っていた。

四

揺り起こされたような気がした。

頭を振って顔を上げると、部屋に灯りが点いている。覆面を被った男――、カーキ色のコート、それから、右手の甲に、龍の図柄がはっきり見えた。

――萬田だ。そう思うと同時に、白刃を突きつけられたような恐怖に襲われた。

右腕を摑まれている。気づくと足の縄は解かれていた。

摑んだ腕を持ち上げられて、立たされた。両腕は縛られたままだが、留められてはいないようである。

足が痺《しび》れている。歩くよう促されるが、力が入らない。転びそうになると、殴られた。

部屋のランプが消された。引き摺られて、峯子はなんとか足に力を入れた。

彼は、右手には峯子の腕、左手には懐中電燈を持っている。ゆっくり歩く。階段を降りた。

下を向いていろ、辺りを見るな、とは言われない。言われているのかもしれないが、耳栓で峯子には聞こえない。無音が余計に怖い。

どういうことか？　いよいよ生かして帰す気が無くなったのか。

峯子の頭は恐慌を来たしている。何をされる――？

何が自分を待ち受けているのか、正面を見るのが怖かった。それでも、精一杯前方を窺った。

玄関を出た。雪は止んでいる。峯子の膝下くらいまで積もっていた。

雪に隠されているが、そこはどうやら農場の草原である。その先は林で、山に囲まれている。

右側には、自動車で登ってきた坂道がある。そこを土手の上から見下ろすように歩いている。

行く手に、小さな小屋が見えた。峯子の閉じ込められていた瓦屋根の家から百歩はある。そのさらに先、多分また百歩くらい行ったところに、もう一軒の、大きな建物の影が見えた。

十分に周囲を見廻したのではないが、これらが廃農場の全貌のようだった。峯子が連れて行かれようとしているのは小屋である。雪原には、どこを向いても、足跡一つない。

時々、足が縺れてよろめく。その度に殴られる。

小屋にたどり着いた。中に入って峯子は床に転がされる。ランプの灯りがつく。

ガランとしている。二坪くらいしかない。ストーブが有って、薪《まき》が床に散らかっていて、鎖が壁に掛かっている。窓が二つある。藁束が有って、それで——

峯子は殆ど思考力を無くしていた。

どうしたらいい？　口には猿轡を噛まされている。腕は縛られて、抵抗の術は何一つない。

藁《わら》の上に寝かされた。毒々しい手が迫ってくる——

耳栓をされているが、あの不快な萬田の濁声を聞いた気がした。

恐慌の頂点に達した。目を閉じた。父母の顔がちらつく。

頭と腹を何度も殴られ、峯子は昏倒した。

五

ぼんやりする。手先と足先の感覚がない。

真っ暗である。灯りは消えていた。人の気配はしない。

横向きに寝ている。体はなかなか動かない。硬直してしまっている。

血を巡らせようと力を込めるうちに、腕がもはや縛られていないのが分かった。代わりに、右足にジャラジャラと何かが巻きついている。鎖で繋がれているらしい。

何より先に、耳栓を取ろうと思った。指は思うように動かないが、肘を曲げて、右手の甲で耳朶《みみたぶ》をこするようにして外した。

静かである。何が起こったのか、思い出すのに時間がかかる。

記憶が蘇る前に、再び眠くなってきた。

寝れば命に関わる。そう直感したけれども、どうしようもない。疲労ばかりでなく、不思議な無気力に襲われている。

瞼が閉じかかった時、足音を聞いた。

雪を踏みしめる音である。急いでいる気配だった。

窓に影が差した。

——あ！　おい！

——うん。当たりだ。

——ありゃ何だ？　何が有った？

——分からない。

扉の軋る音がした。小屋に灯りが差し込んだ。

懐中電燈らしい。急に、峯子に灯りが向いた。黒い人影が近寄って、揺り動かされるのが分かった。

――気をつけてくれ。

――わかってる。峯ちゃん大丈夫か？

一つは聞き憶えのある声である。ようやく眼の焦点が合った。

思い出すのにしばらく掛かった。叔母の紗江子と結婚した人――、峯子を揺り起こしているのは叔父である。

――ああ、生きてる！　何か喋れるかい？

寒いわ、と小さく呟いた。顔が強張っていてうまく喋れない。

もう一人の男は、部屋の隅にしゃがみ込んで、何か大きな物体を転がしている。

――こっちは死んでる。刺青が入っているな。

死んでる？　何の話だろうか。男は、転がっている物体から、何かを剝ぎ取った。

——ああ！　萬田だ。

——おい、峯ちゃん！　まずいね。体温が下がりすぎてるよ。何とかならないか？

二人があちこちに懐中電燈を向ける。小屋中が照らされた。

ぼやけた頭で妙に思った。さっきまで有った藁束や薪がみんな無くなっている。それで、代わりに有るのが——

叔父は窓の外に首を出して、下方を見ている。

——これじゃ駄目だな。なんでこんなことしたんだ？　湿気って到底使えない。

——何も無いな。何処かに運ぶしかない。おい、これをどうにかしないとまずい。井口君、手伝ってくれ。

もう一つの、峯子の知らない声の主は長身らしい。薄暗い灯りが揺れるのに合わせ、壁にその影がユラユラしている。

峯子の右足に巻き付いている鎖は、ストーブの脚に留めてあるようだった。その辺りに、二人がしゃがんで灯りを当てている。

――道具がないと無理じゃないか？

――いや、外れる。思いっきり力を込めてくれ。

ガチャと鈍い音がした。鎖を引き摺る音がする。体を起こされて、大きなコートを着せられた。

そして、長身の男に背負われた。

――おい、この手袋は駄目だよ。

――僕のを使い給え。

峯子は手袋を外されて、代わりに彼女を背負った男のを嵌められた。

助かったらしいのが分かって、峯子の頭は徐々にハッキリしてきた。萬田に連れられてここまで来て、それで、気絶させられた筈だ。どれだけ時間が経ったか分からないが、叔父と、誰だかが助けに来た。どうしてここが分かったのかしら？　そう思っていると、叔父が懐中電燈の灯りを一周させて、さっきちらりと見えたものが再び目に入った。

萬田である。覆面は取られていて、歪んだ顔がこちらを向いていた。脇腹にナイフの柄が覗いている。見間違いようもなく、死んでいた。

灯りを持った叔父に先導されて、長身の男は大股で雪原を歩いた。

行先は、どうやら峯子が小屋に歩かされる途中に、その奥に見た三番目の建物であるらしかった。

雪原に、その建物から小屋まで、片道二人分の足跡が付いている。叔父たちは一度そこに行って、それから小屋に来たらしい。今は足跡に沿って引き返しているのである。

長身の男の胸に回した腕を、ずり落ちないよう握り合わせようとしたが、思うように動かず、指に力を入れることが出来なかった。手首から先の感覚が殆ど無い。それでも男は峯子を器用に負ぶった。

近づいてみると、大きいがかなり傷んだ建物であった。二階建で、窓の雨戸は外れかかって、板で打ち付けられているものもある。入り口は半分開いていた。

「おい、どうしたらいい？　体温が低すぎる。このままじゃまずいよ」

「二階にストーブが有った。しかし、何か燃料が無いとな」

入ると、中は恐ろしく散らかっていた。壊れた寝台とか、ドラム罐とか、用途のわからない工具とかでいっぱいである。峯子は二階に運ばれた。八畳くらいの部屋に、錆びたストーブが据えてある。

どこからか堆肥の臭いが漂ってくる。長身の男は扉を閉めた。

ストーブの真ん前に、叔父はコートを脱いで敷いた。峯子はその上に座らされた。

この部屋にもガラクタが沢山置いてある。古い椅子や机、箪笥、それらを、二人があれこれ引っ掻き回し始めた。

「まいったな。何も無い」

叔父は途方にくれたように言った。

彼らは着火材を探しているのだ。思いつく限りの要らない物が揃っているような建物なのだが、紙とか藁とか、ちょうどいいものが見つからないのである。

「峯ちゃん、ちょっと待っていてくれ。探してくる」

「ええ」

峯子が今度はしっかりとした返事をしたので、二人は安心したらしい。彼女の顔色を確かめてから彼らは部屋を出て行った。

大きい建物である。階下や屋根裏をガサガサと動き回る音が聞こえてくる。

数分で、まず叔父が戻って来た。それに気づいたか、すぐに長身の男も姿を現した。

「暗くてさっぱり何がどこだか分からないな。君何か見つけたのかい」

長身の男が言う。

「ああ、一つだけだが、ちょっとすごいのが有った」

叔父は右手に書類鞄を持っている。灯りの陰翳《いんえい》で、笑いを堪えているようにも見える。

鞄を床に降ろして開いた。中を懐中電燈で照らした。男と峯子はそれを覗き込んだ。

強盗団の話を聞いていたから、峯子にもそれが何だかすぐに分かった。綺麗に帯封がされた、ちょっと目つきの変な藤原鎌足がずらりと並んでいる。——贋札だ。

それを一瞥すると、長身の男は峯子に着せたコートを指さした。

「峯子さん、内ポケットにライターが入ってるからそれを使ってくれ。井口君、懐中電燈を貸してくれないか」

男は峯子の胸元を照らした。峯子は内ポケットを探ろうとしたが、やはり悴んでうまくいかない。見かねた叔父が、かわりにコートを広げて舶来のライターを取り出した。

「峯子さん、奴らは何人くらいだい？　今はどうしている？」

「きっと九人くらいで、何をしているか、寝てるのかしら——」

そうか、と男は答えて扉に向かった。

「おい、どこに行く？」

「探しものだ。鋸《のこぎり》とかね。君は峯子さんを温めてくれ」

男は出て行った。

真っ暗である。叔父は使い慣れていないらしく、ライターを点火するのに手間取った。一分ばかり掛かってようやく火が点り、ぼうとあたりが丸く明るくなった。

火の上に手を翳《かざ》してから、叔父は書類鞄から贋札を摑んで火を移した。それをストーブの中に投げ込んだ。

「峯ちゃん怪我は？　——何かされたか？」

殴られた頭と腹はまだじわりと痛い。寒さのせいで全身がキリキリ痛むし、指先は凍傷を起こしているかもしれない。しかし、それ以外は無事である。

「――大丈夫」

「良かった。いや、本当にえらいことだったよ。もう少し遅れてたら危なかった。峯ちゃんも、それに僕らもだがな」

叔父はそう言って、なぜだか肩をさすった。

「どうしてここ分かったの？」

「話すと長いんだがね、峯ちゃんをさらった奴が身代金を要求して来てね。ただ、いろいろ証拠を残してたから、それを辿って――、あいつがね。話したかな？　一緒に来たのは僕の友達で、蓮野という奴だ」

聞き憶えがあった。確か泥棒で、牢屋《ろうや》に入っていたとか――

ストーブの炎に手を翳すと、徐々に体の硬直が解けていく。そこに叔父は容赦なく数束を追加した。

「奴ら、こんなの造ってどうする気かね？　贋札なんだからこんなにあったって到底使いきれる筈がないのにな。峯ちゃんもやるかね？」

叔父は、床に置いた書類鞄を峯子に近づけた。

札束を二つ摑んで、間を空けて炎に投じた。贋札と思っていても、妙な背徳感がある。普段なら、絶対良心が許さない冒瀆《ぼうとく》的な行い。しかし、何に対する冒瀆かしら？　今は燃やすべき大義があるし、大体、この贋札のせいで峯子は殺されかけたのだ。みるみる燃えてゆく。

――愉快だ。楽しい。

炎が大きくなって、部屋が明るくなる。改めて叔父を見てみると、彼が父の洋服を着ているのに峯子は気付いた。彼のなりに何となしの違和感を感じていたのだが、過去に会った時の叔父はいつでも和装だったのだと思い当たった。階段を上がる足音がした。振り返ると蓮野が戻って来ていた。両手に鋸と懐中電燈をそれぞれ持っている。

「ああ、よく燃えてるな。峯子さん大丈夫かい」

「はい」

礼を言うべき場面であるが、言葉が見つからず、言い淀んでいると蓮野は峯子に歩み寄って、右足に巻き付いた鎖を手に取った。

鎖には大きな南京錠を掛けてある。頑丈で簡単には外れそうにない。蓮野は三寸くらいの針金を取り出して、鍵穴に差し込むと、錠を開けた。それから、フロックコートを脱いで、窓枠に引っ掛けて雨戸の隙間を塞いだ。

明かりが漏れぬようにする。その窓は犯人達の居る建物を向いているのではないが、念のためである。煙突も犯人からは隠れているが、夜中とはいえ煙が立つのに気付かれる恐れはある。距離があるからそこまで危険ではないが、注意は怠れない。

蓮野は腕時計を見て、改めて峯子の方を向いた。

「ここはね、奥多摩の農場だ。今は午前四時近くだね。気温はおそらく零下四、五度くらいで、峯子さんが軽症だったのは運が良かったのじゃないかな」

凍えて死んでいる可能性もあったのだという。

「で、峯子さんの体は万全ではないだろうから、すぐにでもここを逃げたいんだが、いくつか問題が有ってね。――まず最初に訊くが、峯子さん、君は萬田を殺したのかい」

理解するのに、しばらく時間がかかった。

峯子が連れ込まれたあの小屋で、何故か萬田は死んでいたのである。

「私、殺してません」

「まあそうだろうと思った。別に殺してもいいようなものなんだが。しかし、妙なんだよ。何しろね、峯子さん、君は萬田にあの小屋に連れられて行ったのだろうね？　足跡が二人分残っている。そして、萬田は殺されていて、そこを出た足跡が無い」

「あれ？　そうだったのか」

隣で叔父が言った。気づいていなかったらしい。

「そう。それでね――」

蓮野は部屋の隅に置いていた、峯子の手袋を取り上げた。

「これにベッタリ血が付いている。だから、峯子さんに説明して貰わないといけない」

峯子は手袋を受け取った。確かに、それは血糊に浸したようになっていた。

あの小屋の周囲には、峯子と萬田が入っていった足跡しか残っていなかったと蓮野は言うのである。状況は、峯子が萬田をナイフで殺害した、としか解釈出来ない。

「違います、私は殺して――」

「峯子さんが殺したと思うならこんなことは訊かない。そんな訳が無いと思ってるから話を聞かなきゃならなくなったんだ。というか、萬田のことに限らず、起こったことを一から話してもらわなきゃいけない。

本当を言うとね、他にもっと大きな問題が有って、萬田のことなどどうだっていいんだが、何を知らなきゃいけないか僕もまだ分からないから、とにかく全部話してもらいたい」

細大漏らさず、しかし手短に話して欲しいと彼は言う。札束をストーブに放り込みながら、攫われてからのことを必死に思い出して喋った。

峯子が喋る間に、蓮野は鋸で椅子を解体した。なんとか、贋札からそれに炎を移すのが間に合った。書類鞄にはもう二束しか残っていない。

「――じゃあ、萬田に連れられて小屋に入った時、雪は止んでいたってことか？　峯ちゃん」

「ええ」

「犯人は雪が止むことを計算してたのかな」

「確実ではなくとも、天気予報を確かめていたら期待は出来たろう」

叔父に蓮野が答える。

「ええと――、萬田が帰ってきてからなんだから、夜中を過ぎてた筈だよな」

「そうだね」

「それからそんなに雪が降ったかな？」

「降ってないと思うね。少しくらいじゃ、あの深い足跡は消えないしね」

「それで、峯ちゃんが萬田に連れられて歩いた時も、他に足跡は無かった？」

「ええ」

「小屋の中に誰か待ち構えていたんじゃないか？」

それは無いだろうと思った。動転してはいたが、小屋の様子は頭に焼きついている。屋根裏も無い小屋だから、人が隠れる余地はない。あの時有ったのは、ストーブと藁束と薪だけだった。

「――そういえば、藁束と薪が有ったんです。私が起きた時には無かったの。どうしたのかしら？」

「え？　あれは小屋の中にあったのか」

叔父は意外そうにする。そういえば、さっき小屋の窓から身を乗り出して何か言っていた。

「入り口の側の窓のすぐ外にね、薪と藁束が放り出してあったんだ。雪に浸かっちゃってるから、燃料にしたくても出来なかった」

あの時窓の外を覗いた叔父が嘆いていたのはそういう訳だったのか。犯人が何故そんなことをしたかは謎である。

「じゃあ、あの小屋の中に犯人がいなかったのなら、犯人は峯ちゃんと萬田の足跡をなぞって行って、帰りは後ろ向きに歩くようにすれば――」

「どうかな。かなり深い雪だろ？　膝近くまである。綺麗になぞるのは無理だよ。乱れてしまう」

蓮野は叔父の説を退ける。

「そうか。じゃあ――、道路の側にも窓があったよな。あそこを使ってどうにか出来ないのか？」

「小屋から出ることは出来そうかな。窓から道まで二間くらいだろう？　窓枠に足をかけて、思い切り反動をつければ道路までは跳べるだろう。あそこは自動車が通って、雪面が乱れているからね。しかし、逆が無理だ。入ることが出来ない」

小屋の有る所から道路までは、土地が傾斜している。それに窓枠の高さが加わるから、二間を跳ぶのは無理ではない。

しかし、この傾斜のせいで、逆に道路の方から小屋まで飛び込んでくるのは不可能なのである。道路から梯子を渡したのではないか？　そう考えてみたが、しかしそれなら、余程長い梯子でない限り、雪の土手に痕が残ってしまうという。そうでなくとも、わざわざ窓から侵入したりすれば、これから殺そうという萬田に不審がられる。この案は現実的ではない。

「どういう訳だろうな。君、何か分かったか」

「犯人が、峯子さんを助けてくれるつもりで萬田を殺したんじゃないのは確かだね」

命に関わる寒さの下に放置されていたのだ。助けてくれた訳がない。

峯子は、気絶させられる前は縛られていたのである。それが、目覚めた時には解かれていて、代わりに鎖でストーブに繋がれていた。その上、手袋にはベッタリと血が付けられていたのだ。

犯人は、峯子が萬田を刺し殺したように見せかけようとした。それ以外に、この状況は説明できない。周りに足跡が無ければ、犯人は峯子で決まりである。

「あの、薪と藁束が雪びたしにされてたのは何なんだ？　もしかして、あのまま峯ちゃんを放置して凍死させるつもりだったのかな？　口封じのために。で、ストーブで暖をとることが出来ないよう燃料を処分したとか――」

「峯子さんはマッチを持ってないだろ？」

「死んだ萬田が持っていたら、それで火を点けられただろう。持ってたか確かめたか？」

「確かめてないが、持っているなら殺した時に取り上げておけばいいんじゃないか？」

「萬田がいつもマッチを持ち歩いてるなら、それを持ってないのは不自然だろう？　それで疑われるのを避けたかったんじゃないか」

「そんなところまで気にかける奴らなのか？　そもそも薪だの藁束だのを外に放り出してあるのが不自然だろう？」

確かなのは、強盗団が、仲間割れを起こそうとしていることである。

まさか犯人が、あそこに警察を呼んで、峯子を逮捕させようという計画を立てた訳はない。仲間を欺くために、あの奇妙な現場は造られたのである。

「とりあえず、萬田の殺害についてあまり深く考える必要がないことは分かった。大して重要じゃなさそうだ。

峯子さん、君は一先ず助かったんだけれども、ちょっと問題があってだね」

蓮野は、部屋のガラクタをあれこれ掻き回しながら峯子に話しかける。

「――何ですの？」

さっきから蓮野は、何ごとかを仄《ほの》めかしている。

「敵は九人くらいだそうだね？　頭目の萬田が死んでるのはありがたいが。僕らはね、自動車を借りて峯子さんを追いかけてきた。そうでなくてはこんなところには来られないからね」

「蓮野がたまたま奥多摩に土地鑑が有ってね。廃寺なんぞに住もうとしやがったからな。でなきゃ到底分からないよこんな所。運が良かった」

叔父たちは、強盗団の隠れ家の候補となる住所録を手に入れたそうである。犯人の自動車に濡れたタイヤチェーンが積んであったことから、隠れ家は雪が降っている場所にあるとあたりをつけ、ここにやってきたのだという。

「そう、まあ、運は良かったな。雪が降ったおかげで奴らを追跡出来たのでもあるしね。だが、急がなきゃならなかったからね――」

「うん。もしかしたら死んでたのは峯ちゃんだけじゃなかったぜ。あんな事故を起こしたんだからな」

「事故？」

問い返すと、叔父は頷いた。

二人が乗って来た自動車は、ここからしばらく山道を降った、峻険な斜面の林の中に大破しているというのである。

無理もない話だった。彼らは、雪道を何の装備もなしにやって来たのだ。さっきから叔父が自分の肩をさすっているのは、事故の際にぶつけたのだと峯子は察した。

「僕も井口君も大した怪我は無かったからここまで来られたが、帰りが問題だ。今すぐ自動車に引き返して、さっさと引き上げて警察に通報、事件解決、という訳にはいかない」

――なるほど。

「今のところは犯人に気付かれずに済んでいるんだし、この隙に歩いてでも逃げたい所だがね。実際、僕と井口君だけならこの手が使えるんだが、峯子さんは疲れ切っている。それに、ここから助けを呼べる場所までは徒歩で何時間もかかる。そこにたどり着く前に犯人に見つかるかもな。雪で足跡が残るから、簡単に追跡されてしまう。装備も不十分だ。途中で凍えて身動きが取れなくなったらどうしようもない」

峯子も、今から雪道を何時間も歩く自信はない。

「となると、ここから逃げるにはね、今、あの建物で眠っている九人かそこらの強盗団と戦うしかない。そうして自動車を奪う」

蓮野はさっきから、ガラクタをより分けて、持ち手がついて鋭いものとか、手頃な重さのあるものとかを選び出している。つるはし、柵を作る杭、シャベル、鎌、大きな鋏――

「――なんだ、ここにも鋸が有ったのか。さて、どうしようかな」

「寝込みを襲うのか？　今は好機だろう」

叔父は、とうに戦う覚悟でいたらしい。

「いや、向こうの様子はよく分かっちゃいないだろう？　奴ら、ピストルも持っている。いくら不意を衝くにしても、こっちが九人を押さえる前に奴らの応戦準備が整うだろう。多分失敗する」

「そうか」

「ここに誘い込む方がいいかな。それも夜が明けないうちがいい。この建物で戦うなら、迎撃の用意が出来る分勝機がある」

「とにかく、我々の存在は、あいつらに知らせてしまう訳だね？　奴らが我々を目掛けて襲ってくるのに備えないといけないと」

「そうなるね」

奴らのいる瓦屋根の建物から、この建物までの間に小屋があるし、その途中に残った足跡の様子で、何が起こったかは大方知られてしまう。

「それでも、そのほうが勝ち目が大きいと思うね。やるなら、急いだ方がいい。奴らが何かの拍子にこっちに注意を向けるかもしれないからな。峯子さん、どれくらい動けるかね？」

体は温まった。立てるし、歩ける。素早く走ったりする自信はない。屈伸したり、腕を振り回したりして、疲れのいくらか癒えたことを示した。

「どうする？　ここで戦うのか。肥溜めにでも落としてやりたいな」

叔父は蓮野が並べた武器をあれこれ値踏みしている。

「いい考えだけどもね、その後そいつを引き上げなきゃいけないからな。この寒さだから、落としたまま放っておくと死ぬかもしれない。僕はやりたくないね。またの機会だな」

「なんだ。まあそうだな」

叔父はつるはしを取り上げた。

「どれもこれも重すぎないか？　僕に扱えるのは鎌か鋸くらいだ」

「そもそも肉弾戦は避けたいんだよ。君、まさか自信がある訳じゃないだろ？　ピストルを持ってるんだしな。罠を張って、そこに追い込むようにしたい。あと、遠くからものを投げつけるとか、なるべく卑怯な戦法を取る。そういうのは万が一のものだよ」

蓮野は、ブリキの箱を漁っている。

「何を探してるんだね？」

「針金とか鎖とかだね。長いのがいい」

やがて幾巻きかのそれらを見つけ出した。

ストーブの炎が弱まってきた。蓮野は薪を焚《く》べ足さず、フロックコートを着た。叔父も峯子が座布団代わりにしていたコートを着る。峯子は蓮野のオーバーコートを借りたままである。

蓮野たちは、一階の窓の雨戸を太い針金で括って密閉した。音の響かないよう慎重にせねばならず、時間がかかった。それから、土嚢《どのう》や、手頃な鈍器を屋根裏に運ぶ。

裏木戸を出ると、そこは牛舎に繋がっていた。峯子が、瓦屋根の建物から連れ出された時に見た大きな建物の影は、この牛舎であった。

牛糞の山があった。最近まで牛がいたらしい。蓮野は妙に興味深げにそれを眺めていた。

峯子は空腹を訴えた。すると、二人がまったく同じ動作で、それぞれセーターの首元から潰れた中華饅頭を取り出したので、峯子は笑いそうになった。

体温で生温かい。冷たいよりはいい。三つ食べた。

六

午前四時半を過ぎた。

峯子は、叔父と並んで二階の窓から地上を眺めている。

明け方が迫るにつれて愈々《いよいよ》寒気が強まった。いつの間にか空は晴れて、星が煌めいていた。

「いいか？」

峯子の隣の叔父が背後に呼びかける。肩につるはしを構えている。

「いいよ。やってくれ」

蓮野の返事が返ってくる。彼は二人と向かいの部屋で、窓から双眼鏡で、犯人らの建物を見張っている。

どうやって犯人らをここにおびき出すか？　灯りをつけるとか、狼煙を上げるとかではいつ気づくか分からない。

叔父はつるはしを地上に放った。そこにドラム罐が据えてある。

ぐわんと期待通りの轟音が響いた。瓦屋根の屋敷の犯人らの耳まで届く筈である。

柄に鎖を繋げてある。峯子はそれを引っ張って、つるはしを引き上げるのを手伝った。

再びそれをドラム罐目掛けて放る。犯人が気づくまで繰り返す。

「おい、出てきた」

五投目を放った時に蓮野が言った。急いでつるはしを回収し、向かいの部屋に戻った。蓮野がいる窓際に並んだ。

こちらは暗いし距離もある。見られることはまず無いが、怖いので、叔父と蓮野が立っている間にしゃがんで、顔を上半分だけ出して外を眺めた。

遠くに懐中電燈の明かりが見える。出てきたのは二人である。何か喋りながらゆっくり歩いてくる。

小屋まで来た。不審な足跡に気づく。彼らは、小屋の中を窓から覗いたのち、慌てて建物に帰って行った。——予想通りだ。

六、七分かかった。再び男らが出て来た。今度は、数えると九人いる。雪の中を、出来る限りの早足で向かってくる。

「なんか図体のでかいやつが多くないか？」

「それは我慢したまえ。やっぱりピストル持ってるよな。——おお、あれが秋山だ」

蓮野が窓枠の際で小さく指差す。峯子の思っていた通り、例の背の高い男が秋山であった。

「そういえば、秋山は左手を痛めているかもしれないな。当てにはならないが憶えておいてくれ」

「え？　そうなのか」

いよいよ彼らが近づいてきて、叔父と蓮野は決意を促すように峯子を見た。

「じゃあ峯子さんよろしく。気をつけてね」

そう言って、隣の部屋に視線をくれた。そこはストーブのある部屋で、天井板をずらして、屋根裏に抜ける用意がしてある。

「ええ」

二人は階下に向かった。

多分、この建物はもともと宿舎だったのである。農場の使用人が寝泊まりしていたのだ。北側の壁の、東寄りに玄関がある。一階は広い土間になっていて、玄関を入ると炊事場である。

炊事場を奥に進むと、西側に上がり框があって、廊下である。廊下の中程に二階に上る階段がある。

階段を上らず南側に回り込むとまた土間で、ここに手洗いや風呂が付いている。南の壁に裏木戸がある。

建物中ガラクタで一杯である。二階は中央の廊下を挟んで左右にふた部屋ずつある。今峯子がいる、ストーブのある部屋は、まだ物の少ない方だった。

いよいよ犯人らは近づいてくる。峯子が二階にいることは知られたくない。犯人が懐中電燈の明かりを建物に向け始めたので、峯子は慌てて窓から顔を引っ込めた。

男らは二手に分かれたようである。何人かは表の、残りは牛舎の側の扉に向かったらしい。峯子は膝をついて、床板の隙間から階下を覗いた。真っ暗で、まだ何も見えない。階下は玄関で、こちら側には蓮野が待ち構えている。牛舎側には叔父がいる。

懐中電燈は峯子が持っていて、二人に明かりは無い。狙い撃ちにされる危険があるから、使わない方がよい。

扉の開く音、それから低い話し声。内容は分からない。慎重らしい。

懐中電燈の明かりが揺れている。こちらに入って来たのはどうやら五人。

彼らはそれぞれ別の方向を向き部屋の隅々を照らしている。ガラクタの多い建物であるから、どこかに人の隠れていることを警戒しているのである。だが、その分足元の注意が留守になっている。そして――

先頭の男が蹴《け》躓《つまず》いた。

針金を張ってあるのである。床から四寸くらいの高さで、引っかかれば体勢を立て直すのは困難である。転倒せざるを得ない。そして、針金は左右とも重心の不安定なガラクタに括ってあるから

――

金属質の大音響が響く。呻《うめ》き声。転倒した男の懐中電燈の明かりが見えなくなった。

――なんだ、どうなってる?

――何をしやがる!

怒号が飛ぶ。二人が倒れた男を助け起こそうとしている。懐中電燈を下方に向けて、ガラクタをどかす。しかし、暗いのである。

再び大音響。男がもう一人転倒する。

峯子は窓の外を見た。

蓮野は建物を出ている。

手筈通りである。彼は、玄関扉と雨樋とを、鎖でグルグルに縛り付ける。開かないようにするのである。ピストルを持っているから、彼らをどこかに逃がしてしまうことは避けたかった。退却されると、それから戦うのは危険である。

彼らを閉じ込めるだけで済ますわけにもいかない。時間をかければ雨戸も壁も破られてしまう。彼らを建物に閉じ込めた上で罠にかけ、全員縛り上げてしまわねばならない。

そこで、この戦法を取ることになった。一旦奴らを屋内に誘き入れる。全員が入ったことを確認したのち、出口を封鎖し、針金の罠で転倒させる。扉を鎖で密閉するのには数十秒はかかるから、この、奴らが混乱した隙に行うしかない。

蓮野は作業を終えた。建物を西側に回り込む。

一階の窓は一つだけ密閉せずに残してある。そこから屋内に引き返してくるのである。

峯子は建物の奥に同様の音響を聞いた。牛舎側では叔父が同じ作業を行なっている筈である。

再び階下を覗くと、男らはまだ倒れた二人を救けていない。予想以上の混乱を来たしているらしい。

奥から足音、蓮野が戻って来ている。姿は暗くて見えない。ゴンという鈍い音。

――うわっ！　なんだ！

――誰かいやがる！

男らが叫ぶ。蓮野が、工具を投げたのである。誰かに命中したらしい。

一人は、扉の方に引き返した。外に出ようと体当たりを始める。もちろん、それは開かない。

うわっ、と男らが再び叫声を上げた。蓮野が再び何か投げたのだ。

男らは懐中電燈を振り回す。明かりがあちこち飛び回る。

ついに銃声が響いた。——おい、やめろ！　どこを狙っている。——でも見たんだよ。誰かいるんだ。——当たんねえから止せ。俺らが危ない。

ガサガサと素早い物音がしている。大胆にも、蓮野は土間の中に入って男らを攻撃しているらしい。

男らは彼を捉えようと動く。その度足を取られる。蓮野は土間の散らかりようを正確に把握し、一人身軽に動き回っている。

ついに、蓮野が一人を背後から押さえた。左腕で首を締め上げながら、右腕でピストルを握る手首を摑んでいる。他の男二人が、それに懐中電燈の明かりを向けた。蓮野は男を盾にして後ずさる。後ろ向きに、ガラクタの山を蓮野は器用に躱していくが、男二人は追いつけない。土間から奥に入る廊下に上がって、蓮野は押さえていた男の鳩尾を殴りつけた。

男が悶絶する間に、蓮野はピストルをもぎ取ろうとしたが、男は意外な力でそれを離さない。止むを得ずか、彼はうずくまった男の右手を踏みつけて、ピストルを蹴り上げた。山のようなガラクタの陰にそれは飛んでいく。蓮野は廊下を奥に消えた。

西側で、ガンと何かを叩く音がした。

多分、蓮野が打ち付けずに残してあった西の雨戸に、金棒で突っかいをしたのである。斜めに突っ掛けたのを、金槌で叩いて簡単には外れないようにするのだ。

蓮野が入り口を塞いだ以上、叔父も裏木戸の密閉を済ませた筈である、そういえば、叔父は無事か？

ドタドタいう足音が、階段を上がってくる。二人分である。蓮野の声がした。

——おい、何人来る？

——四人ともだ。軽い怪我しかさせられなかった。全員牛糞まみれにしてやったが。

無事である。裏木戸の密閉には成功したらしい。

蓮野は、三人に戦えないだけの怪我をさせている。今、敵は六人。

そろそろ峯子も行動を起こした方がいい。彼女はストーブに乗って、天井の梁に手を掛け、飛び上がった。上半身を折り曲げて、足をバタバタさせ屋根裏に登りきった。懐中電燈を点ける。ずらしてあった天井板を元に戻す。

真っ直ぐ立つことはできないが、広い。釘があちこちに飛び出しているのが着物やオーバーコートに引っ掛かる。

屈んで梁の上を慎重に歩く。彼らに気づかれるのはまずい。

天井板にも隙間が多く、階下を覗くことができる。蓮野達の方まで行って、様子を窺った。

二階の、階段を上がりきったところに、やはりガラクタの山が用意してある。台車に積んであるのである。その陰に、蓮野と叔父が取っ手を持って隠れている――

男らが階段を上がってきた。半ば以上登ってからがいい。十分に引きつける必要がある。都合よく、彼らは一団になって登って来る。

足音で時機を測ったらしい。先頭の男が階段の半ばを過ぎた時、蓮野と叔父は台車を押して階段に突進した。

今までで一番大きい音響。男らが悲鳴を上げた。

銃声が鳴る。気づくと、弾は峯子の左、三尺くらいのところを貫通していた。慌てて彼女は、西側から建物の中心付近にまで移動した。

廊下を見下ろす。階段の攻撃は効いたのか？　叔父と蓮野が走って来る。それを追って来るのは、どうやら四人であった。二人は足止め出来たようである。

廊下で又も銃声が鳴った。今度はかなり危なかった。蓮野の背中に狙いをつけている。叔父と蓮野は左右に分かれて横飛びに部屋に入った。男らも二手に分かれて二人を追う。

梁を伝って、南側の叔父がいる方に移動した。

峯子も集中しなければならない。右手に、麻の土嚢袋を握りしめる。

男は扉に差し掛かる。警戒しているようである。しかし、叔父に気を取られて、足許のことを忘れている――

針金に足を取られて先頭の男が転倒した。後ろのもう一人も、倒れた男につんのめる。かろうじて体勢を立て直したが――、そこに、物陰から叔父がバケツ一杯の灰を浴びせかけた。目潰しである。今度こそ男らは、二人重なりあって床に這った。

叔父は男に飛びついてピストルを奪おうとするが、振り払われた。男は、照準のつかないままピストルを滅多打ちにする。続けざまに銃声が三発、叔父は慌てて飛び退いた。

これはどうやら好機だ。峯子は思った。男らはまだ立ち上がっていない。自分の銃声に気を取られて、おそらく頭上を注意する余裕はない。

息を落ち着けて、素早く天井板をずらした。見事に真下である。梁に足を踏ん張って、土嚢を投下する――

うぐうっ、と男が呻く。峯子はすかさずもう一つを放擲した。

それを見て叔父が再び飛びかかる。手の甲を金槌で引っ叩いて、二人のピストルを奪うことに成功した。

「これ持っててくれ。要るなら蓮野に渡してくれ」

屋根裏の峯子を見上げて、叔父が、ピストルの一丁を投げ上げた。

彼は倒れた男を縛り上げにかかった。峯子は向かいの部屋の方に急ぐ。蓮野はどうなった？　隣でも幾度か銃声が聞こえたが、ガランゴロンという闘争の音が聞こえているから、少なくともまだ無事である。

下を覗く。男が一人倒れていて、もう一人と蓮野が組み合っている。男はピストルを放していない。

二人が離れた。男が蓮野に狙いを定めようとする。危ない――

とっさに峯子は、ピストルを、男の背後を狙って放った。撃った自分で吃驚して、屋根裏に転がった。

うまく行った。男は背後に気を取られた。その間に蓮野が男を組み伏せる。

蓮野を手伝ったほうがいい。そう思って、天井からストーブの上に首を出したが――

「峯子さん、まだそこだ」

蓮野が叫んだ。そして、階段の方を顎で示した。足音が近寄ってきている。

慌てて首を引っ込めた。声が響いた。

――おい止まれ！

秋山の声だ。階段での攻撃を食らって伸びていたが、起き上がってきたらしい。足を引きずっている。

彼はどこか一点を照らしている。隙間を懸命に覗いて、峯子はようやく情況が飲み込めた。

秋山は今叔父にピストルの狙いをつけている。扉の近くにいてうっかり背後を取られたのだろう。

どうする？　蓮野は男を押さえていて動けない。秋山はそれきり声を発せず一歩ずつ叔父の方に向かっている。撃つと決めている感じで、ただ狙いを外すことを恐れているような——

懐中電燈を握る、秋山の左手を見た。ダランと伸ばしきって腰のあたりに構えている。

妙だと思う。動かし方がぎこちない。必要以上に光の円が揺れている。あるいは蓮野が言っていたように、彼は左腕を怪我しているのか？

手元に、火搔き棒がある。手頃で峯子にもうまく扱える。ゆっくり歩いているし、機宜を見計らうのは難しくない。暗いし、不意を打つことができる筈である。

彼は今ちょうど峯子の真下で、いつ叔父を撃つか分からない構えである。迷う暇はない。

天井板に手を掛けた。引っ掛からないよう、オーバーコートと銘仙の裾を纏める。膝を曲げて飛び降りる体勢を作る。秋山が一歩前に踏み出す。——今だ。

板を持ち上げ飛び降りた。ああっ、と声が上がったが、秋山ではなく叔父の声だった。秋山は足が思うようにならないらしい。体をこちらに向けきる前に、腰のあたり、懐中電燈を目掛けて火搔き棒を両手で振り下ろした。

やはり腕が動かないのか、秋山は峯子の一撃をまともに食らった。明かりが消える。峯子も体勢を崩したが、左手でもう一発、滅茶苦茶に火搔き棒を打ちあてた。

秋山の奥から懐中電燈の明かりが近づいて来る。叔父である。その後ろから蓮野。彼の灯りで、秋山がピストルで峯子を狙おうとしているのが分かった。後ろから二人が組みつく。

秋山は後ろに引き倒された。ピストルを持った手を、蓮野が右足で押さえつけた。

七

蓮野と叔父は強盗団を縛り直している。

一歩たりとも動けないような厳重な方法をとっている。ストーブの部屋に、縛った男らを並べていく。

面倒だった。抵抗されるから時間がかかる。

峯子は手伝わない。疲れているせいもあるが、やりたくない。犯人に触りたくなかった。

階段と、土間の二人の男は気絶していた。彼らを掘り出すため、ガラクタをどかすのは手伝った。それから先は、彼らの後ろについて傍観している。蓮野も叔父も、手伝えとは言わない。

「君らこれで全部かね」

蓮野が秋山に問いかけた。

彼は無言である。

「あの自動車を動かすには鍵が要るだろう。どこに置いている？」

これにも答えはなかった。

「どうせ探せば見つかるんだろうに。僕らが手間取るほどに通報が遅れて、君達はいつまでもそうしていなきゃならないんだがな」

黙っている。蓮野は、まあいいや、と言ってそれきり質問をやめた。

それからは叔父も蓮野も一言も犯人に話さない。逆に犯人たちが、お前ら誰だ、とかどうしてわかった、とか呻くのも、完全に無視した。

九人の蓑虫《みのむし》みたいな男らを部屋の壁に配置し終えた時、叔父は言った。

「おい、このままで大丈夫なのか？　こいつら死なないか？」

気温のことである。

零下の寒さで、何人かは怪我をしている。身動きの取れない状態で放っておくのは危険かもしれない。

「そうだね。ストーブに火を入れておかないとまずいかな。薪がないから、切らないといけない」

犯人のために薪を用意しておかねばならないのか。

「面倒だぜ？　やるのか？　それとも加右衛門氏の伝でいくか」

「そりゃ駄目だろう。加減が難しい」

何の話かしら？

「あと、薪を焚べ足す人手が要るだろ？　今から通報して、警察が来るまで半日はかかる。誰かここに残るのか？　嫌だな」

「そりゃ嫌だね。誰かにやってもらおう」

蓮野は九人の男を一瞥したのち、ちょっと付いてきてくれ、と二人に言った。峯子も叔父も黙って従った。

蓮野は一階に降りると、大きな汚い木箱を二つ見つけ、さらにシャベルを拾い上げた。

西側の窓から外に出た。まずは玄関に廻って、扉を留めた鎖を外した。牛舎側のそれも、同じく外す。それから、蓮野は牛糞の山に向かった。

「これ持っといてくれるかい」

峯子は鎖を持たされた。蓮野はシャベルで木箱に牛糞を詰め始めた。叔父も、釈然としない顔ながらに手伝っている。

二つの木箱をいっぱいにした。一つを蓮野が、もう一つを叔父が抱えて建物に戻っていく。どうするのだろう？

二階に戻った。蓮野は、ストーブのすぐ脇に木箱を置いた。

「あ？　おい、これ、燃料か？」

彼が置いた隣に自分の木箱を下ろしながら、叔父は言う。

「うんまあ、他にちょうどいいのが無いからね」

無表情に蓮野は答える。

「ええと、誰がこれを焚べるんだ？」

蓮野は、八百屋で茄子を見比べるみたいに九人の強盗団を眺め回す。やがて、どういう訳か、彼らの手袋を一つ一つ外して何かを検め始めた。

何を見ているのか？　六番目の男で蓮野は止まった。

「君にお願いしよう。やってくれたまえ」

秋山の隣の、焦茶色のコートの男、誘拐実行犯の一人である。昨日の午後、峯子を自動車に押し込むのに加わった男であった。蓮野は男の足をストーブに鎖で括って留めた。

「燃料が足りなくなったら継ぎ足してくれ」

「何しやがる！　うぐ、痛え」

喚くが蓮野はやはり無視を通す。そして、繋がれた男の手が他の犯人らに届かないことを確かめた。

鎖は二重にしてある。一人の力では到底外れない。

さらに、両手首の付け根を針金と縄で縛った。手首から先は動かすことができ、それを使って作業をさせる。

「着火材が要るんだよな？　贋札がまだちょっと残ってたな――」

叔父は、書類鞄から最後の二束を取り出した。火をつけてストーブに放り込んだ。

その時、峯子は秋山が、ひどく顔を歪めて、小さく呻いたと思った。気のせいかもしれない。

「焚べて見たまえ」

蓮野は、男の側に、牛糞の木箱を足で押しやった。

男が不器用な手つきでそれを焚べると、やがて炎は燃え移った。部屋に熱い臭気が広がった。

「大丈夫そうだな。じゃあ、くれぐれも真面目にやってくれ」

蓮野は、最後にもう一度犯人たちを眺め回した。

八

外に出ると、空は白みつつあった。峯子たちは雪原を瓦屋根の建物に向かった。強盗団が寝起きしていた、そして峯子が監禁されていた所である。自動車の鍵を捜すのだ。

幸い、それは彼らの寝台の側に、あっさり見つかった。

去り際に、忘れ物を気にするかのように叔父は言った。

「おい、何か調べていかなくていいのか？」

犯罪の証拠を検めていかないのか、というのである。

「いいよ。別に知るべきことはないさ。それにどうせすぐ警察を呼ぶんだ。早く帰ろう」

蓮野は先に立って部屋を出た。

別に知るべきことはない、とは言ったが、玄関の靴箱の下から、薄汚れた白いものがはみ出しているのを見て、蓮野は立ち止まった。

「どうした？」

叔父が言う。蓮野はしゃがんで引っ張り出す。それは丈夫そうな麻布で、蠟《ろう》が引いてある。広げるとかなり大きかった。

それを見て、蓮野はふうんと唸った。

「いや、大したことじゃないね。行こう」

彼は玄関扉に手を掛けた。

峯子は今まで気付かなかったのだが、玄関の北に車庫があった。入ると二台の自動車が停めてある。タイヤにチェーンを巻いてあるのは一台だけであった。

蓮野は運転台、峯子は叔父と並んで後部座席に収まった。

午前六時を過ぎている。夜明けがそろそろ近い。

道は凍りきっていた。傾斜が激しいから、チェーンを巻いていても滑り落ちている感じがする。

一番急なところを下りきって、カーブを抜けると、平坦な道に出た。

しばらく行くと、前方の雪面に、道から逸れて林の中に続く乱れた轍がある。

「ちょっと見ていこうか」

名所旧跡を案内する口調で蓮野は言い、自動車を減速させた。

下りて、道の際まで行って見ると、殆ど崖と言って良いような斜面である。陽はまだ出ていないが、十分明るくなっている。杉の木が茂っていて、その奥、十間くらいのところに、峯子も見憶えのある自動車が大破していた。

まさに大破である。二人に大した怪我がなかったのは奇跡としか思われない。車体はマッチ箱を踏みつけたみたいにクシャリと歪んでいるし、窓ガラスは粉々で、ヘッドライトは外れてずっと下に転がっていた。

「酷いなあ」

ぼやきながら、蓮野は木の幹に摑まり少しずつ斜面を降っていく。峯子と叔父はその場で待った。

後部座席から紙包みを持ち出して、蓮野は戻って来た。

中華饅頭の包みであった。農場まで持ってこられなかった分である。峯子は自分の空腹に気づいた。

「そろそろ話してくれ」

叔父は冷え切って半ば凍った中華饅頭を懐で温めている。

「何をだ？」

ハンドルを摑んだ蓮野は、前方を向いたまま答える。

「何ってことはないだろう？　色々分からないことがあるだろうに。萬田はどうやって殺されたんだ？　それに、峯ちゃんの話だと、その萬田の行動も色々おかしいじゃないか？　何が起こっていたんだ？　それに、君なんで秋山が腕を痛めていると分かった？　奴ら、どうして贋札なんか造っていたんだ？」

「ああ、それはまあ、どうだっていいことだ。もう済んだ。疲れてるんだろう？　あとは警察に任せておけばいいさ」

「だって、その警察に説明をしなきゃならないじゃないか。それに気になるよ。何か分かってるなら教えてくれ」

峯子も知りたい。

蓮野は、膝に置いていた食べかけの中華饅頭を口に放り込んだ。

「じゃあ、話すよ。まず、小屋の周囲に萬田を殺した犯人の足跡が無かったことからかな。峯子さんは、萬田に小屋まで連れて行かれ、気絶させられた。気がつくと、なぜか萬田は殺されていた。誰も、小屋に入ってくることは出来なかった筈なのにだ。

一体誰がどうやって萬田を殺したのか。これを解決しようとすると、一つの前提を疑う必要がある。

実はね、そもそも峯子さんを小屋に連れ出したのは、萬田じゃない」

「え？　ああ！　そうか！　犯人は覆面をしていたのか！」

峯子も小さく、あ、と声をあげた。

瓦屋根の建物から小屋に連れて行かれる時、峯子は男の顔を見なかった。ただ、手の刺青を見て、それが萬田だと思い込んだのだ。

「いやでも、どういうことだ？　峯ちゃんを襲おうとしたのが萬田でないとして、やっぱり萬田は入ってこられないだろう？　小屋の中には誰もいなかったのだし――」

「萬田は、峯子さんが小屋に連れて行かれる前に殺されていた。彼らが身代金の受け取りに出かける直前のことだね。そして、屍体は多分、蠟引きの麻布に包まれて、小屋のすぐ脇に投棄された。雪が止む前だ」

「ああ――」

「あの、薪とか藁束とかが放り出されていたところでしょうか？」

「ああ、うん。そうそう。出かける直前に殺して、小屋の窓の下に置いたってことだね。その頃は雪が激しかったんだったね？」

「ええ」

「そうしておいて、積もった雪に沈めた屍体を、さらに降る雪が覆い隠してしまうのを確かめて、身代金を貰いに行く。夜中を過ぎて、犯人は帰ってくる」

この間に、屋敷に残っていた奴らは寝てしまったらしいのだ。

「犯人は、萬田のコートと覆面で峯子さんを連れ出して小屋に向かう。峯子さんを昏倒させて鎖に繋ぐ。で、窓のすぐ下の所に埋めた萬田の屍体を掘り出す」

「それは、数時間前に殺していた訳か」

「そうだね。警察なら検視の時に問題にするが、騙す相手は仲間の強盗だから気にしなくて宜しい。窓の下に薪や藁束が放り出されていたのは、犯人がそこから屍体を掘り出した跡を隠す為だ。犯人らが見つけていたら、萬田が邪魔にして投げ出したんだろうとか、そんな風に解釈されたろうね」

萬田の屍体を部屋に転がしておいて、犯人は窓から道路に跳ぶ。

「あ、おい、じゃあ、君が男らの手袋を外して確かめたのは――」

「うん。あの男の手袋の裏、絵の具が付いていた。刺青の図柄を描いたんだ。萬田の振りをして、峯子さんを殴りつけて昏倒させたのはあの男だよ」

そういえば、あの男は誘拐の実行犯の一人でもある。

「窓から小屋を脱出した犯人は、何食わぬ顔で瓦屋根の建物に戻る。寝ている奴らが小屋の異変に気づいたら、峯子さんが抵抗の挙句に萬田を刺し殺した、殺したはいいが、繋がれた鎖を外すことが出来なかった、と結論を出す。犯人は萬田を綺麗に始末できる。と、こういう計画だったらしいんだが、おかしいのがね――」

「なんだ？」

「この、萬田殺害計画は、強盗団が水面下で対立していて、何人かは萬田派、何人かは秋山派で、秋山派が結託して萬田を殺害し、萬田派を騙してその罪を峯子さんに押し付けようというのが全貌だったらしいが、騙すに当たって、犯人らは、峯子さんをペテンにかける必要があったのが分かるか？」

「ええと、ペテン？」

「ほら、犯人は、峯子さんをどうする気だったのかよく分からないだろう？　覆面をして顔を見せないようにするのは、後々帰してから身元を辿られないようにするためらしく思われるんだが、その割に萬田はうっかり顔を見せてるし、階下の話が丸聞こえだったりして、いい加減だ。ただし、萬田殺害計画のことを考えると、峯子さんが最終的に無事では済まない筈だったのは確かだ。頭目を殺したらしいのをそのまま帰す訳がない。だから、結局のところ正体も場所もバレて構わないと考えていたのは間違いないんだが、問題なのは、峯子さんがいつ死ぬ予定だったのかだね」

峯子は零下の気温の小屋に鎖で繋がれて放置されていたのである。あのまま凍死していた可能性もある。

「多分犯人は、峯子さんと萬田が共に屍体で見つかるのも構わない、という考えだったろう。むしろその方が都合がいい。情況は明らかだし、峯子さんが余計なことを喋らない方がありがたい。僕らが邪魔をしなければ、犯人は朝まで峯子さんを小屋に放っておくつもりだったんだろうな。では犯人は、あのまま峯子さんが凍死してくれると安心していたか？　それは怪しい」

峯子は、萬田殺害の濡れ衣を着せられる予定だったのだ。

そこで、峯子が昏倒する間に周囲の状況が整えられたのだが、そう見せかけるには、両手を縛っておく訳にはいかない。縛られていてはナイフを扱えた筈がないということになる。峯子は両手が使える状態で発見される必要があった。

両手が自由であったということは、猿轡を外すことができるのだし、鎖をストーブに打ちつけたりすれば大きな音が出る。

「峯子さんが昏倒から覚めて、そういう行動に出たとするだろう？　それは瓦屋根の、彼らが寝起きするところまで聞こえる。そんなに遠くないからね。

これは防ぎようがない。萬田派の奴らが音を聞きつければ、事件が発覚する。彼らは峯子さんを尋問する。こうなった時、峯子さん自身も、萬田に小屋まで連れてこられたのだと錯覚していないとまずいだろう。男が萬田でなかったことに気づいて、まかり間違って、峯子さんが犯人の企てを看破してしまったりしたらもう駄目だ」

「分かったよ。だから覆面をかぶったり何だり、色々面倒なことをしたんだな？」

「そう。で、おかしいと言ったのは、萬田の行動は犯人に都合が良すぎるということだ」

萬田は、そもそも誘拐に賛成していなかったらしいのである。そんなことはいいから、賭けに出て大きな犯罪を成功させ、さっさと逃げてしまおうという意見だったと聞いた。

「しかし彼は誘拐の実行犯に加わって、自動車の中で素顔を見せているし、手下に色々誘拐を主導しているが如くの注意をくれて、それから峯子さんの様子を点検に来たりね。後々峯子さんに、別の男を萬田と錯覚させるべく至れり尽くせりやっている」

確かにおかしい。

「これがどうした訳だったか、バカバカしいんだがね、どうやら、萬田は脅されていたんだ」

一瞬、峯子も叔父も沈黙した。

「え？　何だ？　弱みを握られてたとか――」

「そういうのじゃなくてね、萬田は常に後ろから銃口を向けられていたんだよ。脅されて峯子さんを羽交い締めにし、脅されて手下に指示を出し、脅されて峯子さんの縛《いまし》めを検めたんだ」

突飛なことだった。しかし、よくよく考え直すと、峯子には思い当たるふしがあった。

峯子が萬田を見た時、常に後ろに秋山がいた。峯子をさらう時から、瓦屋根の屋敷に連れ込まれる時、峯子を縛り直しに現れた時まで。代々木の路地では、峯子は萬田の背後にピストルを構える秋山の姿を見てすらいるのである。

あれは自分に対する脅しだと考えていたが、実は――

「喜劇だな。攫わないと殺されると思ってたのか」

「峯子さんが無事だった以上は、この事件は一から十まで喜劇だよ。実はね、萬田を殺したのは、多分、奴らが身代金を受け取りに出かける前、峯子さんを縛り直しに来た時だ。ほら、耳栓をされて、壁向きに座らされたんだろう？　秋山たちは、萬田に峯子さんの腕を縛らせた。そして、口を押さえて、刺した」

え——？

そういえば、あの時、峯子の腕を摑んでいた力が突然抜けた。

「峯子さんの手袋に血をつけておくためだ。縛られた峯子さんは、手袋の異変に気づかない。それに、この時なら萬田の不意をつくことも出来ただろう。従っていても、いざ殺されるという場になれば精一杯の抵抗をするだろうから、そういう機会を作らねばならない。萬田は刺し殺さなきゃならないからね。射殺だと、峯子さんが萬田を殺した時に銃声がしなかったのがおかしいってことになる」

二人がかりだから屍体を運ぶのはそれほど苦ではない。

「秋山が腕を痛めているっていうのは？　どうして分かった？」

「ああ、あれは大したことじゃないよ。ほら、いくら峯子さんに萬田を印象付けるにしても、峯子さんを取り押さえる役までやらせる必要があったかと思ってね。

結局萬田は従った訳だが、どさくさに何をするかわからない。秋山達はこの時振り切られてもおかしくない。何か、他にもそうせざるを得ない理由があったのかなあと思った」

「秋山は腕が動かないし、人手がいるから、代わりに萬田にやらせたと？」

「そう。で、話を聞くと、秋山は常に萬田の背後にいたらしいし、運転もしないし、さっぱり左腕を使ってない。それに双眼鏡で見た時も、少し手つきがおかしかった。だからまあ、そういうこともあるかもしれないと思って一応言っておいた」

　自動車は大きな道に出た。峯子の心中に、助かったことの安堵が満ちてゆく。

「なんで萬田は脅されてたんだ？　油断して、謀反《むほん》を起こされたってことかな？」

「まあね。ただ、そこまで計画的なことじゃない気がするな」

「でも、大雪が降って、夜半過ぎには多分止む、とか、そういうことを計画に盛り込んでる訳だろ？」

「いや、それは違う。天気が、彼らの計画に都合良かったのはたまたまだ。予報を見て期待は出来ただろうけれども、そこまで当てには出来ないよ。

　それに、誘拐自体が極めて危険なことで、実際僕らに後を辿られたじゃないか。その上萬田の殺害を同時進行でやろうというんだから無茶だよ。だからね、多分、萬田を殺さないといけない事情は、昨日突然生じたんだ。それも火急の事情だった。それで、こういう綱渡り的計画を実行した」

「ほう。じゃあ事情というのは何だ？　まあ、何でも考えられるか。そもそも意見が割れていたというんだしなあ」

「でも、火急の事情だ。それに、意見が割れていたといっても、萬田は誘拐に賛成こそしていないにしろ、邪魔をする気は無かったんじゃないのかな？　前々から計画は進行していたんだから、横《よこ》槍《やり》を入れるならもっと早くやらなきゃ駄目だろう」

「じゃあ何だ？　君は分かっているのか？」

蓮野はううんと唸って、首のあたりに手をやった。

「どうした？」

「どうもしないよ。まあ、金かな。秋山らはね、萬田達に隠して金を所持していた。それを萬田に見つけられたんだろうな。――うん、多分そうだ」

急に歯切れが悪くなった。

「何だ、分かっていないのか？　やっぱりあいつらに事情を確かめておいた方が良かったんじゃないのか」

「だからね、どうでもいいことなんだよ。ただ、あいつらが金を隠していたんだとしたら、萬田があっさり秋山達の言いなりになっていたのも説明がつくんじゃないか？　秋山達は、いざとなれば萬田を殺して金を持って逃げられるんだから、萬田に脅しが効くだろう。それに、萬田の方でも、ひとまず言うことを聞いて、秋山達の金を横取りする機会を探っていたんじゃないかな。ただ振り払って逃げても金は手に入らない。だから、差し当たり誘拐には協力することにしたんだろう」

確かに可能性は高そうである。萬田が、秋山らが金を隠しているのではないかと疑っていると、手下らが言っていたのを峯子は聞いている。

「いよいよこれから誘拐だという時に、奴らが突然萬田を殺さなきゃならなくなるとしたら、金のことくらいしかないんじゃないか？　そもそもあいつら、金のために集まっているんだしな」

「まあ、確かにそういう気がするが、君にしちゃいい加減なことを言うな」

叔父が言うと、蓮野は車を減速し、ちらりとこちらを振り返った。峯子と叔父の表情を一瞥して、再び前を向いた。

「いい加減なことだよ。どうでもいいからね。とにかく、いつ隠した金を見つけられたかだが、それは昨日の午前中に決まっている。萬田の手下が話していたんだろう？　奴らが峯子さんを攫いに出かける前に、秋山と手下が物置の建物に行っていた。そこに萬田が向かった。そうだろう？」

「ええ」

下りがまた急になって来た。前方に集中する蓮野の後頭部に峯子は返事をした。

「その時だ。秋山が腕を怪我したのもその時かな。格闘があったんだろうな」

「じゃあ、あのガラクタのどこかに現金を隠していたのか。何が起こるか分からないし、誘拐の前に多めに金を身につけておこうと思った、ということかな？　で、取りに行った所を、前々から隠し金のことを疑っていた萬田に見つかった、という訳か」

「そうだね。多分ね」

坂を下り切るまで、話は中断された。

降りると見通しの良いところに出た。いよいよ日が昇りそうである。民家が数軒、遠くに見える。

「間の悪いことだなあ。奴らにしたらね」

「しかし、そうでなければ峯子さんもどうなっていたか分からないからね」

「まあ、そうだな」

「で――」

蓮野は妙に間延びした話し方をする。

「これは尚更どうでもいいことなんだがね」

「何だ？」

「謎が一つ残っている。奴らがどうして贋札を造っていたかだ。あんなに刷ったって、バレずに使い切れる訳がない。しかも、どうやらあいつら金を隠していたんじゃないか。何でその上贋札なんか造ったのか」

忘れていた。その疑問があった。

「秋山らは、萬田からずっと金を隠していたんだろう？　これはね、簡単なことじゃない筈だ。奴らは、しばらく印刷工場の地下に潜伏していたし、外に出る機会は限られていた。秋山は顔が割れてるから尚更大変だな。

強盗団で、一番の主導権を持っていたのは萬田だろう？　多分みなその指示で動くことが多かった。

この状況下で、結構な量の現金を隠し通さなければならない。

では、どうやって金を隠すか。どこかに穴を掘って埋めておくとか、そういう訳には行かないだろう？　突然必要になるかもしれない金だ。あまり遠くや、取り出すのが手間な所には置きたくない。かといって、両国橋《りょうごくばし》の下とか、いつ誰に見つかるとも分からないところにも隠せないからね。

しかし、秋山らは印刷工場に突然に踏み込まれたにもかかわらず、きちんと金を確保して、あの牛舎脇の建物に隠して、昨日まで萬田らに気付かれていなかったんだ」

何となく、峯子にも話の筋が分かって来た。まさか——

「では、なぜ贋札が造られたか。萬田たちは、秋山らの贋札事業に関わっていなかったんだったね。こんなものを造って何になる、と少しバカにもしていたかな」

いよいよ日の出が近い。

「秋山達は、本物の現金を隠すために贋札を造ったんだ。贋札で真券を挟んで、帯で留める。萬田たちは贋札だと思っているから、奴らの眼前に堂々と置いておくことが出来る。ちょっと触ってみたって、先入観があるから気づかないだろうな。

さて、井口君と峯子さんは、暖を取るのに贋札の束を使ったんだったね。あの時は、峯子さんが危なかったし、僕もどう農場を脱出するかに気を取られていて、うっかりしていた。

つまりだ、君たちが機嫌よく炎に投げ込んでいたのは——」

峯子は、ポカンとして隣の叔父と顔を見合わせた。

あの——

あの背徳感は本物だったのか。

それから、最後の二束を放り込んだ時の秋山の顔。

いくらくらいあったんだろう？

「まあ、どちらにせよ焚きつけに丁度いいのは確かだから、どうということでもない。峯子さん、お疲れ様でした」

正面の林の上に朝日が差した。張り詰めていた冷気が少し暖くなった。
峯子は眠くなった。
目を瞑《つむ》って、座席に凭《もた》れると、叔父が慌ててコートを掛けた。

晴海氏の外国手紙

一

「世田谷の、蓮野の家の書斎である。床には反故紙が何枚も落ちているし、机の上はいつもに増して散らかっている。徹夜でインフレーションに関する論文の英訳をやっていたのだそうである。

訪ねるのは久しぶりだった。思えば十一月以来である。蓮野は、ネクタイは締めず、シャツの裾を乱して、傷んだ回転椅子に凭れて半ば目を閉じている。

やがて、ようやく気付いたみたいに体を起こして、紅茶を淹れに立ち上がりかけたのを私は制止した。

「お茶はまだいいや。君の方は大丈夫なのか？　記者が来たりしてないか？」

「今のところ大丈夫だね。奇跡的にね」

手配中の強盗団が突然に逮捕されて新聞は大いに賑わったが、誘拐の件はいい加減に報道されていて、峯子の名前も出ていない。奥多摩山中にて警察が捕縛《ほばく》、逮捕と、私や蓮野のやったことは一切省略されている。

彼は間抜けな仕草で眉間を掻いた。

「峯子さんは大丈夫かい」

「大丈夫だね。意外な程ね。裁縫の先生の所にも通っている」

「そりゃ良かった」

「それでだね——」

私は、いつもの、提案や相談を持ち出すときの調子で切り出したのだが、蓮野には、身を入れて聞く気があるようには見えない。

「峯ちゃんや、矢苗さんのところのみなが、君にお礼を言いたいと言ってるのだがね。ここに訪ねてくるか、それとも君に神田の家までご足労願って、そうしたら色々もてなしが出来ると——」

ううんと蓮野が唸ったので私は黙った。彼は伸びをして、天井の隅を見た。

「そんなことしなくていいよ」

「是非にと言っているんだよ。ちょっと挨拶をしてくれればいいさ」

「別に、挨拶だけで済むのか、裸踊りをさせられるのかを心配している訳じゃないよ。会って話すにも及ばないだろう、ということさ」

「何故だ?」

「何を聞くのか分かってるじゃないか。だから、要するに、助けて頂きありがとうございました、ということだろう?　知ってるからわざわざ時間をとって聞かせて貰うこともないよ」

「そんな簡単な話じゃ済まないだろう。命を救われたのだ」

「だから、ありがとうございました、ということだろうに。分かってるからいいさ」

「分かっていても聞くものなんだよ。でなきゃ、そうだな、例えば、なんで結婚式なんてのがあるんだ？　列席者の誰も彼も、新郎と新婦がいて、それが結婚することは知ってるじゃないか。その人らが何を考えているにしろ、口にすることは、要するにおめでとうございますということだ。みな分かっているがやるのだ。それだと思って聞きたまえ」

「結婚は不確かじゃないか。不確かだから式をするんだろうに。相手を見たって、本当にこの人と結婚するのかしらと疑っているのが結婚だ。

僕は矢苗さんのところの人達が感謝しているのを疑わないよ。だから必要ない」

依然眠そうである。右に傾けていた頭を左にした。赤ん坊のような仕草である。

「まあ確かに、君は結婚式にすら来ないしな」

「まあね。君と紗江子さんの結婚の時は、僕は獄中で内職をしたりして忙しかったからね」

「しかし、君はいいとして、矢苗家の人達は、君に十分礼意が届いたか分からないじゃないか。君に会わないんだから――」

「それは、だから井口君が仲介してくれれば済むだろう。謝恩のお言葉痛み入りますと伝えてくれ。それとも君が信用されてないのかい？　だとしたら伝わらないか。しかしそれは僕でなくて君の問題だ」

付き合いは長いが、この蓮野の応答はやや予想外である。彼は捻くれているけれども、もっと面倒な交際ごとでも無難にこなすのだし、近頃はそんなことばかりを頼んでいたのだ。

「しかし、何だ、縁というものがあるだろう。せっかく助けられたものをそのままには出来ないじゃないか。だからお礼を言わせてくれと――」

「縁というがね。しかし、恩人と、恩を被った人の縁というのは何だ？」

「それは、人の命を救うなんてそうそうあることじゃないだろうに。普通、他人と近しくなるのには大変に時間が掛かるのだ。数十年生きても本当に親しくする人なんか数が知れてるだろう？ こういうせっかくの機会を振り捨ててしまうのはなんだか罰当たりじゃないか。だから――」

私が自分でもあまり本気にしていないことを喋るのを、案の定蓮野は眠そうなまま遮った。

「――だから、その縁というのの正体はなんだい？ 峯子さんが、気恥ずかしさとか緊張とかを抱えながら、どうもありがとうございました、このご恩は一生忘れませんとか言うだろう？ 多分。で、僕が、中途半端な笑顔で以って、いや礼には及びません当然のことをしたまでです、とか答える。これは僕や峯子さんの意思で言うわけじゃない。言わされる」

「あ？ 誰も言わせやしないだろうに」

「いや言わされるよ。恩というのがそもそもそういうものだ。憶えていることを課されるし、笠に着ないことを課される。そういう義務がつきまとう。

で、実際にはこの義務を果たすのは困難だからね。恩というのは一種の隷従関係だ。受けた方は、不覚にも助けられたばっかりに、恩人に始終頭を下げて暮らさないとならなくなる。その恩人というのも、実際には、たまたま人を救ったからといって、その報恩を受けるに値するような立派な人じゃないことが大抵だから、段々なんでそいつに感謝せねばならないのか分からなくなってくる。

与えた方は与えた方で、人助けなんかする資格の無い人間のくせに分不相応にそんなことをするから、本当に立派な人だったみたいな振りをしなきゃならなくなる。そして、当然ですからお気になさらずとか言いつつ、本心では見返りを求めているだろ？　内心さあ報いろ大いに報いろと待ち構えている。

　そして、互いの心に歪みを生じせしめて、数々の忘恩事件が起こる。

　恩義なんていうのは絶対釣り合わなくて、最初から破綻している。その癖美徳と思われているから迷惑だ。それは実のところ恨みと大して変わらないね。人を気安く恩人呼ばわりするものじゃないよ」

　彼は体を起こして欠伸《あくび》をし、再び椅子に凭れた。

「なんだ？　君は峯ちゃんに、助けた恩に大いに報いろと思って待ち構えているのか？」

「そんなことこれっぽっちも思っちゃいないが、だからといって、峯子さんには恩の義務を果たす必要がないことが分からないだろう？　で、君も知っての通り僕は別に報恩を受けるには値しない人間だから、峯子さんにしてみればまるで面白くないじゃないか」

「どうしても会う気がないのか」

「峯子さんが酷い忘恩《ぼうおん》の徒《と》で、助けられたことなんか綺麗さっぱり忘れていて、僕なんかアバラを折ろうが死刑になろうがどうでもいいと思っているなら会ってもいいよ」

「そうじゃないから会ってくれと言っているんだよ」

　じゃあやっぱりいいよと蓮野は投げやりに言った。

「僕はうっかり助けちゃっただけで、泥棒だしフケが酷いし、使った皿を三日も四日も洗わず放っておくし、だから峯子さんみたいな人が敢えて謝意を示すには値しないと言っておいてくれ」

どこまで本気か知らないが、峯子に会いたくないのは確かのようである。

「すると君は、何かね？　例によって、会ってみて峯ちゃんが嫌いになったかね」

「まさか。ただ、お互いの人生をややこしくするには及ばないというだけだよ」

「峯ちゃんに限らないんだがね。源次さんなぞ警察が一切手柄を持って行ったんで憤っていたな。君の才知縦横の活躍こそ世に知らしめるべきなのだと息巻いていたが――」

この話をすると、蓮野はあからさまに厭な顔をした。

「頼むから君、それは何としても止めてくれ。僕は恥知らずな人間だし、誰にどう噂をたてられようが気にしないつもりだが、泥棒が更生改心してその泥棒的才覚を以って人助けをした、とか、そんな宣伝をされたらいくらなんでも耐えられないよ。大恥だ。あまりに恥ずかしくてもう一度泥棒にならなきゃいけなくなる」

ともあれ、蓮野や私や峯子のことを世間に隠しておくべきなのには同感である。

無事に救い出したからいいようなものの、あの誘拐事件においては、私達は英雄的であったというより、一生分の乱暴狼藉をやり尽くしたようなものだった。

「分かったよ。とにかく君は会いたくないんだな。それはいいや。で――」

私は袖を捲って自分の腕時計と蓮野の置時計を見比べた。狂いはない。今は二時に七分前である。

「言ってなかったが、もうすぐ晴海社長が来るよ」

「何？」

背もたれに限界までそっくり返って、又も瞼を閉じかかっていた蓮野が飛び起きた。

「ここにか」

「ここにだ。勝手に決めて悪かったがね。今朝連絡があって、用があるから蓮野に直接話をさせろと晴海さんが言うのだ。で、僕が今日世田谷の君のところを訪ねるつもりだと言ったら、それは実に丁度いい、儂も丁度その頃畳屋を頼みに近くに居る、とかそういう話で、ここの住所を伝えておいた」

「何時だ？」

「二時頃と言っていたな」

「先に言ってくれ」

蓮野はしゃがんで、床に散らばった書き損じのパルプ紙を集め始めた。

「そりゃ悪かったね。君が峯ちゃんに会うのを承諾し次第速やかに話そうと思っていたからな」

彼は紙束を棚に押し込んで、机の上に散乱したティーカップやら匙やらを盆の上に纏める。

「晴海さんはどんな人だ？」

「ちょっと説明がしにくいなあ。まあ、気難しいのかな。しかし君とは気が合いそうな気もするがな」

蓮野は、今まで一度も晴海社長と顔を合わせていない。

会うべき機会は幾度かあった。蓮野が出獄してから、礼を言うために、二度、彼を伴って晴海社長を訪ねたが、二度とも社長の急用の為に擦れ違った。

　去年の暮れに社長に頼まれて詐欺事件に関わった時も、私が一切話を取り次いで、蓮野とは全く交渉が無かったのである。

「何を話しに来るんだい？」

「さあ、聞かなかった。君、会いたくなきゃ別に会わなくても済むんだぜ？　晴海社長とは、あの横浜の件で君の恩の方が差し引きで上回ってるんじゃないか？　君のおかげで詐欺師が見つかった。晴海社長には弁護士を見つけてもらった訳だが、弁護士より詐欺師の方が見つけるのは大変だろう」

　蓮野の裁判で私があれこれ手配に回っている時に、間に入ってくれたのが晴海社長だったのである。

「いやしかし、詐欺師は只でも見つかるが、弁護士は金がなきゃ見つからない。だから会わざるを得ない」

　彼は盆を持って台所に向かおうとする。

「君、茶菓子でも用意できるか？」

「大したものはないよ。何がいいんだ？」

「さあ、知らないな。何を出しても貶されるからな。しかし、何を出しても同じように貶されるから、何でもいいんじゃないかな」

「そうか」

蓮野は早足で部屋を出て行った。やがて台所を使う音が聞こえ出した。

まだ二時にならないうちに、表で自動車の音がした。私は身構えた。

呼び鈴が鳴る。蓮野は依然台所だった。彼の代わりに出迎えに立った。

二

晴海氏は、普段通り、上等の黒い紬に袴である。確かな歳は憶えていないが、七十は超えていた筈で、頬が皺《しわ》くちゃで肉が落ちている。白い髪は綺麗に残っていて、着物の黒と対照をつくっていた。

「判り易い所だな」

晴海氏は、私が扉を開くなり、ジロリとこちらを見て、挨拶も無しに言う。

判り易いのは確かである。周囲半町、草原やら畑やらばかりで何もない。

氏はツカツカと狭い玄関を入ってきて、右手の杖に力を入れつつ、下駄を脱ぎにかかった。

「何だ。君の友人は留守か」

「いやいますよ。どうぞ」

運転手を外に残し、氏を伴って蓮野の書斎に戻った。

さっきまで私が座っていた安楽椅子を勧めると、私は窓際のストゥールを動かしてきて、蓮野の回転椅子の隣に座った。世間話をしていると、彼が戻ってきた。

「君が泥棒か」

盆を抱えた蓮野は、僕が泥棒です、と柔かに答える。彼は服装を完璧に整え直していた。

「お会いできて良かったですよ。お世話になったのに今までお礼もせず、大変失礼しました」

勝手な奴である。自分だけはしっかり礼を述べている。晴海氏はそれをつまらなそうに聞いた。

蓮野は三人分の紅茶と乾菓子をテーブルに並べて、回転椅子に掛けた。さっきまでの疲れは隠している。彼に灰皿を勧められて、晴海氏は葉巻を出した。

「そういえば、浦川君が死んだぞ。聞いたかね」

俯いてマッチで火を点けながら、出し抜けに氏が言った。

私は蓮野と顔を見合わせた。加右衛門氏が死んだ？　意外ではないが、急である。

「ええと、いつです？　僕は知らなかったな。新聞に出ましたか」

「まだ出とらんな。二日前だ。美術館が焼けて、ますますおかしくなったらしいな。綺麗な死に様じゃなかった。死に様は綺麗じゃなきゃいかんものでもないがな」

「そうでしたか」

加右衛門氏は、結局私の父が贋物の時計を譲ったことを知らずじまいだった。氏が疑心暗鬼に襲われ、晩節を汚したことに私の責任があるとは思わないが、なんとなしに後ろめたさが拭えない。

晴海氏はそっぽを向いて葉巻を吹かしだした。

どうも胸中に何か抱えている風である。普段ならもっとキビキビ喋る。

紅茶に口をつけて、酷い味だなとつぶやいた。

「そう君——、蓮野か。蓮野だな」

蓮野ですよと、蓮野は答える。

「君、翻訳をするだろうな」

「しますね」

「仏蘭西《フランス》語は出来るのか」

「多少は。読み書きだけですが」

「ふん」

氏は値踏みするみたいに蓮野を眺める。

「妻が四月ほど前に死んだのだがね」

「はあ？　そうでしたか」

晴海氏の妻のやよいさんが肺炎で亡くなったのは昨年十月十五日である。私は葬式にも列席した。

「その遺品の整理が済んでおらん。着物なぞは始末をつけたが書類が随分ある。儂にはなんだか判らん物が多くて面倒だから放っていた」

「書類ですか。奥様の？」

「そうだ。写真だのや、本も随分ある。片付けを先延ばしにしていたが、近頃になってそうもいかなくなったのだ。手紙が来た」

「手紙？」

「仏蘭西《フランス》から来た。妻宛で仏蘭西《フランス》語だ。辞書を引いて読んだがなんともよく分からん。どうも礼状らしいのだがな。儂はもう細かい字を読むのが辛い」

「差出人はどういう人です」

「ステファン・シャンプランという名前で儂は誰だか知らん。妻から聞いたかもしれんが忘れたな。聞いていないかもしれん」

「なるほど」

「じゃあ、そういうものの始末を手伝えということですか？　仏蘭西《フランス》語が分かる奴を探していると？」

横から私は訊いた。

「まあそういうことだ。仏蘭西《フランス》語が分かって、信用ならない奴を探している」

「うん？」

妙なことを言い出した。

「信用ならない奴じゃないといけませんか」

「いかんな。話すと長いが、手紙は公に出来ない何かに関わっているのかもしれんのだ。誰にでも頼めることではない」

「はあ」

「で、儂も歳をとったから浦川君に倣って誰も信用せんことにした。誰も彼も儂を騙して金を取ろうだの、死に際に大恥をかかせてやろうだのそんな奴らばかりだ。

どうせ誰も信用せんのだから、頼みごとをするなら誰からも信用されん奴が良いのだ。その方が裏切る面倒がない」

どこまで本気かは分からないが、手紙の内容によっては、仕事付き合いの翻訳者には見せたくないのだろうと思った。

「信用出来ない奴なら、大月はどうです？　あいつじゃいけなかったんですか」

大月は私の知人の画家で、二年ばかり巴里《パリ》に留学していた男である。

「あいつは信用ならん上に馬鹿だから駄目だ。それで君。蓮野」

「ええ」

「つまらんことを口外したら散々に困らせてやるが、いいだろうな」

「はあ、どうぞ。ご随意に」

「なら手伝ってくれ。今日は暇かね？　麻布まで来られるか」

「構いませんよ。すぐにですか」

「すぐにだ」

蓮野は身支度をするべく肘掛に両手をかけて立ち上がる。晴海氏は紅茶を飲み干した。

「自動車で行くから用意をしたまえ。外で待っている」

杖をついて氏は出て行った。実に慌ただしい。

蓮野は辞書を鞄に放り込む。

「晴海さんの奥さんはどんな人だったんだね」

　私はインバネスを着ながら答えた。

「さあ、なんというかな。説明がしにくいね。不思議な人だったな。とにかく、あの晴海氏の奥さんとしては相応しいような気がしたがね」

「良くは知らないのかね？」

「そうだね。実のところ会ったのは二回くらいだよ。ただ、言語に関してはちょっとした天才だったらしいね。仏蘭西《フランス》語も出来たし、英語も晴海氏よりよっぽど上手かったらしい」

「へえ」

「あと、そうだ、これは随分珍しいことだろうけれども、奥さんは双子だったんだがね。それで、晴海さんは二度結婚しているんだが」

「それで？　何だい？」

「その最初の奥さんは、昨年亡くなったやよいさんの双子の姉だったんだよ。晴海さん、姉妹の両方と結婚したんだ」

「ほう」

　蓮野は茶色のマントを羽織った。これも私の祖父のものである。用意が整うと、玄関に待たせていた自動車に乗った。

三

麻布の晴海邸は本宅であるが、晴海氏は月に四、五回帰宅するだけだったそうで、殊にやよいさんが亡くなってからはめっきり帰らなくなったという。

晴海商事は横浜にある。その近くに別宅を構えてそちらに寝起きをし、やよいさんの方で通っていくことが多かったそうである。

造りは実に立派である。敷地が千坪ばかりで、生垣に築山《つきやま》まで揃った庭と屋敷で、商売上の成功の割には広くないが、その分造作には疎かにされた所が微塵《みじん》もなく、贅沢の気配の全くしない、美しい静かな屋敷だった。常在している家族は居ないにもかかわらず、女中の手により掃除が隙なく行き届いていた。

晴海氏に、亡くなった奥さんの部屋を案内された。そこは屋敷の一番奥で、十二畳の、あまり日当たりの良くない部屋であった。

「これはすごいな。文学者の書斎ですね」

蓮野は感心した声を上げた。

ガラス戸の大きな書棚が二つあって、和籍漢籍、英仏独、私には何語か分からない本もあった。分類はされておらず、隙間を埋めるようにびっしりと、角はきちんと揃えて仕舞ってある。

「やよいさんが集めたのでしょうね」

「そうだ。数十年がかりだな。それで」

部屋には文机と、鏡台もあって、その引き出しを開けるとどれも書類で埋まっている。晴海氏は開いた引き出しの一番上に載せてあった封筒を取り出した。

「これが一週間ばかり前に届いた。ここにだ」

焦茶色の、上等の封筒である。宛名は、Mme.Harumi となっている。蓮野は受け取ると、中の便箋を取り出した。

それは封筒に比すとそっけないものである。三つ折りにされた洋紙が一枚入っているだけで、大した長文でもない。

「ああ、確かに礼状ですね。簡素なものですね」

叔父マルセル・シャンプランの死去をご報告いたします。叔父が長年の病苦の果てにあまり安らかならざる最期を遂げたことをお知らせせねばならないことをとても残念に思います。

大変失礼ながら私は貴女のことや、叔父といかなる御関係にあったのか、事情を一切存じ上げません。ですが、日本にいる晴海《ハルミ》という御婦人に挨拶と礼を言わずに此の世を去ることは耐え難いのだと、病で言葉を不自由にした叔父のたっての願いでしたから、ともあれお手紙を差し上げます。

叔父は死の間際の不確かな意識の中に、譫言のように貴女への感謝と愛情を呟いていました。私はアジアの事情に明るくありませんから、この手紙の内にご無礼がないかを気掛かりにしています。ともあれ、無事にお手元に渡るよう願っています。

「それだけか」

「それだけですね。あとは署名です」

蓮野は便箋を裏返した。空白である。

晴海氏は、この手紙を、辞書を引いて概ね正しく理解していたらしい。蓮野が読み上げたうちに、別段意外なことはなかったようである。

「この手紙に、心当たりがおありでないということですか？」

「さっきも言ったが、シャンプランという名前は聞いたような聞かんような気がするのだ。儂は異人の名前を憶えるのが苦手だ。それで、その手紙がだな、結局何の話なのだかよく分からんだろうが」

　確かに、そもそも差出人からして、その叔父とやよいさんとの事情をよく知らないらしい。マルセル・シャンプランという人が何かの理由でやよいさんに感謝をしている、というだけである。

「しかしこれ、別に気味の悪い手紙というのでもないですね。何か問題なんですか」

「真っ当な手紙のようだがね。しかし返事を出すべきものか分からんだろうが。向こうはやよいが死んだのを知らんのだろう？

　それに、思い起こせば妙なことがある。やよいは、儂に隠しごとをしていたらしい。やよいが本当に納得ずくでここに嫁いで来たのかも、儂には分からず仕舞いだ」

「はあ。やよいさんは、ご自分の生涯に納得してらっしゃらなかったってことですか？」

そう言うと、晴海氏は私に睨みを利かせた。

「どうだかな。——最初から話さんと分からんな」

晴海氏が語り始めたのは、半世紀余りも遡る昔話だった。氏が青年だった頃から、やよいさんと結婚するに至るまでの事情を、私は初めて聞かされた。

やよいさんは安政元年の生まれである。家は鞍川《くらかわ》と言って、会津《あいづ》藩の家老と血縁があったのだという。

四兄妹で、一番上の兄は健在である。今の鞍川邸は四谷《よつや》にある。長女の、はるみという人は十九の時に事故で亡くなったという。次女であり、やよいさんの双子の姉である、つきよという人と結婚したのは、晴海氏が二十五、つきよさんが十八の時であった。

二人が結婚した経緯は複雑怪奇を極める。実の所、当の晴海氏自身が、何故結婚することになったのだか、確かな訳を知らないのだというのである。

「金が目当てだったのか何だったのか、良く分からんのだ」

氏は晴海商事の二代目で、名は兼明《かねあき》という。辿れば先祖代々太物の問屋であった。一太郎というのが氏の父で、開化と同時に生糸《きいと》貿易に手をつけ、それをまずまず軌道に乗せた。

晴海家と鞍川家の付き合いが起こったのは英吉利《イギリス》人の宣教師の開いた会席であったという。

「銀座大火の前の年だから、明治四年のことだな」

この頃、鞍川家は維新の混乱から立ち直れず、不安定な状態にあった。家柄こそ良いが金満家ではない。一方の晴海家は、将来を買われてはいても、特筆すべき実業家と見做されるまでには至っていない。

鞍川家と晴海家の縁談はかなり真剣に話し合われたのだという。

「お相手はつきよさんですか」

「いや違う。その時はな、——はるみだ」

未だそれほどの資産を築くに至っていなかった晴海家との縁談が順調に進んだのにはやはり複雑な事情があった。

鞍川家の親類に、山名《やまな》という名家がある。

資産家である。当時の当主は反射炉の建設等に関わったり、炭鉱の経営に乗り出したりして成功を収めていた。開化の世にあっては貴賤に構わず生業を以って国を助けるべきと考えていて、家柄と財産に頼って非生産な暮らしをする親類をあまりよく思わなかったそうである。

鞍川家は、この、よく思われなかったうちに入っていた。当時の当主で、はるみさんらの父である鞍川永寿《ながひさ》氏は、真面目でこそあれ、やや臆病で商才に欠けていたという。

一方晴海氏の父は問屋をやっていた頃からその商才を世に知られていた。が、資産は十分でなく、貿易事業を軌道に乗せるのに大変な苦労があった。

それで、晴海と鞍川両家の思惑が一致した。この婚姻が成った時は、山名家からの潤沢な援助が受けられるのであった。

長女のはるみさんとの縁談は、晴海氏曰く当人同士の仲も問題なかったのだそうで、順調ではあったらしい。

「だが、それが実に馬鹿なことで話がうまく運ばなくてだな」

障子の脇の小さな椅子に腰掛けた晴海氏は、部屋の隅を睨みながら呟いた。

蓮野はそちらを向いた。

「名前ですか」

「名前だ」

晴海とはるみ、これらが同音であるのが問題になったというのである。

「はるみは気にしなかったがな。その父母が、自分の名付けた子供になぜお前はハルミなのだと頭を抱えて、儂の親父もハルミ・ハルミなんてのはどうかと思うと真面目腐って悩んでいた」

そればかりが理由とも思えないが、話の行き先ははっきりせず、なんだか沙汰止みになりそうな気配であったという。

そして、ことが決まらないうちに不幸が起こった。

はるみさんが亡くなった。事故である。暴走した馬車に轢かれた。

「酷いものだったな。儂も葬式には行ったが、身体中の骨が粉々だった」

はるみさんの死の直後から、晴海氏の身辺は酷く慌しくなった。

鞍川家が、それじゃあつきよはどうですと、はるみさんの喪の明けきらないうちから申し込んできたのである。それも、はるみさんの時には随分ゆったり構えて、ことによっては話を引っ込めざるを得ないと駆け引きの気配を見せたのに、この時には如何にしてもと何やら必死の形相であったという。

「はるみは死んだ、ではつきよはどうだ、姉妹で見た目も結構似てるだろうと言ってきた。親父がならばと話を決めた」

氏はつきよさんと結婚した。

山名家の援助は莫大であった。この頃の生糸の取引には諸外国との軋轢《あつれき》などから危なっかしさが付き纏っていたが、それを以って晴海氏の父は徐々に商売を大きくしていった。

「つきよとは七年と五月、一緒に暮らしたがね」

晴海氏は座ったまま杖に力を入れて、書棚の脇に立つ私と蓮野を少し見上げている。

「あまり頭は良くなかった。はるみや、やよいの方がよほど利口だったな。ともあれそれだけ無事に暮らした。生糸も売れたがね。しかし」

氏は大きく息を吐いた。我々の方に鋭い視線をくれてから下を向いた。

「儂が三十二の時だがね。うっかりつきよを死なせてしまった。あいつは二十五だったな」

それは、明治十二年の晩秋のことだという。

晴海氏は流感に罹《かか》り、屋敷の自室に伏せっていた。

「重症でな。一週間も寝たきりだった。つきよは看病をしたがった。儂がそんなに長く屋敷に居るのは珍しかったからな。

それがいけなかった。あいつを遠ざけておきさえすれば良かったのだ」

晴海氏が回復するのと入れ違いに、つきよさんは流感に罹ってしまった。

その身を案じていられる時間も長くはなかった。病が嵩《こう》じて数日、つきよさんはあっさり亡くなった。

「あいつの体が弱いことは分かっていたのだ。なのに、そんな馬鹿なことであいつを死なせてしまった。儂が殺したのと変わらん」

この独白には、私も、蓮野も、差し挟む言葉を持ち合わせていなかった。

晴海氏は、前妻の死を昨日のことのように思い返していた。つきよさんを悼《いた》むのは久しぶりではないのが分かった。

「あいつの葬式をやって、儂はしばらく呆けていたがね。呆けているうちに大変なことが起こった」

つきよさんの死を待ち受けていたみたいに、奇妙な事件が発生した。

晴海商事の、手形だの現金だのの資産が纏めて盗まれたのだという。

これらは、横浜の屋敷でつきよさんが管理をしていたのである。当時は会社の警備が不十分で、銀行も信用ならないと考えていたために、貴重なものは宅内に保管することにしていた。それらが急に必要になるために、管理をつきよさんに任せて、時には会社まで持ってこさせたのだそうであった。

「つきよは証券や金を持ち出しやすいようにカーペットバッグに入れて、金庫に収めていたのだが、それを盗まれた。儂が正気の時ならもう少し気をつけたがな。夜中にこじ開けられて無くなっていた」

　取引先の機嫌に左右されるところの多い生糸の取引で、突然に金がなくなったために晴海商事は窮地に陥った。それが、二度目の結婚に繫がるのである。

　急場を凌ぐのに、再び山名家の資産が必要になったのであった。

　そこで、晴海氏の父は、つきよさんの妹の、やよいさんとの結婚を提案した。

「この時はさすがに儂も反対したがね。猛反対した。儂がその双子の姉を死なせたのだからな。それも、また喪が明け切る前からそんな話が起こったのだ。しかし親父は必死だったな。止まらなかった」

　もっとも氏は、この縁談は、父の意思にかかわらず、成立する筈のない縁談だと思っていたそうである。鞍川家がそれを承諾するとは考えにくかった。

　つきよさんの死の二年程前、鞍川家のある分家の後継が絶えた。その遺産を相続して、鞍川家はもはや金に困っていなかった。

　鞍川家では、この上山名家の援助は必要ない。しかも、つきよさんが亡くなった直後で、その経緯は当然先方も承知である。そんな不義理不謹慎なことが通るものか、そんな良識を外れて商売が務まるものか、纏められるものなら纏めてみろ。晴海氏は父に、こう啖呵を切った。

「で、父がどういう手を使ったか全く判らんのだが、話がついてしまった」

　晴海氏にしてみたら、全く意外であった。知らぬ間に、抵抗するには遅すぎるところまで話が進んでいた。それに、どうしても山名家の資産が必要なのは事実であった。

「それでやよいが嫁に来た。それから五年して親父が死んだな」

明治十四年に、生糸の取引所の設立に関して諸外国といざこざがあって以降は、晴海氏は生糸を減らして羊毛や鉄鋼など様々の貿易に手をつける。

政界とは関わりの少ない晴海商事が大きく成功したのにはやよいさんの存在も大きかった。語学の才が活きた。氏の通訳を務めることもしばしばで、やよいさんの交友は広く、晴海氏はその全てを知る訳ではないという。おかげで氏は商機を逃さなかった。以後、地所をあちこちに持ち、ホテル経営をしたりと手を広げて、近頃不況の兆候が見え出したのも氏にはそれほど深刻ではないらしい。

つきよさんも、やよいさんも、体が弱くて子供を産めないと分かっていた。晴海氏は蓄妾家を軽蔑していたから、ついに氏に子供は無い。

氏はきっと身の上話に慣れていないと私は思った。氏にしては不器用な話しぶりだった。だから、話の内に覚えた違和感について、問い質すことを私は躊躇っていた。

晴海氏は畳に膝をつき、文机の引き出しを開いた。黄ばんだ紙束を摑み出した。

見ると、写真である。やよいさんが写っている。一番上のはこの屋敷の縁側で撮られたもので、撮られたのは半年ばかり前だという。写真は捲るほどに遡っていくようである。

晴海氏は、それを机の上にばら撒いていった。蓮野は、興味深げに覗き込む。

「やよいさんは写真がお好きでしたか」

「好きだったかは知らんがな。いや、好きだったのだろうな。十八、九の頃には自分で写真機を扱っていた」

「そりゃ珍しいですね」

「全く珍しいな。そういうことが得手だった。よく、女中に写真機の使い方を教授して撮らせていたな。儂も時々頼まれて撮った。まるで贅沢をしたがらなかったが、写真の機材だけはしょっちゅうせがまれたな」

やよいさんの娯楽は、何よりも、写真を撮ることと、本を読むことだったそうである。

蓮野の側に寄って写真を眺めた。

私の知るやよいさんは、もう六十を過ぎていて、皺の増えた、少し縮んだような姿であったが、写真は数十年分有って、若い頃のも沢山ある。瓜実顔で目が大きい。捲るほどに若くなっていく。晴海氏の話を聞いて、薄幸の人という印象になっていたのだが、写真を見るとどれも笑顔である。

「晴海さんも一緒に写っているのが随分あるじゃないですか」

思わず私は言った。港で汽船を背景にしたのだとか、どこか外国の教会の門前のだとか、やよいさんと晴海氏が並んで撮ったのが多くある。晴海氏がこんな長閑《のどか》な記念撮影に付き合うのが、私は意外だった。

氏はフンと鼻を鳴らした。

「やよいが撮ろうと言ったのだ。ことあるごとに写真機を持ち出したな」

「これら、みなやよいさんなのですよね。つきよさんの写真はあるのですか」

　そういえば、二人は双子なのである。

「あるな。別に仕舞っている。やよいが死ぬ前に、くれぐれもつきよのものを大事にしろとしつこく言ったのだ。どこだろうな。書棚の下を見てみろ」

　晴海氏は、つきよさんの死後、その身辺のものをどうしたものか迷ったが、当人の希望もあり、結局みなやよいさんに引き継いだのだそうで、つきよさんの写真を保管していたのもやよいさんだという。写真に限らず、着物なども大事に取っていたそうである。

　蓮野は書棚の下の引き出しを開けて、無関係の書類を一纏めずつ取り除けていき、やがて、やはり黄ばんだ印画紙の束を取り出した。

　つきよさんの写真で、結婚して後のものである。こちらも年月のまま順番に重ねてある。やよいさんのよりはずっと枚数が少ない。

「よく似てますね」

「双子だから当然よく似ている。写真では区別がつかない。それに、古いものは不鮮明である。

「姉妹どちらも写真をよく撮ったのですね」

「そうだな。つきよの写真はほとんどやよいが撮った。ここに写真機を持って訪ねてきてな」

「へえ？　そうでしたか」

　蓮野は一枚一枚丁寧に改めている。

「――しかし、姉妹で一緒に撮ったものが一枚もありませんね」

「何？　そうか」

晴海氏にもこれは意外だったらしい。

「そういえばそんなものを見た憶えがないな」

これらの写真の原板やフィルムもどこかに保管してある筈だが、すぐには見つからないだろうという。

「何枚か焼き付けて、そんなものは仕舞い込んでしまった筈だ」

「何枚か、ですか」

「そうだ。他はどこにやったか知らないがな」

つきよさんの写真を、蓮野は文机の上にやよいさんのと並べて置いた。

「それから、やよいさんは通訳をなさったのでしたね」

「そうだな」

「通訳として知り合った内に、このマルセル・シャンプランという人があるのではないかとお考えですか」

「いや。それは分からんな。妙なことがあるのだ。この手紙は間違いなく仏蘭西《フランス》発のものなのだがね」

やよいさんは、取引先と知り合って交友を大きく広げ、それが氏の仕事を助けることも多くあったそうなのだが、なぜか、仏蘭西《フランス》人と会うことを嫌がったのだそうである。

「白耳義《ベルギー》にも瑞西《スイス》にも友人がいたが、仏蘭西《フランス》人だとあまり喜ばんのだな。なぜだかさっぱり分からん」

妙な話だ。

「それなのに、手紙は仏蘭西《フランス》からだろうが。無いとも言わんが、仕事で会った内に手紙の主が居たとも思えんな」

「なるほど」

「それから妙なのがだな――」

晴海氏は杖に力を込めて立ち上がった。押し入れを開いて、何か、朱色の物を取り出した。

「これがだな、少し前に届いた。儂に宛てたものだ。誰からだかは判らん」

それは、カーペットバッグである。古いもののようで、持ち手の革はひび割れ、破れかかっている。しかし晴海氏がそれを眺める目つきには、不審がりつつ懐かしむような気配があった。

「それ、もしかしてつきよさんの管理していた鞄ですか」

「そうだ」

鞄は、つきよさんの死後に盗難に遭った、晴海商事の資産を入れていたものなのだそうである。それが、何十年も経った今になって、不明の差出人から送られてきたというのだ。

「金も手形も綺麗さっぱり無くなっている。当然だがな。しかしな、代わりにこれが入っていたのだ」

取り出されたのは、又もや封筒である。ごく普通の茶封筒であった。晴海氏は、中の便箋を蓮野に手渡した。

まことにありがとうございました

これだけである。ありふれた便箋に小さく書かれていて、他に挨拶も署名もない。

「何のことだかさっぱり分からんだろうが。おちょくられているのか？　盗んだ金が役に立った、と言っとるのか」

変事には違いない。これが手紙のマルセル・シャンプランという人と関わりがあるのだかは、全く不明である。ただ、やよいさんの死を待って送られてきたようにも思えるから、どこかに繋がりがあっても不思議はない。

それから、氏は引き出しの書類を幾つか蓮野に見せた。手紙の類であったが、商用の挨拶状とかその下書きとか、当たり障りのないものばかりだという。

「他の書類は確かめられたのですね」

それ以外の細々した書き物などのことである。量が多くて、種々の言語で書かれており、すべて丁寧に検めるのは時間が掛かる。

「簡単に目は通したがね。何の書類かくらいは分かる。別に妙なものも見つけんな」

「やよいさん、日記はつけなかったのですか」

「つけとったが見当たらんな。体を悪くしてからよくこの部屋を引っ掻き回していた。処分したらしいな」

死後に、晴海氏に見られることを避けたかったのか。

日記に限らず、私信は全く残っていないという。

「どういう訳だか知らんがね。結局何も分からんな。君にしてもらうことも無さそうだが――」

気づくと、蓮野は、書棚を開いて何冊かの小説を抜き出し、奥付を確かめていた。

「――どうかしたかね」

「これらの本はやよいさんが集めたのでしたね。小説本が多いですが、晴海さんはお読みになりますか」

「読まんね」

「恋愛小説が多いようですけれども、お嫌いですか」

晴海氏はふむ、と唸って再び障子の側に腰をかけた。

「そもそも恋愛を小説の題材にするのが間違いだ。恋愛というのは、相手を他人と区別することだ。自分のみが愛し愛されるという錯覚を肥大化させる過程が恋愛だ。それは他人の理解を拒むものだ」

「なるほど」

「小説というのは、人に理解されるように書かなければならんものだろうが。だから、恋愛小説には、本当は恋愛など全く書いていないのだ。書いてあるのは恋愛の周辺に転がっている誰にでも理解出来る事象だけだ。その区別がつかずに人生の大問題を論じているみたいに思い込んでいるのであって、そんなのはくだらないことだ。小説の中でも最下等の物だろうな」

はあ、と蓮野はいい加減な返事をして、もう一つの書棚に視線を移した。

「じゃあ探偵小説はどうです。恋愛小説よりかは高級ですか」

そちらの棚には探偵物が多く並んでいるそうである。私には題字すら読めないのが多い。

「探偵小説はそもそも小説ではない。現実から乖離して、しかし非現実に徹するのでもない、奇術まがいで偏執的で、作者の脳内の歪みが読み取れるだけのものだ。

あんなのは精神科医に提出する筈のものが間違って本屋に並んでいるだけだろう。その割に妙に売れるらしいがな」

「お好きではないのですね。なら結構です」

蓮野は本を書棚にしまって、晴海氏に断って煙草入れを出した。これをやろうか、と晴海氏は懐の葉巻を勧めたが、蓮野は断ったので、氏はそのまま火をつけて咥えた。

「それで何だね」

「はあ、まあ、はっきりとは分かりませんね」

蓮野は部屋をぼんやり見回している。

「しかし、仏蘭西《フランス》からの手紙にしろ、今頃になって送られてきたカーペットバッグにしろ、多分気にせずともいいもののような気がします。何の迷惑もかからないと思いますね」

「はっきりせん割に、随分無責任なことを言うな」

「もとより僕は責任が持てません。翻訳をしに来ただけで、責任は誤訳に気をつけるくらいですよ。

どういう考えを以って気にしなくとも良い気がすると言ったかは説明できますが、根拠というほどのものはないのです。特に、この、マルセル・シャンプランという人が誰なのだかは、全くもって分かりません」

「分からずになぜ気にせんでも良いと言う」

「さあ、まあ、せっかく信用出来ない人間の筆頭に選んでいただいたので、少しは信用出来ないところをお見せしないと義理が立たないかなと思ったのです。

時に、このことを、山名さんや、鞍川さんに相談されましたか」

晴海氏は唇をねじ曲げた。

「しとらんね」

「僕の考えでは、マルセル・シャンプランという人を知っている人が、両家にはいるのではないかと思うのですがね。お話をされる気は無かったのですか」

氏は目を細め、蓮野と、それからついでに私を睨みつけた。

「歳を取っても会いたくない人間はいるものだよ。歳を取る程に会いたくなくなる。お互いどうせすぐ死ぬのだからな。そっとして置きたくなるのだ」

「それはとてもよく分かります」

近頃の晴海氏は両家との付き合いは少なく、やよいさんの葬式を最後に、これでもう会わずともよろしいと思った所だったのだそうである。

「僕の考えは、根拠に著しく欠けますから、このままお話しする気にはならないんですが、しかし、両家に話を聞けば、筋の通った説明が出来そうなのですがね」

「ふん」

氏は額に手を当てて考えた。

「僕と井口君とだけで話を聞いてきてもいいのですが。それだと会って貰えないかな？」

「いや会えるだろうな。山名君なぞは隠居で暇にしている」

氏がそう言うと、蓮野は私を見た。

「ああ、うん、行くのか？」

山名邸も鞍川邸も、ここからさして遠くはない。それでいて付き合いが疎遠になっていくのだから、余計に重苦しい。

「会うのなら山名君だけにしておけ。出来るのならな」

晴海氏は、鞍川氏を殊更に遠慮しているようである。鞍川家には、亡くなった三姉妹の兄が健在だという。やはり晴海氏には、彼女達が辿った生涯に責任を感じる所があるようであった。

「はあ、山名さんの方を先にします。それで済んだらそのまま戻ってきますよ」

晴海氏の表情は依然険しい。蓮野が言葉を加えた。

「さっきも言いましたが、別にわざわざ確かめるべきでないことかもしれませんよ」

「それこそ君が責任を持つことではないな。儂には知りたくないことなどは無いのだ。会いたくないのは、何かを知りたくないのではない」

「やよいさんのことも、もうお亡くなりなので、そっとしておこうという気はおありでないのですね」

「それとこれとは話が違う。彼らと会いたくないのは未来の話で、やよいのことは過去の話だろうが。歳を取れば、どうせ最後には全て過去なのだ。それを疎かにしてどうする。元より人生は後悔で出来ているものだ」

全くですねと言って、蓮野は廊下に出て空模様を確かめた。

マントを着て鞄を持ち、部屋を出ようという時に、思い出したみたいに蓮野は言った。

「そういえば、やよいさんは、晴海さんが、ご自身がつきよさんの死に責任がおありだと考えている、ということを承知でしたか」

「分かり易く言え。やよいは、儂がつきよを死なせたことを知っていたかというのだろうが」

「僕には、晴海さんが死なせたかどうかは分かりません」

フンと鼻を鳴らして、氏は答えた。

「知っていたさ。儂が流感をうつしたことは、鞍川の所のみなが承知だった」

「そうですか。それから、多分、昔の鞍川家の事情をいろいろ尋ねてくることになります。晴海さんの話にも触れることになりますがよろしいのでしょうね」

晴海氏は大きく、はあっ、と叱声《しっせい》だかため息だかわからないのを漏らした。

「――勝手にしたまえ」

私たちは氏を残して、玄関を出た。

四

徒歩で二十分も掛からなかった。

聞いていた通り山名氏は在宅で、女中に名を告げると不審がりもせず取り次いでくれた。

山名氏は、背格好は晴海氏と似ているが、歳は一回りほど若い。頭髪は薄くなっている。それでも晴海氏よりは健康そうに見える。

井口と名乗ると、即座に、ああ聞いている、と返事が返ってきて、大いに面食らった。

「はあ、え？　どうしてご存知です」

「やよいさんがだねえ、画家の君を売り込みに来たことがあるのだよ。晴海さんの代わりに宣伝に回っていたのでね。肖像画でも描かせないかとだね。うん、井口君、やよいさんのご葬儀には出たのかね？　君はきちんと感謝せねばなるまいね」

知らなかった。生前のやよいさんに会った時にも、そんな話は一切聞かなかった。

晴海商事が鞍川家を通して出資を受けていたのは、先代の頃である。山名家がやっていた鉱業会社は、晴海氏が買収したのだそうで、当代の山名氏は、もう事業には関わりがないのだという。

客間に通された。座卓を挟んで私と蓮野は正座した。

「君は絵のことで来たのかね？　いや、違うか。何だろうね？」

蓮野は来意を告げた。晴海氏のところに旧知らしい人の甥から手紙が来て、返事を書きたいが、相手のことが分からない。氏に代わって事情を聞きに来たのだと言った。

　山名氏は、ああ、と得心した。晴海氏がなぜ自分でこなかったのか、その理由は訊かない。不思議ではないようである。

　蓮野がマルセル・シャンプランという名を出さないうちに、山名氏は話を始めた。

「きっと、昔のことが聞きたいのだろうね？　最近の話なら、わざわざ私には聞かんだろうからね。いつ頃のことだね？」

「晴海さんが、つきよさんと結婚される以前のお話です。はるみさんとのことなどですね。山名さんがどれだけ事情をご承知かは知りませんが」

「よく知っているよ。又聞きのことも多いのだがねえ。私が十五、六の頃だろう。しかしよく憶えている」

「それは良かった」

「晴海さんが、そもそも、鞍川のはるみさんと恋仲だった話は聞いたのかね」

　山名氏はこちらの話を最後まで聞かない。先回りして話す。

「聞かんだろうな！　多分、晴海さんは言わなかったろうね」

「恋仲というのは？」

　蓮野が訊く。

「だから、恋仲だね。好き合っていたのだ。宣教師の会席で会ってだね、それから幾度か二人で会っていたそうでね。それで、これは偶々両家に好都合な婚姻で、反対する理由も無かったんだが

「――」

私も、晴海氏の話を聞くうちに何となく想像の及んだことである。氏が語った内の、なんだか前後のよく分からなかった辺りに説明がつく。両者の姓と名が同音なのが問題だというなら、なぜ最初からつきよさんとの話が出なかったのか。はるみさんが駄目ならつきよさんを、と話が運ばなかったのか？

「しかし、その縁談は、どうもあまり雲行きの良くないことになってだね。それで、手紙が来たんだったな。誰からなのだね？」

蓮野が、差出人はステファン・シャンプランという人で、その叔父のマルセル・シャンプラン氏の死と謝意を伝えるものであったことを説明した。

山名氏は記憶を辿っているようであった。やがて目を丸くして、ああ、と声を上げた後、再び怪訝な表情に戻った。

「うむ、聞き憶えがある。多分間違い無いと思うが、それはね、仏蘭西《フランス》人の絹糸《けんし》商の名前だ。そう、確かに、晴海さんがつきよさんと結婚する少し前に、鞍川さんの所と付き合いがあった筈だ。私の父も会っているな。

いや、しかしだね、シャンプラン氏から手紙が来たかね。今頃ねえ。妙だな」

「妙とは？」

「それがだね、妙だ。シャンプランという人は、先代の鞍川氏が、開化の記念に洋服でも作ろうかという時に見知った人でね。言葉が互いに不自由だから、それなりの付き合いだったんだろうがね。よくまあ手紙なんぞ来たものだね」

どういうことです、と私は口を挟んだ。

「それがね、その、シャンプランという人は、日本で大怪我をして、仏蘭西《フランス》に帰国したのだ。ほら、銀座の大火事の時だ。

明治五年だろうね？　ちょうどはるみさんと父君と、シャンプラン氏が一緒だったのだ。はぐれて、火の中に取り残されそうになっていたはるみさんをシャンプラン氏が探してきて、逃げてきたのだが――、シャンプラン氏は屋根瓦の崩れたのに当たって、下半身が不随状態になってしまったのだよ。それから間も無く帰国した筈だ。

そういう訳だから、再び日本を訪れたとかいう話も聞かんね。その後会うことも無かったろうが、なぜ今頃お礼を言われたろうかね」

今頃、というのは確かに不思議である。

シャンプラン氏の正体は分かったが、その付き合いは、私が思っていたよりもずっと古かった。しかも、はるみさんを火事から救ったというのだ。

「やよいさんはシャンプラン氏と会っているのですか？」

蓮野は訊く。確かに、その人がどうしてやよいさんに礼を言うのかは分からない。

「さあ、知らないがね。まあ二、三度は会っていてもおかしくないな」

いずれ、半世紀も昔のことなのである。

「そう、鞍川家の人達はだね、どうも、シャンプラン氏のことを話題にすることを嫌がっていたのじゃないかね。心が痛む話だったのだろうからね。私の父がそのことを話に出すと、先代の鞍川さんが後ろめたそうにしたから、私も憶えている。

そういえば、晴海さんはシャンプラン氏と顔を合わせている筈なのだがね。憶えていなかったのか」

「異人の名前は憶えられないと仰ってましたね」

「そうかね。いや、そもそも名前は聞いとらんかったかもしれんな。晴海さんとはるみさんの二人がこっそり会っとるのが知れて、一悶着あってから、誰も困らんじゃないか、お互いそれがいいじゃないか、と縁談が出来た頃だがね。

私も居合わせた。この家でのことなのだよ。鞍川のはるみさんと、晴海さんとがちょうど揃っていて、で、留守の鞍川さんを訪ねたシャンプラン氏が、ここを教えられてやってきたのだ。

随分和やかで、楽しげだったな。春だったしなあ。シャンプラン氏は無口な人だったが、はるみさんが、結婚するかもしれないと話すのを笑顔で聞いとった。シャンプラン氏は障碍を負う。火事の一週間ばかり前だよ。思えば随分いろんな不幸が続けて起こったものだね」

シャンプラン氏は障碍を負う。そして、縁談は怪しくなった。

「はるみさんとの話が流れそうだったというのは、本当に名前のことだけが原因なのですか」

「ああ、それも聞いていないのかね？　もしかして晴海さんは知らんのか？　名前が問題になったのは本当だが、他にも理由はあるのだね。やよいさんは体が弱くて、子供をもうけるのは難しいと言われていたんだが」

　それは聞いている。

「はるみさんもそうだったのだね。鞍川家の娘さんはみんなそうだった。そりゃいかんと、先代の鞍川さんも晴海さんも大いに考え込んだ。

　今になってみれば、この縁談は是非に成しておくべきだったんじゃないか。どうせ晴海さんは子供を持たなかったのだからな。さっさと結婚していれば、どこでどう暮らすことになっていたのだかは知らんが、まあとにかく別の所に居て、馬車に轢かれなきゃならんことはなかった筈だろう」

　山名氏は眼鏡を外して、眉間を親指で押さえた。

「やよいさんは可哀想だ。いや、そりゃ鞍川の姉妹はみんな可哀想だ。はるみさんなんかもう少しで幸せになろうかという時に若くして死んでしまったし、つきよさんだって――

　実の姉の恋人に、その姉がいなくなったから代わりに嫁がせるなんてだね、無茶だろう。そんなやり方がいつまでも通用するものかね。今度は、つきよさんは、嫁いだせいで亡くなってしまっただろう。やることと為すことどうしてこうも間が悪いのだろうね。

　それで、やよいさんだ。つきよさんが死んで、じゃあ残ったやよいさんだと、私の父は、どうも帝国の将来は随分憂えていたがね、どうも、あんまり身近のことは分からなかったのだな。そりゃ晴海商事は、国に大いに益したろうがね。だから、他人の娘三人を、大砲の弾を補充するみたいにそこに充てがって、当然と思っていたんだな。

　やよいさんもそれとついに添い遂げて見せたがね、どんな気持ちだったろうね、私は分からないよ――」

話が長引きそうと見たか、蓮野は質問を挟んだ。

「無論先代の鞍川さんも納得ずくだったのですね。晴海さんの後妻にやよいさんがなることに」

「それはそうだ。なんだろうね？　それまでやよいさんにはさっぱり縁談が来なかったようだが、いや、来てたのか知らんが――、纏まらないのは子供が出来ない為だったかな。それで、どこでもいいからくれてやろうと思ったのだろうかね。鞍川さん、他じゃ真面目で何ごとにも義理堅かったんだが、自分の娘にだけは酷いのじゃないかね」

山名氏は、座卓に頬杖をついてため息を漏らした。

会ったこともなく、顔すら知らない人だが、確かに、義理堅いという鞍川氏の考えることは何やら分からない。

「晴海さんもね、正直、私には何を考えているか分からんね。人をこれだけの不幸に巻き込んでおいて、あまり平気な顔をしすぎてやしないかね」

しばし、重苦しい沈黙があった。

「――君たちは何を聞きに来たのだったかね」

「今伺ったようなことです。知りたかったことはみんな教えていただきました」

私がちらりと時計を見たのに山名氏は気づいた。

「帰るかね」

「ええ、これでお暇します。どうも突然に失礼しました」

蓮野はそう言って立ち上がったので、私も倣った。

「ああ、それと、シャンプランさんから手紙が来たことは、さしあたり鞍川さんには内密にしておいて頂けますか。晴海さんからお話しするべきことかもしれません」

「ああ、分かっとるよ。言わんよ」

「それから、鞍川さんのご姉妹は、きっと仲がよろしかったのでしょうね」

「うむ？　よかった。三人ともね。それはもうよかったさ」

山名氏は座ったまま、精々晴海さんによろしく伝えてくれ、とこちらに声を掛けた。

五

「鞍川家には行かないのだね」

「行かない。晴海さんに説明出来るだけのことは知ったし、行っても多分藪蛇だ」

私にはよく分からなかったが、蓮野によると、手紙の意味ははっきりしたらしい。

「やよいさんという人は、可哀想だったのかい」

蓮野は、短軀《たんく》の私を見下ろすようにして言った。

「そんなの当人じゃなきゃ分からないよ」

「そりゃそうだが、君はどう思った」

最後にやよいさんと会った時のことを私は思い返した。去年の九月、亡くなる一月ばかり前である。　晴海氏に、要らない燭台をくれてやるから取りに来いと言われて、麻布の屋敷を訪ねたのである。

——こちらへお越しなさいな。

——はあ。

——ああちょっとあなた。

廊下を歩いている所を、布団から半身を起こしたやよいさんに呼び止められた。

八畳の和室で、書棚の部屋ではない。玄関に近い、もっと日当たりの良い部屋である。夕方前のことで、陽の光は障子に当たるだけで部屋の奥までは届かない。床を延べて、枕頭に本が数冊と、それから写真機が置いてあった。

——私はお手紙を書きたいのですけれどね、万年筆を使いたいの。奥の部屋にあるのよ。

——ええ、そうですか。

——兼明さんはね、そんなの体に障るから駄目だって決めつけるの。だからこっそり書いているの。しょっちゅうお見舞いに来るのよ。

やよいさんは微笑んでいた。六十を過ぎているのだし、病気で体が思うようにならないのは素振りで明らかだったのだが、声が不思議に若い。

——だから、自分で取りに行こうと思っていたの。でも、大変なのよ。あなた、探してきてくれないかしら。

私は従った。奥の部屋の文机から万年筆をとって、やよいさんに届けた。

——ありがとうね。

——いえ、どうも。

——そうあなた、あなたね、兼明さんが亡くなる時はね、いろんな人たちのことを、ちゃんとするように手伝ってあげてね。

——は？　はあ。

——あんなになんでもよく出来る人なのに、そういうことが大事だって分からないのね。不思議ねえ。

今思えば、やよいさんは、私が氏の後援を受けている画家であることを承知で話していたのである。それと知らなかったが為に、私は戸惑った受け答えをしていたのであった。

一月ののち、容体を急に悪くしてやよいさんは亡くなる。

やよいさんに、辛労辛苦の跡は歴然としていた。それが報われたのかは分からない。

「しかし、可哀想だったろうかなあ。気安く同情してはいけないような気がしたな」

「そうか」

晴海氏の屋敷まであと二町ばかりのところまで来ていた。それきり蓮野は喋らなかったので、私はなんとなくやよいさんの記憶を反復していた。その光景を振り返ると、うすぼんやりことの真相が見えるような、見えないようなもどかしさを覚えた。

六

麻布の屋敷に戻って、女中に言われ奥の間に入ってみると、晴海氏は座ったまま居眠りをしていた。私たちの気配に、何でもなかったみたいに目を開けた。

「山名君は何か言っとったか」

「晴海さんに宜しくということでした」

フン、とだけ氏が答える。

「マルセル・シャンプランさんのことが分かったのでお話しします。必要だとお考えなら、返事を書くのをお手伝いします」

シャンプラン氏が、銀座の大火の中ではるみさんを助けて怪我を負った仏蘭西《フランス》人の絹糸商であることを蓮野は告げた。

半世紀前の恋人に纏わる話に、晴海氏は驚いた様子だった。

「では、この手紙はどういうことだ。助けた方のシャンプラン氏が何に感謝していたのだ？」

「一口には説明できないのです。最初からお話ししますが、この話には、鞍川家のご姉妹みなと、それに先代と当代の鞍川さんも関わっているのでしょうね。晴海さんにも大いに関わりがあります」

部屋の隅に蓮野は晴海氏と向かい合って立った。

「シャンプランさんは、はるみさんと、晴海さんのことを喜んでいたようですね。山名さんの邸宅で、晴海さんもお会いしているというのですが、ご記憶ですか」

「憶えている。そうかね。あれがシャンプランという人かね」

氏の憶えているシャンプラン氏は、背広をきちんと着た長身の青年で、あまり喋らず静かに笑っていたそうである。

「そのシャンプランさんははるみさんを助けて不随の体になり、帰国します。鞍川さんはとても心を痛めていたそうです。更に、助けられたはるみさんも、事故で亡くなってしまいました」

「そうだな」

「大変な不幸です。もちろん鞍川さんにも晴海さんにもです。そして、鞍川さんは真面目な方だったそうですから、何よりシャンプランさんに申し訳が立たないと思ったのでしょう。シャンプランさんに、体の自由を犠牲にして助けてもらった娘を亡くしてしまったのです。到底そのまま済ますわけにはいかないと――」

晴海氏が目を見開いて、白髪の頭を持ち上げた。氏はことの真相に思い至ったらしい。

「はるみさんと、つきよさんたちは顔立ちがよく似ていたそうですね。それに、明治の初め頃はまだ、写真を鮮明に撮るのは難しかったでしょう？」

蓮野は言葉を切った。私も、彼の言うことを理解した。

鞍川一家は、シャンプラン氏が、自らを犠牲にしてはるみさんを救ったことを、なんとしても無駄にするまいとしたのだ。

「だから、つきよさんと晴海さんの縁談は急がれたのですね。つきよさんは、亡くなったはるみさんに代わってその人生を生きたのです。

一方で、やよいさんは、語学が得手でしたから、手紙を書くことと、写真を撮る役目を負ったのでしょう」

つきよさんが存命の頃、やよいさんがよく写真機を携えて会いに来たという。そして、晴海氏とその妻が暮らす姿を撮ったのである。

つきよさんとやよいさんを一緒に写した写真は残っていない。はるみさんを演じているのだから、それは無いのが当然だった。

「七年の後、つきよさんも亡くなってしまいます。すると今度は、双子の妹の、やよいさんの番となったのです。やよいさんが、つきよさんに代わってはるみさんを演じることになった。

つきよさんの死後の、晴海商事の資産の盗難事件の犯人は、やよいさんでしょうね。よく家に出入りしていたのですし、つきよさんから金庫のことについてもいろいろ聞くことが出来たでしょう。

この時、晴海商事は資金難に陥る必要があったのですね。やよいさんは、何としても晴海さんと結婚しなければならなかったのです」

その結果、晴海商事は再び山名氏を頼らねばならなくなり、氏の父が、鞍川家に縁談の談判に行くことになったのである。そしてそれはあっさり成った。

「その後もやよいさんは、今度は自分の写真を撮って、手紙を書き続けたのでしょう。仏蘭西《フランス》の人とは会いたくなかったのだそうですね。恐らく、やよいという晴海商事の社長夫人と出会った、とかいう話が、何かの拍子にシャンプラン氏に伝わってしまわないかが不安だったのでしょう。

シャンプラン氏は、はるみさんからの写真と手紙を楽しみにしていたのでしょう。そうして残りの人生を暮らしたのでしょうね」

そして、最期に、はるみさんにお礼を残して亡くなったのだ。

「つきよさんのカーペットバッグが送られてきたことですが、送り主は、多分当代の鞍川さんだと思いますね。やよいさんが託したのでしょう。つきよさんの遺品を大事にするよう言っておられたのでしょう？　晴海さんが持っているべきとお考えだったのでしょうね」

まことにありがとうございました、の文面が添えられていたのである。

「それから、鞄の中身の財産がどこに行ったかなんですが」

蓮野が書棚の方に歩み寄ったので、シャンプラン氏の手紙に目を落としていた晴海氏が再び顔を上げた。

「僕も小説はさっぱり読みませんから、詳しいことは分かりませんが、ここに収まっているのが、どれも初版本ばかりなのです。やよいさんは異国の人と付き合いが多かったのでしょう？　そういった人から買い入れたのでしょうね」

「稀覯本《きこう》か」

晴海氏は、書棚を開いて何冊かを抜き出し、中をパラパラと眺めた。

「そうではないかと思います。金庫の中身で買ったのでしょう。やよいさんにしたら、返すに返せないお金ですからね。こういう本を集めたのは、まあお好きだったんでしょうが、多分、現金のままにしておくよりは良かった筈ですよ。貨幣の価値は不安定でしたし、あの頃の紙幣は失効しましたしね。

晴海さんはこの手の小説がお嫌いですので気づきません。本にしておけば、こっそりと、しかし価値を落とさず資産を残しておけるということでしょう」

「ふん。そうか」

晴海氏は本を書棚に戻した。

「やよいは、儂からは隠しておきたかったのだな」

「そのようですね。そして、シャンプランさんよりも長生きするおつもりだったのでしょうね」

結局、やよいさんの病の方が一足早く、二人は相次いで亡くなったのだ。

「何としてもやよいの手に渡らんといかんものだったな」

仏蘭西《フランス》からの手紙を見つめる晴海氏は言った。やよいさんが、姉妹と一緒に一生をかけて取り組んだ仕事を無事に成したと知ることはなかった。

晴海氏とやよいさんの心情は推し量り難い。私の想像を超えている。晴海氏は、恋人の妹と訳の分からないまま結婚し、しかもそれを殺してしまったと思っていて、やよいさんの方は、亡くなった二人の姉に代わって、晴海氏に気付かれぬよう、その姉の幸福を、数十年に亘って仏蘭西《フランス》に伝え続けたのである。

本当に幸福でなくてそんなことが続けられるか、とも思う。

「やよいは何か君に喋ったことがあるかね」

晴海氏は私に訊いた。

「つきよのことなどだ。何か言わなかったか」

何も聞かない。そう答えた。

そうか、と氏は黙った。

つきよさんが流行り病に罹ったことを、やよいさんは恨んでいたのだろうか。心中に蟠《わだかま》る何かはあったかもしれない。だとしても、それを晴海氏には完璧に隠しおおせていたのだろう。

ざっと見回す限り、やよいさんの部屋には、心の痕跡は何も残っていなかった。一切を綺麗に整えて、やよいさんはこの世を去っていった。

やがて、晴海氏はぼそりと言った。

「まあ、君らに訊いても仕方があるまいな。君らに儂とやよいのことは分からん」

「やよいさんがシャンプラン氏に向けて書いていたもののようです。絶筆ですね」

蓮野はそれをちらりと確かめて、また折りたたんで晴海氏に差し出した。

便箋である。三つ折りにしてある。

右端から本を取り出した。三巻本である。ブロンテの『Jane Eyre』であった。一冊ずつパラパラと検めて、三冊目から蓮野が白いものを抜き出した。

晴海氏もそう言う。蓮野は書棚を見回した。

「そんな気がするな」

「くすんだ茶色の本じゃなかったかな？　背表紙に金の横文字が入ってたと思う」

表題も作者名も見なかった。

「そうですか。すると晴海さん、それか井口君、やよいさんが亡くなる前に読んでいた本がどんなのだったか憶えていますか」

「見んね」

「なら投函されずじまいなのかな。書きさしの便箋も見ませんか」

「何？　聞かんな。一月前か？　あいつはろくに動けなかった筈だがな」

「そういえば、井口君によると、やよいさんは亡くなる一月くらい前に手紙を書いてらしたそうなのです。女中さんが、その投函を言いつかったということはありませんか」

蓮野は書棚を眺める。

「そうですね」

晴海氏は受け取らない。

「君読みたまえ」

「よろしいんですか？」

蓮野は私に目配せをし、便箋を開いた。

どうしていらっしゃいますか。病は不幸にして膏肓《こうこう》で、もしかすると次のお便りは出来ないかもしれません。床についてから、障子に陽の光が差すのが不思議に楽しみになりました。それから、何だか耳が良くなったような気がします。雨音とか、鳥の声だとか、一つ一つ初めて聞くみたいに聞こえます。病気になると、みなさんそうなるのでしょうか。

夫は何度も何度も見舞いに来ます。それで、来るのにずっと黙っているんです。私もあんまりしゃべりませんから、この家はずっと静かです。私は夫よりも長生きをしなければいけないと絶えず思っていたのですけれど、果たせないのが残念です。でも、それでよかったのかしらと思うこともあります。きっと、お互いを亡くして耐えられるのは、私でなくて夫なのです。

もちろん、夜などに、突風が吹くみたいに悲しくなることはありますけど、死を近くにして、ハルミは、不思議に楽しく暮らしています。――

光川丸の妖しい晩餐

一

照江《てるえ》は、司厨室に戻ろうとしてしばらく人気の無い船内を迷った。細い通路を行きつ戻りつして、やがて辿りついたそこでは、室に立ち込めた湯気が廊下に漏れ出していた。

室内は、石油ランプを四つも点け、手元が狂わないよう明るくしてあった。

コックは調理器具を念入りに煮沸消毒していた。戸口の照江はためらってから、あの、と声を掛けた。

コックは気づかない。気おじして喉が詰まるが、気を取り直し、改めて声を張り上げた。

「あの、すみません」

「なんだ?」

振り向いたコックは日焼けした体格のいい男で、調理服を着ていなければ漁師に見えそうである。声が不機嫌でないのに照江は少し安心した。

「お紅茶を持ってくるように言いつかったんですけど、どうしたらよろしいでしょう?　こちらにございますか」

コックは、隣の食料庫の戸棚と、調理台の薬罐《やかん》を指差した。

「それ使ってやってくれ」

それきり彼自身の作業に戻ってしまった。

食料庫に通じる扉は、コックが何度も往復するので開け放されている。戸惑いながらもそちらに入ると、照江は戸棚を開いた。一番上の段には、未使用の罐やその蓋が沢山押し込まれていた。二段目を開けると、饐えた匂いに茶葉の香りが混ざっている。大小様々の箱が押し込められていて、いくつかは転がり落ちそうになっていた。戸棚は、細かく仕切りを入れて航海の揺れに備えてあったのだが、壊れて普通の棚と変わらない作りになっている。照江は茶葉らしいラベルのついたものを三つ抜き出して扉を閉じた。

どれも紅茶のようだが、ラベルが横文字で照江には読めない。コックに訊きたいが、忙しそうである。一番香りの強いのに決め、右手に持って司厨室に戻った。

普段は数十人以上の食事を作るのだから、司厨室はかなり広い。水は、甲板のタンクに入っているものが総てで、使いすぎるなと言われている。

流し場には、幾片かに切り分けられた、大きな肉塊が置かれていた。血抜きが不十分なようで、金属製の盆に血がなみなみ溜まっている。見たところ、牛や豚の肉と大して変わりはしないが、それでも気味が悪いと思った。

コンロは一口しかなく、今はコックが鍋に湯を沸かしているから、照江は調理台のアルコールランプに薬罐をかけた。

ランプの炎は小さく、沸くまで時間が掛かる。

それを待つ間に、照江は再び食料庫に入って、屈み込むと、床にいるものを眺めた。

リクガメである。ホシガメだという。一尺を超える大きさで、端材を組んで作られた三尺四方ばかりの木枠に囲われている。

亀は三十歳くらいだと聞いた。照江と同い年である。ノブ子という名前で、眠そうにしている。航海士が、物珍しさに印度《インド》から連れてきたのである。

湯を沸かして注ぐまで、自分の作法に文句をつけられないか、故もなく緊張した。コックは幾度か照江に視線を向けたが、注意は受けなかった。それでも、なるべく急いで紅茶とカップを盆に載せた。邪魔にならないようにと思って、食料庫の扉から通路に出た。それを要求した代議士の居る一等航海士室へ向かう。

階段は狭い。足元は地上より覚束ない。着物の裾がもつれて歩きにくい。船に着いてまだ一時間も経たない。が、照江の不安と憂鬱は時間と共に大きくなる。

二

光川丸《みつかわまる》は総トン数一万余りの大型貨物船である。四日前の三月三十日、東京湾の沖を航行中に、光川丸は機関に不具合を生じ、航行不能に陥った。

印度《インド》の孟買《ボンベイ》からの不定期航路を帰る中途であった。木材や、鉄屑を積載している。陽東海運《ようとうかいうん》という船会社の持ち船で、一月ほど前に出港し、横浜に向かっていた。

船は春の強風に煽られ、一時は危険な状態にあったが、現在は沖合三粁《キロ》余りに錨を下し、安定して停泊している。

　陸地が近い故に救難には心配がなかったが、海上で修繕が出来るものでもなく、港まで動かす必要がある。しかし、曳航《えいこう》の手配に面倒があって、光川丸はもう四日に及んで寄る辺なく海上に停泊しているのであった。

　数十名の船員が乗務していたが、船長一人を残し、全員が端艇《たんてい》を使って陸に引き上げている。これは船員の希望でもあったが、陽東海運社長の指示でもあった。

　社長は広川浩太郎《ひろかわこうたろう》という。この措置は彼の趣味に関わりがある。猟奇趣味である。五年前、彼は、懇意であった子爵《ししゃく》と結託して、或る秘密倶楽部を起こした。

　その倶楽部は黒鳥会《こくちょうかい》と名付けられて、最初は妊婦にストリップをさせたりしていたが、やがて貧家の少女を集めて乱行を行うまでになった。

　そもそも、社長の広川氏は一介の船成金に過ぎないというのが世間の評判で、事実、少し前まで彼は唯の小金持ちに過ぎなかった。戦争の間に、本人も何だか分からないままそれが数十倍になったのであって、氏の風貌や物腰に成金以上の評判を立てるような大人物の特徴は無い。

　これを、他人以上に広川氏本人が気にしている。

　その引け目が卑屈な方に作用して始められたのがこの倶楽部で、ただ金を持っているに過ぎないという劣等感を悪趣味によって払拭しようとしたのである。西洋の悪魔崇拝などから着想を得た節がある。

　これは危険な催しだった。ある時、連れて来られた少女が告発を試みて、それを金を使ってなんとか封じた。以降、広川氏は倶楽部の方針を転換した。

近頃はもっぱら食にこだわるようになった。東西の著名な料理人が来日するとそれを呼び出して晩餐をする、珍味を取り寄せて賞翫する、そういう会になっている。

広川氏はなるべくそれに悪趣味な趣向を加えることを常にしていた。

この秘密倶楽部との関わりで、光川丸の事故は、商売上のみの問題では済まなかったのである。

広川氏は、印度《インド》から帰る光川丸に、食材を積むよう指示していた。

その食材というのがとんでもないものであった。虎である。

虎は二頭いた。どちらも生きたまま運んでいた。船尾側と船首側の倉庫に分けて、それぞれ檻に入れ置かれていた。

故障船を港に運ぶのには時間が要る。動物の管理は難しい。

そこで広川氏は、黒鳥会の会合を、洋上の光川丸にて開くことにしたのである。客とコックをヨットで運んで、そこで調理をさせて晩餐会を開く。

これは名案だと思われた。ちょうど趣向が尽きてきた頃であったし、無人の貨物船であれば会に必要な妖しさを十分に備えている。いつも人目を憚るのに使っている空き家や地下室よりよほど広い。

コックは今朝のうちに、雇った漁師によって船まで運ばれた。その時に、晩餐を行うのに必要なあれこれを一緒に運んできた。食材や、それから船の調理器は電気と蒸気によるもので使用できないため、わざわざ石油コンロを持ち込んだのである。

虎は、二頭のうち一頭が、照江たちが来る前にコックによって解体された。今、彼はその調理に取り掛かっている。

広川氏を含む九名の客と照江はヨットに乗って、今日の夕方五時頃、海上の光川丸に到着した。

照江は二年前から陽東海運で掃除婦をしている。

その前は、或る華族家で女中をしていたが、窓を立て続けに二枚割って暇を出された。もう、住み込みの女中仕事はしたくないと思って、新聞広告で見た陽東海運の勤めを始めた。

体力を要するものの、大雑把な仕事でも文句を言われなかったので、掃除婦は性に合っていたが、彼女はひょんなことから広川氏に見込まれてしまった。

氏が社長室で、机に春画や写真を広げて妙な振る舞いに及んでいるところを目撃したのである。言いふらす気も無かったが、黙っていたまえよと口止めされて、以来、なぜだか広川氏は、私事に照江を連れ回すようになった。

一種の照れ隠しだと照江は思っている。氏の奇人ぶり奸人ぶりを示すことによって威厳を示そうという、そういう心理であると考えている。

ともあれ、黒鳥会で給仕をさせられるようになった。給料は上がった。不愉快であれ、これまで直接的な被害を被ったわけでもない。だが、今回の光川丸の集会は照江の我慢をいよいよ限界にしようとしていた。

光川丸は三島《さんとう》型の船で、上甲板《かんぱん》に三つの構築物がある。船首側には船首楼《ろう》、中ほどには船橋楼、船尾には船尾楼である。その間に、貨物倉が口を開けている。船員の生活に関わる部屋の多くは船橋楼にあって、照江もここにいる。

司厨室がある上甲板は、言わば一階にあたる。ここから階段を降りると、第二甲板、第三甲板があり、船底に至る。地下三階建のような構造である。

照江は船橋楼の階段を二つ上がって、端艇甲板まで登ってきた。左手の石油ランプを床に下ろして、一等航海士室の扉を叩く。

入りたまえと言われるが、ドアノブのバネが硬くて片手では開かない。まごまごしているうちに、内から扉が開いた。

開けたのは丸眼鏡を掛けた四十くらいの小柄な男で、平井《ひらい》という。開業医を名乗っていたと思う。彼は面白くもなさそうに照江を見て、彼女を通すため身を引いた。

「どうも申し訳ございません。うまく回せませんで。紅茶を持って参りました」

詫びて、奥の小さなテーブルに盆を置いた。

その奥に座るもう一人の短髪で大柄な男、こちらは照江もよく知っている。

代議士の黒山幹雄《くろやまみきお》である。新聞でしばしば写真を見る。

半年ほど前、会の席に初めて彼が現れたときには照江も大いに驚いた。こんなところに顔を出す人物だとは想像だにしなかった。会を面白がっている風でもないので、広川氏との金銭の関係でやむなく出席しているのではないかと照江は思っている。

二人の間にはチェス盤が置いてあった。平井は椅子に掛け直して、盤に視線を落とす。照江が室を引き上げようとすると、黒山代議士に声をかけられた。

「まだしばらく掛かろうな？　いつ支度ができるのかね？」

照江は知らない。聞かされてもいない。司厨室では、調理は始まってもいなかった。

「きっとまだ幾時間かお待ちいただくのじゃないかと思います。訊いてまいりますか？」

「いや構わん。ふん、そうかね」

用が済むと、照江はそそくさと室を出た。


客たちは、船のあちこちで寛ぎつつ、虎肉の晩餐の支度が整うのを待っている。

彼らに不便のないよう雑事をこなせと照江は言いつけられている。仕事を探しに、彼女は船内を巡る。

階段を降り、上甲板に戻ってきた。通路を奥に向かって、サロンに入る。

サロンは広く、上級船員の食堂を兼ねている。十坪ばかりはある。散らかっていて、テーブルは染みだらけで汚い。壁には不揃いの棚がいい加減に並べられていて、それに汚れたままの食器が詰め込まれているのが、ガラス扉に透けている。

テーブルには、石油ランプが二つ置いてあった。二人の人物が明かりに照らされ、向かい合わせに座っている。

一人は、帽子を被り、袖章付の紺色の服を着ている。西田《にしだ》という、光川丸の船長である。もう一人は、照江の主人の広川氏であった。

西田船長は、広川氏に雇われる立場にあるが、私事においても交流があって、照江は過去の黒鳥会の席でも船長を何度か見たことがある。それに、広川氏が、俺はあいつに金を貸しているのだと威張るのを日頃から聞いている。

二人は、船の食料についての相談をしていた。

「もう、殆ど食べ物は残っていません。今日持ってきたのは、晩餐の分だけなんですね？」

「悪いね。話の行き違いだ。君の食料は置いてきてしまった。でも、西田も気が滅入るのじゃないか？　今日の会が終わったら、陸に帰るかね？」

「いやしかし、舷燈《げんとう》の管理なんかがありますから、留守には出来ません。食料は改めて手配していただけますか」

「そうか？　なら、そうしよう」

黒鳥会の集会の準備が取り計らわれた時に、船長は食料の準備を依頼していたのである。光川丸では、航海中に管理を誤って食材を腐敗させてしまっていた。これは船員の脱出措置がとられた一因でもある。船長は一人船に残って保守管理をしていたが、いよいよ食料は尽き掛けていた。

夕方、照江たちは黒山代議士の操船するヨットで船に乗り付けた。その時に持って来ればよかったのだが、話が行き違った、こう広川氏は言うのである。

黒鳥会に引っ張り出されるようになって以来、照江は氏を観察する機会を多く持って、彼が、実業家でも資産家でもなく、正に成金と呼ばれるべき特徴を備えていることを知った。

元より金は才覚で稼いだのではないが、稼ぐに限らず金の使い方もよく知らないように見える。

それも金を運用することが下手とか、金の価値を知らないというのでもなくて、金に限らず、この世のものの価値の一切がわかっていないのではないかと思うような所がある。

自宅の隣にもう一軒全く同じ作りのを建てて威張って見たり、靴を運んでもらった女中に百円札をくれてやったりとかするが、どうにもぎこちない。

彼は放埒《ほうらつ》、遊蕩《ゆうとう》をしようとしているのである。それすら上手くない。

外見がどうにもそれにそぐわない。整っているではなく、どちらかというと醜怪で、それも怪物的な醜怪さでなく、ただ紙箱がひしゃげたように醜怪である。

遊蕩者の凄味を持っていないのである。畏敬《いけい》するに足らない。

不快ではあれ、別に恐ろしくはない。思えば、内心うっすらと軽蔑を感じていられることが心地よくて、照江はこの倶楽部の給仕役に甘んじていたようである。

照江はサロンの片付けを命じられた。晩餐はここで行うらしい。床に転がっていた酒瓶や皿を一《ひと》所《ところ》に纏める仕事をした。

機関が止まっているために、電気が使えないのである。照明は石油ランプと懐中電燈で、足元は暗い。うっかりすると、空き瓶などを蹴飛ばす。

「おい、そうだ。南《みなみ》君が煙草が欲しいと言っていたぞ」

片付けが済んだ時、広川社長は、照江にぞんざいに言った。

「はい。南さんは、どちらにおいでです？」

「知らん。探してみろ」

照江はゴールデンバットの箱を取り、サロンを出た。

南という客は、雑誌編集者だと聞いている。黒鳥会においては新顔の部類である。

照江は上甲板を、船尾側へと向かった。通路を行くと、喫煙室から話し声がしていた。扉は開いている。

覗くと、三人の青年がいた。テーブルの奥の方に二人、手前に一人が座っている。南は居なかった。

「あの、南さんをお見かけじゃないですか？」

手前の青年は、話しかける前から照江に注意を向けていた。声を聞いて、後ろの二人も振り向いた。

「十分くらい前に食堂に出入りしてましたね。それからは見ません」

青年はそう答えた。

喫煙室の向かいは、下級船員用の食堂である。サロンが散らかっていたので、夕方、船についた時、客はまず荷物をそこに降ろした。

立ち去ろうとしたら、奥の青年に、テーブルを拭いてくれと言われた。照江は従う。

奥の青年の一人は、やや背の低い無精髭の男で、多分会では初顔である。和装で、照江同様、急な階段を歩きにくそうにしている。

もう一人は以前に会で見た憶えがある。確か大月という名である。派手な洋服を着ていて、始終酒を飲んでいた。照江はなんだかこの男に色目を使われている気がしている。二人はどうやら画家である。

大月は、掃除をする照江に構わず、無精髭の男に話をした。

「井口、君は今日の客に顔を売っとかなくていいのか？　仕事を貰えるかもしれんぜ」

「いや、別にいいかな。向こうは僕を買ってる訳でもないだろうに、図々しくしたくない。大体、黒鳥会の人に顔を売って、何かいいことがあるのか？」

「何とも言えない。黒山代議士は、芸術に関してはゾウリムシと変わらないと思う。倉西子爵は、絵は好きだが、金は全然持ってない。広川社長は分からんものを分かる振りするから注意しろ。他の人たちは知らない」

「そんなのに顔売ってどうしろって言うんだ」

「でも向こうだって顔が広いから、媚びとけば井口にも何かあるかもしれないぜ？」

無精髭の青年は、井口というらしい。

彼は呆れ顔で、大月に問う。

「しかし君、どういう訳で広川さんのお気に召したんだ。君こそ、全然顔を売る気があるようには見えなかったがな」

「ああ、広川氏はね、どうやら晴海社長とコネを作りたいんだな。ただまあ、晴海社長はああいう人で、案外会うのが難しいから、俺を懐柔して渡りをつけようというつもりだったんだ。

だけど、会わせられないな。広川氏、ありゃ器が小さいぜ？　初めて会った時だ。俺に『おい大月君、誰にも言わんでくれよ、実は、私はな、亜墨利加《アメリカ》の製鉄会社の社長の家に招かれた時、女性の更衣室に間違えて入ってしまって、そしたらそこの娘に子供扱いされて、ズロースを被せられて笑って追い出された――』とか、そんな話をするんだ。その程度の打明け話で人と打ち解けようというんだ。ケチにも程がある」

「え？　その話そんなに安いか？」

「いや安い！　俺ならそんなのいくらでもある。話にならない。俺が、仏蘭西《フランス》で、パーティーで踊ってる最中に便意を堪え損ねた話で返り討ちにしてやろうかと思った」

大月という男は、照江が広川氏の使用人であることは承知の筈にもかかわらず、その前で堂々と主人の悪口を言う。

照江の心中は複雑である。普通なら雇い主の悪口は気分が悪い。しかし、大月の言うことは照江の思っていたことでもあって、反感は持ちにくい。

「この会にしても、昔はこんなに爺むさくなかったらしいんだがな。若い女をたくさん集めて、さあ悪魔の宴だと思ったら、広川氏、周りに人が大勢いると緊張しちゃってダメなんだそうだ。倉西子爵が言ってた」

「ふうん」

井口は、もしかしたら照江が広川氏に使われていることを忘れているかもしれない。

彼は、何か考えてから喋り始めた。

「例えばだけどもね、二年くらい前に知り合った弁護士で、僕の絵を見るなり、玄関に飾るのに良さそうだな、と言った人がいるんだけどもね。広川氏もそんなことを言いそうな人ってことか？」

「ものすごく言いそうだな」

「じゃあやっぱり売り込むのはよすよ」

「それ、そんなに嫌か？」

「嫌だな。芸術というのは、全く無意味でいて、なお価値があるべきものだ。

僕は、一切の実用性を離れて、それで且つ価値のあるものを創ろうとしている訳だよ。だが、その弁護士が僕の絵を一目見るなり気にしたことというのは、その絵が玄関に程よく収まるかとか、客に見られた時、家主の趣味をどう思われるかっていうことだ。絵を見るなり、いきなりその実用性を問題にしているんだ。

これは、職人が丹精込めて作った硯を見て、文鎮にするのに良さそうですな、とか言うようなものだろう。失礼だ」

「そう弁護士に言ったのか？　井口は。面倒な奴だな」

「君がそれを言うか？　そりゃ大月は、玄関に飾るのに良くない絵ばっかり描いているから構わないだろうけどもね。

言わないよ。絶対言わないが、でもそう思ってるよ。とにかく、芸術は本質的に無意味であるべきものだ。無意味であることに意味があるよ。建築みたいに、実用性と芸術性がせめぎ合っているものもあるけどもね」

「じゃあ料理はどうだ？」

「え？」

「料理は芸術か？　精力がつくって話か？　それに、折角なのに面白い調理をするわけでもないみたいだな。煮たり焼いたりだ。期待してたんだがな！　別に芸術的な料理じゃなさそうだ」

広川氏の話題に気を取られて、わざとノロノロとテーブルを拭いて聞き耳を立てていたが、話が不毛になってきた。室を去ることにする。

「南さんを見かけたら、お話ししたいことがあると伝えてもらえますか」

出る間際に、二人から離れて座っていた青年にそう声を掛けられた。

彼は井口と大月よりも背が高く、黒い蝶ネクタイの夜会服をきちんと着ていた。美青年である。


南氏を捜さねばならない。

客はあと三人いる。子爵の倉西《くらにし》氏に、ダンサーの茅野《かやの》ミヤ子《こ》、それから南氏である。みな、船内を好き勝手にうろついているようで、どこにいるのだか分からない。

一時間ばかり前、ヨットで光川丸に乗り付け、食堂に荷物を降ろしてから、船長に船内を一通り案内されている。先着して作業をしていたコックを除いて、全員が船尾楼から機関室、船首楼まで見て回った。いくつかの部屋を除いて、どこにどう出入りしても構わないということになっている。

手近な船室を片端から覗いていくが、見当たらない。左舷側から外甲板に出た。

陽はもう落ちていて、薄明も終わっている。生暖かい風が吹き付けて、足元が僅かに傾いでいる。満月を迎えた明るい月があるが、雲に見え隠れして足が縺れる心地がする。

右舷側の甲板の上に置かれた石油ランプの灯りが見えた。それを挟んで、人影が二つ、船尾の方を見つめて立っている。

暗い船上で、照江は人影を見つける度にビクリとする。姿の見分けづらいランプの明かりが不気味である。そうでなくても、客の多くはそれなりの地位を持った人物であり、顔を合わせる前に気構えが必要になる。

照江は、甲板上の二人が倉西子爵とダンサーのミヤ子であると見分けて、少し腰が引けた。

向こうも照江の持つ明かりに気づいたらしいので、出直す訳にもいかない。

「あの、どうも、お楽しみ中に申し訳ございませんけれど」

声を掛けつつ近づいた。

「南さんをお見かけになりませんでしょうか？　お煙草をお届けするように申しつかったのですけれど」

照江が二人を見つけた時、会話は止まっていた。表情が見えるくらいまで近づいてみると、倉西子爵は、邪魔が入った苦々しさを隠そうとしていた。

「南さん？　居たわね」

答えたのはミヤ子である。

「その辺をうろうろして、こっちを窺ってるみたいだったわ。ねえ？」

倉西氏は、うん、そうだな、と照江を見もせず言う。

「そうでしょ？　その辺りよ」

ミヤ子は身を乗り出して、上甲板の、第二倉口の右舷側を指差す。

「あの、いつぐらいです？」

「え？　六時くらいじゃないかしら？」

三十分も前である。それならもう、どこに行ったか分からない。ミヤ子はもう一度上甲板を見回すようにした。

「はあどうも、それでは捜してみます。失礼しました」

立ち去ろうとすると、ミヤ子に呼び止められた。

「あ！　ちょっと、あんた、なんで南さん捜してるの？」

お煙草をお届けするよう申しつかったのです、と再び言った。

「それ、きっと急ぎで欲しいのじゃないのよ。来る時、南さんがほまれの箱を持ってるのをあたし見たわよ。たぶん、切らすと嫌だから頼んでるだけなのよ」

「はあ、そうでしたか――」

「あたし、コーヒーが欲しいのよ。カップに入れてここに持ってきてくれる？　それから何かお菓子。倉西さんもお上りになるわよね？」

「うん、そうだな。もらおう」

「でも、やっぱりもう中に入ろうかしらね？　あんた忙しいんでしょ？　わざわざ持ってきてもらうの悪いわねえ」

そう言いながら、ミヤ子は露骨に倉西氏の反応を窺っている。

「いや、もう少しいてもいいのじゃないか？　寒いかね？　うん――」

倉西氏は四十過ぎである。むしろ倉西氏の方が、襟を合わせて寒そうにしていた。

「でも空が綺麗よねえ。もう少し見ていたいわ。あたし、星が好きなのよね。ねえ、悪いけどやっぱり持ってきてちょうだい。お願いね」

ミヤ子は再び倉西氏に視線を送る。

結局、照江は南氏の捜索を中断して、コーヒーを淹れに行くことになった。


倉西氏とミヤ子の間に如何なる種類の話し合いがなされていたのだかは、概ね想像がつく。

倉西氏は子爵だが職は無い。東京横浜に土地を持っていて、それで生活している。気品の中に生活無能力者の雰囲気を湛えた人物で、女性にまつわるあれこれが小さく新聞に出ているのを照江も見た憶えがある。広川社長は、それを手本にしようとしているのか、ことあるごとに彼を招いて、子爵の方でも喜んで応じる。会を起こしたのも広川氏と彼である。

倉西氏とミヤ子が同席することは以前にも幾度かあった。そこで氏は、自分の歳の半分にも満たないミヤ子に目をつけたらしいのである。

ミヤ子の方では、単に面白がって氏をからかっているのか、それとも真剣に駆け引きをしているのか、照江には判断が出来ない。いずれこのダンサーはひどく度胸が据わったものだと半ば呆れ、半ば感心している。

コーヒーには手間取った。豆の挽き方が分からず無愛想なコックに方法を訊いた。遅いのでミヤ子が司厨室に様子を見に来た。ミヤ子はすでに子爵と別れて一人だった。

コーヒーを淹れてから、食堂の片付けをしていないことを思い出した。

ヨットで船に着いてから、船長に船内を案内される前に、客は食堂に荷物を降ろして寛いだ。その時に茶と菓子を出したが、それに使ったカートを室内に置きっ放しにしている。

食堂前の喫煙室を通りかかると、長身の青年はさっきと同じ姿勢のままで通路に視線を向けていた。

クッキーの罐と水差しは食堂に残した。カートを司厨室まで押していった。船は安定していて、勝手に転がる心配はなかった。流し場に食器を下ろすと、カートは隣の配膳室に戻した。

済むと、照江は再び南氏を捜しにかかった。

ミヤ子の話では、急いで煙草を届ける必要はないのだが、それにしてもまるで姿を見せないのが少々気がかりである。

南氏は最近になって黒鳥会に出入りするようになった人物である。

なにやら下品な雑誌の編集者だと聞いた。会とは関係がないが、近頃広川氏が増やした妾は彼の仲介らしい。

一人で人捜しをする照江を、心細さと、得体の知れない焦燥が追い立てる。

広川氏や客の不徳ぶりには、今更けちをつける気はない。

照江は政府官僚の家の次女に生まれた。十六の時に大学生の子供を身籠って、闇医者の世話になり、その後、外聞が悪いと言って勘当されたのである。以来、下働きをして暮らさねばならなくなった。

どちらかでいい。どうせ勘当をするのなら、堕胎などさせなくて良かった筈である。

その時の背徳的な恐ろしさを思い返すと、照江は広川氏らのやっていることに正義感が働かなかった。今度の食事会は、税関や検疫を誤魔化すことになるのだから、いくらか法律違反をしていることにはなるが、照江はさして気にかけてはいない。

厭なのはそういうことではない。怖いのである。

船内が暗いのも、狭くて天井が低いのも怖い。外甲板から見渡す、夜の、波こそないが何の目標もない、先の知れない海も恐ろしい。月明かりで色合いのはっきりしない船の無機質な不気味さも厭である。

怖がりなのである。

今日の会はいつまで続くか？　夜半を過ぎるか、それとも泊まる気か。

照江は聞かされていない。とにかく、まだこれからしばらくを、気味の悪い光川丸で過ごさねばならない。恐怖と、理由の定まらない後悔が心の中にジリジリ膨らんで行く。

船橋楼付近は機関室までみな調べた。南氏はいない。

こうなると、外甲板に出て、船首楼と船尾楼を見に行くよりない。そのどちらかにいるとしか考えられない。

気重の度合いが増して行く。厭で仕方がない。陸が恋しい。

外甲板に出た照江は、左舷側を、倉口の脇を通って船首の方に向かう。

船尾側は意図して後回しにしたのである。そこには、照江をもっとも酷く怯えさせるものがいる。生きた虎である。

船首と船尾の倉庫に、二頭の虎はそれぞれ入れられていた。船首の虎は解体されたが、船尾のはまだ元気である。

それはただ元気ばかりではなく、管理に重大な問題が生じていた。

印度《インド》にて、虎は特注の木製の檻に入れられた。これは、船倉に入れてしまうと世話が難しいために、それらを手近な倉庫に納めねばならなかったゆえである。

船内の扉を通る大きさの檻が必要だったので、広川氏はわざわざ造らせた。檻は南洋の堅い木材で造られている。二頭いるから二台である。

広川氏が、虎を晩餐に供することを思い立ってから、現地の者に指示を送るのには暇が無く、虎の入手は船の出港にかろうじて間に合った。よって、輸送に使われる檻は急造であった。

船が故障し、強風に煽られた後のこと。船員が、船尾楼の倉庫の扉の小窓を覗き込んで、虎を収めた檻が破損しているのを発見した。

倉庫内には鉄棚が多く置かれていた。壁に固定されていたのだが、船が大きく揺れた時にそれが外れたのである。倒れた鉄棚が檻に衝突し、急造のそれは壊れた。

船の誰にも為す術はない。ピストルは用意がなかったし、あっても急所を外せばこちらに危害が及ぶ。

以来、倉庫の扉は施錠され、虎は放置されている。

二時間ばかり前、案内を受けた時に、照江はその部屋を覗かされた。虎は倉庫の中を悠々と闊歩している。倉庫内には、その左隣の部屋に通じる扉がついていて、虎は二部屋を自由に行き来しているのである。

照江は船の造りに信用が置けない。二つの倉庫を繋ぐ扉は本当なら閉まっていたのだと西田船長は言っていた。扉の金具は虎の攻撃によって破損したのかもしれない。そうでなくても、分別の無さそうな客が大勢いるのだから、誰かがこれを機会にと派手な騒ぎを起こすべく扉を開放しないか不安である。

見慣れぬ薄暗い船上の景色が、照江の恐怖を煽り立てる。

ここは外界と隔絶されている。どんなに現実離れしたことが起こっても許されそうな気がする。

やがて照江の連想は、東京を騒がせる猟奇殺人に繋がった。昨年の十一月から十二月にかけて、空き家で何人もの若い女性の惨殺屍体が見つかる事件が相次いだ。

どうしてそんな事件を思い出したのだろう？　屍体は解体され、一部の肉が持ち去られていたという。虎の肉という非日常的な晩餐を控えているせいで、そんな新聞記事の記憶が不意に蘇ったのだ。無心になろうと努めながら、照江は船首側に歩を進めた。

船首楼にやってきた。船首楼甲板を見上げても、明かりはない。人は居ないようだが、照江は念のためにと思って、上甲板から急な階段を上がった。

手摺《てすり》に沿って歩いた。甲板上には、最前案内された時に、船長が、これがフェアリーダーだとか、ウインドラスだとか、ボラードだとか説明した機具が並んでいる。ウインドラスが、錨《いかり》を巻き上げるものらしいのは分かるが、他のものが何なのだか照江は知らない。

半ばまで進んで、ここに南氏は居ないと見極めて引き返した。船首楼甲板は怖い。真っ黒い海面が遥か眼下に広がっている。

居ないとなると、船首楼の中に入らなければならない。ここにも怖いものがあるのだが――

そう思って、船尾側を振り返った時、妙なものが目に入った。

それは第一倉口の陰にあった。来る時には死角になっていたところである。

ちょうど月が厚い雲に入ってしまった。ランプの灯りが届かず、何だかは分からない。歪な輪郭を持った物体である。そこにあるべきでない物なのは明らかだった。

確かめずにもおけない。ランプを持って階段を降りる。

間近に近寄ってから、ひょいとその物体を照らした。

気構えの遑《いとま》もなく、全容が目に入ってしまった。

頭を船尾側に向けている。縮れた髪と、少し鰓《えら》の張った頬、太めの眉、厚めの唇――、南氏の屍体である。

顔は歪んで、首には絞められた跡がある。腕を縮めて胸の前に曲げ、甲虫の死骸を思い起こさせる。殺害されたのは明らかである。

屍体には、殺されたに止まらない異変があった。下半身の衣服は切り裂かれていた。そして、右脚の太腿から、臀部《でんぶ》にかけての肉が、ごっそりと抉《えぐ》られたようになっていた。斧か何かを打ち付けて肉を断ったのか、断面は平坦ではない。血が甲板に付かないようにか、切られた腿の下のところに氏の革のジャケットが敷いてあった。

胴体には、錆びた針金で大きな金梃《かなてこ》が巻き付けられている。

ようやく照江は悲鳴をあげた。背後に飛びのいて、ランプを取り落とす。体の重心を失って転倒した。

幸いランプは壊れなかった。それを摑んで、よろめきながら立ち上がって辺りを見回した。うまく足を運べず、幾度も転んだ。手摺に縋って、甲板を船橋楼へなんとか進んだ。

どうするべきか？　無論誰かに知らせるしかない。誰に知らせるか？　広川氏である。

慌てながらも照江の頭は働いている。ともあれこれは広川氏の主宰する会で、コックを除いて他は客である。照江が誰かれ構わず捕まえて、人が死んでいると騒ぎ立てるのはまずい。

人殺しである。そういう作法に構っている時ではないか？　だが、照江は誰を信用していいか分からない。客の誰にもそこまでの馴染みはない。それに、誰かが、あれをやったのだ。誰かが、南氏を殺した。

やはり広川氏に知らせるよりない。船橋楼までたどり着いた時、そう考えが定まった。サロンに氏はいなかった。どこに行ったか分からないが、とりあえず階段を上がる。

途中、倉西子爵とすれ違った。照江は降りてきた子爵に驚いて、飛び退いた。小さくひい、と悲鳴をあげて、階段を落ちそうになった。

「なんだ？　馬鹿に怖がるな」

子爵は皮肉に笑った。

船橋楼をあちこち探して、事務員室に広川氏は居た。一人である。

「あの、あの、大変なんです。南さんが――」

「なんだ？　どうした」

広川氏は、薄笑いを浮かべてデスクの脇に立っている。

「南さんが、亡くなってるんです。誰かに殺されたみたいで――」

氏の笑みが消えた。彼は顔を顰める。

「なんだ？　何を言っている？」

「ですから、あの、あっちの所で、南さんが殺されているんです――」

照江は船首楼の方向を指差した。

広川氏は、なんでそんな、とかどんな訳で、とかブツブツ言いながらも、確かめに行く気勢を見せた。照江は退いて氏を先に通した。

階段を上甲板に降り、氏は早足に船首楼の方へ向かう。照江はなんとかついて行く。少し頼もしさを覚えるのが癪である。

船首楼に近づくと、照江は異変に気付いた。あら——？

広川氏と照江は第一倉口右舷側まで来た。

「どこだ」

屍体は無くなっていた。

あったのだ。照江はそう主張した。本当はここにあったのだと、その場に大きく腕で円を描いた。

「無いじゃないか。何だと言うんだ？　揶揄《からか》っているつもりか」

どうしたのか？　動かされたのである。どこかに——

照江はランプを振って辺りを見回した。無論その辺に放り出してある訳はない。が、ランプを前に掲げた時、手摺のある一点が目に入った。

「ほら、これ、きっとこれです。さっきまではそこにあったんです。きっとここから投げ出されたんです——」

屍体があった近くの手摺に、血痕があった。さっきもあったのだかは分からないが、新しそうに見える。

広川氏は、それを見ても驚かなかった。ちらりと血痕に目をやって、身を乗り出して海面を眺めた。

無論そこには何もない。屍体は沈んでいる筈である。

「虎の血じゃないのか？　誰かが手にでも付けて、ここを触ったんだろう」

船首楼の方に目をやりながら広川氏は言った。

「変なことを騒ぎ立てるなよ。客が大勢いるのだ――」

三

照江は船橋楼への入り口近くに一人取り残され、呆然としていた。

見間違いの訳は無い。屍体は絶対に有った。それが消えていた。

南氏を殺した人物が始末したに決まっている。照江は犯人と行き違ったことになる。

誰が犯人か？　無論その人物はこの船の中にいる。

広川氏は、屍体を見つけたという訴えを真面目に取り上げなかった。

馬鹿なことを言うなと叱りつけながらも、南氏の姿をもう一時間以上も見かけないのが妙であるのは認めた。氏はそのことを西田船長に伝えた。

船長は船内を捜索しようとしたが、しかし彼が、上甲板の第三倉口近くに用意してあった小さなボートが紛失していることを指摘して、それはあっさり取り止めになってしまった。

ボートは、万が一脱出しなければならなくなった場合に備え、船長が自身の為に置いていたものだった。南氏は、急用を思いついたか、何らかの理由で、一人船を出て陸に帰ったのだろう。こう結論が出てしまったのである。虎を目前にして怖気付いたのじゃないか？　広川氏は、照江を見ながら妙に満足そうに言った。

いくらか違法であるところのこの集会にて殺人事件が発生したとなると、広川氏の立場は実に危ないのである。故に氏は、屍体が見つかっているでもないのに、船内で人殺しがあったという訴えを受け入れる気がないのだ。

実際、それは照江一人の証言に過ぎないのである。広川氏は、彼女が氏の思惑通り船内の不気味さに恐慌をきたしたことに内心ほくそ笑むような、一方で照江が氏を担ごうとしてそんな話を持ち出したのではないかと疑うような、しかしそれにしては照江の狼狽が真に迫っていると訝るような、どっちつかずの様子であった。

照江の考えは纏まらない。

船のタラップには、照江たちが乗ってきたヨットが舫ってある。

もしもヨットの操帆《そうはん》ができるのなら、仕事など放っぽり出して、自分だけでも陸に逃げ帰りたいのだ。そんなことは無理だから、船に居残るよりないのは間違いない。

広川氏は、照江に、くれぐれも客に妙なことを触れ回るなと厳命した。氏に逆らって、客の誰かに殺人犯の存在を告発するか？

やはりそれは難しい。危険なのである。

告発をして、相手がそれを真面目に受け取らなかったら、そしてそれが殺人犯の耳に入ってしまったら、犯人は見つからないまま、ただ自分の身を危なくする。まかり間違えば、犯人を相手に告発をしてしまうかもしれない。広川氏の口止めが無くたって、迂闊に照江の見たことを口にする訳にはいかないのである。

いや、そんなことをしなくたって、自分は既に極めて危険な立場にいる。彼女はそう思い至った。

照江は、殺人犯が被害者の屍体を処分しようという時に行き当たってしまったのである。犯人にしてみれば、この屍体を海に投棄して、それで隠蔽は完了だというところだったのだろう。そこに照江がやってきたため、屍体を捨て置いて一旦その場を離れねばならなくなった。あの状況が起こるには、それ以外に説明は無さそうである。

だとすれば、当然犯人は照江が屍体を発見したことを知っている。何もしなくたって、照江は今にも犯人に口封じのため殺されるかもしれないのだ。

不意に、声と足音がした。複数人である。照江は思わず倉口の陰に屈んで身を隠した。

——どうしたんだろうな！　南先生、どこにも居ないぜ。

——さあ、何か調べてるんじゃないのか？

二人とも少し声を落としてくれ、ともう一つの声が言った。

どうやら大月と井口、それともう一人の青年である。船尾楼の側からやってくる。

照江は迷った。彼らは犯人らしくは見えない。だが、三人がかりで襲われれば抗いようはない。身を隠すか、姿を現すか、決断する間もなく照江は見つかってしまった。

見つけたのは、照江が名前を知らない、夜会服の青年であった。彼がランプを振った際に、背中に光が当たったのである。照江はそこを死角と思い込んでいた。

「どうしましたか」

穏やかな声である。照江はどうにもならず体を起こして、灯りの方を向いた。三人が近寄ってくる。

「何でそんなところに屈んでいるんです？」

「いえ、ちょっと、その――」

言い訳など思いつかないし、何を言い訳していいか分からない。言葉に詰まっている照江の顔を正面に、長身の青年は言葉を続けた。

「時に、南さんを見かけませんか」

その名前を聞き、照江の頭は混乱を極めた。胸のあたりで腕を細かく振りながら口を無様に動かした。

狼狽を表す照江の顔を覗き込んでいた青年は、言葉を継いだ。

「我々は彼に用があるのです。話のできる機会を待っていたのですがね、暫く見当たらないでしょう？　あなたは南さんを捜していたんじゃないですか」

依然黙っている照江を、青年は鋭い目つきで見た。

「何かありましたか」

照江は青年の顔を見返した。

実は彼が犯人で、こういう話をして、照江の反応を窺っているのか？　照江が屍体を目撃したのを犯人が知っているのは確かだと思う。彼が犯人なら、そんなことをする意味はない。これらの質問は、彼が真実照江に問いたいことの筈である。

この美青年は到底犯罪者には見えない。それに、いずれにしろ照江は、誰かを信用しなければならないのである。でなければ身を守ることは出来ないだろう。

問題は、照江の話を彼らが信用するかである。照江は探るように話し始めた。

「実は、見つけたのですけど、その、私は確かに見たのですけど――」

殺されていたのだと告げた。後ろの二人は表情を変えたが、夜会服の青年は落ち着いている。照江は話を続けた。

間違いなく屍体はあったし、南氏だった。広川氏を連れてきてみれば、消えていたのである。広川氏は端からそれを信じようとしない。

話が進むにつれ、青年は表情を険しくしていった。手摺の血痕の話をしようとする前に、彼は照江を遮った。

「ちょっと待ってください。――ねえ、大月君」

「何だ？」

後ろの派手な服の男が返事をする。

「ここに来た時、南さんは鞄を持っていただろう？　食堂の椅子の上に置いた筈だ」

「え？　そうだったかな」

大月という男は間抜けにポカンと口を開けた。

「君、悪いが、念のため食堂にそれがあるかどうか確かめて来てくれないか。僕は無かったと思う。食堂の、椅子の上だけでなく部屋中をだ。大勢でぞろぞろ見に行くのも良くない。もし他の場所に置いたと思うのならそこも捜して欲しい。

それから、さっき、この照江さんが食堂から持ち出したカートがあるだろう？ それにブリキの大きな箱が載せてあったと思う。それの中も見てきてくれ。急いでくれた方がいいな。井口君、君も一緒に行ってくれ。あんまり不自然に振る舞うなよ」

四

夜会服の青年は、蓮野というそうである。彼に、現場から離れた方がいいと言われ、二人で船尾側のデリックの近くに移動した。

「照江さんは、南さんのことをどれだけご存知です？」

「はい。雑誌を作ってる方だとかおっしゃいましたけど」

『ふおびあ』とかいういかがわしい雑誌だそうである。広川氏から聞いた。南氏とは、茶を持っていくだとかコートを掛けるだとか、そんな時に二言三言言葉を交わしただけで、個人的なことは本人からは何も聞かない。

「井口君たちが戻って来てからお話ししますが、彼は色々の秘密を持っていたらしいのです。——おや」

左舷側に人影が現れ、蓮野は目を凝らした。

大月たちが帰って来たようである。蓮野は姿を現して、ところを知らせた。二人が近寄ってくる。

「おい、鞄は無かったよ。食堂のどこにも無い。カートのブリキの箱も空だったぜ？」

井口は息を弾ませている。

「そうか。うん、――まずいかな」

「おい蓮野君。君、何を考えているのか良く分からないね。確かに南君が殺されたと思っているのか？」

大月は首を伸ばして照江の顔を不躾に眺める。

「まあ、嘘を吐きそうじゃないな。この女中も」

「その人は照江さんだよ。大月君、南さんがいつ殺されてもおかしくないのは君も分かってるだろう？」

「え？　ありゃ本当だったのか」

「本当だろう。僕はそう思った。それで、問題は鞄だよ」

照江には話がよく分からない。蓮野は彼女に向き直った。

「照江さんのおっしゃった話は、普通なら、照江さんの人格と関係なく、そのまま信用してもらえるとは限らないことでしょうね。広川さんに限らず、この船の客は信じたがらないでしょう」

それは間違いない。

「ですが、我々はいくつか、照江さんの話の裏付けになる事実を知っています。まず、鞄のことです。南さんが、大きな書類鞄を持ち込んでいたことを憶えていますか？」

憶えている。茶色がかって留め金具の少し錆びたものであった。

「我々は着いてすぐ、荷物を降ろして、それから西田さんに案内を受けたでしょう？　僕が憶えている限り、南さんはその時鞄を食堂の椅子の上に置いた筈です」

「僕もそう思うよ。椅子に置いていた」

井口が同意する。蓮野は肯く。

「まあ、二人掛かりでこう主張している訳です。案内が終わってからは各自好き勝手に過ごしていましたから、誰がどこに居たのだか、南さんがどうしていたのだかは分からない。しかし、僕と井口君と大月君は、食堂の向かいにある喫煙室に陣取っていました。

で、僕は、大月君と井口君の会話が難解すぎてよく分からなかったので、部屋の外に注意を向けていたのです。食堂には客の多くが出入りしましたが、しかし南さんの出入りは一度だけでした。

その時彼は鞄を持っていなかった。

それでね、その後南さんが一向に現れないのがおかしいと僕らも思って、ちょっと捜してみようとなったのですが、その前にちらりと食堂を覗いたのです。

南さんの鞄は、椅子の上には在りませんでした」

「え？　その時にか。確かなのか」

井口が言う。

「確かだよ。間違いなく椅子の上には無かった。それでも念のため、君たちに見に行ってもらったんだ。一度だけ出入りした南さんは、鞄を持っていなかった。しかし、鞄は無くなっている。つまり――」

南氏でない誰かが、氏の鞄を持ち出したのである。

犯人に決まっている。南氏が何らかの事情で船を去ったと思わせるには、氏の鞄を残しておく訳にはいかない。

「鞄が無くなっているのは、照江さんの見たことと辻褄が合います。それからもう一つ、南さんには込み入った事情がありました。実はね、彼は雑誌編集者ではないのです。ええとね、大月君」

促され、大月は説明を始めた。

「あ？　うん。彼はね、まあ似たような職業なんだが、新聞記者だったんだ。で、色々の事件を嗅ぎ回って、あちこち怪しい所に出入りしていたらしい。『ふおびあ』とか言う雑誌をやってるのは彼の友人で、自分の職業を隠す際に、そいつの身分を借りることにしていたそうだね」

大月はひょんなことからそれを知ることになった。

「彼、仏文科を出て新聞記者になったらしいんだが、そういう奴がよく格好つけて仏蘭西語《フランス》で手帳に書き付けたりするだろ？　で、誰にも分からんだろうと高を括ってテーブルに放り出していたことがあったんだ。

俺がそれをパラパラ捲っていたら、南君が血相変えてやってきて、ねえ君読めるのか、どこまで読んだ、くれぐれも人に言ってくれるなよ、実は俺は――、と、訊きもしないのに話し出した」

曰く、南氏は、なにやら重大な事件の犯人を追って黒鳥会に出入りしているのだという。

「猟奇殺人だ、くれぐれも口外するな、邪魔もしてくれるな、頼む、って言われたな」

で、大月は友人の井口に大喜びでその話をした。

「丁度井口君の身辺にちょっとした問題があって、その南さんという人に役に立つことを教えてもらえるかもしれないということになったので、僕らは大月君に口を利いて貰ってやってきたのです」

大月は、子爵の倉西氏に絵を褒められたことがあって、その縁で黒鳥会に出入りしているのだそうである。

「それでね、その、南さんの調べていた事件というのが問題なのですよ。大月君、手帳に何と書いてあったかもう一度教えてくれ。十一月二十一日と十二月二十六日と日付が書いてあったんだろう？」

「そうだったな。確か」

「そして、なにやら大事件を追っているとも言っていたんだろう？　僕はあまり新聞を読まないが、この二つはたまたま見たから憶えてるよ。調布と雑司が谷だ。凄惨《せいさん》な殺人事件が載っていたんだよ」

照江は、ほんの少し前に思い返した、恐ろしくはあれ、自分とは無関係としか思えなかった事件が蓮野の口から語られ始めたことに戦慄した。

調布の空き家で八体、雑司が谷の空き家で六体の他殺体が発見された。

被害者はいずれも若い女性で、屍体は酷く玩弄されていたという。体は分断され、ある一人の骨盤と太ももあたりで切断された臀部の肛門に、人差し指を立てた他の屍体の腕が挿し入れられていたり、ある屍体の腹中に他の屍体の頭が押しこまれていたり、オブジェのように組み上げられていた。揃えてみても、人肉は足りなかったそうである。

二つの事件が発覚したのが、今蓮野が言った日付なのである。南氏が追っていたのはその事件らしい。

「すると何か？　この船に、そんなとんでもない殺人をした人物が乗っているのか？　南さんは、それを見抜いたから、犯人に殺されたのか？」

井口が落ち着かなそうに言う。

「もしかしたらね。最近の重大な猟奇殺人を他に知っているか？　こういう、犯人が限定されるところで犯行に及んだんだから、それだけの切羽詰まった訳があるんだろう。だから、とにかく照江さんの言うことは信用した方がいいと思う」

蓮野は煙草に火をつけた。

「おい、それじゃあ、ここに、女を何人も切り刻んで、組み替えて遊ぶ趣味の奴がいる訳だろ？」

大月は船橋楼を指差す。

「そうだね」

「誰だ？」

「僕も是非知りたいが分からないよ。どうしたものかな。さっさと逃げたいところだけれども」

この三人も、やはりヨットの操帆は出来ないそうである。脱出に使えるボートも、紛失したのが最後の一艘だった。

南氏の殺害には、照江の証言を裏付けする情報が有るのだし、犯人が極めて凶悪らしいことからしても、さっき考えたように、客全員に告発して警戒させるべきかもしれない。しかし蓮野は、うまくいくか怪しいと考えているという。

鞄が犯人に持ち去られたという結論の論拠が、蓮野と井口の、南氏がそれを食堂の椅子に置いた筈だという証言と、それを南氏は持ち出さなかったという証言に依っているのだ。信じて貰えるかは心許ない。南氏が実は新聞記者であったという話にしても同様である。

船上の客たちは普段から不謹慎な遊びばかりしているから、この中に殺人犯がいると言ってみても、余興と受け取られるかもしれない。照江は広川氏に怒られる。自らの身をただ危なくするばかりで、蓮野たちか、照江が犯人だと疑われる恐れもある。

「ねえ、もしかして、何もしないでいるのが一番安全なんじゃないか？　このまま何も知らないような顔をしておけば、無事に晩餐を終えてヨットで陸に帰れるんじゃないかね？　犯人だって、ここでこれ以上殺人を犯すのは難しいだろう？　誰かに見つかってしまえばお終いだ。例えば目撃者の照江さんを殺したって、屍体が見つかってしまえば、犯人探しが始まって、犯人はますます逃げ場をなくす訳だろう？」

照江が何も喋らないと見たら、犯人は何もしないのではないかというのである。一理あるが、おっかない話である。

「どうかな。犯人の考えることは分からないよ。何だかよく分からない理由で何人も女性を殺してるわけだろう？　その何だか分からない理由がここでも生じるかもしれない」

それは絶対に困る。

告発はせず、明白な証拠を見つけるのが一番良いのだろう。

客のことをあれこれ調べ回らねばならないが、しかし南氏の消息や、東京を騒がせた殺人鬼の正体を追っているということはくれぐれも悟られてはならない。何食わぬ顔をして、照江も、わたし幻でも見たのかしらという風にしているのが良い。なるべく一人にならないように気をつけて、あたりを十分注意する。そう結論が出た。

「どうする？　中に戻るか」

「そうだな。僕は現場の様子を見ておきたいんだが、井口君たちは船橋楼に戻ってもらった方がいいかもな。他の客たちが全員居るかそれとなく確かめておいてくれ」

照江と蓮野は、屍体発見現場に戻った。一人ではないから、照江はさっきよりは落ち着いている。

「ありますね。血痕ですね」

手摺を見て蓮野はささやく。

「屍体がどういう格好をしていたか、もう一度説明してもらえますか」

「頭を奥にして、仰向けで、こう、それで、右脚の肉が抉られていて」

「紛失した肉塊は、近くのどこにもありませんでしたか？　探しましたか」

「いいえ。私、とても慌ててましたから」

それから蓮野は、照江がさっきは見ずに済ませた船首楼の内部を確かめに向かった。

錨鎖《びょうさ》庫や、下級船員の部屋がある。蓮野について一部屋ずつ見て回るが、目を惹くものはない。

蓮野は最後に倉庫を開いた。

細長い檻がある。空で、扉は開いている。糞の悪臭が漂っている。床には恐ろしげな、血の付いた鋸、二尺以上もある鋏《はさみ》、斧などが放り出してある。盥《たらい》もある。

虎が入れられていた倉庫である。何時間か前に、ここでコックが虎を解体したのだ。

ランプの灯りでは分かりにくいが、床が一面の血溜まりである。虎の血と、それを流すべく使われた水が混ざったのが、床に溢れてまだ乾いていない。

南氏の肉は抉られていた。大量の血が出るだろう。

血を誤魔化せるのはここしかない。ここでやったに決まっている。床に広がっている血、それから刃物についている血は、虎のものだけではないのだ。

照江は足を踏み入れず、戸枠に右手を掛けて、上身を乗り出して室内を覗いた。

南氏の屍体に括られていた金梃も、多分ここにあったのだと思う。

この部屋だって怖い。照江の怖がりは高所や閉所から、刃物や痛み、亡霊の類まで何にでも及んでいる。あの倉庫は直接的な痛みを想起させるものが沢山あるし、西洋の恐怖小説を連想させるところもある。

蓮野は、血糊を踏まないよう慎重に倉庫を一巡りし、戸口に戻ってきた。

「お待たせしました。井口君たちの所に行きましょう」

「はあ。何か見つかったのですか」

「いや、別に何も見つけませんね。聞いていた通りでした」

照江はこの蓮野という男を測りかねている。落ち着いていて、信頼できそうであるし、信頼するよりないのだが、同時に神経質そうなところがあって、何を考えているのか、照江には全く読めない。

船橋楼に向かって歩く間、蓮野は喋らなかった。

五

「おい、やめとけよ。こんな時に信じられんことをするな君は。ただでさえ君の頭はちょっと働きが怪しいってのに——」

「何を言ってくれるかね。俺は酒を吞んだらますます利口だぜ。吞んでなきゃ絵なんか描けないくらいだ」

「そりゃ知ってるよ。君は真っ直ぐなものを何も描かないからそれでいいだろうがな」

井口と大月は船尾側の狭い船員室に居た。井口は二段ベッドの下段に座って、大月はサイドテーブルに腰掛けている。彼は酒を吞んでいた。

「君たち、頼むからもう少し声を落とすように心がけてくれ」

扉を閉めながら蓮野は言った。

「あの、社長は——、広川は、何か言ってましたか。私、仕事に戻らないとまずいでしょうかしら」

「うん？　いや、コックと食事の段取りの話をしていたが、照江さんのことは気にしてなさそうだった」

最前から気にしていたことである。

まだ蓮野らと居ても大丈夫だろうか？　なるべく戻るのを遅らせたいのである。

「みなはどんな様子だい」

蓮野は訊きつつ、大月の持つウイスキーの瓶を厭そうな目つきで眺める。

「全員居た。みんな何でもなさそうな風だよ。てんでんばらばらに過ごしてた」

「犯人はこの船から逃げようとしなかった訳だよな。ヨットか、ヨットが使えなくてもボートで、逃げようと思えば逃げられた筈だろう？」

照江が蓮野たちに会う前、彼らは南氏を捜しに船尾楼の方を見てきたのだそうである。そこにも何もなく、ボートが海に処分されたのは確実である。

井口の言うことに、そうだな、と蓮野は答え、それから大月を見た。

「多分、井口君が十分に言って聞かせたことだろうけれども、今酒を呑むのはどうにも危なっかしいな」

よく見ると、井口と大月の間に液体がこぼれている。井口が酒を取り上げようとして断念した痕跡らしい。

「いや、だから大丈夫だ。だって、俺は会に来るたび呑めるだけ酒を呑むんだから、今日に限って遠慮してたら犯人に怪しまれるだろう。仕方ないよ」

何が仕方ないのか。言葉はしっかりしているが、大月の顔はもう薄暗い灯りではっきり見て取れるほどに赤くなっている。

「しかし、南君の猟奇殺人犯探しはどこまで進んでいたんだろうな。俺は倉西子爵が怪しい気がするぜ」

「大胆な奴だな。自分のパトロンを真っ先に疑うのか」

「別にパトロンじゃないぜ？　何にも貰わなかったよ。俺が九相図を洋画にしてみようとかしてたから、同好の士と思われたかもなあ。

それか広川社長はどうだ？　趣味が高じちゃったんじゃないか」

ドキリとした。

照江は、頭のうちで広川氏を容疑者から完全に除外していたのである。彼は小心者の偽悪者であると決め込んでいた。照江の考える以上の大悪人なのか。

「蓮野、君、そういえば僕らにカートのブリキの箱を確認させたろう？　あれは何だったんだ？」

「ああ、そうだね。犯人は南さんの鞄を運び出すのに、あのカートを使ったらしいんだよ」

「え？」

照江も驚いた。

問題のカートは、しばらく前に、彼女が食堂から配膳室まで動かしたものである。

「僕らが船に着いた時は、まず食堂に荷物を置いた。それからみな、手ぶらで船内を回った。荷物があったのは船長だけだ」

船長は、大きな巾着袋を持ちながらみなを案内したのである。

巾着には鍵が沢山入っていた。船中の扉の合鍵である。

普段使う鍵を管理していた甲板長が、離船の混乱の時にそれを陸に持って帰ってしまっていた。そこで船長は合鍵を持ち出したのだが、長く使っていなかったもので、どれがどこに合うのだか分からなくなっていたのである。一つ一つに木板を鎖で取り付けて、どこの鍵だか書いてあったのだが、その字は掠れて読めなかった。

だから、船内を案内するのに鍵束を丸ごと持ち運ぶ必要があった。いくつか鍵をかけたままになっている部屋があって、それを解錠するためである。

「案内から帰ってきた時、船長は食堂にその鍵の袋を置いた。他の客は食堂には入らなかった。僕らは喫煙室に入った。

そのあと、僕らが喫煙室にいる時に食堂に出入りした客の中で、鞄を持っていたのは、ミヤ子さんと、黒山代議士だけだった。二人のどちらの鞄も、南さんの書類鞄を入れられる大きさじゃなかった。ミヤ子さんのは、鞄というか、ポーチだったし、黒山氏の小さめの書類鞄に南さんのは入らない。すると、犯人が鞄を持ち出そうとするなら、照江さんの押すカートのブリキの箱に隠しておく他は無かった筈だね」

大きなブリキの箱は、カートの下段に置いてあった。食堂に入った犯人が、その中に一旦鞄を隠し、照江にそれを運びださせて、放置されたカートから隙を見て持ち去ったことになる。

「多分、僕の視線が気になったんだろうね。氏の鞄を勝手に持ち出して、それを僕が憶えていたら、氏の失踪と話が結びついて厄介だ。疑いをかけられてしまう」

「なるほど。じゃあ、犯人は、鞄を持ち出すために絶対食堂に出入りしている訳だよな。それで犯人を絞ることは出来ないのか？」

「いや。客は全員食堂に出入りしていた。そこから限定することは出来ない」

「そうか」

井口は頭を掻いた。

「なら、コックはどうだ？　彼は容疑者から除外できないか？　君、食堂に出入りしたのは客と船長だけだったと言ってたろう？　コックには鞄を持ち出す隙は無かったんじゃないかな？」

「いや、あった。荷物を置いて、全員で船長に案内を受けている時だ」

コックの他の全員が、船長に付き従って船を回っていた。その間に鞄を持ち出すことは出来た。

「食堂の出入りから犯人を絞るわけにはいかないのか。どうしたものかな。君、何か考えはあるのか？」

蓮野は煙草に火をつけようという所であった。

「そうだな。出来れば、持ち去られた南さんの鞄と中身が見つかるといいんだがな」

「え？　そんなの見つかる訳がないだろう。とっくに海に捨てられてるんじゃないのか？」

「まあそうかもしれないんだが、でも、南さんは犯人のことを探っていて、分かったことを手帳に仏蘭西《フランス》語で書きつけていたんだろう？　犯人としては、どこまで自分の犯行が露見していたのか知りたいところだろう。むやみに捨てたりしない気もする」

「そうか。そりゃ、それが見つかれば何か犯人を推理する手掛かりがあるだろうな」

手掛かりどころか、手帳が見つかれば犯人の名前が書いてあるかもしれない。

「しかし見つかるか？　これだけ広い船で、しかも捨てられてるかもしれないものだろう？　あんまり期待できそうにないなあ。他に手掛かりはないのかな？」

蓮野は、煙をため息みたいに吐き出した。

「手掛かりというけどもね。井口君、僕はね、そもそもなるべく推理なんかしたくないんだがな」

「え？　何故だ」

「何故ってことはないだろう。外れてたら困るからだよ。そりゃ他の場合なら推理なんぞ好きなだけ外して構わないが、今はまずいだろう。さああなたが犯人ですと決めて安心してるうちに真犯人に殺されたら悲惨だ。

この状況で一番望ましいのは、逃げることと警察を呼ぶことだよ。犯人なんか見つけなくていい。だから、必要なのは南さんが殺害された確固たる証拠だ。それがあれば、多分ここの客も、虎の肉なんか諦めて、陸に戻って通報することに同意するだろう？」

蓮野は、船首楼で、南氏の殺害が行われた証拠を探したかったらしいのだが、何も見つからなかったようである。

「しかしまあ、荷物が見つかる目が薄いのは井口君の言うとおりだしな。どうしたものかな」

船内は、客の各々に居室を割り振っている訳ではなく、誰がどこに行こうが構わないということにしてある。家捜しは不可能ではない。海に投棄されていないのなら、鞄は見つけられるかもしれない。

だが、なにしろ広い。居住区だけで数十の部屋がある筈で、しかも怪しまれずに捜さなければならないのである。

部屋に立てこもることも考えた。蓮野たちと照江で扉を締め切って、誰からも干渉を受けないようにする。ひとまずは安全が確保できる。

しかし、この方法も却下となった。照江たちが不審な行動をすれば、犯人を刺激してしまう。猟奇殺人犯だから、どんな行動に出るかは分からない。結局、誰かの命が危険に晒されることになる。

「やっぱり犯人探しだろ。見つけるしかないぜ？」

大月は言う。蓮野は依然気乗りしない様子である。

「うん、まあな。どうだろうな」

「だからさ、南君が探ってたらしいのは誰だろうな。殺されるくらいなんだから、犯人の目星はかなりはっきりつけてたわけだろ？」

「そうだよなあ。——あれ？　なんだ？　するとミヤ子か？」

照江の思ったことを大月が言う。

いままでの会でも、照江の見た限り、南氏はなんだかミヤ子につきまとうみたいにしていた。隙をみては近寄って声をかけるし、一度などミヤ子のハンドバッグを漁っている現場を目撃したことがある。

「僕はそりゃ、今日が初対面だったからなんとも分からないが、あれはなんか、ただの助平心のように見えたがなあ。大月、そうじゃないのか？　どう思うんだ」

「よく分からんが南君はスケベだったと思うよ」

井口と蓮野の二人は南氏に相談をしに来たのであって、なるべく早く彼をつかまえて話をしたかったのだが、南氏はミヤ子を追い回しているようだった。だから、邪魔することを遠慮して喫煙室で彼が暇になるのを待っていたのだという。照江も、倉西子爵と一緒にいるときに、南氏があたりをうろうろしていたとミヤ子から聞いている。

南氏はミヤ子を犯人と目していたのか。それにしては不真面目な気がする。

「じゃあ結局分からないじゃないか！　凶悪殺人犯を追いつつ、ダンサーの気を引こうとしてたらしいってことだろ？」

「いやでも、ミヤ子の気なんぞ引いてもなあ。ありゃパアだぜ？　頭が。俺はやめた。ダンスホールで見てるだけでいいや」

「そんな話じゃないんだよ」

「大月さん、酔ってらっしゃいますか」

照江は思わず口を出した。

「いや、酔ってないですよ。素面でもこんなのです。こいつ、酒は強いんですよ。本当に酔うと人に自分の体毛を剃らせようとしたりします」

井口は、心から申し訳ないような口調である。

「それはいいから、他に南さんが注意を払っていた人物は思いつかないのか」

「思いつかない」

だいたい、連続殺人犯の正体を探るというのだから目立たないようにするに決まっている。照江たちに、南氏の目標が誰だったかは分からなくとも全然無理ではない。

「時に大月君、西田船長は普段から黒鳥会に出入りしているのか？　以前に見かけたことがあるのかい」

「あ？　一度あるな。五ヵ月くらい前かな。ちょっと顔を出しただけだったけどな。見るまで忘れてたぜ」

「猟奇殺人事件が起こった時、船長が日本にいたかどうか知ってるか？」

消去法で無実の人を決められれば、また、その人物がヨットを動かせるのであれば、それを説得することは有用かもしれなかった。

「え？　知らんなあ。あ、いや、待った。居たんじゃないかな。印度《インド》に行くのが三月振りの航海だとか言ってた」

「そうか。じゃあ駄目だな」

蓮野は照江を見た。

「屍体を発見した時の照江さんは、船橋楼に駆け戻って倉西子爵とすれ違い、広川氏に会ったのでしたね」

「ええ」

「その二人に、屍体を処分してから、照江さんより先に船橋楼に戻ってきて何食わぬ顔をしているだけの余裕があったと思いますか」

多分、あった。屍体は海に投げ込むだけだから一瞬で済む。照江は慌てて倒《こ》けつ転《まろ》びつなんとか逃げ戻って、二人に会う前に、サロンを覗いた時間がある。照江は左舷側から戻ったから、右舷側から船橋楼に入って先回りしておくことは可能である。

ミヤ子は、女性を何人も殺して屍体で遊んだりしそうには見えないが、アリバイがあるでもない。後ろからなら、素早く行えば南氏を絞殺することも不可能ではなさそうである。容疑者を減らすことは出来ない。

「大月君、平井氏や黒山代議士については何か知ってるか？」

「平井？　ああ、あの医者か。幾度か話をしたな。陰気な男だろ？　陰気なくせに自慢話が多いんだよな。手術の話をよくしてた。人を殺したり切断したりするのは好きそうだな」

そんな偏見まじりのことに続いて、大月は突然思いついたかのように言った。

「犯人は芸術家か？」

「え？」

何のことか？

大月は井口に向きなおる。

「犯人は、何人も若い女を殺して、それを奇妙なオブジェに仕上げたんだろう？　それはまさに、井口の言う無意味で価値のあるものだ。価値のあるものというのは犯人にとってだぜ？　俺は実物を見てないから何とも言えない」

「いや、いや、違うだろう。あれは快楽のための殺人だろう？　快楽だ。性欲だろう」

「それは警察とか新聞が言ってることだろ？　すると君は、それは猥褻《わいせつ》だから芸術じゃないというのか？　それとも道義的に許されないからか」

「いや。犯人が自分の性的欲求を解放するべく殺人を犯して、屍体をそんな風にしたんなら、それは、空腹で小麦粉をこねてパンを作るのとか、眠くなったので藁を集めて寝床にするのとか、便がしたくなって穴を掘ったとかと同列のことじゃないか。性欲の発散という実用のためだ。それは芸術じゃないだろう」

「でも、ちょっと前に紐育《ニューヨーク》の美術展に便器を出品しようとしたのがいたらしいぜ。君、知ってるか？」

「聞いたよ。まあ、いろいろ言い分があるんだろうな。でも僕は、便器は便器だと思うよ」

「とにかく、犯人が性的欲求のためにやったという証拠はないだろう。被害者は犯されてたのか？」

「知らないよ。でも、どうであれ、犯人が猥褻な目的で殺人を犯したのではないということにもならないだろう。

いずれね、僕が思うに、性欲っていうのは人間の欲求の中でも一番抽象的でね、だから芸術とは区別がつきにくいよ。官憲に一方的に猥褻のレッテルを貼られたら頭にくるのはわかるが、しかしだからといって芸術は安易に猥褻であることに頼るべきじゃない。それで人の心を動かすのは簡単だ。そんなのは芸術からの逃亡だよ」

「まあいいや。とにかく、隠れた芸術家か、あるいは隠れたスケベを探さないといけないってことだな？」

著しく脱線した話は元に戻ってきた。

まともに見える井口も、芸術の話題になると大月と変わらない。こんな話をしていられるのは、南氏の屍体を見ていないからか？　だからこの事件に現実味がないのか。それとも、画家というのがこういうものなのか。

「そんなの分からないだろう。ここに逆の見本がいるよ。どう見ても芸術家に見えるのに芸術家じゃない」

井口は蓮野を指差す。

彼はそれを受けて、君たち元気だな、と言った。

はっきりしつつあるのは、船内の全員に殺人鬼たる資格があって、誰も除外することができないということである。

明らかなアリバイを持つ人はいなそうだし、いるにせよ、それを探ることは難しい。

照江たちは、犯人にそれを追っていることを絶対に悟られてはならない。すると、尋問調ではない、さりげない聞き方しかできないのである。中途半端な証言に安心していると、寝首をかかれるかもしれない。厳密に調べられない以上アリバイは端から問題にしない方がいい。

客の嗜好性格も明らかではない。大月の言うことは怪しいし、照江も広川社長以外のことはよく知らない。社長が犯人でないと言い切る自信も無い。

「蓮野、結局どうしたらいいんだ？　ただやり過ごすだけか？　何もしない訳にはいかないだろう」

「それはそうだね。しかし、難しいな」

「ここに籠っていて大丈夫なのか？　外に出て他の人達の様子を探らないと――」

「確かにそうした方がいいんだがな。ただ、こちらは四人しか居ない訳だろ？　怪しまれる訳にはいかない。気張って監視することもできない。さりげなく出来ることをやるよりない」

蓮野はさっきから扉の脇に凭れて動かない。話しながらも、部屋の外の様子に注意を向けている。今の所、部屋に入ってから通路を通りかかった人はいないようである。

「まあこうしている訳にもいかないが、考えるべきことを先に考えておいてしまいたいんだよ。照江さん、コックがどういう素性の人かはご存知ないですか？」

照江は何も知らない。

あのコックは何度か見かけたことがあるが、口を利いたことは殆どない。大月も見憶えがあるだけで、誰も名前すら知らなかった。

「おい、考えるべきことというなら、実に重大なことがあっただろ。どうなんだ？」

大月の問いに、蓮野は、ああ、そうだね、と答え、近視の人が遠くを見ようとするみたいに顔を歪めた。

「うん？　なんだ？」

井口は得心しない様子である。大月は言った。

「決まってるだろう？　だから、この照江さんによると、南君は肉を切り落とされてたんだろ？殺人だけで十分忙しいって時に、犯人はなんでそんなことしたんだ？

それで、南君の肉は見つかってない訳だ。どこに行ったんだ？　凄え嫌な予感がするぜ」

彼の言う通りである。

嫌でも考えずにはいられないことがある。新聞に載っていた猟奇殺人の記事によると、残されていた屍体は不揃いで、復元しても肉が足りなかったというのだ。

今回の事件でも、南氏の屍体の一部が持ち去られた。犯人は、一体それをどうしようというのか？

この会は、虎の肉という、不穏なものを食する集まりである。しかし、犯人はそれより遥かに恐ろしいものを嗜《たしな》んでいるのではないか？

照江は、少し前に司厨室で目にした、血の滴る生肉を思い出す。虎肉の晩餐の支度は、着々と進んでいる筈である。

蓮野は大月を手で制した。部屋の外を気にしている。

みな黙った。耳を澄ますと、足音がしている。照江の心は急に緊張した。

ランプの灯りが漏れているから、人が居るのは通路からもすぐ分かる。足音が近づいて、迷わず扉の前で止まった。それはノックをされずいきなり開かれた。

「ここか！　おい照江、何を、油を売っているんだ。何をさせに連れてきたと思っている？」

広川社長である。照江はびくりとして身を縮めた。

彼は照江を怒鳴りつけてから、他の三人をゆっくり見回した。

「おい、お前、この人達につまらん話をしていたのじゃあるまいな。困るのだ。怖がりもいい加減にしないと――」

照江は蓮野らが目配せを交わすのに気づいた。三人で、何かを諒解し合ったようで、大月は一人、楽しそうな表情をした。

「いや、この照江という人は酷いものですよ広川さん！　ちょっと小綺麗な顔をしていると思って、客の見た目で優劣をつけてるんじゃないかな？　女中の癖にです。俺の足の指の毛を剃ってほしいって言っても全然やってくれないんですよ」

大月は、右手の人差し指を照江に向けた。吐く息が酒臭い。

「蓮野君のなら喜んでやるんですよ多分！　それに仕事が雑なんだ」

「照江さんがご入用なのですね。我々が引き止めてしまって失礼しました」

蓮野は、大月の馬鹿話にまるで調子を合わせずに言った。

「う——、うむ、そうだ。おい、照江、司厨室に行って食器を用意しろ」

「おや？　食事ですか。用意が整いましたか？」

「まだだ。手間取っとる。みんな腹が減ったから、待つ間に罐詰でも食べようと決まったのだ」

広川氏は厳しい顔で照江に手招きをする。

照江は行きたくない。まだ心の用意が整っていない。犯人かもしれない客たちに囲まれて、一人になるのが怖い。

「いや！　広川さん、この人もうちょっと貸して下さい！　俺はもうちょっと説教がしたいんです。おい、配膳の仕事だそうだ。代わってくれよ」

蓮野と井口は視線を交わした。井口は、じゃあ僕やってくるよ、と立ち上がった。彼は広川氏の脇をすり抜けて司厨室へ向かった。

広川氏はさっぱり訳が分からんという顔つきで、室内を見回した。

「遊んでいるんじゃないぞ」

照江に言って、それから部屋の全員に、これからみなで間食を取るから早めに来たまえ、と告げて出て行った。

ひとまず照江は一人きりになることを免れた。

が、いよいよ外に出て客たちと交わらねばならない情勢である。

「大月君、広川氏の君への心証はどうなんだ？　良くはないんだろうな」

「だって俺、あいつ嫌いだもんなあ。まあ、向こうは晴海社長にコネ作りたくて必死だからな」

先月に起こった株の暴落に、広川氏はかなりの打撃を受けているのである。平静な顔をしているものの、内心は困り果てている筈で、その商売上の都合で、以前から晴海商事の社長に渡りをつけたかったのが切実になっているのらしい。

「晴海さん、こんな類の倶楽部は大嫌いだろう？　多分」

「だろうな！　俺も晴海社長には隠してるからな。ここに来ていること」

蓮野たちにしても、あまり広川氏に気に入られたとは言えなそうである。招いてみたら、大月と同等の値打ちしかなかったと看做された感じがする。

氏に嫌われるのはあまりよろしくない。陸に引き返すには、彼を納得させることが必要かもしれないのだ。

「そろそろ行った方がいいかな。井口君も少し心配だ」

照江は司厨室で井口と合流することになった。蓮野たちはサロンに向かう。

蓮野に、司厨室まで付いていった方が良いかと聞かれたが、気を奮い立たせて大丈夫だと答えた。あまり警戒しすぎるのも目について却って良くない。

「じゃあ、井口君をお願いします。気をつけて下さい」

照江はランプを取り上げ、意を決して部屋を出た。

六

司厨室はやはり気味が悪かった。

調理は進んでいるようである。さっきまでの大きな肉塊が細かく切り分けられ、金属製のトレーに載せられていた。どういう調理がされるものか、暗くて様子はよく分からない。細かい骨が、床に無造作に放り出されていた。

コックは黙々と作業を続けている。ずっと背を向けていて、流し場の方にいる照江には表情は全く分からない。なんだか不気味である。

食料庫のノブ子の様子を見ると、四つ足で甲羅を持ち上げてのそりと歩き回っている。さっきよりは元気に見える。いくらか部屋が暖かくなってきたためか。

航海中、虎はともかく、ホシガメは甲板長に可愛がられて、名前までつけられて餌も貰っていたそうで、機関が動いている時は温度が上がるために問題無かったが、ここ四日の、遭難してからの寒さはノブ子に酷く応えているようであった。

井口は不慣れな手つきで罐切りを使っている。五つある罐詰はスープや、鮭の切り身や煮豆で、照江はスープを鍋にあけてアルコールランプにかけた。

井口は配膳室から持ってきていた皿を濯いで、それらを盛り付ける。

この罐詰が、最後の保存食なのだそうである。五つばかりでは、人数からすると量が少ない。

実のところ、照江は空腹である。午後の二時くらいに昼食をとったきり、何も食べていないし、体は働かされ、心は動転させられ疲れ切っている。この間食に照江の分は勘定されていない。彼女は、鮭を一切れと豆を一掬《すく》い摘《つま》み食いした。

井口も空腹だという。他の客も同様なのだろうし、あまり待たせないほうがいい。

カートを押して司厨室を出ると、サロンから蓮野がやってきた。

「ああ来たか。急いだほうがいいな。みんな焦れてるよ」

客たちはみなもうサロンに集まっているそうである。彼を先頭に、九人分の食器と紅茶のポットを積んだカートをサロンへ運ぶ。

「あの、私ちょっと困るんですけど」

サロンに近づく前を狙って、照江は最前からの懸念を二人に話した。

「大月さんがさっき言ったこと、私、社長になんて説明したらいいんでしょうか」

あれは不自然だった。犯人が知れば疑いを起こすし、広川氏が犯人かもしれない。そうでなくても、客とベタベタしていると、後で怒られることになる。

二人はしばし困った顔をした。困った顔のまま蓮野は言った。

「大月君が照江さんに言いよろうとして、照江さんが拒絶したら怒り出して、有ること無いこと騒ぎ出して、僕ら二人が仲裁しようとしていた、で、いいです。話を合わせてください」

「はあ？　そんなこと言っちゃって大丈夫ですか」

構いませんと井口は断言した。

サロンに着くと、二人を先に通し、照江はその後からカートを押して入っていった。

サロンでは、ランプをテーブルや床など、至る所に置いて明るくしてあった。濃いオレンジ色の光で客の表情はよく分かる。奥側から黒山代議士と平井医師、西田船長と倉西子爵、広川社長とミヤ子が向かい合って、ミヤ子の隣に大月が座っている。陰影の際立つランプの明かりで、しかもそれがちらつくから、照江には誰も彼も悪人に見える。

井口と蓮野は向かい合って、大月の近くに座った。それを合図に広川氏が口を開いた。

「これで全部だ。実はね、南君がだ、なんだか分からんが、陸に帰ってしまったみたいなのだ」

氏は、ボートの無くなっていたことや鞄の無いことを説明した。

「あ、そうでしたの？　なあんだ。あんた南さん捜してたけど、無駄骨だったのね」

配膳をする照江に、ミヤ子は言った。

照江は鮭や豆やらが載った皿とスープの椀、それからコップを並べて水を注いで回った。水差しをテーブルの中央に置いて扉の脇に引き下がった。

「大丈夫なんです？　陸まで結構あるじゃないですか。小さなボートだったでしょう？　簡単に沈みそうに見えましたよ」

平井氏は、南氏の奇妙な行動を訝っている。

「大丈夫だろう。今日の波は実に静かじゃないか。勝手に一人で出て行ったんだから、漕いでいけると自信があったんだろう」

広川氏はそう決めつける。西田船長は、安心させるように付け加えた。

「南さんが慣れていたか分かりませんが、まあ大丈夫だと思いますよ。あのボートは漕ぎやすいですし、木だからそう沈むものでもないですし」

平井氏は、一応納得したようだった。南氏は気まぐれを起こしても不思議のない人物と目されていたようで、彼の失踪はそれ以上詮索されず、広川氏の言った通りに受け入れられてしまった。

「それでだ、食事の用意が手間取ると三木《みき》が言うから、まあこんなものしかないが食べて頂こう」

コックの名は、三木というらしい。

「随分大変なもんですな。虎を料理するなんてのも」

平井氏は、晩餐がなかなか始まらないのに不機嫌そうであった。

「いや、でも有難いね。船に乗ってみれば罐詰もそう味気ないもんでもない。そう、広川君、私が持ってきたワインがあるのだがね、晩餐の時にと思っていたが、今でもいいのじゃないか？　これに合わないでもないだろう。みなどうかね？」

黒山代議士は、自分の鞄から白ワインの瓶を取り出した。

照江は、黒山を見知ってから、十分に威厳を示し照江などにはしっかり威張りながらも、金主に媚びることを怠らない性格を、なるほど代議士とはこういうものかしらと妙に納得していた。氏は広川氏の機嫌をとることを忘れない。

「いや、私は、今はやめとこう。まだ酔いたくないいな」

この返事に、黒山代議士は意外な顔をした。

照江は知っているのだが、広川氏は食前に酒を飲むことをしないのである。

「下さい！　俺喉が渇いてるんです」

「なら水を呑みたまえ。――すみません、こいつはこれ以上呑ませない方がいいです」

子供みたいに黒山氏の方に両手を伸ばした大月を、隣の井口が押さえつけた。

代議士は蓮野を見た。

「君は呑むかね」

「生憎です。僕は酒は呑めません」

なんだ白けた、という風に、代議士はワインの瓶を鞄に戻そうとした。

「あらあたし今それ呑みたいわ。これ全然美味しくなさそうでしょ。やりきれないわ」

ミヤ子が言うと、代議士はやけに憎々しげに彼女を睨みつけた。

「あら何ですの」

そうミヤ子が応じて、空気が一瞬緊張した。が、別にそれ以上のことは起こらなかった。

「時に、三木さんというのはただのコックですか？　虎の解体なんてことまで出来るんですか」

蓮野は広川氏に訊いた。みなは銘々、罐詰の軽食に手をつけ始めている。

「あいつはただのコックだ。だが豚は捌いたことがあると言っていたな。他を雇うのも面倒だから三木にやらせたんだ」

それでは手間取るのも無理はない。

「今朝始めたんでしょ？　じゃあ仕方ないなあ。というか、生きてたんでしょ？　あれ。一人でどうやって捌いたんです？」

大月が訊く。広川氏は面倒臭そうに答える。

「印度《インド》から色々持ってこさせたんだ。必要なものをな」

西田船長が、後を引きとって説明をする。

「向こうは虎狩りが盛んだろう？　頼んだのは尼婆羅《ネパール》人だが。二頭を生け捕りにしてくれと頼んでね、捌き方も教わってきたんだ。三木君は器用だから、まあ大体うまくやったよ。それにしてもばかに大きいから時間がかかったがね。

狩人式のやり方だ。彼らが使うものを色々揃えてな。まず弓矢と一緒に使う矢毒だ。ピストルなぞなかったからどうやって殺すかが問題でね」

三木は、射たこともない弓を使って檻の中の虎を仕留めねばならなかったのだそうである。何しろ虎が凶暴で、近寄ってナイフで刺すことも危なかったのだという。

矢毒というのは、アイヌが使うのと近いもので、加熱するとその毒性を無くすのだそうである。傷口の周囲の肉を抉り捨てて、十分に火を通して食べる。

「だから、三木が今それをステーキとシチューにしている。そう、ナイフも一緒に揃えてきた。その尼婆羅《ネパール》人に譲って貰ったんだ。普通の包丁だと刃渡りが足らなくてね」

ククリと呼ばれる湾曲したナイフで、装飾の入った柄と一尺ばかりの刃のついたものだそうである。首を切って血を抜く、皮を剝ぐ――

西田船長は楽しそうに語る。悪趣味な口調だったが、興味を引く話ではある。

なのだが、蓮野たちを除く客は船長の話に不思議に無関心である。

「西田さん、食事をしながらする話でもないでしょう。我々はもう聞いたし、後で彼らだけにでも話してあげてくれ」

平井氏はそう言った。西田船長は、ああ失礼、と口を噤んだ。

「あたしあんなの見なきゃ良かったわ。思ったより怖かったわよ。この豆なんか黒光りしててね、虎の内臓を思い出すわ。そうじゃありません？」

客たちは、同意の騒めきを示した。

どうやら、照江達が船員室で話し込んでいる間のことである。西田船長は、解体した虎の毛皮や骨、内臓などを客たちに披露していたらしい。晩餐まで時間があるから、色々お目にかけましょうということになったのだそうである。

虎は船首楼の倉庫で捌かれた。船の備品であった鋸や斧はそのままに残されたが、弓矢にナイフなどは船長が船橋楼まで持ってきてあった。

内臓は船首楼に残しておくと鼠にでも漁られるかもしれないので、毛皮や道具類と一緒に、船橋楼の風呂場に運ばれていた。加工して生薬にでもしようかというつもりだという。

そういったものを見せながら、船長は解体のあれこれを説明したのであった。

コックの三木は居なかったものの、蓮野達を除く客は全員加わっていて、今西田船長がした話は二度目だったのである。近くにいた客だけに声をかけたということなのかもしれないが、やはり蓮野たちは軽視されているようにも思える。

「それでな、大月君、君は照江に執心してるのか」

広川社長に言われて、大月はすかさず、演技だか本気だか分からない、見事な下卑た笑いを浮かべた。

「いかにも！　しかし、広川さんくらいになると女中も見た目で選り好みが出来るんですねえ――」

広川氏は不快そうな表情を浮かべて、妙な真似をしてくれるなよ、と言った。

「これだけですか。晩餐が待ち遠しいな」

食べ終わった平井氏は、空腹が満たされないようで、不服げだった。

七

軽食が済み、サロンのみなは解散した。

「おい、君」

西田船長である。照江は、食器を流し場に運び終えたところだった。

声を掛けられるだけで、内心飛び上がるほど吃驚する。

「はあ、なんでございますか」

「一寸頼みたいことがあってね。私が君を勝手に使って構わんのか分からんが――」

「私、お客のみなさまの便利のために何でもするよう申しつかっています」

もっとも、西田船長は客かどうか微妙な立場にいる。普段は客の顔をして会に出入りしているが、広川氏は雇主であるし、借金もある。殊に今回は使用人的な働きを多くしていて、客の気分が薄れているようである。

ともあれ照江の言うことを聞いて、船長は頼みごとをする気になったようだった。

「船室用品庫を片付けて欲しいんだが。船員の奴らが随分散らかして行ってな。だから、陸に着いた時、中のものをすぐに持ち出せるようにな――」

妙な頼みだと思った。そんなことは陸に着いてから、人を集めてやればいいのじゃないかしら？　なんでよりによって今、照江にやらせるのか。

「別に綺麗に整頓してくれなくともいいんだ。ただ、木箱があるから、散らかっているのをともかくそれに収めて、蓋をして、それでいい」

納得のいかないままに、分かりましたと言おうとした時、大月達が現れた。

「西田さん！　それ俺が手伝いましょう。女中一人じゃ手間でしょう？」

薄ら笑いを浮かべた大月が言う。

船長はなぜか狼狽した。

「いや、それには及ばないが――、でも、まあ、やってもらおうか」

照江の肩を叩いて、船長は去った。

蓮野達はなるべく照江を一人にしないよう配慮をしている。そのため、大月が照江に不純な好意を寄せているという、本当か方便か分からない話が持ちだされたのである。これなら彼らが照江につきまとっていてもさほど不自然ではない。

西田船長の態度は、客に使用人の仕事の手伝いをさせるのを一旦躊躇してから、そういう事情を思い出して大月の好きに任せることにした、というふうに見えた。もっとも、それだけにしては船長の狼狽は大げさすぎたようでもあるが――

「船室用品庫ってどこのことだ？」

大月が訊く。蓮野が答える。

「第二甲板の倉庫だよ。結構広そうだったな」

案内を受けた際に、扉の前を通りかかっているので、場所は承知していた。照江たちは階段を第二甲板に降り、通路を船室用品庫に向かった。

鍵が掛かっていた。照江は食堂から鍵の入った大きな巾着袋を取ってきた。

取り出してみると、確かにどの鍵の木板も掠れて全く読めない。次から次に当て嵌めて、運良く七つ目で扉は開いた。

照江たちは一人一つ、四つのランプを持ち込んでいた。部屋は十分明るくなった。

そこは確かに片付けるべき惨状であった。船室用品庫と呼ばれてはいるが、置かれているのは雑多な品で、廃品倉庫のようである。木箱が数十個も転がっていて、それに収まっていたと覚しいガラクタ、空き瓶とか割れた食器とか帆布の類とか、照江には用途の分からない金物とかが散らばっている。

そして、西田船長が照江に片付けを命じた理由は一目で分かった。

倉庫はエロ写真まみれになっていた。あれこれのガラクタに混じって、大量の、西洋人のとか亜細亜《アジア》人のとか阿弗利加《アフリカ》人のとか、どこかのホテルでらしいのだとか豪邸の応接間みたいなのだとか海岸のだとか、一人でポーズをつくっているだけのだとか数人がかりで絡み合っているやつだとか、一目には推し量れない量の猥褻な写真が散らかっているのである。

照江は、隣の井口と顔を見合わせた。気が詰まる。四人でひとしきり部屋を眺め回した。

こういう現場がつくられるに至った経緯はおおよそ察しがつく。写真の所有者はおそらく、西田船長本人である。航海のついでにこういう写真を集めてきたのだ。私的に収蔵するにしては多すぎるから、多分、売るのだろう。倉庫に積まれた木箱の中にそれらを隠していたのである。

木箱は積み上げられていたのだろうか？　横着してそれを十分に固定せず、船が揺れて木箱が崩れたのかもしれない。猥褻写真が出土して、船員達の間に一種のゴールドラッシュが到来する。

それにしても、船員というのは全員テナガザルか何かだったんじゃないかしらと思うような有様である。床一面表になって裏になって、判型によって分類してあったらしいのが、全くごちゃ混ぜになっている。

「これを片付けろってのか！　馬鹿にしてるな」

大月は、楽しそうに言う。

西田船長は、貨物船の船長といえどあまり図太い性格にも見えない。船員を集めて、我輩のエロ写真を無断で持ち出すことは罷りならぬ、と訓告する度胸が無かったのだろう。

光川丸は今難船しているのであり、曳航されねばならないのである。すると、船内にも局外の誰かが乗船してくることになりうるし、写真はそのまま散らかしておくわけにはいかない。押収、逮捕ということになるかもしれない。

西田船長は難船して以降ずっと忙しかったようだし、殊によると、この先人知れず片付ける機会が無いということもありうる。それで照江がやらされることになったのだ。

照江の人格を無視せずには、こんな仕事は命じられない。侮辱と受け止めて良さそうである。しかし、憤っている場合でもない。どこから手をつけていいものか、照江は困惑した。

大月は蹲み込んで、手近な一枚を取り上げた。

「おい井口！　これは芸術かそれとも唯の猥褻物か？　どっちだ？」

「知らないよ。エロ写真だ」

「君はろくに見もしないな。警察が押収する時みたいだな！　よく確かめろ」

「そんなにはしゃぐなよ。これは、どれもこれも扇情的な目的で撮影された写真だろう？　芸術じゃないだろう」

「なんだ？　井口は芸術か否かを決めるのに作者の心的姿勢を問題にするのか？　鑑賞者が何もしないうちからそういう決めつけをするのか。それは不純じゃないのか？　美しければ芸術じゃないのか？」

「いや、それはだな――」

「井口は風景だの動物だのを綺麗だと言って描くじゃないか。無宗教のくせにな。作者が芸術たることを意図して造ったものしか芸術でないというのなら創造主を信じろ！　世界が美しくあるべく造られたことを信じろ」

「無茶を言うなあ。じゃあ訂正するよ。僕が芸術か否かを云々するのは人が作ったものに限る。それ以外のものは美しかったり美しくなかったりするが、いずれも芸術ではない。これは自然物が芸術と呼ぶに値するほど美しくはないということではなくて、言葉の定義の問題だ。『芸術』ってのはそもそも人が作ったものに限って使う言葉じゃないか？」

「誤魔化すな！　俺が言うのは芸術という言葉の定義でなくて、このエロ写真が芸術と呼ばれるに値するかどうかだろ」

「じゃあ、値しないよ。僕は頭が硬いからな。芸術として作られたものですら理解出来なかったりするのに、芸術でもなんでもないものからわざわざ芸術性を見出すなんてことまではやってられない。ましてこれは僕が思うに芸術とは極めて遠いところにある。そりゃ君は女の裸ばっかり描いてるから何か思うところがあるかも分からないが――」

「君だって描くじゃないか。まあ、これは確かにただのエロ写真かな。――これもな。内務省の奴らはこんなこと延々とやる訳か？　つまらん仕事だな」

「君たち適任みたいだな。やっといてくれ」

大月は、これはどうだこれはどうだと写真を拾うたびにいちいち井口に突きつけて見せている。

蓮野は、落穂《おちぼ》拾いの格好でエロ写真を集める井口と大月に言った。

「僕はちょっと船尾の方を見に行ってくる。確認したいことが出来た。照江さん？　一緒に来てもらってもいいですか」

否やはない。船尾楼の虎も嫌だが、ここに残って、意味不明な会話をしつつ猥褻写真を集める井口と大月に付き合わされるのも御免被る。

「大月君はね、井口君の家で酔いつぶれて、井口君の奥さんに裸体のモデルをしてくれと口走ったことがあるそうです。大月君はその時、自分が娼館に来てるものと勘違いしていたらしい」

「はあ、そうでしたか」

最前の会話に解説を求めると、こういう返事が返ってきた。

船尾楼に向から途中である。月は高度を上げてさっきより眩しい。雲が晴れて、春らしく霞がかっているが、おかげで全天が薄ら明るい。それが海に照り返すから、ボワリとサテンに包まれたような気配である。

蓮野は第三倉口の近くを指差した。

「ボートがあったのはここでしたね」

「ええ」

それは、どうやら犯人に処分されたのである。

船尾に歩を進める。外甲板には誰も居ない。みな居住区に留まっているようである。

「最初に案内された時の船尾楼の様子を憶えていますか」

「はあ。それ程変わったものはありませんでしたでしょう?」

虎以外は、である。

船尾楼は、船首楼と造りが違っていて、船尾の構築物を巡ってぐるりと歩ける通路がある。その上を船尾楼甲板が屋根のように覆っていて、ベランダの雰囲気である。

そこを一通り歩いてみてから、水密扉を通って楼内に入った。

あるのは操《そう》舵《だ》機室と、あとは倉庫だった。倉庫は四室あって、左舷側と右舷側に二室ずつである。

右舷側の二つの倉庫には、大量の鉄屑が保管されていた。数十個のスラ箱に収められた鉄屑は、床にこぼれ出している。製鉄会社に引き渡されるのだろうか？

それから、錆びた針金があった。幾巻もあって、無くなっても気づかないだろう。南氏の屍体に金梃を結ぶのに使われたものか。

「何か無くなっているものに気付きましたか？」

案内された時に、この二つの倉庫も見ている。その時と比べて、何か異常はないかというのだ。

「何かが違う気もしますけど、無くなっているかは分かりません」

「そうですね。まあ、当然ですね。僕もじっくり眺めていた訳ではないからな」

散らばった鉄屑は、誰かが動かしたとしても分からないだろう。周囲の部屋も見て回るが、異変は見当たらなかった。

最後に蓮野は左舷側の倉庫に向かった。

唸り声がした。虎の居る場所である。

二つの倉庫を虎は行き来しているのだが、今それが居るのは、通路から見て左側に当たる部屋らしい。

　扉の小窓を蓮野は覗く。

　照江はやはり怖い。身を竦めて倉庫の扉からなるべく距離をとる。

　蓮野が妙に熱心にその様子を窺うので、照江は恐る恐る近寄った。

「どうされました？　虎でしょう？　何か変なのですか」

「異常はないですね。この部屋の中に、何が置いてあるのか確かめておきたいんです」

　散らかっていて分かり難いが、倉庫の奥には、ロープや鎖、倉口を塞ぐ帆布の予備、扉のすぐ脇には石炭袋が置いてあるのが見えた。来る途中の海上で、虎のせいでロープの予備が取り出せなくて困ると船長は話していた。

　蓮野は、ランプを持ち上げて、中を照らすようにした。途端に吠声と物音がして、扉がガツンと鳴った。虎がぶつかったのだ。

　照江は小さく悲鳴を上げた。蓮野も、おお、と唸ってランプを下ろした。

　二人はしばし倉庫の前に息を潜めて、虎が大人しくなるのを待った。幸い、扉は破られそうにはない。

　蓮野は続いて右隣の倉庫を覗く。こちら側にも虎が来ることがあるようである。

　照江は焦れ始めている。倉庫に見るべきものがあるとは思えない。船橋楼を放ったらかして、広川社長を怒らせているかもしれない。

「付き合わせて申し訳ありませんね。よく見えないな。ひどく散らかったものですね」

虎は今、こちらにはいないので、蓮野はランプを小窓に押し当てながら中の様子を窺っている。よく見えないというのは、扉の小窓を鉄棚が塞いでいるせいである。室内には壁を覆い尽くすように鉄棚が並べられていたのだが、強風に煽られて揺れた時に鉄棚を壁に留めていた鉄索が悉く外れて、棚は船に揺すられ、室内に無茶苦茶に散乱している。

そのうち一つが倉庫の扉を塞いでいた。背板のない棚であるから完全に塞がれているのではないが、棚板が小窓の視界を遮っている。

背伸びをして蓮野の後ろから照江も覗いてみた。壊れた檻があって、もともと虎が入れられていたのがこちらの倉庫なのがわかる。道具類が床に散らばっている。あとの様子はよく分からない。

最後に、蓮野は虎に注意しつつ、二つの倉庫の扉のノブを慎重に回した。鍵が掛かっているか確かめたようである。どちらの扉も施錠されていた。

「戻りましょうか。全部見ました」

蓮野は微笑んだ。照江はホッとして、彼について船橋楼へ向かった。

「あ、蓮野、大変だよ」

第二甲板に戻り、船室用品庫の戸口に現れた蓮野と照江を見るなり、井口は二人を手招きした。片付けの手を止めた大月と井口は、部屋の奥にしゃがんで、ランプの光で何かを眺めている所だった。

彼らの仕事は案外真面目であった。猥褻写真はみな集められて、もともとそれが入っていたと覚しい箱に収められている。なかなかの早業と言える。

纏められてみるとやはり夥しい量である。ひと抱えくらいの木箱に一杯で、呆れるよりない。

蓮野は扉を閉め、二人の側に早足で向かった。照江も続く。

二人が見ているのは、手帳であった。黒の革表紙で、大きくて分厚い。照江には読めない横文字で書き込まれている。

「もしかして、南さんの手帳か？」

「そうだよ。俺が前に盗み読んだやつだ」

「どこにあった？」

「上甲板の手洗いの洗面台の下だよ。そこの隙間だ。たまたま見つけた」

何でも、大月がそこへ行ったとき、緩んでいたランプのオイルの蓋を落としてしまい、拾おうという時に見つけたのだそうである。

蓮野は大月から手帳を受け取る。

結構なページ数である。蓮野は素早く捲っていく。

「なんだこれは。半端な覚書だな」

手帳を検めながら表情を険しくする。

「だろ？　なんか、書かない方がマシなようなことばっかりたくさん書いてあるだろう」

大月は言う。蓮野はそれを検め終えて、照江と井口に要点を訳して伝えた。

・遂に抜き差しならぬ証拠得たり。功名なり。
・犯人は余自らの手によって捕らわれるべく、又N君に証拠を託したる上警察の助力を乞うべし。
・N君に証拠は予め警察に預託するべく依頼し、警察に証拠の吟味を促すべし。但し犯人の所在を伝えるべからず。余がその首根っこを押さえて警察に凱旋するが理想なり。

その他は、新聞に出たような、事件に関する資料の要点を書いたものと、あとは、関係のない、街で知った女性の感想とかが書いてあるらしい。

要するに、これは南氏の犯人捕縛計画である。警察に先んじて猟奇殺人犯を突き止めた氏が、その上捕縛まで自分でやって大手柄を立てようということらしいのである。N君というのは同僚の新聞記者か誰かだろうか。

で、この計画は見事に失敗したのだ。南氏は逆に殺害された。

確かに、照江たちには殆ど役に立たない書き付けばかりである。何より、突き止めたと言いながら、犯人の名前が記されていない。

「なんで犯人は、これを手洗いの洗面台の下なんかに残していったんだろうな」

井口は手帳を睨む。

蓮野は無益なことばかり書かれたそれを閉じた。

「そうだな。手帳は、食堂の、南さんの書類鞄に入っていた。犯人は、それを一旦カートのブリキの箱に隠す。鞄を持ち出すと、僕の眼に留まりそうだったからだ。

照江さんが、カートを食堂から運び出してから、それは配膳室に置かれた。あたりに人がいない時を見計らって、犯人はそこから改めて鞄を持ち出した」

多分、殆どの物は海に投棄されたが、この手帳だけは内容を確認しておきたかったのだろう。そこで、階下の手洗いに入って中を検めた。が、十分に確かめる時間がない。全て読むまでは捨てたくない。どこかに保管しておきたい。

だからひとまず洗面台の下に隠しておくことにした。——おそらくそんなところではないか、と蓮野は言う。

「犯人は仏蘭西《フランス》語が読めたのか？」

「読めたのかもな。南さんは油断してたみたいだが、外国語を勉強しててもおかしくないような人たちだろう？　ここの客は」

それとも、読めないので、後で辞書を引きながらじっくり確かめようと思っていたのかもしれない。

この手帳だけでは、南氏が殺害された証拠としては不十分である。持ち去っては、犯人に、南氏の殺害に気づいているものが船内にいると教えてしまうことになる。

照江たち四人は、倉庫に立ち尽くして、方策を考える。

「蓮野、結局、どうしたらいいんだ？　やっぱり会が終わるまで大人しくしておくのが得策なんじゃないか？」

「いや、そうは行かない。少なくとも、今日の晩餐は絶対に中止させないといけない。いざとなったら強硬手段に出るしかないが、出来ることならその前に犯人を指摘できるようにしておきたい」

「どうして晩餐を中止させないといけないんだ？」

「まだ僕にも確信はないからな。話しにくいね」

この間にも、晩餐の支度は着々と進められている筈である。

蓮野はやがて、結論を出した。

「取り敢えず、ここの片付けをしようか。差し当たり、重要なのは出来る限り照江さんを一人にしないことだ」

写真は纏めたが、船室用品庫は依然散らかり放題だった。察するに、船長が是非に片付けろというのはエロ写真で、他のものはさして重大ではなさそうなのだが、部屋の片付けを請け負った以上放っておく訳にもいかない。

ともあれ、みなでガラクタの片付けに取り掛かった。木箱に、鋲だの金輪だの、用途の分からない品々を詰め込んでいく。

「大月君、もう少し丁寧にやった方がいいんじゃないか？　割れなかったか」

一際大きい音を立てていたのは大月である。ガシャンガシャンと、手当たり次第に木箱に押し込んで、ついさっきは、真空管か何かを乱雑に放っていた。

ガラクタとは呼んでも、積載量に限度のある船に積んでおくものなのだから、いずれも使途がある筈で、全くのゴミではないのだろう。

「なにいいだろ。船長には最初っから壊れてたと言うさ。人にエロ写真の整理をさせといて、何のツケも払わんで済まそうというのが間違いだ」

「何してるの？」

突然に扉が開いた。

ミヤ子である。大月が大きな音を立てるので、聞きつけてやってきたらしい。

彼女は、室内に踏み入ると、散乱したガラクタを爪先でつついた。

「これ何？　何の話してたの？」

「西田船長の手伝いですよ。片付けです」

蓮野が簡潔に答える。

ミヤ子は、何かに思い当たったようだった。

「船長？　ああ、なるほどね。そう、あの人スケベよねえ？　そうじゃなくて？」

「スケベだぜ？　すげえスケベだ。スケベじゃなく見えるがスケベだよ。むっつりスケベだ」

大月が割り込んだ。ミヤ子は彼に不愉快そうな視線を向けた。

「あら、あんたはむっつりじゃない普通のスケベよね？　一人でアトリエに来いってしょっちゅう誘ったじゃないの」

初耳だという顔で、井口は大月を振り返った。照江も思わずそちらを見た。蓮野は我関せずと作業を続けている。

「いや描いてあげてもいいよ？　多分いいのができる。日本人はやっぱり手足が短くていかんが、ダンサーだと違うね。誤魔化さんで済む」

ああ、酔ってるのね、とミヤ子は愛想を尽かした。

それから照江に、告げ口をするみたいに言った。

「あんた、この人ちょっと変だから気をつけなさいね」

変なのは知っている。

「いや、この女中、よく見たら大した美人だよ。顔だけならミヤ子嬢より上かもなあ」

大月は照江を見てニヤニヤした。

彼が照江に執心しているというのは、照江の安全を守るべくそういうことに話を決めたのである。大月がミヤ子に反感を買ってまでそういう態度を装っているなら照江は大いに感謝するべきだが、彼の様子は本気にしか見えないから困る。

ミヤ子は暫し戸口に留まって、照江たちの仕事を眺めた。やがて彼女は去った。

入れ替わるようにして、平井氏が様子を見に来た。ガシャガシャと音を立てるせいで、何ごとかと人が寄ってくる。

平井氏に続いて倉西子爵が顔を覗かせた。それから、西田船長が現れた。船長は何だかバツが悪そうにしていた。二人とも、無言ですぐどこかへ行ってしまった。

あらかた片付きつつある。木箱は全部で二十四箱で、一つを残してみな詰め終わった。

床に、面倒そうで仕舞うのを後回しにしていたものがある。

鉄索であった。二間くらいの長さである。両端が折り返されて、嚙み潰しと針金で止めて小さい輪にしてあって、フックが引っかかるようにしてある。荷役に用いられるものらしい。それが五本あった。

鉄索は太いので、どれだけ小さく纏めても直径一尺五寸くらいの輪になる。しっかり丸めねば木箱に入らず、長いから手間であった。

それを最後の一箱に詰めて、上からブリキ製のコップなど、細々したものを収めようという時であった。

黒山代議士が現れた。ランプを向けて、蓋を閉めようとする照江を照らした。

「おい、女中はここかね。広川君が探してるぞ。何か捜し物らしい」

捜し物？　また、照江に船内を歩き回れというのか。

行かねばならないのだろうが、一人になるのは嫌だった。

蓮野たちは詰め終わった箱を壁に沿って並べている。二十四個の箱を、横に六個、縦に四個にして積み上げているようである。

揺れると崩れないかしら？　四段くらいなら大丈夫だろうか。それとも、写真を上の方に積んでおいて、崩れるならそれも良しという船長への嫌がらせか。

蓮野が照江から受け取った木箱を最左列の二段目に置き、その上に井口と大月が一つずつ箱を積み上げ、片付けは終了した。

黒山代議士は、なんとなく照江たちの仕事を見届ける気分になったようで、しばし戸口に立っていたが、木箱が積み上がると、ランプを掲げて通路をどこかへ去っていった。

言いつけられた仕事をしなければならない。照江はエプロンをはたいた。

「それでは、広川の方に参ります」

部屋を出ようとした。が、通路に顔を出してすぐ、広川氏が倉西子爵と連れ立って、こちらに歩いてくるのが見えた。

「おい、そこか」

照江は戸口の側で固まった。

「何をしている？」

「西田船長のご指示でお片づけをしておりました」

照江は警戒する。広川氏の態度に悪意を感じるのである。口調や表情に、照江に意地悪な命令をする時の気配がする。

「お前はどうも若い男のいるところが好きみたいだな」

彼女の背後に蓮野たちがいるのを認めた広川氏が言った。照江は頬が熱くなるのを感じた。

「そう、やって貰わないといかんことがある。さっきからな、私のパイプが見当たらんのだ。いつも使っている琥珀のやつだ。どこかで落としたらしいんだ。思い出せないんだが、最初に船内を見て回った時かもしれないな」

すると、船中を捜さないといけないことになるではないか。

「捜してこい」

怖い。殺人鬼がうろつく暗い船内を、ランプ一つ持って捜し廻らなければならないのか。

大月が、ああ俺も一緒に捜しますよ、とヘラヘラしながら言ったが、広川氏に遮られた。

「いや、構わないでもらいたいな。こいつはただでさえ仕事がいい加減なのに、あまり気を廻してやるとつけあがるよ。君ら、あまり照江を追い回さんでくれないか」

照江は鋭い怒りを感じた。

パイプを無くしたというのが本当のことかどうか分からない。だが、それを照江に一人で捜せというのは、明らかに、照江を怖がらせて楽しもうというつもりなのである。

こういうことを氏はしばしばやった。怯えている照江に虎の居る倉庫を覗かせたり、船中を捜し廻らせて南氏に煙草を届けさせるのもそうだと思う。

遊んでいる場合ではないのだ。殺人鬼がいるのである。それを、どういうつもりでか、雇い主の権力で好き勝手を命じて面白がっているのだ。

抵抗するべきか。逆らって、そんなことしたくありませんと言うべきか。

一人になるのは危険なのだ。蓮野たちの誰かと一緒にしてもらえなければ恐くて嫌です、とはっきり言う方がいいか。

それとも、あまり警戒して見せるのは、犯人を刺激することにもなりうるか。

瞬時のことで照江は判断が出来なかったが、広川氏にわざわざ弱みを見せてやるのは癪だと思った。

「分かりました。捜してまいります」

言ってしまってから思わず振り返ると、蓮野は心配そうな視線を送っている。

本当に危ないとなれば、彼が何とかしてくれそうだ。何となく、そうも考えていた。

意地の悪い仏頂面を作っている広川氏の脇を通って、照江は室を出た。

八

照江は第三甲板に降りると、通路を抜けて、機関室を巡る回廊へ出た。一番人の出入りが少ないところだから、発見されずにパイプが転がっているかもしれない。

機関室の暗さは、船内のどこよりも際立っていた。

高い天井が一因かもしれない。機関室には船の最高部の天窓までをぶち抜く吹き抜けがある。天窓があるのだから、他の窓を持たない部屋よりは明るい筈なのだが、そこからの月光は天井のほんの一片を照らしているだけで、却って照江の居る第三甲板の闇を底深くしているように思える。

回廊から階段を降りて、船の最下部へ降り立った。

寒かった。水面下に当たるここは、水温が直に伝わってくるのだろうか。

すでに後悔に襲われている。やっぱり、一人になるのは避けた方がよかったのか？

機関室はかなり広い。辺りは、甲虫の脚を思わせるような金属の物体が規則正しく並んでいて、ランプの灯りで見るには曲線がヌメヌメしていて気味が悪い。さらに奥には、巨大なハンドルやレバーがついた機械が聳えている。

チェーンブロックが引っ掛けられたレバーがあった。故障したというから、それを無理やり動かそうとしたのだろうか。

至る所に様々な太さの、それから形状も様々のパイプが通じている。船首側の一番奥には、電話室と伝声管があった。

ひとまず、広川氏が本当に琥珀のパイプを無くしたのだと信じてみることにしたのである。外甲板と船首楼、船尾楼は後回しにした。照江はそこを既に通っているから、パイプがあるなら見つけていてもおかしくなかった。

氏が通ったと覚しいところを思い出し、床ばかり見て歩いた。汚れていて、ただの染みをパイプと見間違える。

隅々まで捜しきった自信はなかったが、照江は機関室の捜索を切り上げた。これ以上は気味が悪くて居られないと思った。

階段を、第三、第二甲板を通り、上甲板まで上がる。

司厨室の脇を通る時に、晩餐の支度が気になって、中を覗いた。既にシチューは完成しているらしい。

付け合わせのサラダも、人数分に分けて皿に盛られていた。あと、ステーキを焼けば晩餐の用意は整う。

しかし、妙なことに、コックの三木が居ない。司厨室は無人であった。

どうしたのか？　調理に集中していなければならない時である。手洗いだろうか？

司厨室の前を過ぎて、通路を折れると、前方に人影があった。

白い服を着ている。調理服のようで、どうやら三木である。屈んだ姿勢で、ランプを掲げて歩いて行く。

何をしているのだろう？　何かを探しているように見える。何を？

分からないが、照江は関わるのを止した。幸い向こうは照江に気づいていない。

照江は、上甲板の通路と部屋を捜し、船橋楼をさらに上へと向かった。

途中で人の気配がすると、通路を先に行き過ぎたり、手近の部屋に入って隠れた。きっと、誰にも会わないようにするのが一番安全である。

パイプは見つからない。照江は、操舵室や海図室のある、航海船橋甲板まで上がってきた。

室内を見て回るが、やはりパイプは無かった。

甲板上には、巨大な煙突や、通風筒や、清水のタンクがある。機関室の天窓が空いているのもここで、照江は、数時間前の広川氏がそのあたりに腰掛けていたのを思い出した。

近寄ってみると、あった。パイプである。甲板の上に転がっていた。

照江は拾い上げると、エプロンのポケットに入れた。

ともかく、言いつけられた仕事は果たした。これで、蓮野たちと合流しても文句は言われないだろう。

そう思って、視線を上げた時、何気なく天窓の下が視界に入った。

あら？　照江は目を惹かれた。

ランプの灯りらしい。機関室に誰かいるのだ。

屈んで天窓に張り付き、目を凝らした。

明かりは、機関室の回廊をゆっくり動いている。通常の歩行にしては遅すぎる。

何かを引き摺っているらしい。ランプの持ち手を腕に通すようにして、両手で何かを摑んで、そろそろと後ろ向きに歩いている。

数秒して、下で起こっていることが理解出来た時、照江は小さく悲鳴を上げた。

引き摺られているのが、屍体だと分かったのである。ランプの主は、両手で屍体の脇を持って歩いている。

死んだのは誰か？　殺されたのだろうか？　体格から屍体が男であるのは分かる。誰かは見分けられない。

死んでいるのは確かである。胸のあたりから、ナイフの柄らしいのが飛び出している。かなり太いもののようである。あれは、ククリナイフではないか？

肝心の、屍体を運んでいる人物も、誰かは分からなかった。

犯人は立っていて、照江はそれを上から見ているのである。ランプには大きな笠が付いていて、上方を照らさない。犯人の上半身は暗くて見えない。

もっとも、それを見定めるべく天窓の下を凝視し続けることは照江には出来なかった。犯人が今にも上を向きそうな気がした。照江は天窓から飛びのいて、甲板にへたり込んだ。

誰が殺された？　犯人は？　なぜ今殺すのだろう？　どうしたらいい？

今、すぐに階段を駆け下りて機関室に向かえば、犯人が判明するかもしれない。だが、あまりにも危険だ。照江一人でできるわけがない。複数で取り押さえるにしても、相手がピストルを持っているかもしれないと考えると、無茶はできない。

そうでなくとも、照江はさっきの小さな悲鳴を犯人に聞かれたのではないかと不安だった。もしかしたら、犯人は、照江を見つけ次第問答無用で殺害しようとしているかもしれない――

腰が抜けている。寒くはないのに震えるようである。照江は、這うようにして操舵室に入った。操舵輪の近くに座り込んだ。どうする？　とにかく、蓮野達と落ち合うべきだ。しかし不用意に下に降りて大丈夫か？　まさか、殺されたのは蓮野ではないか？

照江は身動きが出来なかった。その場に止まっているうちに、恐怖は増幅されてゆく。心を落ち着けようとして、十分ばかりも経ったかと思われる時。頭上で不意に声がした。

――居ないな！

――意外と素早いもんだなあ。

照江は機関室に犯人を見つけた時以上に驚いた。しかし、立ち上がって声の元を探すと、すぐに訳が分かった。

ラッパのような管が、操舵輪の隣に突き出していた。伝声管である。反対側に誰かが居て、その声が聞こえてきたのだ。

——無理じゃないか？　隙間に入るのが好きそうだよな。

——いやでも見つけないと、可哀想だろう。


大月と井口の声だ。何の話だかは分からない。

だが、伝声管の通話先を記した銘板を見て、再び血の気が引いた。

それは機関室に伝わっている！　彼らは今機関室に居る。

「あ、あの」

声をかけた。思わず出たような声である。

——あれ！　誰か居るぜ。

——誰です？

「あの、私です。照江です」

——へえ！　なんだ、今操舵室にいるのか。面白いな、これ。

——あ、パイプは見つかりましたか。

それどころではない。何と言ったらいい？　警告をするべきか。犯人が彼らの背後に迫っているかもしれない。

「あの、蓮野さんは一緒ですか？」

――いや居ないよ。そう、蓮野が照江さんを捜してますよ。

――俺らはね、ノブ子を捜してるんだ。食料庫から逃げたんだよ。

ノブ子が逃げた？

――どこかの隙間から機関室に落っこちたかもと思って見に来たんだよ。見つからんなあ。

どうするのが一番いいのだろう？　身を隠すよう勧めるか、いっそこちらから犯人を探す方がいいのか？

迷ううちに、階段の軋る音が聞こえた。

照江は慌てた。犯人が屍体を処理し終えて、照江を殺しに来たか？

奥の海図室にバタバタと逃げた。すると、物音の主は呼びかけてきた。

「照江さん？」

蓮野の声である。瞬時に緊張が解けて、照江は急いで操舵室の方に戻った。

「ああ、居ましたか。何かありましたか？」

何とか頭を落ち着けて、ついさっき見たことと、井口たちの状況を小声で伝えた。

蓮野は顔色を変えて、すぐに伝声管に飛びついた。

「井口君？」

——あれ？　蓮野か。君もそこか。

「今から照江さんとそっちに行くが、もし犯人が居たら何とかしてくれ」

——犯人？　ここに？　どういうことだ？

「話す暇がない。いいから警戒してくれ」

小走りに蓮野は階段を下る。照江は必死で後を追う。

機関室の回廊まで来て、蓮野は歩速を落とした。ランプも消す。人の気配を探りながら、静かに機関室を降りてゆく。

降りきると、電話室の側にランプがつけっぱなしにして置いてあった。それを見て蓮野は歩を止めた。静かに声を発した。

「井口君、居るか？」

「蓮野か！」

電話室の陰から二人が現れた。

「おい、どういうことだ？　何があった」

井口が訊く。蓮野が手短に説明をする。

　彼らは、コックの三木にカメ捜しを頼まれたのだという。ノブ子は食料庫からいつの間にか逃げ出していた。世話を任されていた三木が、慌てて廊下を捜し回っているところに二人が行きあったのである。居なくなったのをそのままには出来ないが、調理もしなければならないと、三木は途方にくれていたという。

　リクガメだから、そんなに遠くに行ったとも思えないが、見つからないので、機関室まで彼らは降りてきたのであった。

　彼らは犯人の姿は見なかったという。どこかに屍体を隠して去ったと見える。

「どういう訳だ？　誰を、なんで今殺したんだ？　それも僕らに遭遇しかねないこんなところで。それとも、向こうは僕らがここにいると気づかなかったのかな」

「こんな形で殺したくはなかったろうね。機関室で屍体を引き摺る犯人は、井口君たちとほとんど入れ違いになったんだろう。そんな危険を冒したくはなかったが、仕方がなかったんだな」

　蓮野は言った。みなは彼を見る。

「君、何か分かってるのか？」

「分かっていると言えなくもないが、色々と問題があるな」

「何が分かってる？　犯人もか？」

「犯人は分かっている。まあ、話してしまうべきだな。えっとね——」

九

蓮野の推理を聞いた照江たちは、急いで相談を纏めねばならなかった。

「どうする？　今に晩餐が始まるぜ」

「まず、屍体を見つけることだな」

犯人は機関室周辺のどこかに屍体を捨てていったらしいのである。それを見つけ出せば、少なくとも船内に殺人犯が居ることは客全員に納得させられる。

「その後は？」

「それはもう成り行きのままだな。余計な被害者を出さないように努める。犯人が分かっている以上、対処はしやすくなった」

「晩餐は放っておいていいのか？　だって、とんでもないものを食べさせられることになるだろう？」

「もちろん、放っておいては駄目だ。二手に分かれないとな」

その時、頭上で怒号が響いた。

「おい照江！　どこに行った。まだパイプを探してるのか」

広川氏だ。上甲板の辺りから叫んでいるらしい。

「おい、いるのか？　返事をしないか。いい加減に切り上げろ。晩餐の用意が出来た！」

苛立った声である。蓮野に促されて、照江は心を決め、大声の返事を返した。

「はい！　今行きます」

「早く配膳をしろ！　これ以上待たせるな」

それだけ叫んで広川氏は去った。

「おい、どうするんだ？　照江さんを一人で行かせるのか？」

「それは駄目だ。そうだな、大月君、僕と井口君で屍体を探すから、照江さんに付いて行ってくれ。で、彼らが晩餐を始めようとするなら何としても止めてくれ」

「分かった」

大月は状況に全くそぐわない愉快そうな顔をしている。

「どうやって止めようかなあ」

「君は得意だろう。そういうことは」

「うん。しかし、食器をひっくり返したりするのもなあ」

「全員分をやるのは無理だろう。何でもいいから、いい加減な話で客の気を引いてくれ」

蓮野たちとは第三甲板の階段で別れた。照江は、ニヤついた大月と並んで上甲板に向かった。

皿の数が多く、司厨室からサロンまで三度の往復が必要だった。三木と照江とでカートを運んだ。急かされるので焦る。

皿は、照江と三木の分もある。他に食物が無いのである。

テーブルには、客たちが座って待っていた。さっきと同じ配置で、大月に、黒山代議士、倉西子爵、西田船長、広川氏、ミヤ子が居るが——

「平井さんはどこ行ったんです？」

大月は言った。

「ん？　見当たらないんだ。どこに行ったかな」

広川氏が言う。——殺されたのは平井氏だ。

「え？　変だわね。居ないってことないでしょ？　こんな時に」

「おかしいですな。捜してきましょうか」

西田船長は立ち上がりかけたが、広川氏が止めた。

「晩餐が冷めるだろう」

「いや、でもこの晩餐のために来たのですから——」

「それで、君の友人はどこだね？　彼らもいないじゃないかね」

割り込むように黒山代議士は言った。

「あいつらは二人揃って腹を壊して便所です！　仲がいいんですよ」

大月が答える。好機と見たか、彼は立ち上がった。

「さあ！　残念ですが言わねばならない時が来てしまいました。

みなさんは今晩、食事をとることは出来ません！　虎肉でも食って大いに精をつけてやろうとお集まりなさったんでしょうが、そうはいかない。これは実に恐ろしい料理です！　うっかり食べたらゲロ吐いてのたうち回りますよ。何のことだか分からんでしょう！　今説明します。この船にはね、凶悪極まる殺人鬼が乗っているんですよ！　そして、とんでもない計画を持っているんです。それは誰か？　どんな計画か？　果たしてその正体は暴けるのか？　そんな、十分前に誰が屁をこいたんだか証明するみたいなことが出来るのか？　出来ます！　俺がやってみせます！」

両手を振り上げて、大月は叫んだ。

みな、唖然《あぜん》としている。

大月がどう晩餐の邪魔をする気なのか、照江は気を揉んでいた。突然に演説が始まったので面食らったが、彼が何をしようとしているのかは判った。

彼は、西洋の探偵小説に出てくるような、名探偵を演じているのである。客の興味を引いて、時間稼ぎをしようというのだ。

「おい！　何なんだ君は！　訳の分からんことを。なぜこんな時に邪魔をする？」

広川氏は怒鳴る。氏は、さらには照江を睨みつけた。照江も覚悟を決めて、敵意を剥き出しにした視線を返した。

「だって、人が死んでいるという時に黙っている訳にはいきません！　俺が広川さんに、西洋婦人の更衣室に間違えて入って、ズロースを被せられて追い出された話を聞かされた分だと思って付き合ってくれませんかね！」

広川氏は顔を赤くして絶句した。

「時に、西田船長は随分なスケベでらっしゃるでしょう？　黒山さんは眼付きが如何にも代議士らしくて金に汚そうだし、ミヤ子はもちろんアバズレです。三木さんはよく知りません！　倉西子爵は、俺の絵を褒めてくれたこともありますが、ミヤ子に手を出そうとしている！　だからもういいです！」

「何が言いたいのだね」

倉西子爵は鼻白む。

「ですから、みなさんに比べて、この照江さんがいかに立派かという話です！　少々ガサツですが、しかしとても正直です。容姿も大変結構だ！　その照江さんが、南さんの屍体を目撃したと言っているんですよ！　みなさんこれをどう考えますか？」

大月に促され、照江は、船首楼の近くで屍体を見た時のことを説明した。

強引で危険なやり方である。大丈夫だろうか？　こうなった以上、蓮野たちに一刻も早く屍体を見つけてきて貰わねばならない。

心臓が高鳴る。つっかえながら、広川氏がそれを信じなかった経緯を語り終えた。

「どうです！　実際の所、南さんが、断りも無しに勝手にボートで陸に帰らねばならなくなる、そんな事情がそうそう考えられますか？　そんな話と、この真面目な女中さんと、どちらを信用しますか！」

いい加減にしろ、と広川氏は再び怒鳴りだしたが、大月の話は、少なくとも他の客には続きを聞く気にさせる力があったようである。さっきまでならともかく、今は平井氏が失踪している事実があるのだ。

「そして、南さんが追っていた殺人事件というのが問題です。何しろ、何人もの若い女を殺害し、屍体で人体彫刻を作り上げたという！　そんな異端の芸術家か、もしくは変態性欲者が、みなさんの中にそしらぬ顔で紛れ込んでいる。

南さんはそれを追い詰め、捕縛寸前の所で返り討ちに遭いました！　屍体は海に捨てられ、照江さんの他、誰にも気づかれることはなかった」

黒山代議士は、焦れたように言った。

「それで、南君が殺されたのだとして、君は誰が犯人だというんだね」

大月は黙った。

この先に言うことを用意していないのである。蓮野達はまだか？　遅い。

「いいでしょう！　勿体ぶっても仕方ない。犯人は――」

バタンと扉が開いた。


「屍体が見つかったよ」

蓮野であった。夜会服が機械油で汚れている。

「遅かったな！　随分手間取ったな」

「それは申し訳ないね。井口君が見落としたせいだ」

「悪かったよ」

背後に井口が現れた。暗くて分からないが、何か丸いものを抱えている。

「でもおかげでノブ子を見つけたよ」

抱えているのはホシガメらしい。

蓮野は、成り行きを全く飲み込めずにいる客たちを見回した。

「大月君、大丈夫だったか？」

「大丈夫だ！　誰にも食事に手をつけさせずに済んだぜ」

「ねえ、蓮野さん？」

ミヤ子である。

「大月さんが、女の人を何人も殺した犯人がこの船に乗ってるって言うんですけど、どういうお話なのか、あんた、説明してくれるのかしら」

「説明します。が、その前に、みなさんに見てもらわねばならないものがあります。西田さん、どこかに脚立はありますか」

「脚立？　第二甲板の階段の下にあるが」

「おい君、さっき屍体と言ったな」

広川氏は、そわそわと不安げに、蓮野を問い質す。

「そうです。平井さんが殺されているのを発見したんですよ」

井口と大月が先頭を行き、客達はゾロゾロとついていく。しんがりを、照江と、脚立を持った蓮野が歩く。

照江は、井口に託されたノブ子を抱いている。見つけたのは第三甲板だそうである。なぜそんなところにいたのかは分からない。甲羅を眺め回してみたが、幸いに傷はない。

第三甲板の、機関室の開口部を巡る通路に来た。それを中程まで進んで井口は立ち止まり、みなを振り返った。そして、頭上を指差して言った。

「ほら、あそこです。見えますか？　あれ、屍体なんですよ」

上方で明かりが届きづらい。石油ランプを傾けて、辛うじて様子が分かった。

そこには機関部から伸びた無数のパイプが通っている。形状も太さも様々のパイプが密集していて、それと、天井、第二甲板の床下にあたるところ、その間に異様なものの影が見えた。

蓮野は通路に脚立を立てた。それに登って、ランプを掲げて見せた。

はっきりした。屍体である。パイプ越しに全身の輪郭が見える。それが着ている茶色のシャツは、平井氏のものだ。

みな息を呑んだ。動揺が広がる。

「警察が来るまで放っておいた方がいいかな？　いや、降ろすしかないか」

客の様子を見て、蓮野は決めた。

井口が椅子を取りに行った。一人で屍体を降ろすのは難しく、脚立は一つしかない。

脚立に上がった蓮野の隣に椅子を置き、井口がその上に立った。蓮野が引きずり出した屍体の足を井口が受け止めるという手筈である。

危なっかしい作業であった。照江は井口が手すりを越えて開口部から船底に転落しないかヒヤヒヤした。それでも、二人は肩と腿をそれぞれ抱え、屍体を降ろすことに成功した。

それは目を見開いていた。口が半開きで、ランプの明かりで見ても土気色の顔である。まさしく照江が航海船橋甲板から目撃した通り、胸にククリナイフが深々と突き刺さっていた。血は殆ど出ていない。

屍体は、階段近くの広いところに動かされた。床に安置された平井氏をみなが取り囲む。

「あまり触らない方がいいでしょう。警察に見せなければなりません。広川さん、見ての通りです。一刻も早く警察を呼ぶ必要があります」

だが、広川氏は聞いていなかった。しゃがみ込んで屍体を眺め回し、まだ信じられないという顔で振り返った。

「おい、どうなってるんだ？　誰が、なんでこんなところで――」

「無論、この中の誰かがやったのです。警察を呼ばないといけません」

蓮野は繰り返す。

しかし、やはり広川氏の耳には入らなかった。彼は焦燥を露わにして、客たちを見回した。

「おい、平井君がここにいるとは誰も知らないんだろう？　大丈夫だ。海に沈めてしまえばいいな。誰にも分からない」

とんでもないことを考えている！

広川氏は立ち上がった。

「みなには、秘密を守って貰わねばならないことになる。いや、しかしこれは結局黒鳥会のことと同じだな。要するに、他言しないでもらえればいいのだ――」

客は無言である。彼らにしても、広川氏と立場はそう変わらないのだ。ここに警察が乗り込んでくれば、彼らの地位は危うくなる。

「そんなこといけないでしょう。あたし黙ってられるかしら」

意外な方から反対があった。ミヤ子である。

「何を言う？　黙っているしかないだろうが！　世に知れたらどうなる！」

「だってあたし別に殺してないんですから、なんとかなるでしょう？　それにあたしこんなこと喋りたくなっちゃうわ」

広川氏はそうは考えないようである。会の首謀者で、過去の罪過の多い氏の痛手は大きい。

「ミヤ子さんの言うとおりでしょうね。隠す訳にはいかないでしょう」

蓮野は静かに同意した。

屍体を見た広川氏の反応を観察して照江は思った。彼はやはりただの小心者であった。到底幾人もの女性を殺して平気で暮らしているだけの度胸はない。それだけの器量はない。彼は犯人ではない。――蓮野の言っていた通りだ。

蓮野に向かって、黒山代議士は問う。

「おい君、君はどうして屍体に気づいた？　こんなところにあるものをどうして見つけられたのだ。君らこそ犯人じゃないのか？」

「そう、そうだ！　君らは何しに来たんだ？　それから照江もだ！　お前ら、何か企んでいるだろう。私を困らせる計画か？」

広川氏は、代議士に同調する。

「おい蓮野君、これはもう駄目だよ。犯人だ！　犯人を指摘しろ。名探偵をやれ。でないと収まらない」

大月が喚いた。

「何、あんた犯人知ってるの？　ねえ、なら教えてよ」

蓮野はしばらく考えて、他に道のないことを認めた。

「仕方がありませんから、僕が今から、誰が殺人犯であるのか、みなさんに納得してもらえるように説明します。その人物を警察に引き渡しましょう。それが一番穏便な道です」

客は黙った。

蓮野は、甲板に膝を突き、ランプで屍体を照らした。

「南さんの事件は、照江さんの証言以外に証拠が存在しません。すると、みなさんに犯人を認定していただくには、目の前にある平井さんの屍体を使うしかない。

そこで、この屍体なんですが、ちょっと妙じゃありませんか。胸にナイフが刺さっていて、一見して刺し殺されたようにしか見えないんですが、しかし他に傷が全くありませんね」

その通りである。血もさほど出ていない。

蓮野は、屍体に刺さったナイフの柄を揺すって見せた。

「このナイフですが、体内に随分固く入り込んでいて、容易には抜けそうにないですね。見た所、胸部と背部の肋《あばら》の隙間に嵌ってしまっているみたいです。

器用なことです。生きている人間を相手にこんなことが出来るものですかね」

確かに、動き回る被害者に、狙いを定めてナイフを刺すのは現実的ではない。

「ナイフは、風呂場に置いていたと言いましたね」

「ああ、うん、そうだね」

船長が答える。

「これも妙ですね。犯人がなぜ平井氏を殺したかは一旦置きますが、しかしなぜそのナイフをわざわざ持ち出したのか？　殺し方なら他に色々あります。殴ってもいいし、首を絞めてもいい。犯人にしたら、出血の少ない殺し方の方がいいですからね」

みな、これには同意した。

「他に傷が無いですから、平井氏は全く暴れなかった訳でしょう？　背面からならともかく、正面から、無抵抗なまま肋の隙間にナイフを突き刺すことは不可能です。

これはどういうことか。要するに、このナイフは、死んだ後に刺されたものなんですよ。平井さんは別の方法で殺害されました」

蓮野がどう話を進めるつもりなのか照江は知らない。屍体をつぶさに見る機会を得たのはついさっきのことで、蓮野は今、即興の推理を組み立てながら喋っている筈である。

「では、どうやって殺されたのか。見たところ、外傷はありません。すると鼻の穴から細い針で脳味噌を掻き回すとか、肛門に電極を通して感電死させるとかしたのか。

犯人にそういう周到な用意があったとも考え難いですね。そもそも、外傷を残さず平井さんを殺さなければならない必然性はない。

では、他の、手軽でかつ外傷を残さない殺害方法というと、毒です。それしかない」

毒、と聞いて照江は即座に思い当たった。みなも同様のようだった。この船内にある毒というと

「西田さん、印度《インド》から持ってきた矢毒を保管しているのだそうですね？　虎を殺すためのものです。どこにあるんです？　持って来て貰えますか」

「ああ、うん、分かったよ」

バタバタと船長は階段を駆け上がって、五分ほどで戻ってきた。

透明なガラス瓶を持っている。練り物のようなものが入っていた。

「どうですか。減っていませんか」

「減っている」

船長は顔面を蒼白にしている。

他の客たちも、瓶を確かめた。

「その瓶を最後に確かめたのはいつです？」

「罐詰の軽食の前だ。これは船長室に私が保管していた。虎の解体のことを説明した時に、瓶をみなに見せた」

西田船長はそう答えた。その時と見比べて、毒が少なくなっているように思う、と客たちの意見が一致した。

「平井さんは毒を盛られたわけです。どうして毒を盛られたのか？　それには、少し前に起こったノブ子の失踪事件が関係しています」

照江は抱えたままのノブ子を見た。縮こまっている。寒くて動けないようである。

このリクガメは、司厨室の隣の食料庫の床に、囲いを置いて飼われていた。管理を任されていたコックの知らないうちに、いつの間にか脱走していたのである。

「ノブ子は、あんまり元気がなくて、なのに、今まで一度も乗り越えたことのない木枠を越えて居なくなったのでしたね」

「そうです」

三木が答えた。

「これは、犯人がやったことです。食料庫は調理台の方から見通しが悪いですから、通路の扉から入って、ノブ子を三木さんに気付かれず逃すことは可能です。

それを三木さんに捜しに行かせて、司厨室を無人にする必要があったんですね。あの時は、シチューとサラダが既に出来上がっていたのでした。みなさん、あの晩餐には毒が入れられています」

客たちは息を呑んだ。照江も、生唾を呑み込んだ。

みなは互いの顔を見る。犯人は、この場の全員の殺害を目論んだことになる。

それまでみなは輪になって話を聞いていたのが、互いに距離を取ろうとして、陣形は崩れた。

「平井さんは空腹を訴えていたでしょう？　罐詰の軽食が足りない様子でした。そして、司厨室は犯人の工作によって無人になっていたのですね。そのため、犯人の予定に無いことが起こってしまいます。

平井さんがつまみ食いをしたのですよ。シチューやサラダを小皿にとって、どこかの物陰で食べたのでしょう。もしかしたら、人気の少ない第二甲板や第三甲板まで降りたのかもしれない。

犯人は、死んでいる平井氏を見つけて大いに弱ります。毒殺体が転がっていては、他の人が警戒して、毒入り料理を食べさせることが出来ない。そこで、屍体を何としても隠さねばならなくなったのですね」

「おい」

しばらく沈黙していた広川氏である。

「証拠は？　何もはっきりした証拠が無いじゃないか。それを示してみろ」

「食事に毒が混入されていることを証明する方法は無論有ります。リクガメにサラダを食べさせてみるとかね。しかし、そんな可哀想なことをする必要はないのではないかと思いますね」

ノブ子を抱く照江は、思いっきり広川氏を睨めつけた。

蓮野の話は他の客を十分に納得させていたようで、誰からも異議は出なかった。

「では、誰が犯人か。いきなり無遠慮で申し訳ないが、僕と井口君、大月君、それから照江さんは容疑者から外れさせてもらいます」

「なぜだ」

「毒の瓶がどこにあるか、そしてそれが毒であることを知らなかったからです。知っていたのは三木さんと西田船長、それに、虎の解体の説明を受けた方々だけです。それとも誰か、我々の誰かにそのことを話したという人がいますか」

毒は船長室のデスクの引き出しにあったそうである。

誰も何も言わない。そんな人は居ないのだ。

「認めていただけますか。では犯人は、三木さん、西田船長、倉西子爵、広川さん、黒山さん、ミヤ子さんの内から選ぶことにしましょう。

犯人は六人のうち誰か。これを決めるには、犯人が、なぜ平井さんの屍体にククリナイフを刺したのか、という疑問を解決する必要があります。

毒で死んだ屍体になぜナイフを刺すのか？　例えば、平井さんが完全に死んでおらず、とどめを刺したということが考えられますが、しかし、やはり兇器がククリナイフである必要は無いですね。首を絞めるとかで十分な筈です。

そうではなく、あえてククリナイフを胸に突き立てる必要があった訳ですが、しかし、その理由は、屍体がどこにあったかを考えれば明白です。

平井さんの屍体は、細い通路の天井のパイプの上の、注意深く捜さなければ見つからないところに押し込まれていました。

犯人としては、そうするべきだったのでしょう。犯人は、みなに毒入りの晩餐を食べさせようとしているのですからね。その前に屍体が見つかってしまえば、晩餐は中止になり、計画は台無しになってしまう。

そして、船内ではその時、カメとパイプの捜索が行われていました。それに、平井さんの姿が見えないことが分かれば、船中を捜してみようとなるのが当然です。料理の出来上がる時間がもう少し遅れていれば、そういう話になっていたかもしれない。ボートはもうありませんから、平井さんも陸に帰ったということには出来ません。海に捨てたくても、屍体を持って外甲板に出る間には見つかる危険が大きかったのです。あの時は、照江さんが上の方の甲板でパイプを探していましたからね。

すると、犯人は屍体をあんなところにでも隠すしかないですね。天井なら、ランプの明かりが届きにくいし、盲点になる。

では、犯人は、どうやって屍体をあそこに押し込んだのか？

さっき僕と井口君で屍体を降ろした時の様子を思い出して貰えれば分かると思いますが、通路が狭いですし、二人がかりでもあれだけ大変でした。まして、屍体を担ぎ上げて、あそこに押し込むなんてのは一人では出来そうにありません。機関室に落としてしまいそうです。

では犯人はどうしたのか。何かで屍体を吊りあげるしかないでしょう」

＊

数十分前のこと。機関室で、照江たちは蓮野の推理を聞かされた。

それは、南氏の屍体の発見と消失に関する一連の論理だった。照江を信用しない人々を説得するのには使えない論理である。ともあれ、それによって、犯人の名前を照江たちは知った。

声を落として、蓮野は語った。

「南さんが、どこで、どういう経緯で殺されたかは分からない。どうにかして、捕縛を目論んでいることを犯人に悟られ、人知れず殺されてしまった。

犯人は困る。屍体は処分しなければならない。これはまあ、海に沈めて仕舞えばいい。

しかし、それだと南さんが失踪したってことになるだろう？　船のものたちは不審がる。そこで、犯人はボートを処分することにした訳だ。客たちをまとめて殺害する計画があったとすると、もっともなことだね。南さんが、何かの理由で勝手に陸に帰ってしまったが我々は晩餐を楽しもう、というならいいが、南さんの姿が船内のどこにもなくて、ことによると海に落ちて溺れてしまったかもしれないが我々は晩餐を楽しもう、となるとは限らない。警察に通報しないと駄目だと主張する真面目な奴がいるかもしれない」

照江の見る限り、まず蓮野がそうである。

「だからボートは処分された。ボートが見当たらなければ、南さんは勝手に陸に帰ったのだ、ということで説明がつく。

そこでだ。さっき、西田船長が重要なことを言っていたろう？　あのボートは木製で、そう簡単に沈むものでもないと言っていた。

だとすると、犯人は、そのボートをどうやって処分したのか？」

照江は、この時まで、その問題に全く思い当たっていなかった。

冷徹な語り口で、推理は続いた。

「ボートを鋸で解体して、どこかに隠すか？　それはあまりにも大変だ。かなり小さくしないといけないだろうし、それに木屑が出るから怪しまれる。船内に無かったんだから、海に投棄された訳だ。でも、ただ投げ出しただけじゃ、比重が軽いからプカプカ浮かんでしまう。しかも今日は波が穏やかだから、空のボートが海に漂って、それこそ南さんが落ちて溺れたってことになる。

ではどうしたか？　重りをつけるしかない」

そういえば、南氏の屍体にも、重りに金梃が縛り付けてあった。万が一にも、浮かんでしまっては困るのだ。

「では、その重りというのが何かと考えてみた。相応の比重のある物体が要るからね。そんな物が何か紛失したか探してみたが、無いんだよ。そもそも、それだけ重量があって簡単に持ち出せるものが思いつかないだろう。

では、何を重りに使ったかというと、鉄屑だ。それ以外無い」

「鉄屑？　船尾楼のか？」

井口は問い返した。

「そうだよ。ボートを投棄したのも船尾楼側だろう。屍体なら海に投げ込むのは一瞬で出来るが、ボートだとそうはいかない。重りがあるから時間がかかる。が、船尾側なら、船尾楼甲板が目隠しになって船橋楼から見えないからまだ安心できる。

で、鉄屑を重りにしたとすると、それは何かに詰めないといけない。袋が要る。でないと重りの用を成さない。

すると、南さんの屍体の肉がなぜ削ぎ落とされたか、これが判明する」

「え？」

「袋が必要なんだよ。鉄屑を入れる袋が。それはどこにあった？」

照江は、蓮野と一緒に船尾楼に行ったときのことを思い出した。

あの時、虎の居る倉庫を、扉の小窓から照江は覗いた。室内の、入り口近くに、石炭袋が置かれていたではないか。

「犯人は、あの石炭袋に鉄屑を入れて、重りにしたんですか」

「そうです、照江さん。あの倉庫は、二室が繋がってて、虎は両方を行き来していた。左の倉庫に袋があって、それを取りたいなら、虎を右の倉庫に誘き寄せないといけない。

虎を誘き寄せるにはどうしたらいいか？　餌《えさ》が必要だ。それにはちょうどいいものがある。南さんの肉は、船尾楼の右側の倉庫に投げ込まれたんだ」

ああ、と大月と井口は声を上げた。照江も内心、同様の驚声を発した。

「右の倉庫は鉄柵が扉を塞いでいる。その隙間から人肉を入れる。虎は腹が減ってるんだろうし、それを食べに寄ってくる。その隙に左倉庫を開いて、石炭袋を取る。袋は入り口のすぐそばにあったし、手早くやれば大丈夫だろう。

袋に鉄屑を詰めてボートに括る。針金でだね。そうして、犯人はボートを海中に沈めることに成功した」

　これがいつ行われたかは分からないという。南氏の屍体を投げ込む前に済ませたのか、それとも照江が屍体を発見して、広川氏を呼んで、船首楼の辺りを見回っている間に反対側で行われていたのか。

　常識的に考えれば屍体の処理を優先しそうだが、上甲板のボートを運び出す機会は周囲に人気の無い時に限られているし、屍体に重りを括った針金は船尾楼にあった。殺害ののち、とりあえず船首楼で氏の肉を切断して、ボートを船尾楼に持ち出す。ボートを処理した後針金を持って船首楼へ行き、屍体に重りを括り付けたところで照江が現れる。慌ててその場から離れ照江に屍体が発見される。そういう順序だったかもしれない。

「まあそれは重要ではないね。問題なのは、犯人は、石炭袋を取るために船尾楼の倉庫の扉を開いた、ということだ。

　あそこには鍵が掛かっていた。虎が居るんだから当然だ。

　その鍵はどこにあったか？　食堂に置かれていた。合鍵の入った巾着袋だ。

　そして、犯人は、そのうちどれが倉庫の鍵か分からなかった訳だろう？　犯人というか、誰にも、船長にすら分からなかった」

　そうだ。船室用品庫を開けるときに照江も鍵を見た。木板に書かれた文字はどれもこれも読めなかったのだ。

「つまり、犯人は、船尾の倉庫の鍵を使うのに、あの巾着を丸ごと持ち出さなければならなかったということになるね。

それには鞄を使った筈だ。でなければ、巾着袋を持ち出すのに僕が気づいただろう。照江さんの証言を聞いた時にこの話はしたが、僕は食堂の出入りを見張っていた。鞄を持って出入りしたのは二人しかいない。その二人のうち、ミヤ子さんの鞄はどうも、巾着袋を入れるのには小さすぎたね――」

＊

犯人は、平井氏の屍体を通路の天井に隠すために、何かを使って吊り上げた。蓮野が語るのに、誰も異議を唱えなかった。

「すると、なぜ犯人が屍体にナイフを刺したかがはっきりします。

犯人は、どのようにして屍体を吊り上げたか。おそらくは、機関室のチェーンブロックを使ったでしょう。屍体に紐状の物を巻き付け、それを通路の天井のパイプに通す。そして、端にチェーンブロックのフックを引っ掛ける。チェーンブロックは、通路の手すりかどこかに固定したのでしょうね。

そうして、チェーンブロックを捲き揚げれば、屍体を天井のパイプの上に隠すことができる。

それでは、屍体に巻き付けた紐状のものとは一体何か。ロープではありません。西田さんは、予備のロープを虎の居る倉庫にしまっていて不便しているとおっしゃってました。

他には、船尾楼に針金がありますが、首尾よく屍体をパイプの上に押し込んだとして、それから針金を外すのが大変です。天井から針金が垂れ下がったままではすぐに見つかってしまう。それに、あの針金は錆びていました。犯人がそれを使ったなら、屍体が錆で汚れている筈ですね。

では何で吊り上げたか？　ロープでも針金でもないとすると、残るのは、もう鉄索しかありません」

鉄索？　照江たちが片付けをした倉庫にあったものか。

「あれは二間くらいの長さで、両端はそれぞれフックのかかるよう小さな輪になっていました。

これが使われたとすると、屍体にナイフが刺された理由が明らかになる。屍体を吊り上げるには、鉄索の輪を通すとっかかりが必要なのです。太いですから、屍体に結びつけるわけにはいきません。そのためにわざわざ刺したのです。

鉄索は三本要ります。屍体の胸から背面に刺したナイフの柄に、三本の鉄索の端をそれぞれ引っ掛けて、一本は股、後の二本は両肩の上、首の横を通します。で、それぞれのもう一方は投げ上げてパイプと天井の間を通す。

その端を、チェーンブロックで捲き揚げればいい。引き上げた後の鉄索は、太くて弾力がありますから、上に押し上げるようにすればナイフの柄から外れます。

犯人がこの作業をやった前後には、照江さんや井口君たちが機関室に出入りしています。見つからなかったのは幸運だったでしょうが、しかし、犯人は殺人に熟達した人物ですから、屍体を隠すのも手際良くやったのでしょうね。

こうなってくると、もう犯人は明白です。照江さんがそこの片付けを命じられて、僕らも手伝っていました。

鉄索は、船室用品庫にありました。大量のガラクタがあって、それを二十四個の木箱に詰めたのですね。

犯人は、そこから鉄索を取り出したのですが、それは、どの木箱に鉄索が仕舞われたか知っていないと無理でしょうね。一つ一つ漁っていては時間がかかり過ぎますし、ガシャガシャと音がして人が集まってきます。入れた箱は下の方に積みましたしね。

それを知っていた人物というのは、要するに、鉄索を木箱に仕舞うところを見ていた人物です。

我々の他、それは一人しかいません」

照江は晩餐の席から黒山代議士の様子を窺っていたが、名指しされるこの瞬間まで、彼が狼狽するところを一切見せなかったことに驚いていた。蓮野の言うことに納得しつつも、心からは信じかねるくらいであった。

蓮野が言葉を切ったその時、黒山代議士は、その落ち着いた表情のまま、ポケットからピストルを取り出そうとしていた。照江は悲鳴をあげた。

大月と井口は二人がかりで黒山に飛びかかり、銃を持つ手を捻じり上げ、銃口を無人の方に向けさせようとする――

「おい止めろコラ！　危ないな」

「離せ！　貴様ら――」

黒山の頭を、井口が右肘でぶん殴った。

ズドンと銃声が鳴った。うわっ、と悲鳴をあげて大月が飛び退く。

黒山は自由になった右腕で正面に照準を合わせようとする。が、間髪入れず蓮野が飛びかかる。大月が黒山の足を掬う。彼は仰向けに引き倒された。

呆然としていた客もようやく加勢を始めた。左右の腕を押さえつけている井口と蓮野に従って、西田船長が右足、倉西子爵が左足を押さえた。ミヤ子は、仰向けにされた黒山の腹にかかとで蹴りを入れた。彼はようやくピストルを離した。

「危ねえなあ！」

大月が立ち上がって叫んだ。彼の派手なシャツは、弾丸が掠めて横一文字に破けていた。

「誰か、縛るものを持ってきてくれませんか？　針金か。広川さん」

「な、何だ」

「船尾楼にあります。持ってきてもらえますか」

「何で私が――」

広川氏は照江を見た。が、照江は、ノブ子を床に降ろして、その体調を気遣うのに忙しいという格好をして見せた。

氏は、うう、と唸って船尾楼に向かった。

「おっかないな！　これ」

大月が銃身を摑んでピストルを拾い上げ、まじまじと眺めた。

「どうしてくれるかね？　死ぬところだったぜ？　こいつの尻の穴に挿してやろうかな」

「やめとけよ。そんなの芸術的でも実用的でもないだろう」

井口はそう言った。

十

黒山を縛り上げてしまうと、照江はようやく安堵した。

助かったのだ。後は警察を呼べばいい。

蓮野たちと照江はサロンにいた。西田船長が、ヨットの支度をするのを待っている。彼の操帆で、陸に戻る予定である。

自身の持ち物を検める井口たちに、蓮野は何でもなさそうに言った。

「そういえば、さっきは言いそびれたんだが、黒山は、罐詰の軽食をとった時にも僕らを殺そうとしてたよ」

「え？」

井口は聞き返す。照江も、訳もわからずぎくりとする。

「ほら、僕らにワインを勧めておいて、結局止して、ミヤ子さんが呑みたいと言っても呑ませなかっただろう？　あれには、多分毒を混ぜてたね。

広川さんも僕も、大月君までも飲まないとなっただろう？　だから引っ込めざるを得なくなったんだ。

皆殺しにしたいなら、一度になるべく多くに毒を盛らないといけない。死んでない人がいると、その後は格闘になる。ピストルを持っているから、二人くらいなら勝てると踏んで決行したかもしれないが、三人も呑まないものだから延期したんだ」

照江はまるで気がつかなかった。しかし、思い出してみれば確かに黒山の振る舞いは妙だった。

警察の聴取は気が重い。しかし、そもそも南氏は黒山が殺人犯という抜き差しならぬ証拠を警察に渡しているというのだし、案外事情の説明は簡単に済むかもしれない。もともと、南氏は、黒山を捕らえて凱旋しようとしていたというのである。

照江はノブ子を陸に連れて行くつもりである。弱っている。一刻も早く温めてやらないと死ぬかもしれない。

ともあれ、事件は解決した。

大きな謎が一つ残されたままになっていた。そのことを照江はぼんやり考えていたが、すると井口がそれを口にした。

「ねえ、結局、黒山は、何で僕らを皆殺しにしたかったんだ？」

そうだ。

黒山は、今度の事件で大変な仕事をこなしている。自分の罪を暴こうとした南氏を殺し、その屍体とボートを隠し、さらには毒入りの晩餐を摘み食いして死んだ平井氏の屍体をも隠蔽して、船の人々を皆殺しにしようとしたのだ。

一体何が目的だったのか？　そもそも彼は、ただの快楽としか思えない動機で殺人を繰り返してきた人物である。

黒山はヨットの操帆が出来た。南氏を殺した後で、すぐにそれに乗ってどこかへ逃げることも出来たのである。しかし、彼はそうはせずに船にとどまってみなを殺すことを選択した。一体、何が目的だったのか？　証拠隠滅か。しかし、どう足掻いても、時間の問題でバレずには済まない犯罪のようにも思える。

「だって、殺人犯なんだから、人を殺したくなったっておかしくないだろ」

大月は井口に応じる。

「何だ？　その、芸術とは芸術だから芸術である、みたいな答えは」

「だから、そもそも黒山は意味の分からない殺人をやってた訳だろ。あいつは、案外芸術家のつもりだったのかもな。でなきゃ、こうまで込み入った犯罪が実行出来るか？」

「でも、南さんを殺したのは、自分の犯罪を隠すためだろう？　そういう実用上の理由がある、どちらかというと職人的な執念じゃないか」

「だからさ、その執念の果てに大殺人を為そうとしてたんだろう？　隠蔽ではなく、それが目的だ。その執念は、井口が絵筆や画材に拘るようなものだろう。あの込み入った手口は芸術家の冷静さに見える」

「そりゃ、殺人の始末の拘りようはご苦労様と労いたいくらいだったが、しかし、あの毒殺が成功して僕ら九人の屍体が並んで、それは芸術的か？　やっぱり、今までやったのと同じように、組み換えて彫刻を作ろうとしてたのか？」

「鑑賞者としての君の意見は関係ないだろ。黒山にとっては芸術的だった。それに、これは謂《い》わば遺作だろ？」

　そういえば、黒山は南氏の手帳を読んでいる筈なのだ。あれには、既に猟奇殺人の証拠は揃っていて、警察に預けていると書かれていた。

　では、この計画は、もはや捕まるしかないと観念した黒山が、殺人芸術の仕上げとして、最後に一大傑作を創るべく大奮闘したということだったのか。

「でも、黒山は普段、若い女性ばっかり殺していた訳だろう？　今度は、若い女性は二人だけだ。黒山は、時間が残されていないことを悟って、遺作に掛からねばならなくなったのだと大月は言うんだろう？　でもな、結局、材料が男ばっかりじゃないか。

例えばね、君が病気でもやって、後数ヵ月で死ぬとなったとする。僕が病室を訪ねて、やあ大変だね、君も芸術家なんだから何か遺さなきゃいかんだろう、画材が調達出来なかったから代わりに粘土を持ってきた、これで裸の女でも造りたまえ、とか言ったら怒るだろ？

　黒山は、普段殺してる若い女性が足りなくて、それでもまあやってしまえと実行したということか？　これは何だか、年増女性にしか興味のないゴロツキが、捕まって何年も禁欲させられて、その反動で出所して女学生に手を出すような、あるいはもっと単純に、死ぬと決まった男がこの世の名残にと手近な女性を片っ端から強姦して回るような、そういう薄汚さを感じるよ。芸術じゃないな」

「男か女かがそんなに問題か？　黒山は水彩と油彩くらいの違いと思ってたかもしれないぜ。それに、油絵も彫像も両方やるのかもしれないだろ」

「今までの作品は油彩だけじゃないか」

「いや、少なくともこの船にも女性が二人いるんじゃないか。しかもどちらも美人だ。黒山にとっちゃそれで十分だったんじゃないか？」

「どうかな。僕は猥褻写真と変わらないと思う」

例によって、井口と大月の会話は不毛な方向に向かいつつある。

「おい蓮野君！　君はどう思う？」

大月から大声が飛んだ。蓮野はとっくに身支度を終えて、手持ち無沙汰にサロンの調度品を眺めているところだった。

「随分不謹慎だなあと思ったよ」

「いや、まあ、被害者の遺族には聞かせられないかもなあ」

井口はバツが悪そうに言う。

「僕も、警察でもないのに殺人犯を指摘したりして不謹慎だから、君らに意見は出来ないがね。どう思う、というのは何の話だい？」

「だから、黒山がいかなる動機で俺らの殺害を図ったのかということだ！　殺されかかったんだから、好きなだけ考えていいだろ？　彼は芸術家か？」

蓮野は大月と井口の顔を見比べて、それは知らない、と言った。

「黒山が芸術家かどうかは、君たちに決められないなら僕に言うことは無いよ。彼が何で過去に女性を何人も殺してバラバラにして組み立てたりしたのか、それは説明出来ない。ただ、僕らを殺そうとしたことについては、明白に動機があると思うよ」

「何？　明白なのか」

「明白でね、実用的な動機だよ。それこそ、塗装が剥げて雨音もうるさいが、漏りはしないからそのままにしてある僕の家の屋根の如く実用的な動機だ。

南さんは、すでに証拠を揃えて警察に渡しているんだろう？　今、陸では警察が黒山を逮捕するべく用意を整えてる訳だ」

「そうだ。だから観念して、名残に大殺人を――」

「それは芸術家の発想のような気がするけどな。黒山が試みたのはね、もっと実際的なことだ。逃亡だよ。芸術からの逃亡とか、僕にはよく分からないのじゃなくて、ただの逃亡だ。

どうやって逃げる？　陸では、警察がもう逮捕の手筈を整えている。南さんが、どこまでの情報を警察に渡しているか分からないから、迂闊には近づけないね。

何しろ世に聞こえの高い代議士が猟奇殺人犯だというんだろう？　もう大騒ぎだ。みんな顔を知っているし、陸には帰れない。

ではどこに逃げるか？　海だよ。ヨットがあるから、それに乗って逃げればいい。台湾か、大陸か、濠太剌利《オーストラリア》か、或いは亜墨利加《アメリカ》か。打瀬船《うたせぶね》で太平洋を渡ったって話もあるからな。案外無理じゃないかもなあ」

そうだ。照江たちは黒山の操帆でここまで来たのだ。

「で、そういう長期の航海になると、いろいろ用意が必要だろう。何より水と食料だ。水はいいんだ。光川丸にもまだ蓄えがある。食料が問題だよ。船の非常食は切れかかっている。航海はどれだけかかるか分からないし、なるべく沢山確保しておきたいのにだ。僕らが盛られそうになったあの毒は、狩猟用で、加熱すると毒性をなくすとか言ってたよな。君たちは、晩餐に南さんの肉を食べさせられるんじゃないかと気にしてたみたいだけども、どうやら僕らは逆の心配をしないといけなかったな。君たち見たかい？　食料庫に都合よく空の罐があったよ。罐詰にしてしまえば、長期の旅行にも便利だ」

照江たちが茫然としていると、戸口に西田船長が現れ、ヨットの支度が出来たことを告げた。

宝石泥棒と置時計

一

帝都《ていと》は暖かかった。桜は満開に近く、人出は多い。私は背広を脱いで抱えている。順天堂《じゅんてんどう》の近くで蓮野と落ち合った。神田川沿いを、市ケ谷の方面に歩く途中である。

「まだ正直になるにも遅くないと思うけどもね」

橋に差し掛かったところだった。洋装の子供の手を引いた夫婦連れと行き違いながら、気怠い声で蓮野は言った。

彼は疲れている。光川丸の惨事は八日前のことである。とんでもない大事件だったから、警察が私たちの説明に納得し、解放されるまでにもしばらく時間がかかった。

私がううんと唸って黙っているので、蓮野は言葉を継いだ。

「遅くなる程に後が厄介だよ。加右衛門氏はもうお亡くなりだ。幹二さんは話が分かりそうだったろう。幹二さんを通せば警察に話もできるだろ？」

「そうかもしれないけども、しかし、また少し事情が変わったんだよ」

疲弊した頭で、蓮野にどこから話をしたものか、私はぼんやりと考えを巡らせた。

私を悩ませているのは、時計である。あの、父が加右衛門氏を相手に誤魔化しをやった、和蘭陀《オランダ》王室にゆかりの置時計である。あれが、思いがけず再び私に祟《たた》ることになった。

去年の十一月、交換しないまま美術館から持って帰ってきた時計は、しかし私の手に帰するべきものでもなく、処遇を決めかねたまま自宅に保管していた。すると今年の二月に加右衛門氏が亡くなったというので、それでは本来所有するべき人の下に返還せねばならないかと思っていた。が、事情を打ち明けるのは億劫だったし、氏の葬式のあったすぐ後に話をしに行くのが、死ぬのを待ち受けていたみたいで非礼の気がした。それが良くなかった。何としても、さっさと返してしまうべきだった。

十六日前である。時計は、私の家の二階から忽然《こつぜん》と紛失した。

盗まれたのである。本来、私の下に有るべきではない品物が故に、通報することも出来ない。

これだけで途方に暮れるのには充分だったのだが、その折も折、時計が盗まれて二日後、情況を更に逼迫《ひっぱく》させる手紙が外国郵便で届いた。

差出人の欄には、Cornelis van Riemsdijk という名が記されていた。ロデウィックという姓には私も聞き憶えがあった。宛名は父で、中は英文である。

私は勝手に開封した。惚《ぼ》けてはいないが、病を悪くしていよいよ臨終の近そうな父である。時計に纏わる厄介は父が元凶で、父自身がそれを気に病んでいたのだ。煩わすのは気が引けた。大体父が元気であったとしても、何の手助けにもならなかっただろうと思う。開封して、辞書を引きながら読むと、果たしてそれを受け取った時の厭な予感は見事に的中していた。

私はその生前の折に聞いていたのだが、祖父が英吉利《イギリス》にて骨董商をやっていた際に時計を取引した相手はフィリップ・ファン・ロデウィック伯爵といって、差出人のコルネリス・ファン・ロデウィック氏はその次男だという。

祖父と伯爵とは私的な交流があって、十年前祖父が死んだ時には、本人が用意していた死亡通知を送付している。多分、そういう通信の際に、父の名前が伝わっていたのだ。

手紙の用件というのは、まさしく件の時計に関わることだった。

曰く、

先代のフィリップ・ファン・ロデウィックの没後、全く無音に打ち過ぎたことをお詫びする。先代より御父君に色々の好誼《こうぎ》を賜ったことは聞いている。殊に、御父君は異文化の人であり、また商人でありながら、美術品を賞翫《しょうがん》することにおいて稀有の人であったと評していた。

よって我家の家宝というべき物を御父君に売却したことは一切後悔していないが、しかし歳をとって過去を追懐するにつけ、あの時計を懐かしく思い出すようになった。

丁度東洋への旅行を思い立ったところであった。そこに、貴君の連絡先を御父君より承っていたことを思い出した。

日本には三ヵ月ばかり滞在する。その間に貴君との面談が叶うとして、時計を拝見させてもらえればそれはこの上ない喜びである。また、もし貴君にその意思があるのなら、時計を相応しい額にて買戻させてもらうことも考えている。これは私のみならずオランダにいる私の家族一同の希望でもある。

或いは貴君が時計を既に譲渡してしまっているのなら、その譲渡先に紹介を賜ることが出来れば誠に有難い。

突然のことで恐縮だが、ご都合を承りたい。無論貴君の事情を優先して頂いて構わない。当方の乗る船は五月二十日横浜港に着港、以後は帝国ホテルに滞在の予定である。

蓮野にも文面を確認してもらった。礼を失せず且つキッパリとした手紙である。

亜墨利加《アメリカ》からであった。蓮野は、向こうの経済雑誌にロデウィック氏の記事が出ているのを見つけてきてくれた。氏は彼の地で事業に成功し莫大な財を成したのだという。慈善家の女性と結婚して、遠回りに旅行をしながら和蘭陀《オランダ》まで帰ろうというつもりらしい。旅の途中の氏には、こちらから返事は出せない。

実にややこしい事態になった。

本来時計を所有するべき幹二氏の与り知らないところで、時計は盗まれてしまったのだ。もはや、私には何と申し開きをすればいいのか分からない。

蓮野は、それでも氏に相談をするよりないのではないかという。

「告白は早いに越したことはないんだがな。日が経つにつれ君の過誤は大きくなるよ」

「そりゃ、そうだが、しかしね――」

時計が盗まれて、最初に相談をした時から、蓮野には正直に幹二氏に打ち明けたらどうだと言われ続けている。

全くの正論である。起きてしまったことは仕方が無いのだ。幹二氏は話の通じる人のようだったし、状況を説明して、協力してもらえるのなら、警察に相談をすることができる。

それが一番いいのは分かっていたが、私は実行しかねていた。

いろいろ理由がある。何より問題だったのが、病床の父であった。

父は、時計の問題は去年の十一月に片がついたのだと思って安心しているのだが、幹二氏や警察に事情を話すとなると、事件の情報はきっと父の耳目に触れずには済まない。

五ヵ月前には死にかけと見えた父は、私が加右衛門氏に穏便に時計を引き渡してきたと嘘をついたのに心の平安を得たためか、意外に今まで生き永らえている。

加右衛門氏を瞞着《まんちゃく》したことが明るみに出るかもしれないと知った父の、年甲斐のない無様な狼狽ぶりが記憶から消し難いのだ。老い先短い命を余計に縮めるような真似はしたくない。

それに、私の立場からしても、美術品取引の不手際に関わる噂が立つのは困る。大体、警察がどこまで役に立つか、私は疑ってもいた。

といって、犯人をどうやって探していいか、見当もつかない。

迷った挙句、藁にも縋る思いで、大月に頼んで光川丸に南氏を訪ねて行くようなことまでしたのである。氏は新聞記者で、色々な事件を調査しているというのだし、警察の事情にも詳しい筈だった。助言を貰えることを期待していたのだ。

しかし、いざ船に行ってみれば、それどころではなかった。南氏は殺されてしまった。なんとか無事に船から帰っては来たが、何も得るところはなかった。

進展のないまま、日に日にロデウィック氏の来朝は近づいている。

「蓮野、君が正直に事情を白状しろというのは分かったよ。ただ、その前にちょっと僕の話を聞いてくれ。

実はね、この時計盗難事件は、単独の事件ではなさそうなんだ。紗江子と峯ちゃんから聞いたことなんだが、二人の周囲で、奇妙な盗難事件が連続しているらしい。

ちょうど時計が盗まれた前後に、宝石の付いた貴重品の盗難が三件も起こっている。しかも、その内のいくつかの事件では、不可解な経緯で貴重品が盗まれている。物理的に不可能としか思えない状況でなくなったものもある」

物理的に不可能、というところを強調して、私は蓮野の表情を窺ったが、彼は興味を惹かれた風でもなかった。

しかし、聞いてくれる気はあるようなので、私は言葉を継いだ。

「盗まれた品はいろいろだ。まずね、東方正教会《とうほうせいきょうかい》の、イコンのリザの宝石が盗まれたというのが最初だ。それから、西洋の貴人が着るので、宝石をあしらったドレスがあるだろう？　それのね、装飾の宝石だけが盗まれたというのが一件で、後の一件は腕輪だそうだ。さらに妙なことに、盗まれたのが、何れもルビーなんだよ」

ルビーばかりが盗難に遭っているということは、極めて重大である。というのも、私の家から盗まれた置時計の文字盤にも、ルビーがちりばめられていたのだ。

あの時計は、極めて高価なものだが、売却するのは難しい。無名のものではない。縁故もはっきりしている。価値を相応に見積もってもらうにはきちんとした鑑定人を探さねばならず、盗品であることは簡単に発覚する。金目当てに盗むには適さない。

蓮野はようやく、私の話に反応を示した。

「時計自体じゃなくて、文字盤のルビーが目当てだったんじゃないかと言うんだね？」

「そうだ。どうも、これはルビーを狙った連続盗難事件らしいんだよ。それに、四件とも、全く無関係のところで起こった訳じゃない。だから、その周辺を探せば、宝石泥棒は見つかると思う。一先ず盗難事件のあらましを話すから聞いてくれ。何をするにも、犯人が分からないといけないだろう？」

「まあね」

依然、気乗り薄な様子の蓮野に、私は紗江子達から聞いた盗難事件を話し始めた。

二

最初の事件が発覚したのはひと月ほど前、三月上旬のことらしい。

これは峯子が、裁縫の先生を通して知った事件である。もっとも、紗江子も同じ話を別のところから聞き及んでいたのでもあった。

「盗難があったのは、神田の楢崎《ならざき》という呉服屋だそうだ。そこで、東方正教会で用いられるイコンのリザに嵌められていたルビーが盗まれた」

「ちょっと待ってくれ」

予期した通り、蓮野は私の話を制止し、もっともな指摘をした。

「町の呉服屋だろ？　畳敷で、のれんでも掛かってて、反物を売る所だろう。何でそこに東方正教会のイコンがあるんだ」

「さあ、峯ちゃんも詳しいことは聞いてないらしいんだが、楢崎家に、少し前に露西亜《ロシア》に行っていた人がいるそうで、そこで預かってきたものらしい」

「革命と関係があるのかな」

「そんな気もするな。非常事態でなきゃ、そんなことにはならなそうだしなあ」

品物は、呉服屋には全く馴染まないものである。話を聞いてきた峯子も、説明をしながら、そもそもイコンとかリザとか何のことかしらと訝っていた。私が、イコンというのはキリスト教の聖画で、リザというのはそれの装飾に使われる金属の覆いのことだと教えても、やっぱり一向にピンと来ないという顔をしていた。

楢崎家では、その神聖なるものを押入れの中に仕舞っていて、来客などに披露していたらしい。

三月上旬の某日午前中。呉服屋の主人の楢崎篤太《あった》氏が押入れを開けた時に、リザに嵌められたルビーが悉く紛失しているのを発見した。

家の人々を集めて、大騒ぎになった。前夜二階に寝ていた長男は、夢うつつに階下で押入れを漁る音がしていた気がすると主張した。警察への通報がなされた。

「盗まれたのは、ルビーだけなんだね？　イコンもリザも盗まれなかった訳か」

「そう。イコンが誰のどういう場面を描いたものだったかとか、リザがどんな造りだったのかは聞いていないんだけども、ルビーがちりばめられていて、それが全部刳《く》り抜かれるように無くなってたんだそうだ」

犯人の意図は分からない。実物を見ずに語ることも出来ないが、リザはそれ自体が美術品として相当の価値を持っている筈である。それを丸ごと盗むことをしなかったのは、大きくて持ち出すことが困難だったのか、またはどうせ足がつくと見たためか。

「その話だけ聞くと内部犯としか思えないね」

「そうなんだよ。夜中家に入り込んで、押入れのリザからルビーだけ外していく泥棒なんてのは、あんまりありそうに思えない。僕が思うに、警察も家の誰かがやったものとみて、そんなに真剣に捜査してないんじゃないかな？　だから進展がないんじゃないかな。だけど、楢崎家の主人はそのリザを客に披露したことがある訳だから、誰かが忍び込んで盗むってこともありえない訳じゃない。

それからもルビーの盗難が相次いでいることを考えると、外部犯の目も十分ある気がする。

僕が聞いたのはそれくらいだ。これだけなら大した事件でもないし、新聞に出たりもしてないね」

この事件は、峯子の又聞きだから、仔細なことは分かっていない。

しかし、その次に起きた時計盗難事件は、詳しいことをいやというほど承知している。

私の家で起きたのだから当然である。この事件には、犯人になぜそんなことが出来たか分からない、不可解な点があった。

三

私の家は上野にある。骨董商の祖父が遺した家で、私と紗江子、それから病身の父が住んでいる。

私の身の上にはそぐわない、立派な造りの洋館で、離れまで付いている。父が寝起きしているのは離れだった。

この家に、例の置時計を置いていたのである。呻きながら病床で時計のことを心配している父を、それは加右衛門氏に返したのだと納得させてしまったために、保管には気を配らねばならなかった。

父は病身を引き摺って家を歩き回ることがある。その際に時計が見つかるのは困る。大きなものだし、金庫にも入らない。万が一にも父の目に触れないようにしなければならない。だから、二階の紗江子が使う部屋に時計を置くことにした。

父は、自分の家だから自分がどこに行こうと構わないというつもりでいるが、わざわざ階段を上がって二階に行くことは少ない。

その上、時計を紗江子の衣服を使って隠した。どこかで貰ってきたのだとか、私の母が使っていたのだとか、家中の風呂敷をかき集めて、紗江子の服を包んだのを時計の周囲に隙間なく積み、外見には紗江子が自分の衣服をずぼらな方法で収納しているとしか見えないようにして、父には女性の衣服であるからみだりに触ってくれるなと申し渡したのである。

幼少の頃から、女性の領分とされるところには立ち入らないよう育てられた父だから、これには素直に従う。そんなやり方で時計を父の目から遠ざけていた。

十六日前の三月二十六日の朝。起きて自分の部屋に行った紗江子は、時計の盗まれているのを発見した。

忽然と消失した、としか言いようのない状況だった。時計の周囲に置いた風呂敷包みはその場に残され、置時計だけが見当たらなかった。犯人が、部屋を荒らした形跡はなかった。

それは紗江子の部屋に限らなかった。家のどこにも、犯人が時計を探し回った様子はなかった。例えば、祖父が遺したさほど価値のない骨董を置いている部屋とか、私が画材を詰め込んでいるアトリエだとか、時計を置いていそうなところは幾つかある。だが、しばらく入らない骨董品の部屋は埃が積もって誰も触れていないのが明らかだったし、アトリエは何かが少しでも動かされていたら私が気づく。

クローゼットなども同様であった。触られた跡はない。

着物がたくさん放り出してある紗江子の部屋はいかにも女性の部屋で、置時計などありそうにない。にもかかわらず、そこの風呂敷包みだけが動かされていた。

犯人の目的が時計だったのは状況から明らかだった。家の中に、他に金目のものが無かった訳ではない。画集や万年筆は手付かずだったし、私の完成したての自信作を含む三枚をアトリエに置いてあったのにも一目もくれなかったらしくて、ただ時計だけが綺麗に無くなっていた。盗難後、蓮野に家を見てもらった。盗みに入ること自体は容易だという。私と紗江子は父の看護の為に離れの父の向かいの部屋に寝ていたので、母屋は無人だったし、一階の窓の雨戸に大きな隙間があった。彼に何の痕跡も残さずそれを開け、再び閉めるところを実演してもらった。泥棒に入るには実に好都合な家だとお墨付きをくれた。

しかし、なぜ、一階から侵入した犯人が、時計のありそうなところを全く無視して二階の紗江子の部屋に行き、時計を見つけることが出来たのか。

そもそも、犯人はどうして私の家に時計が置いてあることを知っていたのか、という問題もある。和蘭陀《オランダ》王室ゆかりの置時計の存在を知っている人は、今ではあまり多くない。祖父が時計を日本に持って帰ってきた時には、新聞に小さい記事が出たものの、それはもう二十年以上も前のことである。憶えている人がそうそういるとも思えない。いるにしたって、その後時計は加右衛門氏に譲ったことになっている。犯人はそれが私の家にあるということをどうやって突き止めたのだろうか？

このことから、私は紗江子と峯子の周辺に犯人が居るのではないかと疑った。

二人には、時計に纏わるあれこれの経緯を話してある。盗難事件の直後に問い質したところ、峯子と紗江子は、私の家に立派な置時計があることを雑談の中で友達に漏らしたことがあるということだった。ならば、それを伝え聞いた誰かが犯行に及んだのではないか。そう思った。

しかし、この考えはそれ以上先に進めようがなかった。

峯子も紗江子も、時計のことを漏らしはしたが、それを家のどこに置いているとか、そんなことまでは話していないという。

それに二人は、ルビーが嵌っていることも言わなかったそうなのである。二十年前の新聞記事を確かめても、装飾のことまでは出ていなかった。

一連の事件は、ルビー目当ての犯行らしいのである。なら、どうして犯人は時計の文字盤にルビーが嵌っていることが分かったのか？　それが分かったとして、どうして邸内の捜索をせず、時計の隠し場所を見つけることが出来たのか。

そんなことが可能な人物は、存在する筈がなかった。

この事件は、すでに蓮野に話してある。私はその次の、一昨日妻から聞いたばかりの盗難事件を彼に語った。

四

三つ目の盗難事件が発覚したのは、四月二日である。この事件と、後に起こった腕輪の盗難事件には、紗江子が関係している。詳しい話は彼女から聞いた。

事件の当事者となったのは、浅間光枝という舞台女優である。光枝は、紗江子と、女学校時代の同級生だった。

盗まれたのは、光枝のドレスの、ルビーをあしらったボタンと、襟元の装飾である。

そのドレスの来歴、また紗江子が関わることになった経緯は入り組んでいた。

浅間は親子二代で女優である。もともと、光枝の母が、彼女を贔屓にしていた客からルビーの装飾のドレスを贈られたのであった。二十年ばかりを経て、ふとしたことから光枝は母のドレスを舞台で着用しようかと思い立った。

思い立ったのはいいが、殆ど顧みずに仕舞い込んでいたためにそれには黴《かび》が生じていた。洗浄をしても無益な酷いものだった。

そこで、ルビーの装飾を外して、ドレスは新たに仕立てることにした。

それにあたり、光枝は、訳あって同じ作りのものを四着作ることにしたのである。

きっかけは、或る浅間母娘のファンの金満家が、夫人の為に同じ意匠の物を欲しがったことで、では、もう一着作ろうということになった。

それから少し考えて、どうせ複製を作るなら、もう二着ばかり多く作っておこうと決めた。

光枝はドレスの意匠を気に入りながらも、母の思い出に遠慮するところもあったらしい。一着は光枝の母の記念にする。二着を舞台とその予備に用いる。一着が金満家夫人のためのものである。

「それでね、ルビーの装飾部分は、宝石店でわざわざ複製させたんだそうだ」

「三つもか？　馬鹿に金を掛けるね」

「まあ、安あがりではないんだけども、そこまで莫大な額を使ったわけでもないんだ。というのがね、その三つの複製には、天然じゃなくて合成のルビーを用いたんだ」

装飾の金属細工はさほど緻密なものではなかったので、複製するのに苦労は無かったようである。

近頃流通の増えつつある合成ルビーを用いたのは、天然のルビーがすぐには手に入らなかった為である。宝石店は、質の良いものを揃えるには時間が掛かるという。

「それに、光枝さんという女優は、もともと宝石の金銭的価値には関心が無かったみたいで、そのドレスにしても、思い出の品のひとつに数えていただけらしいね。ドレスのルビーには結構な価値があるんだけども、正確に相場が幾らくらい、ということは気にもかけなかったんだ。

そういう訳だから、宝石店で合成ルビーの見本を見せられて、それで十分と即断したそうだ。すごく出来が良かったらしい」

「なるほどね」

「それから、ドレスの生地だけども、日本では見つからなかった。ちょっと特殊なものだったらしい。だから、傷んだドレスの切れを英吉利《イギリス》に送って探して貰った。で、殆ど同一の物がうまいこと見つかった。但し、高価な生地だし、あんまり纏まった量が無くて、届いたのは四着を縫うのに何とか間に合うくらいだったそうだ」

古いドレスの方は、黴が酷くて処分をしてしまいたかった。縫い目を解いて、それを元に型紙をとると、ごみにしてしまった。型紙取りは、光枝のマネージャーをしている水谷《みずたに》という男が居て、その母がかなりお針が出来たために、彼女に任せたそうである。

「光枝さんが普段衣装作りを任せている人たちは忙しいし、それに元にするドレスの生地が汚いものだから、その水谷という人が、じゃあ型紙作りは私の母に任せましょうと言い出したのだそうだ」

型紙はできた。それから生地に本物と複製のルビーの装飾もあって、ドレスを縫うだけの用意が整った。

「それでだ。光枝さんが普段衣装を頼んでいる人たちというのが三人居てね、その三人は、彼女の女学校時代の同級生なんだ。ずっと付き合いもあって仲も良い」

「ほう」

「みな、腕が良くて光枝さんも信頼してたみたいだ。型紙作りはひとにやらせたけども、縫うのはやっぱりこの三人に頼もうと思ってたんだね。

さっきも言ったが、頼むのは良いが、みな忙しいんだ。裁縫屋の三人も光枝さんもだ。沢山注文を抱えているし、女の子を教えてもいる。光枝さんは舞台に出ているしね。

だから話を取り纏めるのが大変だったんだ。なかなか顔を突き合わせて、ああしてくれこうしてくれと話を決める機会を持てなかったんだよ。

だから、光枝さんと、裁縫屋の三人との間を誰かに連絡してもらわないといけなかったんだけどね、ちょうど良いことに、もう一人女学校時代に彼女らと仲良くしていて、今は比較的暇にしているのが居た。それが紗江子だ」

必要だろうと思って、詳細を紗江子から聞き出してきた。

三月十九日の昼過ぎである。紗江子は電報を受け取った。オテツダヒタノミタク　オイデコフタバウナラゼヒモナシ。別に多忙ではない。その翌日の昼過ぎに、麴町の光枝の宅まで出向いて行った。

つい最近建ったばかりの、白亜の壁の小さく綺麗な洋館である。紗江子は幾度か訪ねている。扉を叩くと、十五くらいの、ユエという女中が出た。花毛氈《はなもうせん》を敷いた玄関を抜けて直ぐの応接室に案内された。

「ああ！　紗江ちゃんこんにちは。お久しぶりね」

光枝は安楽椅子から立ち上がって、両手を広げ、しっとりとした笑顔をつくった。

部屋には他に二人居た。年嵩の、名前を知らないもう一人の女中、それと眼鏡を掛けた三十手前くらいの男である。ユエに従って部屋に入る直前まで、光枝は男と何やら話し込んでいた気配であった。

女中と男は紗江子の来訪を受けて部屋を後にした。女中は無言で礼をして、男の方は戸枠をくぐる手前で振り返って、それじゃ、と言って出て行った。手筈を決めていたみたいである。

「今の人は？」

椅子に掛けるなり紗江子は訊いた。

「あれはね、水谷って言って、マネージャー。私の予定を考えたりとかね、そういう人」

「ああ、そうだったの。——光枝さん、今いろいろ大変なのよね」

「そうね」

光枝は柔和に微笑む。

彼女は、紗江子と同級だからまだ二十三だが、目下の所、二度目の離婚協議をしている最中である。

十九で最初の結婚をしている。もう既に新劇女優として名の知られていた頃である。相手は光枝を後援していた著名な作家の次男で、この時は家婦と女優を同時にやろうとして失敗した。一年を待たずに離縁した。

その後、二年程前のことだが、光枝は大島《おおしま》稔《みのる》という実業家と再婚した。

この結婚は、籍を入れながらも最初から別居をするものと決めてあって、有名人同士の新式の夫婦だとしてその時は大いに騒がれた。結局、大島の浮気が酷く、再びの離縁ということに相成りつつある。

「私、結婚しなきゃいけないと思い込んでたのね。馬鹿よね? 好きなら結婚なんかする必要ないものね。好きじゃないなら、結婚しておくしか仕方ないでしょうけど。——あ、ごめんなさいね。紗江ちゃんに当てつけてるんじゃないの。旦那さんお元気?」

「ええ、とても。お友達を連れ回して誘拐犯を捕まえさせたりしてるわ」

紗江子の、光枝の印象は女学校で知り合った頃から変わっていない。勉強の実際的な話から先生の悪口まで、すべて笑顔で語る。不機嫌であることは滅多にないし、怒るところは見たことがない。

そういう性格が、女優になって盛名を馳せ、一度目の結婚が破綻して、実業家と恋愛の果てに結婚、そして又も挫折した今でも揺らがないのである。

それが生来のものなのか、それとも想像を絶する内面的努力の成果であるのか、紗江子には未だに分からない。いずれにしても、間違いなく光枝に女優は天職なのだと思う。

但し、幾らか心配している。光枝の母のことがある。

光枝の母は珠子《たまこ》といって、もともと芸者をしていたのを、新劇の演出家と結婚して、洋行して舞台に立ち、当たりをとった。

帰朝してから彼女は日本でも評判となり、そのまま新劇の草創期を代表する女優となった。が、大正三年に夫をコレラで亡くして、以来精神を病む。

未亡人となって、女優を続ける意思は殆ど無くなっていたのだが、身近だった劇作家にお膳立てされて、その後も何度か舞台に立った。徐々にヒステリーが酷くなって、ワイルドのサロメを演っている最中に、衣装をかなぐり捨ててそのままやめた。

躁鬱《そううつ》病らしかった。以来、中野町《なかのまち》に小さな家を用意して、女中を一人だけ置き、あとは一人で暮らしている。紗江子は会ったことが無いからどんな様子だか知らない。光枝もあまり話さない。

光枝は祖父母の家で育った。今は誰でも知ることだが、女学生だった頃には、光枝が珠子の娘と知る人は殆ど居なかった。紗江子の他、仲の良かった幾人かだけがそれを聞いていた。

「それでね、お願いなんですけどね。ちょっと手間なことなの。でも、紗江ちゃん、マサちゃん達とよく会うんでしょ？」

「ええ。会うわ」

マサちゃん達というのは、中江《なかえ》マサ子《こ》、久坂部《くさかべ》八重《やえ》、畠山紀子《はたやまのりこ》という三人を指す。女学校の同窓生で、揃って裁縫屋になった三人である。女学校を出てから裁縫学校に入り直して勉強し、みな和裁も洋裁もよく出来る。

「ドレスを縫ってもらおうと思っているの。お手紙でお願いしたら、みんな忙しいけれどやってくれるって言ってるわ。それで、これがね――」

光枝は屈んで、テーブルの下から紙袋を引っ張り出した。中から、絹のような生地の入った包みと、型紙、幾葉かの写真、それから小さなボール紙の箱を四つ取り出して並べた。

生地は、前日に英吉利《イギリス》から届いたものだそうで、紙包みに梱包されて未開封であった。光枝はそれを開いて見せた。

「あら、すごいわね。綺麗だわ」

紗江子はあまり縫い物をやらないのでわからないが、黒と紺の中間のような色で、滑らかで強い光沢がある。確かに見たことの無いような生地だと思った。

生地は四着分に裁断されていた。長さはやや不揃いである。方々から掻き集めて注文分を揃えたのだろうと思う。

ええ綺麗だわね、と満足そうに光枝は言った。多分、自分の前で開けて見せたかったのだと紗江子は思った。

「これで作ってもらおうと思ってるの。こんな風にね」

光枝は写真を指で示した。

酷く黴で傷んだドレスの写真である。全体を写したもの、袖口、襟元などを接写したものなどであった。作りは割に簡素で、派手な印象はない。

が、襟元とボタンが気になった。

「これは何かしら？　宝石？」

「ええ！　実はね――」

四つあるボール紙の箱を次々開いて見せた。

「あら！　すごいわね。本物なんでしょうね？」

「それがね、本物は一つだけなの。あとは人工ですって。こんなのが人の手で作れるんですってね」

それぞれの箱に、襟元の装飾と、五つのボタンが収まっている。それぞれじっくり眺めてみるが、何となく色合いは一セットずつ違う気がするけれども、どれが天然の本物らしいとは分からない。

「ええと、これを私が預かるのかしら？」

「そう！　お願いしたいのよ。これを、みんなのところに持って行って、この通り作ってもらうように伝えて欲しいの」

「これ、おいくら？　随分するんでしょうね？　見当もつかないわ」

「私もよく知らないの。だって母がもらったんですからね。お願いして責任まで押し付けるみたいで悪いけれど、でもね、あんまり重大に考えないで欲しいの。すごく高価なものなんでしょうけど、それは宝石屋さんの言うことで、私にはただの思い出なのよ。もちろん大切なものですけどね。

だから、私が紗江ちゃんの旦那さんに肖像画を頼んで、紗江ちゃんにそれを運んでもらうよな、そんな風にあつかってくれれば十分なのよ」

母の珠子は、女優を辞めてから、こんなものもう見たくないと言って、行李の中にドレスを雑巾みたいに押し込んでおいたのである。

数年経って、少し心境が落ち着いたので、懐かしくなってそれを出してみた。そして、ドレスが黴に侵されているのを見出して、今度はひどく悲しくなったのだという。

「だってね、まさか私宝石を持ってますって触れ回るわけでなし、なら何もそんなに盗まれる心配をすることもないでしょう？　それに私が持ってたら無くすかもしれないけれど、紗江ちゃんなら大丈夫でしょ？　ずっと安全よ」

光枝が身辺のものにあまり構わないのは確かである。女学生のころはしばしば紛失事故を起こしていた。

不安だったが、紗江子は承諾した。

「まあ、でも、せめて宝石くらいはおうちの金庫に入れておくことにするわ。それくらいなら入るから。みんなに届けて回ればいいのね」

「ありがとう！　それで、どうしようかしら？　三人にね、二人は一着と、一人は二着作ってもらおうと思うの。どれもなるべく急いで欲しいんですけど、本物を使ったのは絶対に遅れたら困るのよ。四月の五日が母の誕生日だから、それに間に合わせたいのよね。

誰に本物をやってもらったらいいか考えてるんですけど、お手紙で教えてくれたことなんですけどね、八重さんは今少女歌劇の衣装を縫ってるって言ってたわ。来月の終わりまでに、なんだか、ややこしいレースの付いたのを十五着ですって。紀子さんは今女学校の方に、先生をやらないか誘われてるって聞いたわ」

「ええ、私もそう聞いたわね」

「それで、マサちゃんは今京都の実家に帰ってるんですって。二十四日に東京に戻って来て、四月一日の午後からは、今度は千葉の方に行っちゃうらしいのよ」

「それも聞いたわ。なんかご縁談ですってよ。しばらく親戚の方のとこに泊まって、五人くらいいるのに順繰りに引き合わされるんだって言ってたわ」

「ええそうなの。そういうことだから、誰に何をやってもらおうか考えてるのよ。紗江ちゃんはいつ届けに行けるかしら？」

「私は、いつでもいいんだけど。マサ子さんたちの都合次第だわ。時間があるって言うならいつでも頼みに行くわよ」

「本物は紀子さんに頼むのがいいかしら？　一番時間がありそうよね」

「そうねえ――」

紗江子は少し考えた。

少女歌劇の衣装を頼まれた八重は忙しい。責任の重い本物を任せるのは気が引ける。

それならマサ子か紀子かということになるが、マサ子の方は、帰京するのが二十四日で、頼むのはそれ以降ということになる。紀子の方は、明日にでも訪ねて行くことは出来るが、しかし女学校で裁縫を教えないかと誘われているのだそうである。

「多分、マサ子さんにお願いする方が確かだろうと思うわ。帰ってくるのが二十四日だからお願いしに行くのは一番後になりますけど、でも、一日からまた留守にしてしまうから、他のお仕事は出来るか分かりませんって断っちゃって、かえって暇になってるんですって。七日くらいは宙に浮いたみたいになってるのよ」

「それじゃ、本物はマサちゃんにお願いするわ。あとの三つは、そうね、紀子さんに二着と、八重さんに一着を任せるのがいいでしょうね。マサちゃんが四月の一日までに仕上げてくれるなら、他の人たちもそれに間に合わせてくれないかしらね？　やっぱり、できることなら早く欲しいから。そう頼んでみてくれるかしら？」

「ええ。光枝さんのお願いって言ったら、やってくれると思うわ」

「じゃあ決まりね！　お願いね。それからね、これもちょっと面倒なことなんですけどね、やってもらえるかしら？　縫うのに、型紙で生地を切り出すでしょう。そしたら、後の端切れをもらってきてほしいの。それ、私が使いたいのよ。

大変かしら？　三人に送ってもらうようにしたらいいかしらね」

「別に構わないけど、何にするつもりなの？」

「あのね、いろいろ小物を作ろうかと思うのよ。母に贈るつもりなの」

「あなたが作るの？　自分で？」

「ええそう。布箱なんか作ろうかと思って。こんな綺麗な生地なかなかありませんからね。ドレスとお揃いになるからいいでしょう？　だからね、私が作るんですけど、こっちもなるべく早いのがいいのよ。あんまり暇がありませんからね。私、二十七日から大阪に行くことに決まってるの」

母珠子の誕生日に間に合わせたいから、端切れはなるべく早く届けてほしい。そういうことだそうで、紗江子は三人に、生地を切り出すのを急いでもらって、端切れを自分の足で持って来るようにすると約束した。

「いろいろ悪いわね。それじゃ、そういうことにして貰うわ。良かった」

光枝は腕を持ち上げ伸びをして、それから椅子にもたれ掛かった。

「安心したわ。みんな親切よねえ。不思議ね」

「不思議なことはないでしょうけど」

光枝は艶然《えんぜん》と紗江子の方に笑いかけて、改めて身を乗り出した。

「そう、大事なことがあったわ。言っておかないといけないこと」

光枝は急に小声になった。殆ど聞き取れないくらいだった。紗江子も前屈みになって、テーブルを挟んで額を付き合わせるようにした。

「――――何？」

紗江子も調子を合わせて小声になる。光枝はさらに声を絞って、囁き声で話を続けた。

「このルビーね、どれが天然の本物だか、見分け方を教えてあげるわ。知っておいて貰わなきゃいけないでしょう？　間違えたら大変ですものね。

でもね、これは他の人には内緒にしておいて欲しいのよ。せっかく作ったのに、誰にも本物と贋物がわかっちゃうんじゃ面白くないわ。それに、区別の仕方を知られてなかったら、きっと盗まれにくいでしょう？」

「ええ、そうかもしれないわ」

「だから、紗江ちゃんだけには教えておくわ。ああ、でもね、マサちゃん達にだけは教えてもいいの。だって、お願いしてわざわざ作ってもらうのに、本物かどうかも教えないんじゃ悪いでしょう？　それは失礼だわ。だから、紗江ちゃんから話してくれるといいわ」

光枝は、扉と、向かいのレース地のカーテンの張られた張出し窓に目を向けた。部屋の外の物音を気にしてから、ルビーのボタンと装飾を摘み上げて説明を始めた。

天然のルビーが使われた本物は、外国の工房で作られたもので、どれにも裏側の縁の目立たない所に刻銘が入っている。S.W.というもので、人名だか工房名だかのイニシアルである。

極めて細かい飾り文字で、Sの字の、上下の湾曲部分の内側に、装飾の線が彫ってある。

その線の彫り方が、四セットある宝石のそれぞれで、わずかに違っていた。湾曲部分と線の両側が繋がっているもの、右側だけが繋がっているもの、左側だけのもの、それからどちらも離れているものである。

「この、左だけ繋がっているのが本物なの。よく出来てるでしょ？　一つだけ、ちゃんと、知ってる人だけわかるように作って下さいって言ったらこういう風にしてくれたの」

　実によく出来ている。刻銘の癖も完璧に真似てあって、他の特徴から見分けることは出来そうにない。

　光枝は宝石を元の紙箱に戻した。それらを揃えて、生地や型紙などと一緒に、地味な風呂敷に包んだ。

「それじゃあ、お願いするわね。さっきも言ったけど、なるべく急いでくれるようにして欲しいの。よろしくね」

　光枝は、壁にかかっていた振り子付きの時計を見た。私、あと半時間もしたら出かけないといけないのよね、と言い足した。

　これは紗江子やマサ子たちに随分な負担を強いる、身勝手といえば身勝手な頼みごとである。

　それでも、紗江子は反感を持たないし、マサ子たちも同様であろうことは分かっていた。

　誰よりも成功して、かつ多忙であり、人並みよりも人生を急いでいるような光枝は、女学生の頃を誰よりも懐かしんでいた。

　光枝は、その女学校の友達に、同じ仕事を頼んだり、宝石の真贋の見分け方などという秘密を分かち合ったりする機会が出来たことを喜んでいるのだ。だから、迷惑かしらという考えを押しのけて、こんな頼みごとをするのである。

　彼女の笑みが全くの演技でないのならそういうことなのだろうと、自分は女学生時代の思い出を頭の隅に押しやって、顧みることの多くない紗江子は思った。来るまでは少々光枝の呼び出しを厄介に思っていたものの、会ってみて、素直に責任の重大な使い走りをやってあげようという気になった。

他の細々した取り決めをしてから、紗江子は部屋を出て、光枝と、ユエと水谷に見送られながら家を去った。

マネージャーの水谷は焦れているらしかった。光枝は確かに暇が無いのだった。

その日の夕方、緊張とともに、しかし何ごともなく紗江子は上野の家まで帰ってきた。出迎えて、心なしか表情の強張った紗江子に事情の説明を受けて、私はびっくりした。型紙やその他は居間のテーブルの下に置いたが、紗江子はやはり不安だからといって、紙箱入りの宝石は金庫に仕舞った。

「光枝さんは、なかなかに物の価値に無頓着だろう？ そんな宝石を風呂敷に包んで人に預けてしまうんだね。それで外を持ち歩くのはあんまりだと思ったから、僕が画材を入れるのに使っている革の道具鞄を紗江子に貸した。いくらか安心だろう？ 紗江子はそれを持って、次の日から裁縫屋の友達の家を順繰りに廻っていった」

「ふん」

蓮野は気の抜けた合いの手を入れた。彼はさっきから、俯いたり空を見上げたり、何か考えているか何も考えていないか分からない様子である。

「それから、紗江子はまあ、何ごともなくお使いをこなしたんだ。最初に八重さんの所、その翌日に紀子さんの所だ。二十四日の昼前にマサ子さんが京都から帰ってきたら、その午後にはもう訪ねて行って生地やらを渡した。

渡したというかね、紗江子は、その場で型紙を使って生地を切り抜く所まで三人にやってもらったんだ。

光枝さんが小物を作るのに端切れを早く欲しがってただろう？　だからその場でやってもらうのがいいと思ったんだな。出来た端切れと、あとは型紙を預かって帰ってきた。そういうやり方だから、わざわざ型紙を写す必要も無かったね。

しかも、紗江子は端切れを二十一日、二十二日、二十四日といちいち預かる度に光枝さんの家に届けたんだ」

「そりゃ律儀なことだね」

「まあね。紗江子は何でも、引き受けると必要以上にきっちりやる。でも、光枝さんがそれを早く欲しがっていたのも確かなんだし、有り難がられたみたいだよ。それで一先ず紗江子の仕事は八割まで済んだ」

それから二日後の、三月二十六日に私の家から時計が盗まれる。しかしこの時には、文字盤のルビーとドレスのルビーの関連は気にも留めなかったし、そもそもドレスのルビーの盗難はまだ発生していない。

三十日にマサ子から、縫い上げたから引き取りに来てくれと電報が来た。

それならばと思っていたら、翌三十一日の朝に、八重と紀子からも相次いで電報が来た。どちらもドレスが仕上がったという知らせである。

紗江子は、四月一日の午前に三人の家を廻って、ドレスを受け取った。光枝さんには、これに包んで貰うように、と四枚の真っ赤な風呂敷を預けられていたから、それに包んだそうである。そうして、麹町の家まで持って行った。

「――この時ね、光枝さんは留守だったんだ。留守にすると決まってたんだね。大阪に出向いてあっちの興行に出てたそうだ。

紗江子は、留守居をしていた女中にドレスを預けた」

光枝と会った時に、そうすると話が決まっていたのである。

彼女が帰京するのは四月二日であった。東京での予定は分からなかったし、母珠子の誕生日が五日であまり余裕がない。届ける方の紗江子も、二日以降は忙しかったから、留守を訪ねて預けておくのがいい、となっていた。

「女中というのが、ほら、二人いたと言っただろう？　だけども、若い方のユエという女中は、女中というか女優の見習いみたいなもので、家にいたら女中の仕事をするんだけども、それだけじゃなくて光枝さんの出かける先に大抵ついて行って世話係をしているんだそうだ。

だから、留守居は年嵩《としかさ》の方の女中一人だけで、しかも、それがその日の晩から鎌倉の身寄りの家に行ってしまった」

これも前々から決まっていたことなのである。

女中は以前から休みを欲しがっていて、それなら一日の夜からは暇をとっていいということにしてあった。

当初、四月一日の夕方には光枝は帰京する予定だったのである。それと入れ違いに女中が家を出て、家が留守になることはない筈だった。

しかし一月ばかり前に、興行の予定を延ばしたいと大阪から連絡が来て、帰宅が一日遅くなることになった。女中の方も、彼女に都合を合わせて会いに来る親戚が居て、予定を動かしたくなかったらしい。

それで、一日の夜から、光枝の帰宅する二日の夕方まで、麴町の家は一日留守になったのである。

「盗難はその間に起こったんだ。光枝さんが二日に帰宅して、ルビーが盗まれているのを発見した」

彼女が家に帰り着くと、玄関の錠前が破壊されていた。

侵入者の痕跡に、ユエと光枝は互いに引っ立て合うようにして恐々中に入った。気配はなく、泥棒は既に去ったと見える。

最初に手近の応接室を見た。紗江子が預けた四着のドレスは、女中が応接室のテーブルの上に置いていた。

届けられた時、それは一着ごとに、光枝が用意した四枚の赤い縮緬の風呂敷に包んであった。見ると、包みはみな解かれて、四着のドレスが脱ぎ散らかしたみたいに放り出してある。

慌ててドレスを検めた。光枝が要求した通り、同一に作られたドレスである。

実際、それは光枝の想像を超えた出来で、袖や丈の長さに、ボタンの位置まで全くと言って良いほど狂いがなく、子供の頃に母珠子が着ているのを眺めた印象の通りであった。

なのだが——、それは無事ではなかった。一着のドレスの、ボタンや襟元のルビーの装飾が、糸を切られて持ち去られていた。

一着だけである。他の三着のルビーは無事である。

その三着を確かめてことがはっきりした。持ち去られたのは本物のルビーであった。

屋内をくまなく調べたが、漁られた形跡は無かった。簞笥や金庫には見向きもしなかったらしい。

「光枝さんは、結局通報しなかったんだ。かなり悩んだらしいんだがね。というより、今でも悩んでいるみたいだ」

犯人は、四着あるうちから本物だけを選び出して盗んでいったのである。

合成のルビーは極めて精巧な出来で、素人ではまず区別がつかないという。見分け方を知っていたのは、光枝自身と、それを頼んだ宝飾店、縫製を依頼したマサ子達に、紗江子である。

「宝飾店は、珠子さんが現役の頃からの付き合いだそうで、光枝さんも信頼している。くれぐれもどうやって見分けるんだかよそに教えないでくれと頼んでおいたのだというし、それに仮にそれが漏れたのだとして、四月一日の晩に無人の浅間邸にドレスが放置されているなんてことまでは分からなかった筈だろう？」

「そうだね」

「一方で、紗江子はルビーの見分け方も、光枝さんの予定も聞いてたし、他の三人にそれを話したるだろう。だから問題なんだよ。そうなると、ルビーを盗み得たのは、もうその四人しかいないことになるだろう。

もともと光枝さんの方から信用を寄せて話したことだし、警察を呼ぶのは心の負担が大きいんだろうな。そう、君は憶えてるだろう？　前に話した筈だ。少女歌劇の衣装で忙しい八重さんという人がね、峯ちゃんに裁縫を教えている人なんだよ」

紗江子の友達だから、峯子も昔から知っているのである。

「それと、最初に盗難のあった呉服屋だけども、八重さんだけでなくて、マサ子さんも紀子さんもその呉服屋とは付き合いがあったそうだ。三人は光枝さんに呉服屋を紹介されたらしい。

これがまたややこしいんだが、光枝さんについている水谷という人の弟が、その楢崎という呉服屋に養子に行っているんだ」

楢崎家の長男の放蕩が過ぎて、後継に他に養子を迎えるよりないだろうということになったそうである。

「だから、衣装を作る際に光枝さんから紹介されたんだそうだ。三人がリザを見せてもらったりしていたかは分からないけどね」

「なるほど」

だから、宝石泥棒が紗江子の友達の中にいるとして、楢崎家に泥棒に入ることが出来た可能性は否定出来ない。

またこの三人は、峯子や紗江子から聞いて、私の家に立派な置時計があることも知っていた。とはいえ、それだけではあの不可解な状況に説明がつかないのは、さっき検討した通りである。

蓮野は煙草を咥えた。

「紗江子さんは何と言ってる？　誰が怪しいとか」

「それがね、紗江子は妙なことだわと頻《しき》りに言うが、そもそも裁縫屋の三人の誰かが犯人だというのをあんまり信じてないみたいだなあ。

無理もないと思うな。僕はその三人には、数えるほどしか会ったことが無いから、誰の人格がどうとかは言えないけども、自分が任されて縫ったものが欲しくなって後から盗むなんてのが、どうも釈然としないな」

多分、光枝にしても、友人の誰かが犯人だとは思いかねているのだろう。

「それに、光枝さんの友達が犯人だとして、本物のルビーだけ選んで持って行くっていうのはおかしくないかな？　そんなことをせずに、贋物も纏めて盗めばいい。本物だけ紛失してたら、犯人が一気に限定されてしまうことになるだろう？」

「しかし、犯人が友達に限定されるからこそ、光枝さんは警察に通報しなかった。それを狙っていたという考え方も出来る。彼女らがそんな卑劣なことを考える筈はない、とか言われたら、僕には反論は出来ないがね」

「そうか。まあ、光枝さんや紗江子は、まさにそんな風に考えているみたいだ。でも、じゃあ誰がどうやって本物と贋物の見分け方を知ったのかというと、全く分からない」

「犯人が盗む隙は、麹町の家に放置されている間しか無かったのか？　他の機会は選べなかったのか」

「それはそうだろう。紗江子もだし、他の三人も、大事なものだというので、預かってる間、保管には気を使ったみたいだ。肌身離さず持ってたそうだし、それにマサ子さんが、自分で預かったのを自分で盗むんじゃバレバレだからな」

「ドレスは風呂敷に包んだんだったね？　全く同じ風呂敷か」

「そうだと言ってたな。光枝さんが、これに包んで頂くようにと用意した四枚で、それに全く同じドレスを全く同じように包んであったんだ。ドレスにしても、誰がどれを縫ったとは全く分からないような出来だったそうだよ」

光枝は、ひとまず事件のことを、誰にも、紗江子やマサ子たちにも黙っておくことにしたのである。目先の予定を片付けねばならなかった。十年来の友達に自分の疑惑をぶつけるだけの暇はなかった。

しかし、それから三日して、光枝の身辺で再びルビーの盗難事件が起こった。しかも今度は、それが紗江子たち四人にはおろか、誰にも犯行が不可能としか思えない状況で発生したというのである。

五

六日前、四月五日のことである。珠子の誕生日であった。

光枝は前夜から浅草の劇場に泊まり込んで作家や演出家と色々の協議をし、昼頃に帰宅した。それから昼食をとって、急いで荷造りにかかった。

夕方までに済ませねばならない。包むのは、母珠子への届け物である。

誕生日の贈り物であった。小間物が多くて、簪《かんざし》や根《ね》掛《が》けや化粧品や、日頃珠子の気に入りそうなものを見繕っておいたのを纏めて贈ることにしていた。

それから、和洋服が多くあった。それは、正確には贈り物ではない。元々珠子のものだったのである。

光枝は、母の女優時代の衣装を、様々な席上、或いは舞台上で着た。珠子のことを知る人に、それは評判が良かった。

母の衣装の半分ばかりを殆ど自分のものみたいにしていたのだが、最近になって精神を病んだ珠子が、疎《うと》んでいた女優時代が懐かしくなり始めたというので、それを返そうと決めたのである。

例の、ルビーのあしらわれたドレスもある。本当なら紛失した本物の筈だったが、止むを得ず、盗難を免れた合成ルビーのものを返すことになった。

贈り物でなく返却物に入る品のうちに、腕輪があった。

この腕輪はその昔、ドレスと一緒に客から珠子に贈られたもので、五粒の、やはりルビーが嵌っている。行李《こうり》に押し込まれていたドレスと違って、こちらは光枝がずっと愛用していた。

光枝がドレスの端切れを求めたのは、これの為だった。

他の小間物は、店で求めたものばかりで、箱が揃っている。しかし、腕輪のそれは紛失していた。

そこで、ドレスの端切れを使って布箱を作ろうと思いついたのである。

以前劇場に出入りしていた仏蘭西《フランス》人から作り方を聞いていた。ボール紙の箱に布を貼っていくのである。紗江子に端切れを届けてもらってから、楽屋などにも持ち歩いて、僅かな暇を見つけて布箱を作った。

箱だけでなく、コースターにしたり巾着にしたりして、紗江子に届けてもらった端切れはみんな使い切ってしまった。それらも珠子に贈る。

荷造りは、誰にも手伝わせないで一人でやった。色合いのそれぞれ違う綺麗なハンカチや風呂敷を用意して、小間物の箱や服を一つ一つ包んだ。箱にはその上リボンを付けた。腕輪も、絹の切れに包んで布箱に入れ、オレンジ色のハンカチとリボンで同様の包装をした。珠子の好みに合わせたつもりである。

包んだものを全部合わせると結構な量になった。小箱だけで三十はある。詰めるのに小さめの行李が三つ必要だった。

荷造りを終えた四時、水谷が自動車でやって来た。

この時間に来るよう頼んでいた。彼に、行李を珠子の家まで届けてもらう。光枝が自分で行くことは出来なかった。晩に、来日中の亜墨利加《アメリカ》の飛行家を囲む夜会で歌うことになっている。

しかし贈り物は誕生日に届けたい。そこで、水谷にお使いを頼むことにした。光枝は明晩に母を訪ねようと思っている。

門の前に自動車が停まるのを窓から見て、光枝は二階の寝室から階下に降りた。玄関を開けた水谷に言った。

「ああどうもね。持って行って欲しいのは、寝室の行李なの。降ろしてきて頂戴ね」

水谷が、はあそれでは、と答えて、ユエも付いて行って、二人はそれを玄関まで降ろした。

行李を地べたに下ろしたくないために、水谷が自動車のドアを開けに玄関を出ようとした時である。塀の外で、バシャ、というような音がした。走り去る足音が続く。

妙なことであった。三人は顔を見合わせる。様子を見に行く水谷に、ユエと光枝もついて行った。

彼は門の外に駐めた自動車の脇に立ち尽くしている。光枝達に、塀の辺りを視線で示した。

「見て下さい。変ないたずらをした奴がいますよ」

近寄ってみると、自動車の近くの塀に灰色のペンキがぶち撒けてある。直径五尺ほどを放射状に汚して、自動車にも飛沫が飛び散っていた。

水谷は通りを見渡して、近くの路地を覗いたりした。光枝もユエと一緒になって、彼が見たのと反対の方を確かめに行った。犯人は居ない。

水谷は、蹲み込んで借り物の自動車の汚れ加減を検分した。揮発油で擦れば落ちるかな、と呟いて立ち上がった。

「困るわ。誰かしら？　なんでこんなことするんでしょう」

「本当です。気をつけないといかんですね」

水谷も釈然としない顔をしている。

光枝が麹町のこの家に住んでいることは隠しているものの、調べがつかないことではない。光枝に何かを思いつめた変質者のやったことかもしれない。

が、何しろ、つい三日前に起こったルビーの盗難が念頭にある。余計に気味が悪い。

ともあれ、水谷は自動車のドアを開けて、暫し無人になった玄関に戻った。光枝たちも続いた。

水谷は行李を運び出すべく手をかけようとしていた。後になってみると、光枝はこの時、行李の置き方が最後に見た時とほんの少し違っていたような気がした。

行李を積み終えると、光枝は水谷に、母に宛てた手紙を預けた。自動車は中野町に向かって去った。

光枝も、午後の五時までには帝国ホテルに行かなくてはならず、あまり時間が無い。化粧は、着いてからでも間に合うとして簡単に済ませ、身支度をして家を出ようとした。

玄関を出て、門に向かおうという時、光枝は大変なものを見つけた。

それは庭に落ちていた。

布箱である。芝生の上、塀の近くに、蓋の外れたそれが無造作に放り出してあるのが見えた。緑の芝の上に黒い光沢の箱で、傾きかけた陽が照って目立つのだが、椿の木の陰になっていて、門から玄関に戻る時には目に付きにくい所にあった。

遠目にも見間違いようがない。ドレスの余り生地の布箱である。他では見つからない、光沢のある生地で、光枝は二週間余りも、腕輪を入れる箱やらのために、それを切ったり貼ったり工作をしていたのである。

それがなぜこんなところにあるのか？　光枝は一瞬考えが静止したが、すぐにことの意味を理解して、慌ててそれを拾い上げた。

布箱は強い力で握られたらしく、酷くひしゃげていた。光枝が作った時には十分接着をしたのだが、乱暴に扱われ潰れたそれに貼られた生地は少し剝がれかかっていた。

中は無論空である。腕輪は無かった。

どういうことか？　なぜ盗まれた？　どうやって？

庭に立ち尽くして光枝は考える。

光枝は腕輪を入れた布箱を、オレンジのハンカチとリボンで包んでおいたのである。誰にも見られなかったし、誰にも教えなかった。その包みを、同じような大きさの、異なる色のハンカチで包まれた小箱と一緒に行李に入れたのであった。

最後にそれを確かめたのは、行李を玄関に下ろして、水谷が自動車のドアを開けに行こうとした時である。何気なく行李を開いて、オレンジの包みがあるのを見た。

その後、光枝は行李から離れている。塀の外でペンキをぶち撒けるいたずらがあったのである。あの時、玄関は一時留守になった。その隙に、塀を乗り越えてきた誰かが、行李を開いて布箱を持ち出す隙はあった。光枝は、行李が動かされていた気がしたことを思い出した。

しかし、無人だったのはせいぜい二、三分に過ぎない。犯人はオレンジの包みが腕輪だと知る筈はない。ならばどうしてその短時間に、いくつもあるハンカチ包みの小箱からそれを選び出すことが出来たのか？

ユエに袖を引っ張られてハッとした。庭に留まっている訳にもいかない。すぐにも夜会に向かわなくてはいけないのである。どうせ今、水谷は車中で連絡がつかない。

とにかく予定通りにホテルに向かった。そこから、珠子の家に電話を掛けた。女中が出て、水谷がちょうど到着したところだというので代わって貰った。庭で発見した布箱のことを説明した。

——ねえ、ちょっと、急いで行李の中を確かめて欲しいの。オレンジの小箱の包みがどうなっているか見て頂戴。

再び電話口に出た水谷は慌てていた。

——浅間さん、ハンカチとリボンしか無いです！　箱が無くなってます！

——だからそうなのよ！　盗まれたの。母には教えないでね。行李も見せないようにして。どうしようかしら？

結局、光枝は出番を早めてもらって、歌だけ歌ってしまうと、壇上で詫び言を言って、夜会を抜け出した。自動車を頼んで、中野町の母の家に向かった。

家の前に着くなり、母への挨拶も後回しに後部座席の行李を検めた。光枝が詰めた時のままで、ただし乱雑に解かれたオレンジのハンカチとリボンが残されていた。他の小箱のリボンを見ても、見る限り光枝が結んだ通りで、解かれなかったみたいである。

光枝は困った。先のドレスのルビーの盗難から、訳の分からないことばかり起こる。

どうしようもなかった。玄関から、予定より早い娘の訪問にニコニコしている珠子が現れて、光枝もそれに合わせて笑顔をつくった。

幸い、誕生日に合わせてお母さんの腕輪をお返しします、などと予告してはいなかった。翌日やる筈だった通りに誕生日を祝ってその日は過ぎた。

六

相談があるといって、光枝に紗江子が呼び出されたのが一昨日である。

それまで光枝は、呉服屋のルビーの盗難のことは知らなかったという。しかし、腕輪が盗難に遭うに際して、マネージャーの水谷から、楢崎家でこんなことがあったそうだ、と話を聞かされた。

ドレスの盗難の時には事件を水谷に隠していたために、それを聞く機会はなかったのである。盗難が自分のところだけで起こっているのではないと知って、いよいよ只ごとではないと思ったと、そういう話であった。

紗江子も初めて事情を知った。ドレスのことから腕輪の盗難まで、思いつめた様子の光枝にいちどきに聞かされた。

何しろ、腕輪の盗難は、ドレスのルビーの盗難容疑者である紗江子たちには不可能としか思えない。というより、誰にも不可能だったので、紗江子に事情を打ち明ける気になったのである。

昨日、私はそれを紗江子から聞いた。

「アリバイのことを言うと、峯ちゃんに聞いてみたら、その日は裁縫屋が休みで、八重さんは盗みに行けたかもしれない。紀子さんと、千葉にいるらしいマサ子さんは分からない。紗江子は家で芋を蒸かしてたそうだ。僕は留守だったから、保証はできないが」

四月五日が珠子さんの誕生日なのは誰でも調べれば分かることで、元より紗江子もマサ子たちも知っていた。それを光枝が祝うつもりなのは、紗江子がマサ子たちに話している。あの日、光枝の宅で腕輪を盗み出す機会のあることは予測できた。

家の塀はそれほど高くなく、布箱の落ちていた庭の東隣は空き家だった。マサ子たちにも、それを乗り越えて家の陰に隠れることはそれほど難儀ではないだろうという。

だが、そうだとしても、彼女らに、オレンジのハンカチ包みが腕輪だと判った筈がないのである。

「腕輪を入れた布箱はね、まあよくあるボール紙の小箱を元に作ったのだそうで、だから、他のプレゼントを入れた箱と殆ど同じ大きさだったんだそうだ。包みの大きさを見たって区別がつかない訳だよ」

「重さは？　特別に重いとか軽いとかいうことはないか？」

「ないみたいだ。腕輪だからな。重さだけ比べて、他の品と区別するのは無理だろう。それに中身は絹布で包んでいたから、振ってみて音で中身を当てるなんてことも出来ない。そもそも、一つ一つ手にとって慎重に比べてみる暇もなかったんじゃないかな？　二、三分だというんだからな」

「まあ、無理だね」

「手触りとかかな？　日本ではまず見つからない生地を使った手作りの箱だからなあ。でも、ハンカチ越しじゃ分からないか」

「分からないだろうな。しかし、犯人は腕輪が入っているのは布箱だってことは知ってたのか？」

「それは知ってたんじゃないか？　光枝さんも、暇を惜しんであちこち持ち歩いて作ってた訳だし、誰かに、それは何にするのか、と訊かれて、腕輪を入れるんだと教えたかもしれない」

犯人は、どうにかして一目でオレンジの包みが腕輪だと見抜いたらしいのだが、確信はなかったのではないか。だからその場でわざわざ包みを解いて、オレンジのハンカチが残されたのだろう。一方で、箱の中身が腕輪だと分かっていなければ、その場で箱も開けて中を確かめなければならないし、それなら布箱もハンカチと一緒に行李の中に残されていそうである。

箱は庭に捨ててあった。多分、犯人が塀を乗り越えるのに邪魔になったのではないか。ポケットに入らなくて、塀に手をかけて飛び上がったりするのに不便だからその場に放り出してしまった。

——そういうことではないかと思う。

「訳が分からないだろう？　まず、呉服屋で盗難があって、それから僕の家からどこに置いているのか透視されたみたいに時計が盗まれて、本物の見分け方を知っている人が数人しかいないルビーが盗まれて、今度は誰にも絶対に不可能な状況で腕輪が盗まれたんだ。君、何か考えはあるか？」

煙草を吸って、少し憂鬱を払ったような顔をしている蓮野に訊く。

彼は頭を振った。

「考えはあるといえばあるが、そうだとして、君はどうする気だい？　というか、僕に何をさせる気だ。仮に犯人が見つかったとして、それからどうしたものかは難しいね。犯人を名指しして、こういう訳であなたが時計を盗んだんでしょう、困ります、お返し下さい、と言うのか？　そんなことは出来そうにないよ。それだけの証拠は見つからないと思う」

「そうかな。光川丸でやったみたいにはいかないのか」

「多分いかないよ。今度の場合は、犯人と僕らの一騎打ちだからな。犯人はあなたでしか有り得ませんと名指ししたって、他にそれを判定してくれる人がいないんだから、そんな理屈知ったことかと突っぱねられたらそれまでだ。こっちにも弱みがあるんだからな。指紋とか目撃者とかを持ち出したくたって、ああいうのは警察とか裁判所とか、司法の権威があって初めて証拠になる物だ」

「まあ、そうか」

事態は紛糾している。警察は楢崎家で起こった単発の宝石盗難事件として捜査していて、話に聞く限りではあまり進展していないらしいのだが、彼らが先に犯人を見つけてしまうとなると、それはそれで困る。時計のことが明るみに出る。

一方蓮野は、自力で犯人を見つけてもその先をどうするのか、というのである。強権をもって、犯人に時計を返却させることが出来ないのだ。

「君なら、上手いこと交渉を運べないのかな？」

「交渉と言われてもな。犯人が何の為にルビーを集めてるのか知らないが、一体こっちに交渉の材料なんてあるのか？　こういう便宜を図ってあげるから、とにかく時計は返してください、と持ちかけなきゃならないが、そう都合よく、犯人が僕らにして欲しいことなんか無さそうだ。下手をすると、共犯にされるか、もしくは、黙っててやるから時計は返したまえ、とこっちが犯人を脅迫することになる」

ちょっと座ろう、と促されて、橋の欄干に腰掛けた。蓮野は腕を組んで、背を丸めて下を向く。

蓮野は頭を持ち上げて辺りを見回した。眼を細める。

日が眩しく照って、頭上には桜が咲き乱れている。猥雑な喚声が遠く聞こえる。

私はいつも蓮野の心情をあれこれ穿鑿《せんさく》することをしないが、今の彼の憂鬱には勝手な共感を覚えている。

春は厭人の季節である。冬の緊張から解放された虚無感がフワフワ漂っていたり、足元に口を開けていたり、そこかしこに蠢《うごめ》いているような気配がする。彼は、口に出すことをしないが、誰にも会いたくないと思っている。そういう面持ちである。

「で、今日君が僕に何をさせようというのか。犯人を突き止めたとして、今言ったように、それと接触するのは危ない」

「うん」

「だけど時計は取り返さなきゃいけない。そういう訳だから、恐らく君の念頭にあるのは、犯人と接触せずに時計を取り返してくる方法なんじゃないかと思うんだが」

「いや、まあ——」

蓮野は普段になく洋服を着ている私をジロジロ見た。

いかにも、今日の私は、もしかしたらどこかに忍び込まなければならなくなるかもしれないと思って、泥棒に適した服装を選んでいた。

またか、と蓮野は背筋を伸ばし、煙草に火をつけた。

「良くないんだがなあ。警察は、やっぱり駄目なんだね？」

「うん。それにね、思うんだが、仮に警察に届け出たとして、彼らが最初に疑うのはきっと君だぜ？　時計が僕の家にあることを知っていた数少ない人間で、相応しい前歴も持ってる」

それは実にもっともだな、と蓮野は言った。

私は、さしあたりの行き先を蓮野に打ち明けることにした。

「まあこの事件は、僕にはただ訳が分からないと言うよりないんだが、一応、警察に通報する以外の、やることは用意してきた。

今から、紗江子の友達に会いに行こうと思うんだ。とりあえず、紀子さんかな。なんでも光枝さんは、昨日暇があったから、紀子さんを訪ねて、紗江子にしたのと同じ相談をしたらしい。だから、何か新しいことを知ってるかもしれないんだよ。紀子さんには、今日の午後なら、僕と君で訪ねても差し支えないと聞いている。

　マサ子さんは千葉に行っているから駄目だが、八重さんも、お相手できるか分からないが、来るのは構わないって言ってるそうだよ」

　蓮野は再び表情を曇らせた。

「今からか。八重さんは峯子さんを教えてるんだろ？」

「ああ、君は峯ちゃんに会いたくないんだったな」

　最近、峯子は忙しい八重の手伝いで、裁縫屋に入り浸っているのである。訪ねていけば、鉢合わせる可能性はある。

「ああ、でも今日は峯ちゃん、お使いで夕方まで裁縫屋には行かないとか言ってたな」

　ともあれ、少女歌劇の衣装で忙しい八重の所にも行かねばならないかもしれない。

「紀子さんのところには、どういう用件で訪ねることになっているんだ？」

「それは、ちょっと大事な相談と言ってある。正直に時計の盗まれた話をするしかないのかなあ」

「紀子さんは曲がりなりにも容疑者だろ？　時計を盗んだ本人かもしれない訳だろう。いいのかい。君だって疑ってるんだろう？」

「それはまあ――、紗江子は、まあまず違うと言ってたな」

「まず？」

「もし盗んだのなら、余程の退《の》っ引きならない事情に迫られてやったんだろうとも言ってた。だから話しても大丈夫じゃないかと」

蓮野は私の顔をバカバカしいものを眺める目つきで見た。

「人の物を盗む奴なんか悪人に決まってるんだがな」

何と答えて良いか迷う。

「さしあたり、その紀子さんに会ってみるよりないというんだね」

「そうだよ。こっちが疑ってかかる以上、上手に話さないといけないし、だから君に来てもらうよりないと――」

紗江子には、くれぐれも蓮野を一緒に連れて行けと厳命された。

気掛かりなのは、犯人が、他の金品に目もくれず、ドレスやリザに至ってはそこからルビーの装飾だけを持ち去っていることである。時計を丸ごと持ち去ったのは、その場で文字盤のガラスを割り、ルビーだけを刳り抜くことが困難であったからかもしれない。ならば時計は破壊されて、修繕不能になっている恐れがある。

急がねばならない。もう手遅れかもしれない。

蓮野を促して欄干から立ち上がった。彼は頭上の花びらを払って私に続いた。

七

飯田町《いいだまち》の紀子の家までは、そこから歩いて十分ばかりだった。一階は八百屋だが、これは間貸ししているのであって、彼女の亭主は鉄鋼会社に勤めていると聞いている。店番の少年に声をかけると、背後の障子が開いて紀子があらわれた。

「どうも井口さんお久しぶりです。こちら蓮野さんでしょうかしら」

紀子は、長身に英国式の礼装の蓮野に、聞いていた通りだというふうに目を向けた。

彼女は幾度か私の家に紗江子を訪ねて来たことがあるので、初対面ではない。しずしずとした礼をこちらにしてみせてから、私たちを中に案内した。

途中、一階の奥にいた鉄鋼会社勤めの亭主と挨拶をした。以前に一度だけ顔を合わせたことがあるが、絵描きという私の商売を胡散臭がっているらしいと思ったくらいで、あまり印象がない。今日は、殊に面識のない蓮野を不審そうに眺めていたが、とにかく話は通じていたらしくて、何ごとにもならなかった。

通されたのは、小綺麗な二階の四畳半だった。

「峯子ちゃんからお話を聞いてますわ。すごい人がいるんだって。見たこともないような人だって」

茶の盆を持って来た紀子は、座布団に座った蓮野に言った。

女学生のころの紗江子は姪の峯子をあちこち連れ歩いていたというから、紗江子の友達と峯子は大抵面識がある。知らぬ間に蓮野の話をしていたらしい。

蓮野は、はあそれは、とかすかに笑みを浮かべた。

「それでどういうお話でしょう。大事なことと聞きました」

「井口君にとっては大事ですね。昨日、浅間光枝さんがここを訪ねてこられたと聞いてますが、なんでもルビーのことで問題が起こって、相談にいらしたそうですね」

「ええそうです。私にも、ひとごとじゃないみたいなお話でした。それに亭主が、舞台と絵葉書でしか見ない女優さんが突然来たので大騒ぎしまして。教えた筈ですのに」

「僕と井口君の相談もどうやらそれに関係があります。実はこの井口君の家でも、ルビーの入った置時計の盗難が起こっているのです」

「あら」

蓮野は、時計の権利のややこしい事情は省略したが、盗難の起きた状況は包み隠さず説明した。時々私に確認をして、うん、とかそうだ、とか相槌を打たせた。

「お手数になりますが、浅間さんの言ったことをなるべく詳しく教えていただけませんか。僕らに話すべきでないことは省略して頂いて十分です。

実を言うと、多分浅間さんのお話はおおよそ僕らも知っているだろうと思いますが、しかし出来るだけ間違いのないことが知りたいのです」

紀子は私よりも要領よく光枝の話を語った。

取り立てて目新しいことは無い。私が紗江子から聞いたとおりである。

一つだけ明らかに調子の違うのは、光枝が事件を語るにあたって、自分が紀子や他の友達を全く疑っていないのだと強調して、それを紀子に納得させようとした、その様子が仔細に語られたことであった。

「違うのよ私信じてるのよ、と、まるで一言喋るたびに付け加えるんです。そんなこと言わなくたって構いませんのにね。あんなに評判の女優さんになりましたのに、珍しく演技が不器用でしたわ。

それは、もちろん、浅間さんは私たちを疑ってるんです」

紗江子がこういうことを私に話さなかったのは、紗江子が光枝に遠慮したのか、光枝が紗江子に遠慮しなかったのか。

「疑うのは悪いことじゃありませんでしょう。どんなに仲良しのつもりでいたって、人を疑うのは仕方のないことでしょう。自分はこの人には疑われるべきじゃないなんて思うのは傲慢に違いありません。

浅間さんも、それはもうやさしい人なんですけど、もう少し落ち着いていられるとよろしいですのにね。どうしていいか、私も困ってしまいました。私は警察に知らせたって構わないと思うのですけど、でもお母様の思い出ですから、いろいろいやらしいお手続きなんかして、それが犯罪事件の思い出になってしまうことがつらいのでしょう。そうじゃありませんかしら」

「そうかもしれません」

きっと、紀子にしたって内心光枝を疑っているのである。光枝が、疑惑を抱えながらも必死に壊すまいとしている人間関係は、事件の解決がつかないことには保たれないのだ。

なのだが、一方の蓮野は、さっきの欄干での口振りと違って、紀子への疑いを殆ど放棄してしまった様子である。構わずどんどん手の内を明かしていく。

「それから、先月の上旬の呉服屋でのルビーの盗難のことです。僕も井口君もこの事件については殆ど何も知らなくて、そもそも楢崎さんというのがどういうお宅か聞いてもいないんですが、何かご存じですか」

「ええ、いくらか存じております。いろいろお世話して頂きますから」

「盗まれたのが、何でも東方正教会のイコンのリザのルビーだとか聞いてますが、これがどういう来歴のものか、お聞き及びですか」

「聞いてはいるのですけど。私、外国のことですからあまり分からなかったのです。でも、あの、露西亜《ロシア》で革命が起こりましたでしょう」

ちょうど三年が経つ。労働者と軍隊の反乱から起こった内戦である。

「実は、楢崎さんの弟さんが、演劇の勉強をしにちょうど莫斯科《モスクワ》にいらしていたそうで、あちらの教会のお偉い方が亡命なさるのをお手伝いなさったんだそうです。その時に、どうしても持っていけないからと、預かったものだと聞きました」

それはまた、大層なものである。

「どんなものだかご存じですか？　ご覧になりましたか」

「私は拝見しませんから存じません。なかなか大きなものだと聞きましたけど」

それから楢崎家の家族構成について聞いた。

楢崎篤太氏と妻の香代子《かよこ》、篤太氏の弟で、イコンを預かった徳太《とくた》、長男の幹太《かんた》と長女の小夜子《さよこ》、それから養子の修一《しゅういち》である。

「紀子さんは、光枝さんから呉服屋の楢崎さんを紹介されたのでしょう？　水谷さんと楢崎さんの付き合いは深いんでしょうね」

「ええ。それは――」

紀子は辺りを見回すみたいにした。

「私だって聞いたことですし、蓮野さんは内緒にしてくださる方でしょうから、お話しして構わないでしょうけど」

そう前置きして、話し始めた。

光枝についているマネージャーは、水谷美智夫《みちお》というのだそうである。その父が水谷八州男《やすお》という。

「その八州男さんが、お知り合いの連帯保証の取り立てを受けてらっしゃるんです。八州男さん眼鏡屋さんをやってて、ご商売を上手くされてますから支払えないこともないそうなんですけど、債権者のやり方が気に食わないとおっしゃって。そんなものは払わないと頑張っているんです。楢崎さん、そのお手伝いをなさってて、楢崎さんのご親戚が、日暮里《にっぽり》町に持っているお家を水谷さんに貸しておられるそうです。差し押さえに遭わないように家の大事なものをそちらに置いているとか」

今、その家には水谷八州男氏の弟が住んでいるという。

懇意なことである。子供を養子にやったりしていれば、それくらい親密なのも無理でないとは思う。

楢崎家のリザのルビーの盗難については、やはり人づてに聞いただけで、紀子も詳細を知らなかった。

「その、水谷八州男さんにお話を聞くことは出来ますか？」

「今日はどうですかしら。聞いたところだと、午後から水谷さんご一家は法事なんだそうです」

「ほう。すると、ご親戚の楢崎さんもそちらに集まるのでしょうか？」

「ええ。法事をなさるんですからそうでしょう」

法事というと、邪魔するのは気がひけるが、それが済んだくらいを見計らって行けば、話が聞けるかもしれない。

蓮野は黙った。紀子は空の茶碗を載せた盆を持って立ち上がりかけた。彼はそれを止めた。

「ああ、お茶はもう結構です。そろそろお暇しないといけなそうです」

そう言って立ち上がった。私も釣られて立ったが、唐突な振舞いに紀子は怪訝な顔である。

「勝手ばっかり言って申し訳ありません。しかし、少々急がないといけないかもしれない事情が持ち上がりました」

「あら、本当ですか」

紀子は、自分が妙なことを言ったかしらと考えるそぶりを見せた。しかし、すぐに立ち上がって、私と蓮野を一階の通用口に案内した。

扉を出たところで蓮野は再び丁重に非礼を詫びたが、紀子はいいえ、と少し笑って見せた。

「私、四谷の女学校で教えることになりました。紗江ちゃんにお伝えくださいね」

それを挨拶に、私たちは紀子と別れた。

「どうしたんだ？」

蓮野は早足で大通りに歩き出す。

「言った通りだよ。急いでやった方がいいことがある」

蓮野は神田川沿いの市電の停車場に向かっているようである。

「犯人が分かったのかね？」

「犯人は、君の話を聞けば分かるんだよ。それが間違いないか確かめたくて、紀子さんにも同じことを話してもらったんだ」

私の話で、犯人が分かった？

「すると、謎は解けてるのか？　犯人がどうして紗江子の部屋に置時計を隠していることが分かったのか、だとか、どうしてドレスのルビーは本物だけが盗まれたのか、だとか、どうやって一瞬で行李から腕輪の入った小箱を盗み出したのか、だとか、全部分かってるのか？」

「それはそうだ。でないと犯人は分からない」

私は、真っ先に確かめずにはいられないことを訊いた。

「犯人は誰なんだ？　もしかして、――光枝さんか？」

蓮野は私を見下ろす。

「何故だ？」

「いや、大した根拠は無いよ。しかし、この話の出所は殆どが光枝さんで、それが嘘だったら全くことの様相が変わってくるだろう？　そうでなくても、ほら、腕輪の盗難については、光川丸で君が披露した論理によれば、犯行は布箱がどのハンカチに包まれたのか知っていた人にしか出来なかったのであって、それは光枝さんしかいないだろう」

「しかし光枝さんは置時計の場所を知っていたとも思えないし、何故そんな自分に不利な話をするのか分からないだろ？」

それは全くその通りである。

「論理は論理であって真実じゃないよ。論理というのは、幾つかある真実の代用品のうちの一つだ。どれだけ突き詰めても、論理は真実ではない。どうしても真実が必要で、しかし手に入らないとき、止むを得ず使うものだ。

まあとにかく、出来ることをやるしかない、ということだよ」

停車場までやって来ると、私は蓮野に導かれるまま、市電に乗った。

八

電車の中は、花見に向かう人々の浮かれた騒めきで満たされていた。私と蓮野は、まるで他の客たちに気づかれまいとするかのように、端の座席にそっと並んで座った。

「おい、どこに行くんだ？」

蓮野はまだ、目的地を私に告げない。

「どこに行くかは今に話すが、順序として、その前に説明しないといけないことがある。一連の盗難事件の犯人が誰かだ」

さっき仄かしていたことである。蓮野は、私にだけ聞き取れる小声で語り始めた。

「最初の、呉服屋の楢崎さんのところでイコンのリザのルビーが盗まれた事件は、詳しいことが分からなかったからなんとも言えない。君のところと、光枝さんのところで起こった事件を元に考えるしかない。

で、順番から言うと、君の所の置時計の盗難がその次に起こってるんだが、しかし、話の順序としては、ドレスのルビーが先だな。まずそこから考えなければならない」

この事件では、容疑者は光枝、紗江子、紀子、マサ子、八重に限られているように見える。ルビーを区別できたのは、この五人しかいない筈なのだ。

「しかし、この中に犯人がいるという結論には、容疑者から異論が出ている。

この後の腕輪の盗難が、誰にも不可能と見える状況で起きている訳だから、この事件でも、一見不可能と見えることを可能にするなんらかの計略が用いられたかもしれない、と考えてもいいだろう？」

「それは、つまり、犯人は見分け方を聞いていないのに、本物のルビーを選び出すことが出来た、ということか？」

「そう」

そんな方法は、私には見当もつかない。もちろん、犯人が実は優れた宝石の鑑定能力を持っていた、ということはあるかもしれないが、蓮野の結論がそんなことである筈はない。

「もちろん、犯人は宝石の鑑定家ではないだろうね。この事件には、よりふさわしい解釈がある。犯人は、その見分け方は知らなかったとする。区別のつかない宝石の中から、本物を選び出すにはどうすればよかったか。その方法は他になかったのか。

するとね、もしかしたら、犯人はこんな情報を知っていたのかもしれない。光枝さんは、誰に本物のルビーのドレスを縫ってもらうことにしたのか。これは、光枝さんは秘密にしていなかった」

「ええと——、そうだったね」

私は妻の話を思い出す。

麴町の洋館にて、光枝は、紗江子に、見分け方だけをささやき声で語ったのだった。マサ子に本物をやって貰うという決めごとは、通常の会話で成された。

「ということは、犯人は、どのルビーが本物かを見分けることが出来なくとも、どれがマサ子さんの縫ったドレスかが分かれば良かった訳だ。それに付いているのが本物なのだからね」

「え？　そりゃそうだが——」

それだって、区別はつかなかった筈ではないか？

「だって、光枝さんのところに残されてたドレスはどれも全く同じような出来で、誰がどれを縫ったか分からなかったと言ってたぜ？」

「発見された時にはね」

発見された時？

「そう。紗江子さんは、裁縫屋の友達の所を、日を空けて順繰りに回って行ったんだろう？　本物を縫うマサ子さんのところに行くのは最後で、三月二十四日より後と決まっていた。

例えばね、その時に、紗江子さんが届ける型紙をすり替えて、少し裾の長いドレスが出来るようにしておいたとしたらどうなる？」

「――え？」

「紗江子さんは、ドレスが完成してから、順番に三人の家を回って風呂敷に包んだそれを預かり、光枝さんの留守宅に届けた。この時、預かった包みをいちいち広げて、丈を比べたりなんぞしなかっただろうね。する意味も無い。それを受け取った女中さんにしても同様で、忠義立てしている光枝さんのドレスをわざわざ触ったりしなかっただろう。

そして、女中さんはその晩から浅間宅を留守にした。これは予定の決まっていたことで、犯人にも予測がついたわけだ。犯人は家に忍び込んで、丈の長いドレスからルビーを盗めばいい」

「ちょっと待ってくれ。幾つか分からないことがある。まず、型紙をすり替えるって、そんなことが出来たのか」

「出来たじゃないか。君の家は、盗みに入るのは簡単だよ。マサ子さんの所に行くのは二十四日以降と決まっているんだから、その前日の深夜にでも忍び込んで、型紙を持ち込み、交換してくればいい」

「そうか。でも――、光枝さんが盗難に気付いた時、ドレスの丈はどれも違わなかった筈だ。どういう訳だ？」

「もちろん犯人が直したんだよ。女中さんが親類のところに行って、光枝さんが帰ってくるまで一日あったんだろう？　一日あればドレスの裾上げくらい出来るだろう。犯人は、なるべく自分に容疑が向かないようにしたいんだから、それならドレスは返しておく方がいい。全く同じドレスから、ルビーだけが無くなっていれば、真贋を知っている人にしか出来ない犯行だということになる。そうすれば、光枝さんに警察に通報するのを躊躇わせることができる。あと、型紙もこの時もう一度本来の物に摺り替えておく」

マサ子が千葉に行く都合で、本物のドレスが光枝の留守の間に届く、ということはわかっていた。犯行の計画は事前に立てることが出来たのだ。

私がこの推理に茫然としていると、蓮野は畳み掛けるように言う。

「ドレスのルビーを盗んだ方法がはっきりすると、犯人が、どうして誰も所在を知らなかった筈の置時計を盗むことが出来たのかも明らかになる」

「どういうことだ？」

「紗江子さんは、光枝さんから預かった型紙や生地や宝石を、風呂敷に包んで持って帰ってきたんだろう？　一方で、置時計は紗江子さんの部屋に、紗江子さんの服を入れた風呂敷包みで隠してあった。

　忍び込んだ犯人は、型紙を探す為に、手始めに紗江子さんの部屋に向かっただろう。そして、そこに風呂敷包みが沢山積んであったら、まずはそれを確かめてみるのが当然だ。一番、型紙がある可能性が高い場所はそこだよ。

　上の方の幾つかを見て、型紙が入っていなかったら、これらは違うんだろうと見切りをつけるだろうが、その時に時計を発見したんだ。

　予想外の発見だ。そして、後日これを改めて盗みにこようと決める。見つけたその日に盗むことはしなかった。準備がない。

　実際には、型紙は居間のテーブルの下の道具鞄に入れてあった。

　翌日にはマサ子さんのところに届けに行く型紙だから、そんなに奥に仕舞い込む筈はないと思って、手近なものから捜して行って見つけたんだろう。家を漁る必要はなかった」

　犯人は、家探しをするまでもなく、ルビーの嵌った置時計を発見していたのだ。

「そして、最後の腕輪の盗難だ。それは珠子さんへ届けられようという時、光枝さんの自宅の玄関から盗まれたらしい。

　それも、物凄い早業の犯行だったと見える。犯人は洋館の門前にペンキをぶち撒けて、光枝さんたちの注意をそちらに向け、玄関が無人になったわずかな隙に塀を乗り越え、布箱に入った腕輪を持ち去った。

起こったのはこういうことだったと考えられている。しかし、犯人になぜそんなことが可能だったかは分からない。品物は、他の沢山の贈り物と一緒にオレンジのハンカチとリボンに包んであったが、それを知っていたのは光枝さんだけだった。どうして犯人は、玄関が留守になった一瞬の間にそれを選び出せたのか。

しかし、この疑問は、その前に起こったドレスのルビーの盗難のことを思い出せば解決する。

腕輪は、光枝さんの手作りの布箱に入っていたんだったね。日本では見つからない生地を用いて、しかもそれはドレスと小物を作るのに使いきってしまった。だから光枝さんは、布箱が庭に転がっているのを見て、腕輪が盗まれた、と思った訳だ」

「そうだが――」

「ここで問題になるのは、その布箱が本当にこの世に一つしかないものだったのか、ということだ。

犯人は、光枝さんが作ったのと同じものを、もう一つ作ることが出来たんだよ。

光枝さんはあちこち持ち歩いて、暇を見て布箱を作ってた訳で、どんな手順で出来たどんな風な箱か、光枝さんの身近にいる人なら知ることが出来た。

そして、材料も揃っている。本物のルビーのドレスを返すときに、裾上げをやっているからね。

犯人は、その端切れを持っていた」

「ああ！　そうか」

光枝が気づかないところで、犯人は全く同じ布箱を用意していたのだ。

蓮野の解説は続く。

「もう一つ布箱があったとすると、犯行は、それまで考えられていたのとは違う手順で行うことが可能になる。

犯人は、塀にペンキをぶち撒けるいたずらを誰かに頼んでおいて、腕輪を盗む機会を作っておく。そして、出かける前の光枝さんが発見するように、庭に贋物の布箱を放り出しておいたとしたらどうか？

それを見つけた光枝さんは、腕輪が盗まれたと思う。

腕輪が入った行李は、自動車に乗せられ、珠子さんの家に向かっている。犯人は、光枝さんに腕輪の包みがどうなっているか確かめてくれ、と電話で頼まれるのは予測できるし、頼まれたら、その時にそれを盗めばいい。

この計画は、必ず成功するというものではないね。庭に放り出された布箱を光枝さんが発見するのは確実ではない。まあ、その時には、犯人の方から光枝さんに行李の品が盗まれたと連絡をする手もあるが、怪しまれるかもな。

しかし、上手く行かないようなら、腕輪を盗むのは中止にすればいい。そんな前提で行われた犯行なんだろう」

ここまで犯行手段が明かされると、犯人は明らかだった。

水谷は、光枝と紗江子がドレスを仕立てる相談をした時、麹町の洋館にいた。誰が本物を縫うかは、その際に知ることが出来た。

ドレスの型紙をとったのは水谷の母だという。それを元に、裾の長い型紙を用意することも出来たし、お針の心得があるというのだから、頼めばドレスの裾を直すことも出来たのだろう。

もちろん、腕輪を盗むことが出来たのは水谷しかいない。

「光枝さんが、いたずらの様子を見てから玄関に戻って、行李が少し動かされたらしく見えたというのは？」

「それはなんとも言えないな。水谷にしたら、後で思えばあの時様子が変だった、と思ってもらいたい訳だから、先に玄関に入った時にわざと少し動かしたかもしれないが、その場で中を確かめられても困るのだから、何もしなかったのかもしれない。本当に光枝さんの気のせいかもな」

どうしたことか、光枝のマネージャーは、ルビーを盗んで廻っているのだ。動機はまだ分からない。

九

市電で上野まで行くと、院線に乗り換え、日暮里駅で私たちは列車を降りた。

向かおうとしているのは、さっき紀子が話していた、水谷八州男氏の弟が、楢崎家の親類から借り受けて住んでいるという家である。駅の近くの煙草屋で、楢崎という名前を出すと、家の場所はあっさり分かった。

そこは田んぼに囲まれた長閑な土道で、あたりに人影はなかった。しかし、蓮野は相変わらずの気怠い調子で、声を潜めて言った。

「犯人は水谷だとして、では、盗まれた時計はどこに保管されているのか。井口君としては、それをどうしても知りたいということになるだろうが――」

「ああ」

「水谷家は今、差し押さえを受けているというんだろう？　執達吏《しったつり》が乗り込んでいって、家の中をあれこれ見て回ったりする訳だ。なら、盗んだ時計をそこに置いておくわけにはいかないね。いかにも立派なもので、これも商売道具です、では通らないだろうし、きちんとした鑑定をすればどういうゆかりのものだか知れるだろう」

「そうだね」

「この犯行には、水谷家のものが協力している形跡がある。ドレスを直したりね。なら、八州男さんが債権者の取り立てを免れる為に使っている家に時計が置かれた可能性はある」

「そうか。まあ、確かに可能性はあるな」

しかし、それならそれで、疑問も生じる。

「蓮野、この事件の犯人が水谷だっていうのは、まあ間違いなさそうだけども、だとすると、最初の楢崎家の事件は一体どういうことなんだ？　あれも水谷が犯人なのか？

楢崎家は水谷家から養子をとっている、という話だろう？　水谷は、自分の家族が養子に行った家から、ルビーを盗み出したってことか？　意味が分からない」

「そうだな」

「それに、だとしたら、楢崎家を頼って借りた家に盗んだものを置くだろうかな？　貸主の親戚なんだから、楢崎家の人たちも出入りするかもしれないだろう？　そこに見慣れない時計なんて置いていたら怪しまれるじゃないか」

「恐ろしくもっともな指摘をするね。いかにも僕は、君の言う理屈に一切反論することが出来ない。さっきも言ったが、最初の事件に関しては、そもそも詳しいことが分かっていないからな。しかし、問題なのはそういうことじゃない。重要なのは、時計が置かれているかもしれない場所が見つかったことと、そこに入り込んで時計を回収する機会は今より他に無いかもしれない、ということだよ」

そう言われてさっき、紀子が言っていたことを私は思い出した。

今、水谷家では法事をやっているというのである。午後からだという。ならば、その、水谷八州男の弟が住んでいる家は留守かもしれない。

やがてたどり着いたそこは、田んぼと墓地に面していた。大きな日本家屋で、かなり傷んでいる。維新前の建築ではないかと思われた。屋根の瓦を葺き替えたり、壁の一角に板が張られていたりして、補修工事の最中である。

日曜だから工事は休んでいるようで、大工は一人もいない。雨戸が閉まっている。

あたりは物寂しい。近所の多くは遊山にでも出かけているらしい。

生垣の周囲を蓮野と歩いてみた。屋内の様子を窺ってみるが、人の気配は全くない。

「これは留守だろう?」

「そうだろうな」

聞いてきた通りである。念のため、玄関を叩いてみても、やはり返事は無かった。

一旦、その場を離れて、墓地の近くで蓮野と方策を考えた。

いざ来てみると、必要条件を完璧に満たしていて、却って尻込みする。蓮野は、下調べをする暇のないことを不安にしているようである。

煙草屋で聞いたところでは、住んでいるのは三人家族で、女中を雇っている気配はない。財産隠しに使っている以上、あまり余所の人間を入れたくないのだと思う。

千載一遇の好機である。夕方過ぎには家人が帰ってくるかもしれないし、恐らく明日からは工事が再開される。そうなれば、次に侵入する機会が果たしてあるか分からない。

「入るのは、外壁の、ベニヤ板を張ってある所から痕跡を残さず出来そうだったな」

「そうか」

「時計を持ち出したとして、ここまでは人目につかずに持ってこられるかな」

蓮野が墓地の端の茂みを指差した。

「持ってきてここに隠し、何かで包んで、貸自動車を頼んで持って行く、そういう段取りかな」

「そうだね」

蓮野は深いため息をついた。

それから、憂鬱に澄んだ青空を見上げて、泥棒日和だな、と言った。

「仕方ないか」

私は、とっくにそれよりないだろうと思い定めていた。時計がいつ損壊されるとも分からないことを考えて気が急いていた。

周囲に依然人通りはない。それでも、人の気配に気を配りながら屋敷の正面に戻った。

腐った壁を剝がして、新しいものを張り直しているらしい。途中までは工事が済んでいるものの、人一人が通り抜けられるだけの隙間が残っている。大工が不精だったか、塞ぐのにベニヤ板を立てかけて、庭石で押さえつけるだけのことしかやっていなかった。

板をずらして中に入る。そこは玄関の脇である。内側から、板を元に戻す。

雨戸は閉まっているものの、欄間が付いているし、隙間の多い家だから明かりは要らない。

土間には膠とか塗料とか工具とか、大工の持ち物が置いてあった。工事で使うらしい。

廊下を奥へとゆっくり進んでいく。

最初に客間を検めた。がらんとしている。仏壇があり、床の間に仏画の掛け軸があり、仕舞い遅れの火鉢がある。それに、火箸と火搔き棒がいい加減にさしてあった。

廊下を挟んで向かいの八畳間を見た。ちゃぶ台の他、押入れには寝具が入っているだけだった。

昨年の十一月、加右衛門氏の美術館に忍び込んだのを思い出す。あの時と違って、人の暮らす家である。他人の生活を覗く罪悪感がつきまとう。もっとも、今回はどう考えても時計を盗んだ水谷が悪い。

さらに奥の、別の八畳間が奇妙だった。

簞笥が十棹《さお》も置いてある。壁につけたり部屋の真ん中で背中合わせにしたりしてある。それだけで、他に何も置けない部屋である。

簞笥に時計は入らないが、気になったので私は手近の一つを開いてみた。

「あれ、反物だぜ」

引き出しに、鮮やかな色合いの反物がぎっしりと入っていた。

どこを開けても同様である。高価そうなのもある。

「急いだ方がいいかもな」

蓮野は呟いた。

廊下に戻り、一番奥、北側に当たる部屋の襖を開けた。思わずうわっ、と声が出た。

多分、十二畳くらいはあるが、全貌が分からない。何しろ、部屋中が無数の家財道具で埋め尽くされているのである。

ダイニングテーブル、肘掛椅子、掛時計、彫像、絵画、暗いので見分け難いが、どれも安手のものではなさそうである。水谷八州男が取り立てから守ろうとしている品々だろうと思われた。量が多すぎる。後回しにしようと決めた。

他の部屋を見る。台所、厠まで確かめる。時計は無い。

簞笥のあった部屋の押し入れから屋根裏に上がってみた。埃が積もっているだけであった。

結局、家財の詰め込まれた一部屋に戻ってきた。

「あるとしたら、やっぱりこの部屋か。探してみるしかないよな」

そう言って、私が近くのテーブルを動かそうとすると蓮野は止めた。彼はめちゃくちゃに積まれた家財の様子を仔細に確認していった。

配置を憶えておくというのである。確かに、そうしておかないと戻すのに困る。

一つ一つ動かして、時計が無いか奥を見通す。

北側の部屋で、殊更に暗い。雨戸を開けはなしたかった。しかし、少し離れた裏手の家が留守ではないようである。見咎められるのが不安だった。

揺り椅子に帽子掛けを立てかけたり、奥行きの無い本棚の上に花瓶が載っていたり、無茶な蔵《しま》い方をしている。慎重にやらないと、ものを壊すかこちらが怪我をする。

三分の一ほどを動かした。が——

「無いね。時計は、ここには無い」

蓮野はテーブルに右手を突いて、険しい表情で言った。

反対の壁が見通せるようになった。もはや時計が置かれていそうな物陰は無い。

悄然とする。

「すると、時計はどこにあるんだ？　もう処分されてしまったのか？」

私は、もう一度確かめるつもりで、しゃがみ込んで部屋の奥を覗こうとした。

その瞬間、うっかり手をかけた本棚が傾いだ。あっ、と思うと、本棚の天板から大きな花瓶が滑り落ちてきた。

うおっ、と蓮野が声を上げて、落ちてくるそれを、両手を差し上げて支えた。

花瓶の底は辛うじて本棚の角に引っ掛かった。私は倒れそうな棚を背中で受け止める。

「重いな！　君、頭上に気を付けろ」

蓮野は声を絞り出す。

どうする？　彼を手伝って花瓶を受け止めたいが、うっかり本棚を動かすと、頭上にそれが落ちてきそうである。

蓮野は歯を食いしばっている。私は両腕を上げたが、背伸びをすると力が入らない。

その時、廊下の向こうで、玄関の開く音がした。

続いて、ふすまを開ける気配がして、やがて足音が近づいて来た。水谷家のものが帰ってきたのか？

心臓が激しく鳴った。恐る恐る振り返ろうとすると——

「蓮野さん？」

声が掛かった。

戸口には、峯子が立っていた。

矢絣の着物に花模様の羽織で、髪に大きなリボンを留めている。右手に、火掻き棒を警棒代わりに構えていた。

唖然とした、何が何だか分からないと言う表情である。

その表情のまま峯子は部屋に入ってきた。私を行き過ぎて雨戸を開け、腕を震わせ始めていた蓮野と花瓶と本棚を見上げて、それから私を見た。

「えっと、どうしたらいいかしら？」

「花瓶を持てるかい？」

峯子は椅子を本棚の側に動かし、その上に立つと花瓶の底を持った。私は力を込めて、本棚を垂直に立て直す。峯子が蓮野に椅子を譲ると、彼は元どおり、本棚の上に花瓶を載せた。

彼は椅子から降りると、屈みこんで息を切らせた。峯子は傍らに立っている。

深く息を吐いた蓮野は、上体を持ち上げて、一瞬、私の方に恐ろしく情けない表情をして見せた。それを笑顔にして、彼はようやく峯子の方を向いた。

「――こんにちは」

「ええこんにちは」

そのまま二人は黙った。

何と言っていいか分からないらしい峯子と、まだ息が落ち着かない蓮野に代わって、私は口を利いた。

「えっと、峯ちゃん、何でここに来たのかな？」

私も峯子も、互いがどうしてここに居るのか、理解が追いついていなかった。

姪は私の顔をひとしきり眺めてから、答えた。

「私、八重さんのお使いで楢崎さんの呉服屋に行ったの。八重さん、少女歌劇の衣装作ってるでしょう？　そしたら、八重さんの欲しいのが無かったのよ。急いで欲しいんですって言ったら、悪いけどここに置いてるのを自分で取りに行ってくれって教えられたの」

そう言って、番頭から預かったという鍵を私に見せた。

さっき、八畳間でたくさんの反物を見つけたことを私は思い出した。

ここは楢崎氏の親類の家である。氏が倉庫代わりにしていたとしても不思議ではなかった。

「私すごく怖かったわ。誰もいないって聞いてたのに奥でガシャガシャ音がしてて、変な声が聞こえるんですもの。きっと泥棒だと思って、これで殴ってやろうと思ったの」

峯子は屈んで、火掻き棒を取り上げた。

本当に泥棒がいたならそんなことやっていないでさっさと逃げなさい、と諭したいのだが、目下まさに泥棒の最中であった私からは口にしづらい。

「叔父さん達は？　どうして？　――あ、時計のこと？」

「うん」

私と、ようやく呼吸を整えた蓮野とで交互に説明した。

時計がここにあるかもしれないと考えた、その訳を話すと、峯子は首を傾げた。

「私、水谷さんのお家に、地下室があるんだって聞いたわ。昔八重さんが、眼鏡を作りに行って、その時こっそり教えてもらったんですって。江戸時代の穴倉で、それをこっそり大きくしたんですって。畳を上げて入るんですけど、取り立ての人が見てもわからないようにしてるらしいわ」

私は大いに脱力した。

置時計があるのはそこか。忍び込んだのは無駄足だった。

「私、楢崎さんのところでルビーが盗まれたこと、番頭さんにいろいろ聞いてきたの。叔父さんが知りたいんだって言ってたでしょう？　楢崎さんのところでも、すごく困ってるんですって。そのイコンって、楢崎さんの弟さんと、水谷さんが露西亜《ロシア》に行っていたときに預かってきたものらしいんですけど――」

「え？　水谷も露西亜《ロシア》に行っていたのか」

峯子が語ったのは、私たちが今まで知らなかった、イコンの詳しい来歴だった。

楢崎氏の弟と水谷は、数年前、演劇の勉強のために露西亜《ロシア》に渡ったのだという。

やがて革命が起こった。混乱の中で、暴徒に襲われかかったところを、二人は正教会の主教に救われた。

主教も、軍に狙われ亡命を余儀なくされていた。持ち出せるものは限られていた。そこで、楢崎氏の弟が、イコンを託されたのである。

これを聞いて、蓮野は眉間を狭くした。

「峯子さん、そのイコン、どんなものだったか見せて貰ったかい？」

「いいえ。番頭さんしか居なくて、勝手に見せられないって言われたの。みんな水谷さんのところの法事に行っちゃったんですって」

それで、峯子が鍵を持たされ、自分で反物を取りに行かされることになったのである。

「でも、どんなのだか教えてもらいました。キリスト様のイコンで、縁取りに、小さなルビーがたくさんついてて、内側にも大きいのが四つくらい嵌めてあったんですって。それがみんな盗まれちゃったって」

「たくさんとはどれくらいかな。何十個もあったのかな」

「ええ、きっとそうだと思いますわ。びっしり、って言ってたの」

蓮野は自分の首を撫でて、私を見た。

「そういうことなら、交渉の余地があるかもな」

「水谷家と話し合って、時計を返してもらうということか？」

彼は頷いた。そして、周囲に散らかした家財を見回した。

「とにかく、これを片付けないとな。酷い無駄手間だった」

「私、手伝います」

結局、片付けるにあたって、元の状態を完璧に再現する努力は払わなかった。

時間が掛かりすぎる。もし咎められたら、峯子に、私がいたずらしてしまいました、と言ってくれると提案された。

情けないが、峯子に甘えることになった。多分、気付かれないだろうとも思う。

峯子が、簞笥の部屋からお使いの反物を選ぶのを待って、三人で外に出た。

陽が傾き始めている。花見の帰りらしい人々の姿が目に付いた。

駅まで、私たちはずっと無言だった。

改札を入り、列車に乗ったところで峯子は口を開いた。

「そういえば、私が奥多摩で借りた蓮野さんのオーバーコートと手袋ですけど、鉤裂《かぎざ》きだらけにしちゃいましたから、お返しし損ねてたんですの。きっとお困りだと思ったんですけど、私縫うのが遅くて、それに暖かくなってきたからもういつになっても一緒だと思ってずっと今まで掛かってたんです。

でも、昨日縫い終わって、今朝叔父さんのお家に持って行ったの。叔父さんに届けてもらおうと思ってたから」

知らなかった。私が家を出た後である。

「それじゃ、後で渡しておくよ」

「ええ、叔父さんお願いね」

峯子は蓮野に向き直った。

「私、奥多摩のことで、どうしても蓮野さんにお礼を言わなくちゃいけないって思ってたんですけど、叔父さんから、蓮野さんはそんなことして欲しくないんだって聞いてたの。だから、どうしていいか分からなかったんですけど、でも今日は良かったわ。

あんなばかばかしい場面でお逢いしたから、もう、全然お礼なんてしなくていいような気分になっちゃいました」

「それは良かった」

蓮野は微笑みを浮かべる。

「でも、私、叔父さんの所にしょっちゅう行くんですから、蓮野さんにはきっとまたお逢いすると思うわ。そうじゃありませんか？」

「そうだね」

「もしその時、やっぱり恩返しをしなきゃいけないって気分になってたらごめんなさいね」

上野駅で、私たちは列車を降りた。

峯子は、懐中時計を鞄から出して時刻を見た。

「私、他にもいろいろお使いのものを揃えないといけないの。今度のこと、どういう事件だったのか、後でまた聞かせてくださいね」

念を押すみたいに峯子は言った。さっきと同じ静かな笑顔で蓮野が応えると、峯子は満足したように、市電の乗り場に歩いていった。


笑って峯子を見送った蓮野は、それをさっきの情けない表情に戻していた。

「品川で捕まった時の気分だな」

「僕も、泥棒がばれた気分がちょっと分かったよ」

はあ、と息を吐き出し、それから蓮野は顔を上げて歩き出した。

「おい、君、さっき交渉の余地がありそうだと言ったろう。何か分かったのか？　時計は取り返せるのか？」

「さあね。でも、今から水谷家に行ってこようと思う。急いだ方がいいかな。これも好機なんだよ。法事で家族が集まってるなら話が進めやすい。

君は、一緒に来ない方がいいな。被害者である君がいると相談がしにくくなるかもしれない」

蓮野のことを水谷家の人は知らない。彼がどういう身分を名乗ることにするかは会ってみて決めるという。

私は、一人で先に自宅に帰ることになった。

十

「おい、今は何時か」

「今は五時半だよ」

「桜が咲いとるんだろう」

「咲いてるよ。今日あたり、きっと紗江子が手折って持って帰ってくるよ」

「お前は今日どこに行ってた」

「友達に会ってたんだよ。昨日言ったろう」

離れは洋室で、寝台が置いてある。痩せこけた病の父はパジャマを着て、上半身を起こして膝を伸ばし、それに座っている。枕頭には村上浪六《むらかみなみろく》の任侠《にんきょう》小説や、最近三日分の新聞を重ねてある。

留守の時は女中に来て貰って世話を頼んでいるが、予定よりも早く家に戻った私は、もういいよと帰してしまった。そうして、病を得て取り留めがなくなった父の話に付き合っている。

「友達とは誰だ」

「蓮野だよ」

「蓮野？」

「最近世話になってるんだよ。ちょっと頼みごとをしてるんだ」

父は蓮野が誰か思い出そうとしているらしかった。しかし、記憶を辿れず諦めた。

「お前、仕事はいいのか」

「なんとかなるよ。大丈夫だよ」

それきり父はそっぽを向いてしまったので、私は手近の雑誌を取り上げた。

パラパラ捲っていたら、父は、俺は寝る、と言った。

「分かったよ。じゃあ何かあったら呼んでくれ」

私はカーテンを閉めて母屋に向かった。ベルを付けてあって、離れで紐を引くと母屋で鳴るようにしている。

紗江子は居ない。今日は、実家に戻って源次さん達の花見に付き合ってくるという。

居間で椅子に掛けて、何時に来るか分からない蓮野のことや交渉の首尾をあまり心配しないよう努めていたら、やがて玄関のノッカーが叩かれた。

蓮野であった。居間に案内して、私の向かいの椅子を勧めた。

「どうだった？」

茶も出さずに私は訊いた。彼も、体を落ち着ける間も無く答えた。

「時計は無事だ。光枝さんのドレスの飾りとか、腕輪も大丈夫だった」

「そうか。よかった」

私は安心した。が、蓮野の表情はどうも明るくない。

「何か問題があるのか？」

「問題はあるね。まあ、解決出来ないことではなさそうだが」

蓮野は煙草を取り出した。私はマッチ箱を差し出す。

「水谷には、君の親父さんの過誤には触れないようにして、事情をこと細かに説明した。しても大丈夫そうだったからね。すると、彼がね、警察に行って罪は償うから、その時計は自分が加右衛門氏の美術館から盗んだのだ、ということにさせてくれ、と言うんだ」

「え？」

話が全く分からない。

煙草に火を点けてから、蓮野は説明を始めた。

「そもそも、水谷家の人たちがどうしてルビーを集めていたか。最初に呉服屋の楢崎家でルビーの盗難が起こったろう。あれはね、彼ら、はっきりとは言わなかったんだけども、楢崎家の長男の仕業らしいんだね。

遊ぶ金の為だ。リザのルビーを外して、宝石屋に売っちゃったんだよ。それで、ルビーが無くなってるのがバレた時に、夜中に誰かが盗って行った物音がしたとか作り話をしたんだ。楢崎家の中ではもうほとんど長男が犯人だって明らかなんだけども、通報しちゃった手前警察にも言い出せないでうやむやになってるみたいだ。
楢崎さんの弟は困った。露西亜《ロシア》の主教は命の恩人だ。その人に託されたイコンを滅茶苦茶にしてしまって、どうしていいか分からない。
そこで、水谷が協力を申し出た。水谷も命を救われている訳だからね。リザをなんとか元通りにしようというんだ。
しかし、上等のルビーをふんだんに使っていたリザで、加工はなんとかするにしても、石が揃わないんだよ。金銭的にも難しいし、そもそも日本でそれだけのルビーが集められない。だから——」

「それでルビーを集めてたのか？　リザに嵌めるために？」

「そう。君が時計を取り返さなきゃいけないのと同じような事情だった訳だ」

「でも、そんなの、可能か？　足りるのか？」

「足りないよ。全然足りなかった。時計とドレスと腕輪の分で、リザの半分にも満たない」

「半分以上も足りてないのか。そんなの最初から無理だろうに——」

思わず私は言った。

「——馬鹿だなあ」

「泥棒なんぞやっちゃうくらいだから馬鹿なんだよ。そういう訳だから、自分が美術館から盗んだことにさせてくれ、とか言い出したんだ。

あの美術館が燃える直前に時計を盗み出したんなら、それを救ったってことになるだろう？　本来ならロデウィック家の家宝とされるべき時計をだ」

「え――、そうか」

ようやく私にも、水谷の狙いが分かった。

「自首するから、その恩を以って、ロデウィック氏にリザの修復を頼めないかというんだよ。何しろ向こうは大金持ちだしな。

これがうまくいくとなると、まあ君には好都合だな。幹二氏に謝罪して事情を説明する手間も省けることになる」

一瞬、大変な名案ではないかと思った。だが――

「そんなにうまくいくのか？」

「いく訳がない。あの美術館には贋物が置かれてた訳だし、その燃え残りが幹二氏の手元にあったら説明がつけられない。

それに、ロデウィック氏がどんな人か分からないからな。そんなことでは助けてやらないと言われたって当たり前だろう」

その通りだ。水谷の思い通りにことが運ぶ可能性はかなり低そうである。

「じゃあ、君はどうしたらいいと思うんだ？」

「僕は、何もかも正直に言うのが一番いいと思うよ。大体、水谷の提案は、ロデウィック氏を騙すことになるのが何より良くない。援助までして貰おうというんだから、詐欺みたいなことになる。

だから、その露西亜《ロシア》の主教が来朝した時は、僕から事情を説明することになった。

まあいずれ、時計は問答無用で返して貰うということにしてあるよ。光枝さんのもちゃんと返すと言ってた」

水谷にしたら、もはや持っていても仕方のないものではある。

一先ず、父の死を迎えるにあたって余計な心配を抱える必要の無さそうなことに私は安堵した。面倒は色々残っている。私では手に負えそうにない交渉ごとばかりである。

「君、厄介をかけた挙句のことで悪いんだが――」

テーブルに肘を突いている蓮野は、その姿勢のまま、私に視線を向けた。

「ロデウィック氏に説明したりとか、そういうことはやるよ。円満に話がつくように努力する。仕方ないよ。やるよりない」

悪いね、ともう一度私は言った。緑茶でも出そうか、と立ち上がりかけたが――

「僕はもう帰るよ」

蓮野は立ち上がった。

「え、今か？　もう少し居たらどうだ。もう直ぐ紗江子と、峯ちゃんが帰ってくる。一緒に夕食をとることにしてるんだよ」

「今度でいいよ。今日はもう疲れた。帰る」

子供みたいな口調である。

それを聞いて、私は父のことを思い出した。

「そうだ、君、離れに父がいるんだが――」

付き合いは長いが、思い返してみると、私は一度も父と蓮野を引き合わせていない。

父の病気のことを考えると、もしかしたら機会はこれしかない。

「君の親父さん、是非僕に挨拶しておきたいとか言ってるのかい？」

「いや別に、そういう訳でもないな」

「ならいいさ。会わなくて済むのを会ってみることもないだろう」

「まあ、そうかもな。分かったよ。君と僕の親父は知らない間柄のままにしとこう」

蓮野はいよいよ玄関に向かおうとした。

「ああ、ちょっと待ってくれ。君のコートと手袋がある。峯ちゃんが縫ったやつだ」

私はテーブルのそばから風呂敷包みを取り上げて、中身を、居間の扉のそばに静止している蓮野に渡した。

蓮野はオーバーコートを広げてしげしげと眺める。

「上手く縫ってあるだろ？　全然みっともなくない」

「そうだね。丁寧なことだね」

彼はそれを畳むと、私が差し出した風呂敷に収めた。

「世の中、悪人ばっかりだったらいいんだがね。そうじゃないから困る」

蓮野は寂しそうに笑った。

私は門前で彼を見送った。風呂敷包みを小脇に抱え、暗くなりはじめた街並みに溶けてゆくように、蓮野は去っていった。

参考文献

青木宏一郎『大正ロマン　東京人の楽しみ』（中央公論新社）

横浜開港資料館　編『横浜商人とその時代』（有隣新書）

中野　明『幻の五大美術館と明治の実業家たち』（祥伝社新書）

池田　勝『改訂　船体各部名称図』（海文堂）

池田　勝『船の構造』（海文堂）

紀田順一郎『カネが邪魔でしょうがない　明治大正・成金列伝』（新潮選書）

戸板康二『物語近代日本女優史』（中央公論社）

原田　茂『たてよこの糸　洋裁教育五十五年』（文化出版局）

関東電気通信局　編『関東電信電話百年史』（電気通信協会）

その他多くの論文、書籍、ウェブサイト、映像などを参考にいたしました。

本書は書き下ろしです。

この物語はフィクションです。
登場する人物、団体、場所等は
実在するいかなる個人、団体、場所等とも一切関係ありません。

装画＝中島梨絵
装丁＝川名　潤

夕木春央

（ゆうき・はるお）

1993年生まれ。
2019年、「絞首商会の後継人」で第60回メフィスト賞を受賞。
同年、改題した『絞首商會』でデビュー。
近著に『サーカスから来た執達吏』『方舟』がある。

時計泥棒《とけいどろぼう》と悪人《あくにん》たち

二〇二三年四月二四日　第一刷発行
二〇二三年六月　一日　第二刷発行

著者　夕木春央《ゆうきはるお》

発行者　鈴木章一

発行所　株式会社講談社
〒一一二-八〇〇一　東京都文京区音羽二-一二-二一
電話　出版　〇三-五三九五-三五〇六
　　　販売　〇三-五三九五-五八一七
　　　業務　〇三-五三九五-三六一五

本文データ制作　講談社デジタル製作

印刷所　株式会社ＫＰＳプロダクツ

製本所　株式会社国宝社

KODANSHA

ISBN978-4-06-531241-4　N.D.C.913　527p　19cm